Vor dem Gewitter.

Roman

von

Bertha von Suttner.

Druck von Raimann & Godina, Wien I., Fleischmarkt 12.
Papier von der Neusiedler-Actien-Gesellschaft für Papier-Fabrication.

Vor dem Gewitter.

Roman

von

Bertha von Suttner.

Wien

Verlag der Literarischen Gesellschaft.

1894.

I.

Der Vorhang fiel über dem zweiten Aufzug von Fulda's „Verlorenem Paradiese".

— Eigentlich nimmt es mich Wunder, daß das Stück in Wien aufgeführt wird . . .

— Warum?

— Nun, weil nach Allem, was ich bisher von der „einzigen Kaiserstadt" kennen lernte, nach den hier herrschenden Anschauungen, solche demokratische Ideen nicht Anklang finden können . . .

— Wieso? Welche Ideen?

— „Warum — wieso — welche Ideen" . . . ach, meine liebe Frau Marqua, mit Ihnen läßt es sich schwer reden. Wie hat Ihnen die Toilette der Hohenfels gefallen?

— Sehr viel cachet . . . Das Mantelet besonders, mit dem lila Seidenfutter . . . und der Veilchenhut . . . sie hat wirklich Geschmack, diese Schauspielerin.

— Und ich glaube — kommt das wirklich erst in zweiter Linie? — sie hat auch Talent.

— Oh, wahrscheinlich. Sie sollten sich erkundigen, liebe Ludmilla, wer die Schneiderin und wer die Modistin der Frau Hohenfels ist . . .

— Wozu? Ich liebe es, mich nach meinem eigenen Geschmack zu richten . . .

— Dabei sind Sie aber nie nach der letzten Mode gekleidet.

Ludmilla zuckte leise mit den Achseln und nahm den Theaterzettel zur Hand. Sie vertiefte sich in dessen Inhalt, wohl um das Gespräch mit ihrer Begleiterin abzubrechen.

Indessen gab sie den Gegenstand vielfacher Beobachtungen im Saale ab. Zahlreiche Operngläser waren auf sie gerichtet und so Mancher stellte an seinen Nebenmann die Frage: „Wer ist denn nur diese Schönheit in Weiß — dort, in der dritten Parterreloge rechts?"

Die Wenigsten konnten Auskunft geben, denn Ludmilla Goth war keine Wienerin, — sie war erst seit drei Monaten nach Oesterreich gekommen und verkehrte nicht viel in der Gesellschaft. Dennoch befanden sich an jenem Abend einige Leute im Burgtheater, welche die schöne Fremde kannten und einer der Befragten, Doctor Isidor Arold, ein junger Rechtsanwalt, konnte seinem Sitznachbarn, dem Buchhändler Carl Cremer, Antwort auf jene Frage ertheilen.

— Die Schönheit in Weiß? . . . findest Du sie gar so schön . . . mir zu blaßblond . . .

— Das glänzendste Goldblond, das ich je gesehen! unterbrach der Andere. —

— Geschmacksache . . . sie ist eine Hamburgerin — die Tochter eines verstorbenen Consuls, ganz selbständig, sehr vermögend, nicht mehr ganz jung —

— Höchstens zweiundzwanzig!

— Achtundzwanzig. Die alte Frau ist ihre Gesell=
schafterin, ihre Ehrengarde … Die stolze Ludmilla Goth
hält sehr viel auf „respectability" (ihre Mutter war
eine Engländerin) auf „les convenances" auf decorum
mit einem Wort.

— Und kein einziges deutsches Wort dabei — es
scheint mir doch ein deutscher Begriff zu sein: Anstand.

— Meinetwegen Anstand, Du enragirter Purist.
Also die alte Frau ist eine verarmte Marquise Darion
de Courtevoye, die Witwe eines Pariser Thunichtgut,
der ihr Geld durchgebracht — sie war vom Hause aus
eine reiche Kaufmannstochter aus Bern — eine recht
unbedeutende Person, sie hat …

— Bitte, bleiben wir bei Ludmilla Gott oder
Göttin —

— Goth mit H … Gothin oder Vandalin … Sie
hat auch etwas Völkerwanderliches an sich … Alle
Jahre lebt sie wo anders. Den vorigen Winter hat sie
in Berlin zugebracht, den heurigen zum ersten Male in
Wien … sie ist das Aufenthaltwechseln von Kindheit
an gewohnt; das elterliche Hauszelt war in allerlei
exotischen Gegenden aufgeschlagen.

— Woher kennst Du die Dame und ihre Jugend=
geschichte so genau?

— Durchaus nicht genau. Sie braucht zur Führung
ihrer geschäftlichen Angelegenheiten den Rath eines Ad=
vocaten und da ward sie zufällig an mich empfohlen.
Anfangs verkehrte ich nur sehr wenig und nur in Ge=
schäftssachen mit ihr, seit einiger Zeit aber bin ich ihr

etwas näher gekommen, — sie interessirt sich lebhaft für eine Frage, der ich meine besten Kräfte weihe.

— Was! Du machst aus dieser schönen, reichen Patrizierin eine Socialdemokratin?

— So weit bin ich nicht — ich sagte nur, sie interessirt sich ... für was interessirt sie sich nicht? — Vielleicht könntest Du sie auch für Dein Steckenpferd gewinnen ...

— Du kannst mich also in ihrem Hause vorstellen — vielleicht auch hier ... im nächsten Zwischenact?

— Nein, auf Logenbesuche bin ich nicht eingerichtet, aber an einem Nachmittag — Fräulein Goth empfängt drei Mal wöchentlich von 4 bis 6 — kann ich Dich im Grand Hotel einführen. Dort wohnt nämlich unsere Schöne — in einem Appartement von vier Zimmern im ersten Stock.

— Sie ist wohl sehr reich? ...

— Ihr Einkommen beträgt, ich weiß es genau — und sie will ja auch kein Geheimniß daraus gemacht haben — 75.000 Mark.

— Und noch unverheiratet? ...

— Das ist mir auch ein Räthsel. An dem Mädchen ist mir Vieles räthselhaft.

Als das Stück zu Ende war, stellten sich die beiden Freunde am Fuße der Treppe auf, um die Vielbesprochene herabkommen und vorbeigehen zu sehen.

In einen langen weißseidenen Mantel gehüllt, weiße Spitzen um den Kopf geschlungen, schritt sie die Treppe herab, ihre Begleiterin am Arm.

Als sie an Dr. Arold vorbeikam, grüßte dieser mit einer ehrerbietigen Verneigung.

Ludmilla blieb stehen.

— Guten Abend, Herr Doctor — es ist ein großartiges Stück . . . Vieles, Vieles ist mir da klar geworden von dem, was Sie mir öfters klar zu machen suchten . . .

— Ich bin dem Verfasser sehr dankbar, daß er der Verworrenheit meiner Auseinandersetzungen nachgeholfen hat, ich finde indessen, daß das Stück gar keine Lösung bringt . . .

— Soll es denn das? . . . ich habe tiefen Eindruck empfangen . . . ich trage eine Frage mit mir nach Hause — das ist nachhaltiger als eine Antwort . . . Wir müssen darüber reden . . . wenn Sie wollen, noch heute Abend. — Wir werden, Frau Marqua und ich, unten im Restaurantsaale eine Tasse Thee nehmen, kommen Sie hin . . .

— Ich bin mit einem Freunde — erlauben Sie: Herr Carl Cremer — fügte er vorstellend hinzu.

Ludmilla neigte leicht den Kopf. — Bringen Sie Ihren Freund mit, sagte sie und eilte zum Ausgang, denn eben winkte der Diener, daß der Wagen vorgefahren sei.

Während der kurzen Fahrt gab die alte Dame ihr Urtheil über das eben gesehene Stück ab:

— Es war recht hübsch. . . Das Kleid der Hohenfels im letzten Act hat mir noch besser gefallen als das im zweiten . . . aber der Schluß heißt gar nichts: man weiß nicht, wird sie den fleißigen Commis heiraten oder nicht? Und um den eleganten Bräutigam ist mir leid — war denn das ein genügender Grund, mit ihm zu brechen, weil er sich mit den Leuten etwas streng gezeigt hat? . . . Freilich, er wollte eine reiche Heirat machen und das durchblickt das Fräulein; — aber wer will denn heutzutage keine reiche Heirat machen? — ein junger Mann aus guter Gesellschaft und mit hübschen Manieren hat ja ein Recht darauf, wenn er sich etablirt, und wenn er auf die Freuden des Garçonlebens verzichtet, eine anständige Mitgift zu fordern . . . und glauben Sie etwa, daß der Commis nicht auch froh sein wird, die reiche Tochter seines Patrons zu kriegen? Was mir aber an dem Stück gar nicht gefällt, das ist das Beiwerk, das ganz unnütze und unschöne . . . solche elende alte Arbeiter und ihre kranken Töchter — das ist doch weder poetisch noch amüsant . . . es war nur, um den Effect mit den Maschinen anzubringen, was freilich sehr hübsch — als Decoration — wirkt; aber der Verfasser hat offenbar nicht daran gedacht, daß er diesem Effect zu Liebe ein gefährliches Element in sein Stück gebracht hat, nämlich diese Klagen über Arbeiterelend — das reizt die Leute auf der Galerie auf; — und gerade jetzt, wo so viel in den Zeitungen steht von Arbeiterunruhen und wo so unheimliche revolutionäre Ideen auftauchen, sollten die Autoren es sorgfältig vermeiden, solche Dinge zu berühren. . . Man geht doch in's Theater, um sich zu unterhalten und wenn schon etwas ernstes vorgeführt wird, so soll es so sein, daß es die ärmeren Classen moralisirt, daß es sie Zufriedenheit lehrt — denn glauben Sie mir, Zufriedenheit ist die Hauptsache.

Der Wagen hielt vor dem Grand Hotel. Das riß Ludmilla aus ihrem Nachdenken.

— Ist die Hauptsache, wiederholte sie aus Höflichkeit die zuletzt gesprochenen Worte. Das übrige hatte sie gar nicht gehört.

Zehn Minuten später betraten Dr. Arold und Cremer den ziemlich dicht besetzten Restaurationssaal, wo in einer Nische an einem runden Tischchen die beiden Frauen schon beim Thee saßen. Sie traten hinzu:

— Von Ihrer gütigen Erlaubniß Gebrauch machend . . .

— Ja, ja, unterbrach Ludmilla, setzen Sie sich, meine Herren — kann ich Ihnen auch eine Tasse an-bieten? . . . aber Sie nehmen wahrscheinlich lieber Bier oder Wein? . . . nur ganz ohne Umstände . . . bestellen Sie, was Ihnen beliebt . . . was getrunken wird, ist einerlei — ich habe nur Durst nach Ihrer Kritik über das verlorene Paradies, Dr. Arold. Und auch wie es Ihnen gefallen hat, Herr — Herr . . . verzeihen Sie, aber in der raschen Vorstellung, wie das schon geht, ist mir —

— — Mein Name ist Carl Cremer, gnädiges Fräulein — meines Zeichens Verlagsbuchhändler —

— — Und auf der Suche eines zu gewinnenden Para-dieses, ergänzte Arold.

— Also auf Freiersfüßen? mischte sich die alte Frau in das Gespräch.

— Meine mütterliche Freundin, Frau Darion de Courtevoye, schaltete Ludmilla ein.

— Nein, gnädige Frau, so hat es mein Freund nicht gemeint. Er spielte vermuthlich auf dasjenige an,

was er sonst auch als mein Steckenpferd oder meine
Narrheit zu bezeichnen pflegt: nämlich mein Bestreben,
nach Wien eine Bewegung zu verpflanzen, deren Ziel
jedenfalls ein paradiesisches wäre, ein Ideal.

— Ah endlich einmal jemand, der für das Ideale
schwärmt! rief Frau Darion. Das thut wohl — man
muß heutzutage so viel Realistisches und Materialistisches
hören, daß es mich lebhaft freut, wenn ein junger —
besonders ein junger Mann, denn die Alten sind noch
nicht so verderbt, die gefährlichsten sind die „Jüngsten" —
sich für das Ideale begeistert . . .

— Jeder Mensch, der sich begeistern kann, hat
Ideale, gnädige Frau, — es kommt nur drauf an, ob
es die alten, ob es die neuen Ideale sind, bemerkte
Arold.

Frau Darion erwiderte nichts. Für sie gab es keine
Wandelbarkeit in dem Begriff Ideal. Sie sah darin nur
ein in seinen Umrissen zwar sehr verschwommenes, in
seinen Wurzeln aber fest stehendes, und je weiter zurück
in der Vergangenheit wurzelnd, desto edleres Etwas.
Weiteren Erörterungen über dieses Thema fühlte sie sich
jedoch nicht gewachsen und darum ließ sie das Gespräch
fallen. Uebrigens kam auch in diesem Augenblick die Ver-
körperung eines ganz materiellen Etwas herbei, das
ohnehin alle „idealen" Gedankenfäden jäh abgeschnitten
hatte, nämlich der Kellner mit der Speisekarte in der
Hand:

— Haben die Herren schon bestellt?

Und so wurde denn bestellt. Während der Ver-
handlung zwischen dem Kellner und den Gästen „Entre-

côte mit pommes sautées sehr zu empfehlen" u. s. w.,
blickte Ludmilla im Saal umher. Die Opernvorstellung
war etwas später zu Ende gegangen, als die des Burg=
theaters und es kamen eben mehrere neue Besucher her=
ein, welche sich in der Nähe — Ludmilla hatte den leersten
Winkel des Saales ausgesucht und hierher drängten, na=
türlich, die Neuangekommenen — an vier oder fünf
Tischen niederließen. Zumeist Fremde, — Engländer,
Russen, Amerikaner, die das Hotel bewohnten, und
welche Ludmilla hier schon öfters gesehen hatte. Dann
eine sehr aufgeräumte, elegante kleine Gesellschaft von
vier jungen Leuten in schwarzem Frack mit Gardenia=
blüthen im Knopfloch und zwei sehr auffällig gekleideten
Dämchen mit stark aufgetragenem Reispuder und schwarz
gefärbten Augenbrauen. „Einige Flaschen Roederer carte
blanche in Eis" war das erste den Kellnern ertheilte
Commandowort. An dem dicht neben Ludmilla befind=
lichen Tisch nahm ein einsamer Gast Platz und bestellte
einen Krug baierisches Bier.

    — Mein verehrtes Fräulein, sagte Dr. Arold, ich
sehe es Ihnen an: Sie machen Studien — ich kenne
diesen Gesichtsausdruck bei Ihnen . . . Sie betrachten,
Sie generalisiren schon wieder — auf zwei oder drei
Indicien bauen Sie ganze Geschichten auf . . .

    — Ja, ich gestehe: eben habe ich unsere Umgebung
nach den bestellten Getränken classificirt: dort beim Cham=
pagner: die Welt in der man sich amüsirt — der ein=
same Mann mit dem braunen Bier: das bedeutet
Philister; Sie haben eine Flasche Rothwein verlangt:
das bedeutet frohen Thatendrang . . .

— Und sie trinken Thee — das bedeutet, verzeihen Sie — etwas zimperliche Vornehmheit. Dem Biermann aber — fügte er leiser hinzu, denn der Nachbartisch stand nicht außer Gehörweite — thun Sie unrecht, glaube ich. Der hat kein Philistergesicht. Der ist auch kein Bourgeois. Entweder ein alter Militär oder ein alter Künstler . . .

— Was Sie nur immer mit Ihrem verächtlichen „Bourgeois" sagen wollen? Für uns fängt doch der Mensch nicht erst beim Baron an?

— Nein, er hört aber beim Bourgeois auf für mich.

— Nun ja, ich weiß, es ist ein Wort aus dem socialistischen Vocabularium, aber dessen Sinn ist mir nicht klar. Sie werden mir ja die ganze Wissenschaft beibringen und mich so wieder etwas ärmer machen. —

— Aermer? Wie können Sie das sagen? Wissen bereichert.

— Ach, Sie wissen nicht, wie weh es thut, das Abbröckeln der Naivität . . .

— Sie sind ein sonderbares Geschöpf, Fräulein Ludmilla, erklären Sie mir . . .

— Tauschen wir nicht die Rollen. Das Erklären ist an Ihnen. Ich bat Sie hierherzukommen, weil ich noch heute, frisch unter dem Eindruck dieses Stückes von Ihnen hören wollte, wie Ihre Doktrinen über das Loos der Arbeiter —

— Aber wo denken Sie hin? Wäre denn hier der Ort — man kann nicht wissen, von wem man gehört wird — umwälzende Theorien zu entwickeln?

— Wollen Sie sagen: revolutionäre Theorien — etwa gar anarchistische? . . .

— Sie werfen die Worte und Begriffe durcheinander . . . das A B C der Sache, um die Sie mich da befragen wollen, ist Ihnen unbekannt . . . in dieser Hinsicht ist von Ihrer Naivität noch nichts abgebröckelt; ich muß darauf verzichten, Ihren Wunsch zu erfüllen. Das heißt: an diesem Orte und in dieser Stunde. Nach und nach, bei geeigneter Gelegenheit, will ich gewiß fortfahren, Ihnen in das Gebiet Einblick zu verschaffen, dem mein ganzes Sinnen und Trachten zugewendet ist, denn, wo ich nur immer kann, erfülle ich, was mir als eine Pflicht erscheint, die Aufgabe, an jener Naivität zu rütteln, in der die Mitwelt befangen ist.

— Nun gut, so lassen wir den Gegenstand auf ein andermal . . . aber da ich nun heute durchaus etwas lernen wollte, sagen Sie mir, Herr Cremer, was sind die Pläne und Ideen, mit denen Sie sich tragen?

— Das wird sich wohl auch nicht in wenige Worte fassen lassen . . . entgegnete der Angeredete. Und ich wollte von Ihnen gut verstanden werden, gnädiges Fräulein, denn Sie könnten mir bei der Ausführung dieser Ideen von höchstem Nutzen sein.

Ludmilla schüttelte den Kopf.

— Das bezweifle ich. Schauen — fragen — zu verstehen trachten, das ist das Höchste, wozu ich den verschiedenen Problemen und Erscheinungen des Lebens gegenüber gelange; — handeln, wirken, mitthun, das kann ich nicht. Sie sprachen vorhin von einer Bewegung, die Sie nach Wien verpflanzen wollen . . . wie könnte

ich da mithelfen? Einmal bin ich fremd hier, habe so
gut wie keine Beziehungen und — wie gesagt: ich bin
und bleibe passiv; das äußerste, was ich für eine
Bewegung thun kann, ist, mich von derselben ergreifen
zu lassen — und das nicht, ohne mich vorher zur Wehr
zu setzen.

Der einsame Biertrinker am Nebentisch hatte seinen
Sessel unvermerkt noch ein wenig näher gerückt, und
obwohl er ein Zeitungsblatt in der Hand hielt, war er
nicht mit Lesen beschäftigt.

In der Champagnergesellschaft ging es immer
lauter und lustiger her. Der eine von den Herren schien
ein großer Witzbold zu sein, denn so oft er eine Aeußerung
machte, brach die ganze Tafelrunde in eine Lachsalve aus.
Jetzt mußte ein Anderer eine von Sittenstrenge zeugende
Bemerkung hervorgebracht haben, denn der Witzbold
rief — und die übrigen secundirten nach der bekannten
Melodie — „Jessaß, Jessaß sso ssolid!"

— Meine liebe Ludmilla — es ist schon spät . . .
gehen wir, sagte Frau Darion.

— Sie haben recht. — Und Ludmilla erhob sich. —
Gute Nacht, meine Herren, — wir können heute doch
nicht mehr alle Fragen und Probleme und Bewegungen —
oder wie man's nennen will — erledigen. Ein nächstes
Mal . . .

Die Kellner waren herbeigestürzt, um den Damen
die Mäntel umzuhängen. Dr. Arold war ihnen aber
zuvorgekommen und er legte selber die weiße weiche
Hülle um Ludmilla's Schultern.

— Darf ich an einem Nachmittag meinen Freund mitbringen — fragte er leise — auf daß er seine „Bewegung" erläutere?

— Gewiß, es wird mich freuen.

Nachdem sich die Saalthür hinter den beiden Frauen geschlossen, wurden verschiedene Kellner zu verschiedenen Tischen herbeigewinkt:

— Wer sind denn diese Damen?

II.

Am folgenden Tag überbrachte der Portier einen an Fräulein Ludmilla Goth im Hotel abgegebenen Brief.

Die Schrift war ihr unbekannt, die Unterschrift hingegen: „Hans von Brahl, Oberst a. D." erweckte die Erinnerung an ihre Kindheit, mit dem gleichzeitigen Bewußtsein, daß sie diesen Namen oft gehört haben müsse.

Und in der That: nachdem sie die ersten Zeilen gelesen, hatte sie das deutliche Bild einer Scene vor Augen, die sich im Jahre 1871 — sie war damals sieben Jahre alt — in ihrem Elternhause abgespielt: Das Arbeitszimmer ihres Vaters, braune Ledermöbel; ein Broncebriefbeschwerer, in Form eines den Kopf umwendenden Windspiels . . . dunkelgrüne Plüschvorhänge, ein mit Elfenbein eingelegter Rococo-Kasten, welcher in einem seiner Schubfächer Chocoladebonbons enthielt. . . Papa lehnt in dem Sopha zurück und sie, die kleine Ludmilla, in weißem, blaugetupftem Kleide — ja, sie sieht noch genau das Muster: linsengroße, himmelfarbene Tupfen — neben ihm, den Arm um seinen Hals geschlungen. Da tritt ein Herr in Uniform herein. Was gesprochen wurde, das weiß sie nicht mehr. Nach einer Weile aber sieht sie, wie der Vater beide Arme in die Luft hebt, wie er dann mit einem Schrei zusammenbricht. . . Erst später erfuhr sie, was dieser Auftritt

bedeutete. Major v. Brahl war gekommen, Herrn Goth
die letzten Grüße seines Sohnes — des neunzehnjährigen
Lieutenants Hermann Goth zu bringen, der an seiner
Seite im Gefechte bei Bazeilles gefallen war. Der Major
reiste an demselben Tage, an dem er die Unglücksbotschaft
gebracht, wieder fort von Hamburg und Ludmilla hatte
ihn seither nicht gesehen; aber den Namen Brahl hatte
sie noch oft im Hause nennen gehört, wenn von dem
Ende ihres Bruders erzählt wurde.

In dem Brief, den sie jetzt in Händen hielt, bat
der Schreiber um die Erlaubniß, dem Fräulein seine
Aufwartung machen zu dürfen. Als gänzlich Unbekannter
hätte er dies nicht gewagt, aber er dürfe sich darauf
berufen, ihrem Bruder befreundet gewesen zu sein und
auch sie selber einmal in ihrem eigenen Vaterhause ge=
sehen zu haben — zwar unter sehr traurigen Umständen
und nur ein einziges Mal. Er wohne im selben Hotel
(dürfte sich somit auch auf Hausgenossenschaft berufen)
und erbitte eine Zeile mit Angabe der Stunde, um welche
er sich — wenn überhaupt — einfinden dürfe.

Ludmilla entsandte sofort ein zustimmendes Billet:
sie sei eben zu Hause und würde sich ein Vergnügen
daraus machen, den Herrn Obersten von Brahl am selben
Vormittag bei sich zu sehen.

Eine Viertelstunde später ließ der Besucher sich auch
schon anmelden. Das Zimmer, in welchem Fräulein Goth
sich aufhielt, um ihre Freunde zu empfangen, war ein
geräumiger, mit gelbem Damast ausgestatteter Salon,
dessen Hotel=Banalität durch die Art und Weise, wie
die Möbel gestellt waren, und durch die Anfüllung mit

allerlei perſönlichem Beſitz — Bilder, Vaſen, Bücher,
Flacons, Fächer — vortheilhaft aufgehoben war. Nament=
lich ein großer Reichthum von Blumen verlieh dem Raume
Anmuth und Duft. Gruppen von Palmen und Blatt=
pflanzen ragten in den Ecken hinter dem Schreibtiſch und
neben den Sitzmöbeln hervor; große, loſe gebundene
Sträuße von Flieder und von Roſen füllten die Vaſen.

Es war Ende Mai; die herabgelaſſenen Gitterläden
ſchloſſen das zu grelle, mittägliche Sonnenlicht aus, doch
ließ eine offene Spalte der Balconthür etwas Frühlings=
luft und etwas Großſtadtlärm hereindringen.

Frau Darion, welche ſtets anweſend ſein mußte,
wenn Ludmilla Beſuch von Herren empfing, war mit
Sticken beſchäftigt. Man ſah ſie zu Hauſe nie anders,
als mit einer Tapiſſerie=Arbeit in Händen und einen
großen, rohrgeflochtenen, ſeidengefütterten Korb zur Seite,
mit viel färbigen Wollknäueln bis zum Rande gefüllt.
Auf dem weißen Scheitel eine ſchwarze Spitzenhaube, in
reiche, dunkle Stoffe gekleidet, ein paar funkelnde Bril=
lantenringe an den emſigen Fingern: ſo gab die alte
Dame ein würdevolles, vornehmes Bild ab. Ebenſo vor=
nehm wirkte die ſchlichte Art, in welcher Ludmilla im
Hauſe und auf der Straße ſich zu kleiden pflegte —
glatte, engſchließende, ſogenannte „engliſche Toiletten“,
aus weichem, grauem Wollenſtoff; das Haar in goldig
glänzenden Wellen zurückgekämmt und am Hinterkopf
in einen feſten Knoten geſchlungen.

Oberſt von Brahl trat ein. Ludmilla erkannte den
Tiſchnachbar von geſtern Abend — den einſamen Bier=
trinker. So hatte ihn Dr. Arold richtig taxirt: geweſener

Soldat. Daß auch die zweite Eigenschaft: „alter Künstler"
errathen worden, sollte sie erst später erfahren. — Herr
v. Brahl war ein vorzüglicher Maler und ein begnadeter
Dichter. Er mußte in seiner Jugend ein sehr schöner
Mann gewesen sein — noch jetzt konnte die Erscheinung
des Sechzigers fesseln und gefallen. Sehr groß, übertrieben
schlank und gerade, die Taille in einem fest zugeknöpften
Gehrock, um die Mitte wie geschnürt, der Kopf mit
dichtem, kurzgeschorenem, weißem Haar, mit Schnur-
und Knebelbart, regelmäßigen, wenn auch eingefallenen
Zügen, erinnerte er an die alten Porträts niederländischer
Ritter. Dazu paßte auch vortrefflich der große Schlapphut, den er zu tragen gewohnt war, den er aber heute
— bei diesem einer Dame gemachten Ceremonienbesuch
gegen den Cylinder vertauscht hatte.

Nachdem die ersten Begrüßungs- und Vorstellungs-
phrasen erledigt waren und man sich gesetzt hatte, erklärte der Oberst die Ursache und das Ziel seines Besuches.

— Sie sehen in mir, mein geehrtes Fräulein, einen
Lauscher, einen Spion, einen Kundschafter. Gestern Abend
hatte ich das Glück, im Restaurationssaale in Ihrer
Nähe zu sitzen . . .

— Ich habe Sie gesehen, Sie lasen sehr aufmerksam die Zeitung . . .

— Gott soll mich hüten — das ist eine der Qualen,
der ich thunlichst aus dem Wege gehe. Ich habe die
ganze Zeit nur Sie und Ihre Tischgenossen beobachtet;
auch habe ich fast jedes Wort gehört, das da gesprochen
wurde. Ihr Anblick fesselte mich vom ersten Augen-

blicke . . . verzeihen Sie, es ist nicht als Compliment gemeint; aber wenn man Malerei betreibt, so kann man von einem erblickten schönen Gesicht nicht so leicht wieder wegschauen, namentlich wenn ein lebhaftes Mienenspiel den Zügen so verschiedene Bedeutungen gibt. Diese Frau — ich hielt Sie für eine Frau — diese Frau muß ein außergewöhnlich interessanter Mensch sein.

— Das war jedenfalls eine Täuschung, schaltete Ludmilla lächelnd ein.

— Wird sich erst zeigen. Da jedoch Ihre Freunde Sie mit „Fräulein" ansprachen, ordnete ich Sie in die Kategorie der Künstlerinnen. Jedenfalls eine berühmte Schauspielerin — oder so etwas, dachte ich.

— Sehen Sie, wie leicht Sie irren . . .

— Nun, wenn Sie zufällig nicht Künstlerin geworden, so beweist das noch keinesfalls, daß Sie nicht das Zeug dazu hätten. Kurz, Sie hatten mein lebhaftestes Interesse erweckt und neugierig lauschte ich nach jedem Wort, das zu mir herüberdrang. Nachdem Sie fortgegangen, nahm ich einen Kellner in regelrechtes Verhör und erfuhr Alles, was sich über Sie hier erfahren läßt. Sie waren mir also keine Fremde mehr — Ludmilla Goth aus Hamburg! Die hatte ich ja als kleines Mädchen im Vaterhause gesehen — die war die Schwester eines braven Jungen, der in meinen Armen gestorben war . . . Dann frug ich — wenn man schon neugierig ist, so ist man's ordentlich — wer die Herren gewesen seien, die Ihnen Gesellschaft geleistet. Natürlich witterte ich in dem Einen einen gern gesehenen Curmacher —

— Wieder ein Irrthum. Gern gesehen, ja — Cur=macher, nein.

— Der Andere war Ihnen eben erst vorgestellt worden, über den wußte man mir auch nicht Auskunft zu geben. Aber wer Dr. Arold sei, konnte man mir sagen — auch daß er das Glück und Privileg hat, Sie sehr oft zu besuchen.

— Herr Oberst, Dr. Arold ist mein Rechtsfreund, er nimmt alle geschäftlichen Sorgen von mir und seine Besuche bei mir beruhen auf keinem Privileg. Zudem ist er ein unterrichteter, talentirter, angenehmer Mensch, Schriftsteller —

— Und Socialist —

— Nun ja . . . Socialist, was weiter? . . . jeder dritte oder vierte Mensch, dem man heute begegnet, nennt sich so oder wird so genannt. —

— Dr. Arold ist kein — wie soll ich sagen — platonischer Socialdemocrat, er ist einer der fleißigsten Redner — so sagte man mir — in den hiesigen Arbeiter=versammlungen.

— Und was geht das — mich an?

— Sie wollten sagen, ich sehe es an Ihrer zornigen Miene, was es mich anginge? Eigentlich Nichts. Aber aus den zwischen Ihnen und Dr. Arold gestern ge=tauschten Worten habe ich entnommen, daß Sie sehr begierig sind, in diese Frage eingeweiht zu werden und daß jener Herr die Belehrung besorgen will. Sie sind selbständig, reich, begeisterungsfähig — wer weiß, zu welchen Dingen ein Parteimann versuchen könnte, Sie

2*

hinzureißen, um seinen Zwecken zu dienen. Wenigstens sollen Sie wissen: es ist ein Parteimann, der zu Ihnen sprechen wird, das heißt also — der Sprachgeist trifft hier wieder einmal das Richtige — daß der Mann nicht unparteiisch ist. Auch der Andere stellte Ihnen die Einweihung in eine „Bewegung" in Aussicht ... Sie unglückliches Fräulein.

— Es war also, um mich zu warnen?

— Zu warnen und zu schützen, wenn es sein muß. Lassen Sie einen erfahrenen alten Kriegsknecht und Menschenkenner Ihnen zur Seite stehen. Es mag sein, daß diese beiden Herren — nennen wir sie: Motoren — die lautersten Absichten haben — aber wenn auch: Sie sollen sich nicht hineinreißen lassen in sogenannte „Fragen". Ich hörte, was Sie gestern sagten von „abgebröckelter Naivität" ... lassen Sie nicht weiterbröckeln: aller Lebensgenuß hört auf, wenn man —

— Ist aber Genießen auch wirklich Lebenszweck?

— Da haben wir eine wirklich naive Frage ... Wenn sich die Rose selber schmückt, sagt das Sprichwort, so schmückt sie auch den Garten. Wenn Einer selber glücklich ist, so trägt er sein ganz beträchtliches Theil zum Menschenglück bei. Ist es nicht mathematisch richtig, daß, wenn Jeder im Stande wäre, diesen Theil zu liefern, dadurch der Traum der Aufopferungsprediger erreicht wäre — nämlich das allgemeine Wohl? Aber es bleibt beim allgemeinen Weh ... Ragen da ein paar lichte Ausnahmen heraus — Wesen, die Alles haben, um sich des Lebens zu freuen: Reichthum, Schön-

heit, Liebreiz, Geist, Jugend: nun so mögen die doch
diese Gelegenheit nicht versäumen und sich nicht durch
Phantasten, Propheten, Intriganten oder gar Aus=
beuter um ihren in der Schicksalslotterie gezogenen
Haupttreffer betrügen lassen. Erlauben Sie, daß ich
Ihnen Wachdienst leiste, gnädiges Fräulein.

— Ob Sie nicht etwa selber ein Intrigant sind? —

— So ist's recht! Nur ein bischen Mißtrauen —
nur nicht von vornherein in jedem Menschen einen braven
Menschen wittern — das ist fast ebenso schlimm, wie
in Jedem einen Schuft zu sehen. Unschuldige soll man
nicht verdammen — aber Verdienstlose auch nicht mit
Großkreuzen decoriren. Ihre Achtung, Ihr Vertrauen
sind werthvolle Ordenszeichen, Fräulein Goth, vertheilen
Sie sie nicht leichtfertig.

— Sie haben doch auch ziemlich leichtfertig eine
gute Meinung von mir gefaßt, da Sie meine günstigen
Gesinnungen mit werthvollen Orden vergleichen . . . nein,
nein, antworten Sie Nichts — Sie könnten mir wieder
ein Compliment machen und das höre ich wirklich nicht
gern . . . Den Wachdienst, den Sie mir angeboten,
will ich gern annehmen, dabei aber vorläufig vor Ihnen
selber auf der Hut bleiben. Ich bin ja froh, wenn mir
Schutz und Rath geboten wird — denn ich bin hier
recht einsam. Sie sind mir kein ganz Fremder . . . die
Briefe, die Hermann vom Feldzuge her nach Hause
schrieb und die meine Eltern lang aufbewahrt und noch
in viel späteren Jahren einander und mir vorlasen, er=
zählten viel von einem wunderlichen edlen Mann —
einem Major von Brahl, unter dem er diente und der

mit ihm so väterlich gut sei. — Der Name war mir entfallen ... nur heute, als ich Ihre Karte vor Augen hatte, stieg mir die ganze alte Erinnerung wieder auf und mir war, als sollte ich jetzt endlich Onkel Brahl wiedersehen.

Der Oberst ergriff Ludmilla's Hand und führte sie an seine Lippen.

— Dieses Wortes will ich mich werth zeigen, sagte er gerührt.

III.

Warum haben Sie kein Wort gesprochen, liebe Marqua? fragte Ludmilla, nachdem der Oberst sich entfernt hatte.

Der Name Marqua war eine Abkürzung des Titels, mit welchem Madame Darion de Courtevoye angesprochen zu werden berechtigt war. Anfänglich hatte Ludmilla ihre Gesellschafterin auch „Marquise" genannt, bald aber hatten beide Frauen eingesehen, daß in dieser Ansprache unter den gegebenen Umständen etwas Anspruchsvolles und Geziertes lag und so wurde sie durch „Marqua" ersetzt, was wie ein seltener Taufname klang.

— Warum ich nichts gesprochen? . . . Ich pflege ja überhaupt selten mich in Ihre Unterhaltung zu mischen. — Das Stichzählen an meiner Stickerei beschäftigt mich vollauf — und aufrichtig: manche von Ihren Besuchen, auch dieser Oberst da, sagen so verwickelte Dinge, daß ich mir lieber nicht den Kopf anstrenge, den Sinn davon herauszubringen. Im Ganzen glaube ich, können Sie froh sein, diese Bekanntschaft gemacht oder — vielmehr — erneuert zu haben, denn der alte Herr scheint ein respectabler Herr zu sein — und eigentlich sind Sie ja recht einsam hier in Wien.

— Eigentlich ja, bestätigte Ludmilla mit einem Seufzer. Sie hatte in der That keine Ursache, mit ihrem

Aufenthalte in Wien sehr zufrieden zu sein. Mit Empfehlungen an den deutschen Consul versehen, hatte sie erwartet, in die Gesellschaft und zwar die „erste" aufgenommen zu werden, sie hatte geglaubt, in Salons Eingang zu finden, wo die geistigen und künstlerischen Größen der Hauptstadt verkehren; bald aber mußte sie erfahren, daß die hiesige „erste" Gesellschaft — also die Hof= und Diplomatenkreise — Fremden, die keinen hohen Rang einnehmen, ganz verschlossen bleiben, und daß es solche Salons, in welchen die Geistesaristokratie von der Geburtsaristokratie zugezogen wird, in Wien überhaupt nicht gibt. Zudem begegnete ihr von vielen Seiten Mißtrauen: eine junge, unverheiratete Schön= heit . . . allein lebend, denn was gilt eine Gesellschafterin, auch wenn man sie für eine Marquise ausgibt? — von einem Ort zum andern wandernd, mit allem Luxus umgeben . . . war das nicht etwas verdächtig? Jeden= falls nichts gewohntes, nichts regelmäßiges: besser, man meidet zu große Annäherung. . . . Und so kam es, daß diejenigen Damen, bei welchen Ludmilla sich von der Gattin des deutschen Consuls hatte einführen lassen, zwar eine steife Gegenvisite machten, oder auch nur ihre Karten abgaben, aber keine weiteren Einladungen folgen ließen. Nur in einem Hause wurde ihr mit der ganzen Freundlichkeit und Achtung begegnet, auf welche sie sich berechtigt fühlte, Anspruch zu erheben: das war das Haus eines hohen Staatswürdenträgers und seiner Frau — Baron und Baronin Bisthurn.

Mit Dr. Arold war Ludmilla in Geschäftsange= legenheiten bekannt geworden, doch hatte sich der Umgang bald zu einem lebhafteren gestaltet. Beide erkannten in einander denkende, interessante Menschen, ihre Gespräche verließen das Gebiet des Geschäftlichen und boten gegenseitig vielseitige Anregung. Dr. Arold kam immer häufiger, an den Tagen, an welchen Ludmilla für ihre Bekannten zu Hause war. — Von vier bis sechs stand da in dem hübschen Grand Hotel-Salon ein Tischchen, auf dem der Samovar brodelte, die stickende Marquise saß in ihrer Ecke und Ludmilla unterhielt sich mit ihren Besuchern — ein ziemlich bunter Kreis. Am liebsten war es ihr, wenn Dr. Arold zufällig allein da war, und, von Andern ungestört, seiner Unterhaltungsgabe freien Lauf lassen konnte. Eines konnte nicht ausbleiben und war auch nicht ausgeblieben. Man ist nicht ungestraft schön, jung und reich. Es fand sich natürlich ein Chor von Freiern ein: „für das gute Motiv", wie die Franzosen sagen und einige auch für das schlechte. Ludmilla's Reichthum und ihr — trotz der Außergewöhnlichkeit ihrer Existenz — tadellos gebliebener Ruf zog die Brautwerber, — ihre Schönheit und immerhin auf Emancipation deutende Selbständigkeit — die Gunstbewerber an. Aber nicht Einer von jenen, die jetzt ihren Hof bildeten, konnte sich eines Vorzuges, einer Ermuthigung rühmen. Sollte ihr Herz anderswo gebunden oder sollte sie kalt und fühllos sein? . . . So fragten sich die Anbeter, im Innern wenigstens daran sich labend, daß offenbar Keiner glücklicher war als der andere.

Keine der beiden Voraussetzungen traf zu: Ludmilla's Herz war weder vergeben, noch fühllos. Im Gegentheil: eine tiefe Sehnsucht nach einer großen, gewaltigen Liebe

wohnte ihr inne — doch waren ihre Erwartungen, ihre
Ansprüche ungeheuer hoch gespannt. Ein Gott sollte er
in ihren Augen sein, der Mann, dem sie sich zu Eigen
geben wollte. Zwar nicht ihre erste Liebe hatte sie zu
verschenken, — in ihrer frühen Mädchenzeit waren so
manche Schwärmereien in das Tagebuch eingetragen
worden und im zwanzigsten Jahre hatte sie eine innige
Neigung zu einem Manne gefaßt, der auch ihr Verlobter
wurde, der sich aber als ein Unwürdiger erwies. Die
Wunde hatte stark und lange geschmerzt; eine Bitter=
keit, ein Mißtrauen gegen die Männerwelt war ihr von
diesem Erlebniß geblieben und durch viele Jahre war
sie gegen neue Liebe gefeit. Jetzt aber war der Drang
nach Glück wieder in ihr erwacht, — der Drang, geliebt
zu werden, von Einem, den sie wieder lieben könnte,
mit aller Gluth und Leidenschaft, mit Bewunderung und
Vertrauen. Ach, sie verzweifelte daran, diesen Einen zu
finden. Sie vergaß oder sie wußte es nicht, daß die Liebe
ein gar unerklärliches selbstherrliches Ding ist, das sich
nicht nach den Eigenschaften des Gegenstandes richtet,
sondern diesen mit allerlei nur denkbaren Eigenschaften
ausstattet. Und noch ein zweiter Drang erfüllte Ludmilla's
Seele: ein Wunsch, das Treiben der Welt zu verstehen.
Sie war in den letzten Jahren so viel herumgekommen,
hatte so viel reden gehört von den Wirren der Zeit,
von neuerstehenden und absterbenden Schulen, von Nervo=
sismus und Entartung, von revolutionären Träumen und
reactionären Tendenzen, von drohender Umwälzung und
verheißender Neugestaltung, daß ihr das Verständniß
aufdämmerte, sie lebe in einer bedeutungsvollen, gähren=

den Epoche, in welcher große Dinge sich vorbereiten, in welcher Ereignisse von ungeheuerer Wucht bevorstehen … Und nicht nur um **mitreden** zu können, wollte sie die Bedeutung der sie umschwirrenden Probleme verstehen, sondern auch um mitdenken und mitfühlen zu können — vielleicht sogar mithandeln, doch diese Absicht verschwieg sie noch. Sie war reich: sie wußte, daß die Gabe von Geldmitteln eine Bewegung mächtig zu fördern im Stande ist, also lag es in ihrer Hand, an dem Gang der Dinge sich nutzbar zu betheiligen.

An diesem Tage — an dem Tage nämlich, der sie um die Bekanntschaft des Obersten von Brahl bereichert — war Ludmilla im Hause Visthurn zum Speisen eingeladen. Man sollte ganz „en famille" sein, hatte es im Einladungsbillet geheißen, daher machte Fräulein Goth auch nicht große Toilette und sie ließ sich von Marqua nur bis zur Visthurn'schen Wohnung begleiten. Diese bestand aus dem ersten Stock eines am Burgring gelegenen Palais — also nahe genug vom Grand Hotel, daß Ludmilla es vorzog, sich zu Fuß dahin zu begeben.

Auf dem Wege dahin begegnete ihr Dr. Arold und Herr Cremer. Die Herren blieben stehen.

— Wir wollten eben versuchen, obwohl heute nicht Ihr Tag ist, gnädiges Fräulein, bei Ihnen vorzusprechen, sagte Dr. Arold.

— Die Unbescheidenheit, die Ungeduld, fiel jetzt Herr Cremer ins Wort … wir hätten nicht sobald von Ihrer Erlaubniß Gebrauch machen sollen … die ganze Schuld trifft mich … mein Freund Arold hat mich schon genug gescholten … seien Sie nicht böse.

Ludmilla schaute den Sprecher lächelnd an. Der
Eifer, mit dem er sprach, seine etwas zitternde Stimme,
seine bewegte Miene fielen ihr auf. Dabei bemerkte sie
auch — was sie gestern nicht beachtet hatte, daß der
junge Buchhändler ein sehr hübscher Mann war — ein
sanftes Christusgesicht, aber mit modern zugestutztem
Bart. Wohlgebaut, wenn auch nur von Mittelgröße,
gut gekleidet, wenn auch ohne auffallendem „chic". Ein
sympathischer, anständiger, bürgerlicher, vertrauenerwecken=
der Mensch: das war das Verdict, welches Ludmilla in
Gedanken abgab, während sie freundlich erwiderte:

— Da gibt es wahrlich nichts zu zürnen . . . im
Gegentheil — es schmeichelt mir, daß Sie meiner Auf=
forderung so schnell nachkommen wollten. Morgen Nach=
mittag — doch nein, da fällt mir ein, morgen fahre ich
zum Blumencorso . . . also übermorgen . . . Sie neigte
grüßend den Kopf und ging weiter.

— Bei Tageslicht ist sie noch entzückender! rief
Cremer.

— Sei kein Narr, war Arold's wohlmeinende
Antwort.

Um die kleine Tafelrunde im Bisthurn'schen Hause
war thatsächlich nur die Familie versammelt: Ludmilla
saß zwischen Vater und Sohn; Mutter und Tochter ihr
gegenüber. Außerdem waren noch anwesend der Bruder
der Hausfrau, Ritter Udalrich von Aehrenberg, und eine
adoptirte Nichte derselben, Fräulein Maria Dobicic, ein
sehr stilles, blasses Mädchen von achtzehn Jahren. Be=
sonders still und blaß im Gegensatze zu ihrer gleich=

altrigen Cousine, Nanette Bisthurn, die sehr lebhaft und
heiter war, dabei frisch und rosig wie eine halbgeöffnete
Centifolie. Ueberhaupt eine aus lauter hübschen Leuten
bestehende Familie: Albrecht, der Sohn, ein hochgewachsener
blonder Jüngling von neunzehn Jahren, mit sprossendem
Backenbärtchen, sah wie ein junger Engländer — Erbe
eines Lordtitels aus; der Vater, Ende der Vierziger,
eine stattliche, durchaus vornehme Erscheinung, die Mutter,
um nur neunzehn Jahre älter als ihr Sohn, eine noch
schöne Frau; Nanette — zwar keine Schönheit, aber
durch ihr sonniges Lächeln, durch die vollendete Anmuth
jeder ihrer Bewegungen, durch ihr ganzes bescheidenes,
munteres, unschuldsvolles Wesen das Urbild jungfräulicher
Holdseligkeit.

Baron Bisthurn war einer der hervorragenden
Männer Wiens, die in politischen Dingen einen großen
Einfluß üben. Er besaß daher einen großen Kreis von
Anhängern und einen noch größeren Kreis von Feinden.
Seiner Gesinnung nach gehörte er der allerfortschritt-
lichsten Richtung an und soweit es — angesichts der
Gesetze und angesichts seiner Beziehungen zum Hofe —
möglich war, brachte er diese Gesinnungen auch durch
Wort und Schrift und That zur Geltung. Seinen Sohn
zog er in derselben Richtung auf. So jung das Bürschlein
eigentlich noch war, so begann sein Vater doch schon
nach und nach ihn zu seinem Freund zu machen, zum
Mitwisser seiner Anschauungen und Pläne. Er war der
Vertraute seiner ganzen Familie, der junge Albrecht.
Die Mutter und die Schwester zogen ihn so oft wie
möglich in ihre Gesellschaft, ließen sich von ihm vorlesen,

weihten ihn in ihre Interessen ein, zeigten ihm, wie
unendlich lieb sie ihn hatten und flößten auch ihm die
zärtlichste Liebe ein. Unter diesen, für den Geist und
für das Herz veredelnden Einflüssen war Albrecht zu
einem von seinen Standes= und Altersgenossen sehr
verschiedenen Menschen geworden. Die Stunden, die er
von seinen fleißig und mit Leichtigkeit betriebenen Studien
erübrigte, widmete er fast ausschließlich dem Umgang
mit den Seinen, oder dem Lesen der interessanten Buch=
erscheinungen des Tages. Ein täglicher Morgenritt im
Prater und eine halbe Stunde beim Fecht= und Turn=
meister boten ihm die nöthige körperliche Uebung, die er
zur Ferienzeit mit Fußtouren im Gebirge ergänzte. Den
gewöhnlichen Vergnügungen der jungen Herrenwelt:
Pferdesport, Spiel, Trinkgelagen und so weiter, hielt er
sich ferne; — nicht so sehr, weil seine Eltern ihn an
der Betheiligung verhinderten, als weil seine eigene
Neigung ihn nicht dahin zog. Der ganze Ton, der in
jenen Kreisen herrschte, war ihm verhaßt. Hochmuth,
Beschränktheit, „Schneidigkeit", Leichtsinn, Schaalheit,
das waren so die hervorstechenden Eigenschaften der
jungen Leute aus der sogenannten „Lebewelt". Freilich
war Albrecht auch noch durch seine Jugend und seine
Studienpflichten von dem Wirbel jener Existenz ausge=
schlossen, die das Vergnügen und das Geldhinauswerfen
als Beruf betreibt; aber, ungleich andern jungen Leuten
seines Alters und Standes, war es nicht das Ziel seiner
Sehnsucht, nach überstandenem Examen jene Existenz
aufzunehmen. Seine Zukunftshoffnung und seine Ehrgeiz=
pläne strebten nach ganz anderen Regionen. Er träumte,

einst ein großer Politiker und Staatsmann zu werden; — dabei hoffte er, in die Lage zu kommen, den freiheitlichen Principien, die ihm von seinem Vater überkommen, die dieser aber unter dem gegenwärtigen Regime nicht zur vollen Geltung bringen konnte, in einer schon fortge= schritteneren Zukunft — in zwanzig oder dreißig Jahren, wann er an's Ruder gelangt sein werde, als Partei= führer oder als Ministerpräsident — wer weiß? — zur siegenden Entfaltung zu verhelfen.

Ludmilla empfand herzliche Bewunderung für Albrecht Bisthurn, und nicht minder sympathisch waren ihr die anderen Glieder der Familie. Sie fühlte sich in ihrer Mitte immer glücklich; es war ihr jedesmal ein Fest, wenn sie eine Einladung nach dem Burgring erhielt. Fräulein Maria Dobicic, die stille und blasse, kannte sie nur wenig; dieselbe blieb des Abends oft auf ihrem Zimmer und wenn sie auch anwesend war, so mischte sie sich fast niemals in die Unterhaltung. Herrn Udalrich von Aehrenfeld sah Ludmilla heute zum ersten Male. Sie erfuhr, daß derselbe fast immer auf seinem Landgute lebe und nur höchst selten und widerwillig nach Wien komme, wenn ihn unerläßliche Geschäfte dahin führten. Auch bei diesen Gelegenheiten besuchte er seine Schwester nur alle heiligen Zeiten einmal, weil er — so hörte Ludmilla später — mit seinem Schwager durchaus nicht sympathisirte.

Das allgemeine Gespräch war noch nicht recht im Gange. Herr von Aehrenberg erklärte seiner Schwester eifrigst die Farben und die Zeichnung eines gewissen Familienwappens: nicht im rechten, sondern im linken

Felde waren die Silberlerchen und aus dem Helmbusch ragten drei und nicht fünf Federn; — dieses Thema interessirte Ludmilla wenig, aber es interessirte sie, zu sehen, mit welchem wichtigen Eifer der Ritter Udalrich (der Name klang ja auch ganz balladenhaft) diese Angelegenheit erörterte, — offenbar war die Heraldik eine von ihm sehr ernst genommene Wissenschaft.

Nach dem Rheinlachs war Roastbeef servirt worden; in die Gläser hatte man schon Ungarwein und Sherry gefüllt und jetzt hielt der Bediente eine Schüssel hin, auf der ein kunstvoller Bau von allerlei seltenen Eßsachen: Gansleber, Krebsschweife, Trüffeln und dergleichen sich erhob. Nachdem Ludmilla herausgenommen:

— Es ist doch sonderbar, wandte sie sich an Baron Visthurn, heute zum ersten Mal im Leben empfand ich etwas wie einen Gewissensvorwurf, als ich mir den Teller mit diesen Leckerbissen füllte ...

— Vielleicht vertragen Sie keine Trüffeln?

— O ja — ich bin an alles das gewohnt, habe nun jahrelang in allen Hotels und bei allen Privatdiners derlei als etwas ganz selbstverständliches hingenommen und wenn ich heute mir Scrupel machte, so ist das Stück daran schuld, das ich neulich in der Burg gesehen — an die sterbenskranke Arbeiterstochter mußte ich denken, die nicht genug zu essen hat. Gewußt habe ich es ja längst, daß viele Menschen darben, aber gegenwärtig wurde mir es erst, als mir das Bild davon vorgeführt ward, als der Dichter mit dem Finger darauf zeigte ... wie wäre es erst, wenn ich nicht nur das Spiegelbild, sondern die Wirklichkeit vor Augen hätte?

— Dann würden Sie aus Ihrem Beutel heraus dieser gesehenen Wirklichkeit abhelfen und damit wäre doch nur Ein Tropfen aus dem Meere des Elends weggeschöpft, mein liebes Fräulein, erwiderte der Hausherr.

— Darum soll man gute Werke üben, bemerkte Maria sehr schüchtern und leise.

— Darum? Mizi? Ich gestehe, daß ich den Zusammenhang nicht verstehe, sagte der Onkel lächelnd. Wie meinst Du das?

Aber das junge Mädchen wurde über und über roth; es hatte ihr schon genug Ueberwindung gekostet, den kurzen Satz zu sprechen; jetzt fand sie keine Worte, um ihren Gedanken weiter zu erklären. Es ward ihr aber aus der Verlegenheit geholfen. Herr von Aehren=berg war mit der Beschreibung des Wappens fertig geworden und sagte nun zu seinem Gegenüber:

— Ich habe Sie neulich im Theater gesehen, Fräulein Goth; zufällig und ausnahmsweise, denn ich bin kein Theaterfreund — und wenn ich schon ein Stück sehen will, so soll es ein klassisches sein . . . also zu=fällig habe ich mir auch das „Verlorene Paradies“ an=gehört . . . hat mir gar nicht gefallen . . . ich glaube, wie alles Andere, geht auch die Dichtkunst stark zurück — solche Sachen gehören doch nicht auf die Bühne . . . und die ganze Tendenz hat mich geärgert . . . ich habe da meine eigenen Ansichten — ja . . .

— Das ist immerhin etwas, sagte Visthurn, die meisten Leute haben nur die Ansichten Anderer.

— Daß ich die Deinigen nicht theile, weißt Du wohl.

— Ja, das weiß ich.

— Nur keinen Streit! fiel Frau von Bisthurn ein.

— Wir streiten ja überhaupt nie, liebe Clarissa. Wenn ich Deinem Mann sage, was ich denke, so geschieht es ja nicht, um ihn zu überzeugen . . . ebensowenig wie er mich zu einer veränderten Meinung überführen könnte . . . jeder sagt, was er denkt, ohne sich dabei über die verschiedenen Gedanken des Andern zu ärgern. Ja, es ist sogar im höchsten Grade interessant, wenn —

— Nein, nein, Udalrich, es ist im höchsten Grad unfruchtbar, und trotz der äußeren Ruhe und Höflichkeit, die Du bewahrst, wenn Du disputirst, zittert die innere Erregung doch durch Deine Stimme und ich glaube immer, daß es Dir weh thut.

— Insofern als ich die Sachen, die ich vertheidige, auch liebe und da ist es mir allerdings mitunter schmerzlich, verhöhnt zu sehen, was mir heilig ist — ja . . .

— Siehst Du, das hast Du wieder mit der gewissen heiseren Stimme gesagt und das halbverschluckte „Ja" zugefügt, welches mir auch ein Zeichen Deiner Erregung ist.

Udalrich lachte herzlich auf: Was Du für eine Beobachterin bist, Clarissa!

Sein Lachen hatte einen außerordentlich sympathischen, zum Mitlachen zwingenden Klang. Ludmilla schaute sich nun ihr Gegenüber etwas genauer an. Nicht schön, nicht häßlich. Dichtes Haar — noch kein graues darunter, obwohl er, wie Ludmilla wußte, um ungefähr zehn Jahre älter war als seine Schwester; dunkler Bart, mager, etwas nervös in seinen Bewegungen.

Udalrich — sein Taufschein trug die Namen Franz Heinrich Udalrich und den letzten Namen hatte er sich als Rufnamen ausgesucht, weil er zu seinen Neigungen stimmte — Udalrich von Aehrenberg hätte um einige hundert Jahre früher geboren werden sollen. Die Gegenwart bot ihm einen unheimlichen Lebensaufenthalt; auch flüchtete er, so viel als möglich in alte Zeiten zurück. Er las nicht viel — und nur historische Werke und am liebsten alte Familien-Chroniken; ein großer Adelsstolz wohnte ihm inne; zwar trug er denselben nicht durch äußeren Hochmuth zur Schau, aber er hatte die Ueberzeugung, daß die Sprossen alter Geschlechter eine edlere Gattung Menschen vorstellen. Der demokratische Zug der Zeit widerte ihn an. Er war jedoch nicht activ reactionär; er versuchte nicht, durch Anschluß an gleichgesinnte Politiker die Gegenwart zurückzumodeln, — er wandte sich einfach von ihr ab. Sie interessirte ihn nicht, er wollte nichts von ihr hören und so las er keine Zeitungen. Ein paar Fachblätter von heraldischen und Alterthums-Vereinen, Forst-, Landwirthschafts- und Bienenzuchtsschriften, „Ueber Land und Meer" (der Bilder wegen) und eine geographische Revue: das war alles, was er an periodischer Literatur bezog. Von den großen Tageszeitungen hielt er keine einzige. Die liberalen Blätter waren ihm verhaßt, — ohne daß er ihren Inhalt kannte; — und die antiliberalen, in die er gelegentlich hineingesehen, widerten ihn durch ihren Ton an, — denn er war vor

3*

allem eine vornehme Natur. Er mochte die Freidenker nicht, aber alles Frömmelnde und Bigotte war ihm gleich zuwider; er mochte die Juden nicht — denn aus den Zwischenheiraten des Adels und der Finanz fühlte er eine drohende Entwerthung des aristokratischen Principes heraus — aber antisemitisches Geschimpfe widerstrebte seinem guten Geschmack und seinem guten Herzen. Da ihm also die gesammte Tagespresse nur Aerger machte und die Ereignisse des Tages ihn gar nicht interessirten, so hielt er keine der Wiener Zeitungen. Nur das Kreis=blatt — Aehrenberg lebte das ganze Jahr auf seiner Besitzung Kirchbach in Oberösterreich — ein mildes, etwas clerical gefärbtes, jedoch gar nicht agressives und leitartikelloses Blättchen, wurde ihm in's Haus geschickt. Da hinein warf er täglich einen Blick und so war er doch sicher, es zu erfahren, falls irgend etwas ganz außergewöhnliches in der Welt sich zutrug: ein Todes=fall im Kaiserhaus, eine Revolution in Frankreich, ein Brandunglück in der Umgebung u. s. w. Davon brachte der „Bergbote" sicher Kunde und mehr wollte Aehrenberg auch vom Getriebe der Welt nicht wissen. Dabei äußerte der Bergbote — treu seiner Tendenz — doch hin und wieder ein Wort über die Schlechtigkeit der Neuschule, die Gefahren der socialistisch=anarchistischen Umtriebe, die Anschläge der Freimaurer und die Verwerflichkeit der „judenliberalen" Presse. Diese in ganz gemäßigtem Tone — als ob es sich nur um Constatirung allgemein bekannter Thatsachen handelte — vorgebrachten Be=merkungen wirkten — ohne daß er es selber wußte — bestärkend auf Aehrenberg's Abneigungen. In seiner

Jugend war er ein sehr eifriger Student gewesen; —
mit lebhaften Geistesgaben ausgestattet, hatte er, auch
nachdem die Studienjahre vorüber und er als Gutsherr
auf seinem Landsitz waltete, eifrig die classische Philosophie, Physik, Sprachen, Erdkunde und namentlich Geschichte betrieben. Erst später, als die moderne Natur-
forschung auftrat, als Darwin's, Haeckel's und verwandter Größen Lehren immer weitere Kreise zogen, da
fühlte Aehrenberg sich abgestoßen. Sein spiritualistischer
Glaube wurde durch diese neuen Anschauungen verletzt,
gekränkt, und gierig las er alle Gegenschriften. Die
Widerlegungen der Darwin'schen Theorie, welche in der
ersten Zeit so zahlreich nicht nur von orthodoxen, sondern
auch von Gelehrtenkreisen ausgingen, prägte er sich tief
ein, und später, als die hinzukommenden Entdeckungen
dem bestrittenen System immer mehr und mehr zum
Siege verhalfen, da hatte sich Aehrenberg vom Natur-
studium schon ganz abgewendet. Es war ihm ein Mißtrauen gegen die ganze Wissenschaft aufgestiegen: was
der Eine sagte, bestritt der Andere; ganze Systeme
werden für abgestorben erklärt, phantastische Hypothesen
spielen sich dreist als neue Weltweisheit auf — kurz,
um sich nicht weiter ärgern zu müssen, beruhigte sich
Aehrenberg bei der Annahme, daß das alles Thorheit,
alles müssiger Schulstreit sei, und daß sich von den
Geheimnissen der Schöpfung überhaupt nichts — und
mit „naturalistischen Formeln" schon gar nichts erklären
lasse. Und so nahm er keines der neuerscheinenden wissenschaftlichen Werke mehr zur Hand. Beschäftigung aber
mußte er haben. Er hatte in kinderloser Ehe mit einer

sehr stillen, phlegmatischen Frau gelebt — einer flachs=
blonden Tochter aus norddeutschem Adelsgeschlecht, die ganz
in ihren Haushaltspflichten aufging — und da wurden
ihm trotz Jagd und Wirthschaftsaufsicht die Tage lang.
So gab er sich abwechselnd den verschiedensten Lieb=
habereien hin; er errichtete sich zuerst ein chemisches
Laboratorium, dann eine Laubsäge=Werkstatt; dann
wieder — denn länger als ein Jahr hielt er es durch=
schnittlich nicht bei einer solchen „Passion" aus — ein
kleines astronomisches Observatorium; dann betrieb er
eine Zeit lang Feuerwerkerei: allabendlich stiegen durch
einen ganzen Sommer vielfarbige Sternraketen aus dem
Kirchbacher Park; die Ausschmückung der Speisesaaldecke
mit den selbst gemalten Wappen sämmtlicher mit seinem
Hause alliirten Adelsfamilien füllte den folgenden Winter
aus und zwischen durch — das war die einzige Passion,
der er treu blieb — spielte er Clavier und Violine. Doch
beides nur nach dem Gehör und in freier Phantasie.
In den Weisen, die er da zum Vortrag brachte, ohne
geschulte Kunst, aber mit naturgeschenktem Talent, spiegelte
sich die Weichheit seines Gemüthes, die lachende Heiterkeit,
die an manchen Tagen und die tiefe Melancholie, die an
anderen Tagen ihn beherrschte. Zwischen einer dieser
Beschäftigungsmanieen und der andern, während die
eine abstarb und die andere noch nicht erwacht war,
lagen Episoden schmerzlicher Langweile. Da half sich
Aehrenberg damit, bis elf Uhr Vormittag im Bett zu
bleiben oder ein paar Stunden mit dem Forstmeister
oder auch allein im Dorfwirthshause über einer Flasche
Wein zu sitzen. Menschen, die nicht lesen wollen, sind

immer der Gefahr ausgesetzt, sich eine Zeit lang gründlich
zu langweilen. Die moderne Literatur hatte nicht den
geringsten Reiz für den Ritter Udalrich; die alten
Classiker, die er in seiner Jugend genossen, wieder zu
lesen, dazu gebrach es ihm an Lust, und die Lectüre, die
er sich gönnte: alte Chroniken und dergleichen, die war
oft, obwohl er es sich selber nicht eingestand, thatsächlich
langweilig.

Seit drei Jahren war Herr von Aehrenberg Witwer.
Der Tod seiner Frau hatte in seiner Lebensweise keine
besondere Aenderung hervorgebracht; statt einer Gemalin
war es eine alte Wirthschafterin, die seinen Haushalt
führte, — das war der ganze Unterschied.

Als er jetzt der schönen Ludmilla Goth gegenüber
saß, kam ihm wohl der Gedanke, wie angenehm es
wäre, wenn er eine solche Frau nach Kirchbach bringen
könnte, aber — so fügte er im Geiste gleich hinzu —
wenn sie mich auch wollte, was ganz ausgeschlossen ist,
so ist es noch ausgeschlossener, daß ich eine Bürgerliche
heirate . . . die alten ständischen Familien müssen rein
erhalten werden . . . das ist eine Pflicht, die leider so
Viele zu wahren vergessen, die mir aber unverbrüchlich ist.

— Es bleibt also dabei und wird feierlich zum
Hausgesetz erhoben, sagte Frau von Visthurn, daß in
Gegenwart meines Bruders, besonders wenn er einmal
ein heiseres Ja gemurmelt hat, kein politisches Gesprächsthema gestreift wird.

— Das findet meine herzliche Zustimmung, denn
wahrlich über diesen Gegenstand hat man im sogenannten
„feindlichen Leben“ draußen Aerger genug — den braucht

man nicht auch noch an den Familientisch zu verpflanzen. —
Und Baron Bisthurn seufzte tief auf.

Ludmilla blickte ihn an. — Sie haben sich gewiß
auch heute wieder geärgert; trotz Ihrer sich nie ver=
leugnenden Hausherren=Liebenswürdigkeit habe ich die
ganze Zeit Ihnen angemerkt, daß Sie etwas drückt.

— Wie doch alle unsere Damen heute scharfsinnig
sind! — Das wäre der Augenblick, mit dem bei Banketten
unerläßlichen Toast auf die Frauen loszugehen, — aber
dies ist zum Glück kein Bankett. —

— Nein, es ist das reizendste kleine Familiendiner,
das man sich träumen kann, — obwohl ich eigentlich
kein Recht habe, dies zu sagen, da ich als Fremde diesen
Charakter des Mahles aufhebe. . . .

— Aber Ludmilla, rief Baronin Bisthurn, Sie
wissen ja, daß ich Sie als zu uns gehörig betrachte . . .
Wäre Albrecht nur um zehn Jahre älter, er müßte Sie
effectiv zu unserer Tochter machen.

— Ich bin auch gleich dazu bereit, scherzte
Albrecht . . . doch würde mich diese Procedur vielleicht
von der Maturaprüfung etwas ablenken.

— Und ob Fräulein Goth mich zum Schwieger=
vater haben wollte, fragst Du gar nicht, unnatürliches
Kind!

Auf Aller Züge lag während dieses Gesprächs ein
lachender Ausdruck. — Aller, mit Ausnahme der kleinen
Mizi. Um ihren Mund zuckte es schmerzlich.

Nachdem die Tafel aufgehoben, begab man sich in
einen kleinen Nebensalon, wo der schwarze Kaffee aufge=
tragen war. Nur eine rosa verschleierte Lampe erhellte

das Zimmer. Die Herren zündeten sich Cigaretten an.
Nanette und Maria, die Eine die Andere um die Taille
haltend, stellten sich in die Fensternische und plauderten
leise; die Baronin credenzte ihrem Bruder ein Gläschen
Liqueur, Albrecht schob einen Schemmel zu dem
niedrigen Lehnsessel, in dem Ludmilla sich niedergelassen.
Sie fühlte ein frohes, warmes Behagen ... Alle hatten
vorhin herzliche Händedrücke und das in Wien zwar
nicht übliche, aber doch oft, — als wäre es nur eine
scherzende Anspielung auf fremde Sitten, — gesprochene
„Mahlzeit!" getauscht ... In diesem Augenblick hatte
Ludmilla sie Alle gleich lieb. Wäre es nicht doch das
glücklichste Loos, dachte sie, wirklich einem solchen
Familienkreise anzugehören ... ruhig und heiter, unter
so vortrefflichen Menschen zu leben, ihr Schicksal theilend,
an ihren Erfolgen sich freuend, von ihnen geliebt und
geschätzt? ... Konnte nicht auch sie einst ein paar so
herrliche Kinder haben, den Stolz eines ruhigen Lebens=
abends ... — wäre das nicht besser als das große
Schicksal, als das gewaltige Erlebniß, nach welchem ein
dunkler Drang sie in letzter Zeit so beängstigend
erfüllte? ...

IV.

Der Buchhandlungsladen Carl Cremers lag in einer belebten Straße der inneren Stadt. Aus der hinteren Abtheilung des Ladens führte eine Treppe nach des jungen Mannes Privatwohnung. Eine kleine bescheidene Wohnung von vier Zimmern, die er mit seiner Tante, Frau Therese Cremer — „k. k. Rechnungs=rathswitwe", wie sie sich mit Vorliebe bezeichnete, — theilte.

Carl war der Sohn eines sehr reichen Leder=fabrikanten und hatte von diesem die Fabrik und zwei große Vorstadthäuser geerbt, als er eben vierundzwanzig Jahre alt geworden. Er hätte also, selbständig wie er war, entweder das Geschäft fortführen können, eine passende Braut suchen und als solider Bürger leben, oder auch sich dem „Vergnügen" widmen: reisen, Pferde rennen lassen, schöne Theaterprinzessinnen protegiren, kurz „den Cavalier spielen."

Er that keines von beiden. Sein Ehrgeiz strebte nach ganz anderen Zielen. Wie er sich seine Laufbahn vorzeichnete, das hatte er — drei Monate nach dem Tode des Vaters — seinem besten Freund, dem Advocaten Arold, der damals von Wien abwesend war, in einem Briefe mitgetheilt. Diesen Brief hatte Dr. Arold sorg=fältig aufgehoben:

„Wien, 6. März 1886.

Freund, Kamerad, guter alter Spezi! Du fragst in Deinem letzten Schreiben, ob ich die Lederei fortführen werde? Kennst Du mich so wenig? Weißt Du nicht, daß mir alles lederne, nicht nur das gegerbte, in der Seele zuwider ist? Und gerade weil mein Freund socialistische Ideen nährt, mag ich kein Fabrikant sein. Denn entweder riskire ich, von Dir Bourgeois genannt zu werden (dabei stehen mir die Haare zu Berg, so vernichtend klingt mir der Ton im Ohr) oder ich müßte Tag und Nacht damit zubringen, das Los meiner Arbeiter zu verbessern — und meines zu verschlechtern. Nein — höre mich an: ich will Dir sagen, was ich vorhabe. Den Kampf der Zeit will ich mitfechten, aber auf meine Art. Du willst die Proletarier erziehen? Wohl bekomm's! Ich will helfen, die gebildeten Leute zu bilden — und die brauchen es wahrlich am noth= wendigsten. Du willst das Volk hinaufleiten? Zu welcher Stufe denn? — Da sollen doch erst die Mittelclassen und die hohen Classen wirklich auf irgend einer Höhe stehen, damit es der Mühe werth sei, für die Massen, diese Stufe zu erreichen. Was ich thun will, wirst Du fragen. Einfach dies: die Lederfabrik aufgeben und Buchstaben fabriciren lassen. Eine Tageszeitung will ich herausgeben, einen Buchhändlerladen eröffnen, Werke verlegen! Wo gibt es einen Ort in der Welt, der förmlich nach Verlegern so schreit, wie Wien? Müssen nicht alle unsere Schriftsteller ins Ausland gehen mit ihren Werken? Ich bin reich, Gott sei Dank — ich kann die Sache groß anfassen und das ist, wenn man

Großes will, ein himmlisches Bewußtsein. Ich brauche
Niemand um Rath zu fragen — bin Niemand Rechen=
schaft schuldig: noch himmlischer! Und kann auch zu
Grunde gehen, ohne daß dies Jemand etwas angeht.
Natürlich wirst auch Du, der Du so gerne den Praktischen
herauskehrst, mich warnen wollen und abrathen — das
ist eine so bequeme Weisheit, das Abrathen, denn es
kann niemals bewiesen werden, daß man damit unrecht
gehabt, während der Zurathende Verantwortung über=
nimmt — ich höre Dich schon mir sagen: Aber, Knabe,
Du bist verrückt! Hast doch nicht die geringste journalistische
noch buchhändlerische Erfahrung und willst Dich in solche
Unternehmungen stürzen? Weist Du denn nicht, daß es
nichts aussichtsloseres gibt als — bei dieser Concurrenz —
eine Zeitung herauszugeben? Alle ordentlichen Zeitungen
und noch einige darüber sind ja schon da. Wer auf die
„Neue Freie Presse" abonnirt ist, wird sie nicht aufgeben,
um Deine Tageszeitung zu halten — und weißt Du
nicht, daß dergleichen ein Vermögen erfordert und —
verschlingen kann? Weißt Du nicht, daß Wien nicht der
Boden für Literatur ist — darum sind eben keine
Verleger hervorgewachsen — weißt Du nicht . . ."
Freilich weiß ich das alles und zum Beweise führe ich
es lieber gleich selber an. Aber das nützt alles nichts.
Ich bin entschlossen. Ich muß diesen Plan ausführen,
sonst ersticke ich daran. Ich kann's nicht mitansehen,
wie dumpf und stumpf die Leute dahinleben, die größte
Mehrzahl von den Ideen, die in der Luft liegen, keine
blasse Ahnung haben, wie wenig Sittlichkeit . . . Aber
hier breche ich lieber ab, Du pflegst über meine moralischen

Predigten gar zu höhnisch zu lächeln; — Du verstehst
nicht, wie hoch mir der Begriff Sittlichkeit steht . . .
wie er meine Religion ist . . . Und ich sollte helfen
können, meiner Zeit, meiner Heimat einiges von jenen
in der Luft schwebenden Ideen zuzuführen und es nicht
versuchen? Sollte für meine Ideale, meine theueren
Träume einer veredelten Welt etwas wirken können und
es nicht thun? Wie gesagt — dann müßte ich ersticken.
Also laß alle praktischen Bedenken bei Seite, nimm es
als Thatsache hin, daß Carl Cremer unter die Zeitungs-
und Buchverleger — indirect unter die Weltverbesserer —
gegangen ist und steh mir freundschaftlich bei. Das kannst
Du, indem Du mir Beifall zollst, mir Muth zuredest
und mitarbeitest. Du hast viele Beziehungen: schaffe
meinem Blatt Abonnenten und schreibe Leitartikel hinein.
Hilf mir — wozu bist Du Jurist? — über die gewerbe-
technischen Schwierigkeiten hinweg, die die Errichtung
meines Geschäftes mit sich bringt, — ich weiß ja von
den Buchhandel-Usancen ebenso wenig, wie Gerold und
Braumüller wissen, daß bei der Sämischgärberei die
Häute auf der Narbenseite mit Thran und Talg einge-
rieben und dann in einer Walktrommel und Kurbel-
walke gewalkt werden. — Steh mir wacker bei, alter
Spezi, sollte es noch so schlecht ausfallen — und was
kann mir schließlich Schlimmeres geschehen als Geldzu-
setzen? — so spreche ich Dich im Voraus frei. Bewahre
diesen Brief, er gibt Dir volle Absolution für jeglichen
Schaden, der mich in der Angelegenheit treffen könnte.“

Sechs Jahre waren seit der Niederschrift dieser
Zeilen vergangen. Die Zeitung war ins Leben gerufen

worden, aber nicht als täglich erscheinendes, politisches,
sondern als belletristisches Wochenblatt. Zwischen Plan
und Ausführung schieben sich zumeist solche durch Neben=
umstände bestimmte Umwandlungen ein. Was aber das
Traurigste war: das Blatt hatte sich nicht halten können,
es war nach zweijährigem Erscheinen sanft verschieden
und zog ein Drittel des Cremer'schen Vermögens mit
sich ins Grab. Hierauf ward zum ursprünglichen Plan
zurückgekehrt: eine politische Zeitung großen Stils wurde
vorbereitet, behördlich bewilligt, angekündigt — ging
aber noch vor dem Erscheinen in die Brüche. Dabei war
wieder ein hübsches Bruchstück des Vermögens in den
Orkus gefahren. Der Buchhandel wollte auch nicht
blühen. Der erste Geschäftsführer, den Cremer aufge=
nommen — er selber mußte sich erst langsam einlernen —
erwies sich als ein Lump. Der zweite war treu und
nach und nach konnte Cremer auch selber die Geschäfte
leiten, aber die übernommenen Verlagswerke blieben
liegen wie Blei und die Ostermeßrechnungen schloßen
mit bedeutendem Defizit ab.

Doch Cremer ließ sich nicht irre machen. Obwohl
er von seinem väterlichen Erbe — dasselbe hatte unge=
fähr 500.000 fl. betragen — nahezu vier Fünftel zu=
gesetzt, blickte er doch ganz hoffnungsfroh in die Zukunft.
Den Rest seines Vermögens hatte er sicher angelegt, mit
dem festen Vorsatz, ihn nicht mehr auf's Spiel zu setzen.
Demgemäß war sein Haushalt auf das einfachste einge=
richtet und seine sparsame Tante mit dessen Führung
betraut worden. Die Buchhandlung hielt sich ober Wasser;
es war nicht ausgeschlossen, daß ein glücklicher Verlags=

treffer in nächster Zukunft einschlage. Zudem war
Cremer's Sinn jetzt vollständig von einer Sache er=
füllt. Seine alte Leidenschaft für „Sittlichkeit" war
nicht erloschen. Die Werke über Ethik waren ihm der
interessanteste Zweig der Literatur und sein Schmerz
war es, daß Carneri seine Bücher bei Braumüller und
nicht bei Cremer verlegen ließ. Alles was auf diesem
Gebiete je geschrieben worden, kannte er und die Neu=
erscheinungen ließ er sich nicht entgehen. Und so war er
auch mit den Schriften der Amerikaner Salter und
Felix Adler bekannt geworden. Er wußte, daß über dem
Ozean eine förmliche Bewegung der ethischen Cultur
entstanden war und nahm lebhaften Antheil an deren
Kundgebungen und Fortschritten. Nun war ihm kürzlich
Kunde geworden, daß Felix Adler nach Deutschland ge=
kommen sei und dort mit Professor Gizycki daran arbeite,
die Bewegung nach Deutschland zu verpflanzen, daselbst
eine „Gesellschaft für Ethische Cultur" zu gründen.
Diese Nachricht versetzte ihn in freudige Aufregung. Nun
würde es möglich sein, wenn die Gründung in Deutsch=
land gelang, auch in Oesterreich einen Zweigverein
ins Leben zu rufen und in Wien und in den Pro=
vinzen die Ideen zu propagiren, die seinem Herzen so
theuer waren, von denen er hoffte, daß sie der Ver=
rohung Einhalt thun würden, welche in Gestalt von
Nationalitätenhader und Rassenhaß so drohend um sich
zu greifen begann. Nun hatte er Ludmilla Goth kennen
gelernt. Daß diese ihm helfen könnte und müßte, war
nach der ersten Begegnung sein fixer Gedanke geworden.
Diese Lichtgestalt! . . . Sicher war sie geeignet und

bestimmt, das hohe Werk zu fördern. . . . Von ihrem
vertrauten Umgang mit dem Hause Bisthurn war er
unterrichtet. Wenn sie nun erreichte, daß der Baron,
dieser in der Wiener Gesellschaft hochangesehene und
einflußreiche Mann, sich der „ethischen Bewegung" an=
nehme, welcher Schritt nach vorwärts! Der Gedanke an
Ludmilla verließ Carl Cremer keine Stunde mehr; da
er aber gleichzeitig an die große Sache dachte, in deren
Dienst er „die Lichtgestalt" zu stellen hoffte, so bemerkte
er gar nicht, daß er im Begriffe war, in die schöne
Fremde sich zu verlieben. Dagegen bemerkte dies Frau
Therese Cremer sofort.

— Na, weißt, Du thust mir leid, Carl, äußerte
sie nach Tisch, nachdem ihr Neffe während des
ganzen Mittagsmals von der neuen Bekanntschaft ge=
sprochen.

Frau Therese war eine Frau von fünfundfünfzig
Jahren, sehr groß, mittelstark, mit noch dunklen Haaren
und glänzenden schwarzen Augen. Die Züge scharf und
verwelkt. Ihre Sprache energisch artikulirt und abgehackt.
Die Vocale verschwanden zumeist und die Mitlaute verviel=
fachten sich. Wenn sie sagte: „Na, weißt, Du thust mir
leid, Carl" so klang dies wie „Na weißßtt . ., thußt
mir leit, Crl". Dabei schaute sie Einen mit ihren
glänzenden Augen durchdringend an, und wenn sie ihre
Worte mit Geberden begleitete, was bei der lebhaften Frau
oft geschah, so bestanden diese aus einem eckig vorge=
schleuderten Arm, als versuche sie, sich die Schulter
auszurenken, oder im Affect, beide Arme linealgrad
nach oben.

Sie besaß ein merkwürdiges und seltenes Talent, die Tante Resi: das Talent zu sparen, ohne knickerig zu sein. Sie hatte jahrelang von einem Witwengehalt von wenigen hundert Gulden gelebt — stets nett gekleidet, stets bereit, ein Trinkgeld zu geben und kleine Geschenke zu machen, immer zu stolz, von ihrem reichen Schwager die geringste Unterstützung zu verlangen und dabei sehr vergnügt und sich als wohlhabend betrachtend. Wie sie das zustande brachte, war den Anderen ein Geheimniß; man staunte sie an und bewunderte sie ob ihrer Kunst zu wirthschaften, — sie galt als vollendete Virtuosin in dieser Kunst. Das hatte Carl auch veranlaßt, als er mit dem Rest seines Vermögens seinen eingeschränkten kleineren Haushalt eingerichtet, die Tante Resi zu bitten, sich zu ihm zu ziehen und die ganze Wirthschaft zu führen. Er übergab ihr jährlich 4000 fl. (ein Tausend behielt er für seine persönlichen Auslagen außer Hause) und damit sollte sie Zins, Küche, Carls Kleidung, dreimonatlichen Aufenthalt in einer Sommerfrische, Heizung, Licht, Bedienung u. s. w. bestreiten. Als ihr dieser Antrag gemacht wurde, schrie sie auf: Aber Carl, das ist ja gar nicht möglich! Warum nicht möglich? — es gibt ja ganze Beamtensfamilien, die nicht einmal das Drittel haben und doch ganz standesgemäß ... — Du verstehst mich nicht: es ist unmöglich so viel auszugeben — außer Du willst Dich auf den Prinzen spielen und Dir alle Augenblick einen Comfortable nehmen. Nachdem aber Carl doch dabei verharrte, die Unsumme durch Tante Resi verwalten zu lassen, empfand diese etwas ähnliches wie ein Wander-

bilt empfinden mag, wenn er an die Ziffer seines Einkommens denkt.

Carl hatte allen Grund, mit der getroffenen Maß-
nahme zufrieden zu sein. Sein Haushalt bot ihm jede
erdenkliche Bequemlichkeit; alles zwar einfach und an-
spruchslos, aber nirgends ein Mangel, nirgends Ent-
behrungen, nirgends — im doppelten Sinne des Wortes —
eine Schmutzerei. Er verlangte keine Einsicht in die
Rechenbücher; daß Tante Resi von der peinlichsten Red-
lichkeit war, wußte er und außerdem schien ihm das
Geleistete weit zu übertreffen, was er im Stande gewesen
wäre, um denselben Betrag zu bestreiten. Und doch:
Frau Cremer hatte es wirklich nicht über sich gebracht,
die ungeheuren Summen auszugeben, die ihr da einge-
händigt wurden; sie war nicht im Stande, wie eine
Prinzessin aufzuhauen und, wenn sie einen weiten Gang
zu besorgen hatte, statt der Trambahn einen Einspänner
zu benützen; auch legte sie ihre eigene Pension gewissenhaft in die Haushaltungscasse und so kam es, daß sie
am Ende jedes Jahres ein Drittel des Einkommens
erübrigte und im Namen ihres Neffen im Sparcassen-
amte niederlegte. Hätte sie jemand gefragt, worin ihr
Geheimniß des geizlosen Sparens bestand, sie hätte es
vielleicht nicht anzugeben gewußt. Es lag aber einfach
in diesem: im Respect vor dem Kreuzer. Jeder Mensch,
wenn er kein toller Verschwender ist, besinnt sich, ehe er
eine Fünfziger- oder Zehnerbanknote ausgibt — er fragt
sich, ob die Sache, die er dafür eintauscht, auch den
entsprechenden Werth habe und ob sie nothwendig sei.
Bei der Verwendung des Kleingeldes hält er sich bei

diesen Erwägungen nicht auf. Tante Resi aber machte diese Unterscheidung zwischen großem und kleinem Gelde nicht. Sie überlegte die Ausgabe der Kreuzer gerade so gewissenhaft, wie die der Gulden; wenn sie für eine Hundertguldennote erhielt, was ihr als Aequivalent dafür erschien, so gab sie dieselbe viel leichter her, als ein „Sechserl" für eine Sache, die sie nur auf fünf Kreuzer schätzte oder die ganz entbehrlich war.

— Warum thu' ich Dir leid, Tante Resi?

— Ja, weißßt . . . Sie kanntern Korb gebn.

— Einen Korb! Ich werde doch nicht wagen, dem reichen vornehmen Fräulein Goth einen Heiratsantrag zu machen. Ich denke überhaupt nicht ans Heiraten und meinen Haushalt gestaltest Du mir so behaglich, daß es mir wahrhaft schwer fiele, mich davon loszusagen und dann . . . ich hab andere Aufgaben zu erfüllen . . . Jetzt soll eine ethische . . . aber das interessirt Dich nicht . . . Ich wollte nur sagen, daß Fräulein Goth — sie ist wirklich ein reizendes Geschöpf — mir da an die Hand gehen soll.

— Weißßt . . . vom „Ethischen" versteh ich nix . . . heißt wohl brav sein, rechtschaffen sein . . . dazu braucht man keine solche Faxen und Schreibereien . . . warum gehst nicht lieber einfach in die Meß und zur Beicht! Aber in das misch' ich mich nicht. Bist und bleibst ein unpraktischer, ein bissel verrückter . . .

— Halt — insultiren lasse ich mich nicht, darüber sind wir übereingekommen. § 1 unseres Vertrages lautet: nicht zanken.

4*

— Als ob ich eine Xantipp' wär!

— Nein, aber praktisch bist Du — und Leute, die diese fatale Eigenschaft in hohem Grad besitzen, halten sich für verpflichtet und berechtigt, die Unpraktischen — es muß eben doch auch solche Käuze geben — anzupredigen. Was hättest Du nicht schon alles im Predigtfach mir gegenüber geleistet, wenn Du nicht vertragsmäßig jeden guten Rath und jeden bitteren Vorwurf verschlucken müßtest.

— Aber lipp's Kind — ich ret' ja doch, wenn ich reden muß.

Carl unterdrückte einen Seufzer, es war allerdings richtig: die Tante Resi redete viel. Oft eine Viertelstunde in einem Athem. Von einem Gegenstand zum andern abspringend, die allerverschiedensten incongruentesten Dinge aneinanderreihend. Haushaltungsdetails: „Die Kartoffel sind jetzt um zwei Kreuzer das Kilo billiger als vorige Woche"; Politik: „Daß diese Czechen nicht Ruh geben können!"; Familientratsch: „Die Frau Deines Vetters Ferdi hat sich mit ihrer Schwiegermutter zerzankt"; Allgemeinbetrachtungen: „Na, weißßtt — die Welt ist recht schlecht!" —

Also auch heute ließ sich Tante Resi das Reden nicht verbieten:

— Hör mich nur an. Gegen das Ethische hab' ich ja nix. Jeder Mensch hat seine Mucken. Mein Seliger z. B. hat seine größte Freud an Hiazynthen=Zwiebeln gehabt. Aber es gibt auch sehr gefährliche Verrücktheiten. Da ist Dein Freund, der Arold: was find ich heute Früh in der Zeitung? Daß er in einer Arbeiter=

verſammlung geſprochen hat. Gegen die Arbeiter hab'
ich ja auch nix. Aber arbeiten ſollen ſie, nicht ſich
verſammeln, wo ein Polizeicommiſſär dabei ſein muß …
und ſie ſelber, die armen Haſcher, ſind unſchuldig —
nur die Aufhetzer, die ſind die Gefährlichen — reden
den Leuten ein, daß' ihnen ſchlecht geht, daß die Reichen
zu viel Geld haben und wenn dann eine Revolution
losbricht, wer iſt ſchuld? Die fleißigen harmloſen
Arbeiter? Sicher nicht — nur ein 'paar faule Lumpen
und hauptſächlich die Aufwiegler, die Verſammlungs-
comödianten, die Arold's … Mein Seliger hat mir
oft genug erzählt, wie im Jahre 48 einmal im Gaſthaus
zur Bretzen —

— Dieſe Geſchichte kenne ich. Und was meinen
Freund Arold betrifft, ſo laß Dir keine grauen Haare
wachſen — es iſt überhaupt ſo hübſch, daß Du noch
gar nicht grau wirſt — er iſt auch ein rechtſchaffener
Menſch. Ich folge ihm nicht auf der Bahn der Socialdemokratie, weil — weil ich nicht viel davon verſtehe; —
es wäre überhaupt Allen, die von einer Sache nichts
verſtehen, dringend anzurathen, nicht dreinzureden, — es
kommt dabei ſicher nur Unſinn heraus.

— Meinſt Du mich, mein lipp's Kind?

— Ja, Dich, Herzenstante. Wir werden es auch
noch auf den Contract ſetzen müſſen: — politiſirt
wird nicht.

— Ich ret' aber doch, Crl.

V.

Vor dem Grand Hotel warteten mehrere Fiaker, die ihre offenen Landauer und ihre Pferde mit Blumen geschmückt hatten. Darunter auch eine besonders reich und geschmackvoll mit gelben und weißen Rosen besetzte Hotelequipage.

— Der Wagen ist schon da, sagte Frau Darion, indem sie, mit Hut und Mantille, beides aus schwarzen Spitzen, angethan, vom Balcon in das Zimmer trat.

Ludmilla war auch bereit. Ihre Toilette, eigens zu dem Anlaß bestellt, stimmte zur Decoration des Wagens: weiß und gelb. Durchsichtiges weißes Gazekleid auf gelbem Seidenfutter, gelbe Federn auf dem weißen Rembrandthut, Bernsteingriff am weißen, mit gelben Rosen umrandeten Sonnenschirm.

Diesen Schirm hielt Oberst von Brahl in der Hand, während Ludmilla vor dem Spiegel einen hauchleichten Tüllschleier um den Hut nadelte.

— Wollen sie also wirklich nicht mitkommen? fragte sie.

— Nein, so was ist nichts für mich alten Kriegs= knecht . . . Mit Blumen bombardiren, wenn man die eisernen Blüthen vom Baume der nationalen Erkennt= niß hat fliegen sehen, davon sogar noch eine in der Kniekehle sitzen hat — dazu ist man nicht aufgelegt. Zu=

dem, wenn mir wirklich ein von schöner Hand geworfenes
Sträußchen in das edelgefurchte Antlitz flöge, so wär's
Versehen und Zufall . . . Haben Sie sich bald an
Ihrem Spiegelbild satt gesehen, Fräulein Goth? Zwar
begreife ich die Unersättlichkeit — ein wahres lyrisches
Gedicht — Ihre Erscheinung. Sagen Sie mir . . . ich
habe ja so vieles gekostet im Leben, aber was eine
hübsche Frau empfindet, wenn sie in den Spiegel schaut,
das hab ich natürlich niemals nachfühlen können. Wie
ist es denn?

— Angenehm.

— Bravo! Ein Zierköpfchen hätte geantwortet:
„Wie soll ich das wissen?" und der Andere wäre un-
weigerlich in der Complimentsfalle gefangen. Sie scheinen
gar große Eigenschaften zu haben: die Wahrhaftigkeit,
die Meinungstapferkeit, die —

— Genug! Glauben Sie, daß Complimente für die
Seele weniger complimentenhaft sind als die andern?
Und jetzt zum letzten Mal: Kommen Sie mit, Onkel
Brahl!

— Zum letzten Mal, nein. Ich werde Sie bis zum
Wagen begleiten und dann in mein Zimmer gehen und
nicht einmal zum Fenster hinausschauen. Wimmelnde
Menschenmassen sind mir ein Greuel. Der Anblick erstickt jede Humanität in mir.

— Nun denn, so gehen wir, Marqua — gegen
eigensinnige Oberste läßt sich nicht ankämpfen.

Und als sie aus dem Thore traten:

— Da schauen Sie! Ist das nicht um an der Vernunft der Leute zu verzweifeln? In hellen Haufen stehen

sie da, bilden am ganzen Ring Spalier, unter glühendster Sonnenhitze, um Wagen und Blumen anzugaffen. Beide Erscheinungen sind doch keine Naturwunder!

Unter diesen Bemerkungen half der Oberst den beiden Damen in den Wagen, dessen Schlag der Portier respectsvoll offen hielt.

— Viel Vergnügen, meine Damen!

— Danke — das verspreche und erwarte ich mir auch, antwortete Ludmilla. Und auf morgen Nachmittag! Ich rechne auf Sie . . . Es beginnen da Ihre Functionen als Rathgeber und Wegweiser — die beiden weltumstürzenden Herren sollen mir ihre Theorien vortragen.

— Gewiß, da will ich dabei sein.

Das Menschenspalier mußte durchbrochen werden, damit der Wagen in die Mitte der Ringstraße gelangen und sich dort der Reihe der andern Wagen anschließen konnte. Man war oft gezwungen, Schritt zu fahren. Die Sonne stand noch hoch am wolkenlosen Himmel: es war noch nicht vier Uhr. Nicht nur eine Reihe Zuschauer war rechts und links aufgestellt — sondern zwei bis drei Reihen hintereinander und dicht gedrängt.

— Heute ist doch nicht Sonntag, bemerkte Frau Darion, woher nimmt denn Wien diese Masse von unbeschäftigten Leuten? Es muß ja kein Mensch in den Häusern oder in den Geschäften geblieben sein!

Dieser Eindruck verstärkte sich, je weiter man fuhr. Denn die Reihen wurden, je näher man zum Prater kam, desto dichter. Den ganzen Ring, die ganze lange Zeile der Praterstraße entlang und am dichtesten in der Allee des Praters selbst. Da standen sie, diese zahllosen

Menschen, stundenlang, sonnenversengt, gepreßt, gestoßen.
Und das zu ihrem Vergnügen. Zwar winkte ihnen
nur Eine Befriedigung: die der Neugierde, doch das
schien ihnen zu genügen. Eine weit größere Befriedigung
— nämlich die der Eitelkeit — war den Fahrenden zu
theil; auch sie genoßen das Schauspiel während sie es
boten; dennoch, wenn sich die Freudengefühle der be=
wundernden Menge und die der bewunderten Corso=
fahrer hätte wägen lassen — wer weiß ob das Ueber=
gewicht nicht den Ersteren zugefallen wäre, denn diese
hatten in ihrer Wagschale das gewisse feiertägliche Be=
wußtsein einer Ausnahms=„Hetz", während die Helden
des Festes zumeist an dem freudenlähmenden Zustande
der „Blasirtheit" litten. Praterfahren: das ist man ja
gewohnt; — sich ein paar Stunden amusiren: das ist
ja Berufsarbeit; — alles in vornehmster Pracht ausge=
stattet zu haben: das ist ja selbstverständlich. Das ist
man seinem Rang und Reichthum einfach schuldig —
und welche Mühe oft dabei — heute z. B. diese Hitze!
Welcher vernünftige Mensch würde an einem solchen Tag
um vier Uhr spazieren fahren, wenn er nicht müßte!

Ludmilla unterhielt sich redlich. Ihr war auch
festtäglich zu Muthe. Während der langen Fahrt bis
zum Prater freute sie sich unausgesetzt auf die Blumen=
schlacht. Auf dem Vordersitze ihres Wagens standen zwei
Körbe mit reicher Geschoßmunition und daß man sie
mit den blühenden Bomben nicht verschonen werde, hoffte
sie zuversichtlich.

Das Schauspiel wurde, je näher man dem Ziele
kam, immer lebhafter. Längs der Praterstraße alle Fenster

und Balcons mit Zuschauern besetzt. Auch der Sockel
des Tegetthoff = Denkmals war lebendig geworden. An
der Mündung der großen Allee zwei Ordner zu Pferde —
junge Herren der Wiener Gesellschaft, mit dem Comité=
abzeichen an der Brust. Ludmilla erkannte sie beide, ohne
sich jedoch ihrer Familiennamen zu entsinnen: Graf Rudi
und Graf Jennerl So und So.

Schon fuhren zwei Wagenreihen auf und nieder —
das war aber noch nicht genügend, um das Blumen=
feuer zu eröffnen. Die Wagen waren zu weit von einander
entfernt; erst wenn vier Reihen nebeneinander fuhren,
würde man sich nahe genug sein, um die Sträußchen
mit einiger Treffsicherheit auf die Wageninsassen zu
schleudern — jetzt fielen die Blumen, die von vereinzelten
Ungeduldigen schon geworfen wurden, in den Sand oder
unter die Hufe der Pferde.

Rechts und links wieder ein Spalier von Zuschauern
— viele darunter auch blumenbewaffnet. Von Strecke
zu Strecke auf der Straßenmitte wieder berittene
Comitéherren; und von Strecke zu Strecke zu beiden
Seiten, das Spalier unterbrechend, bunt decorirte
Verkaufsbuden. Die Verkäuferinnen, hübsche junge
Mädchen aus den Wiener Adels= und Bürgerkreisen, in
lichten Frühlingsanzügen, dem letzten Modebild ent=
nommen, saßen nicht in den Buden, sondern standen
davor und daneben, um von Zeit zu Zeit an die Wagen
vortreten zu können und ihre Waare — Blumendüten
und gefüllte Champagnergläser — den Fahrenden anzu=
bieten. Aus den Caféhäusern drangen die Klänge
von Militärmusiken herüber, aber von dem Gesurre

der Stimmen und dem Rollen der Räder halb
übertäubt.

Erst nachdem Ludmilla's Wagen ein paarmal bis
zum Lufthaus hinauf und wieder herab gefahren, erreichte
der Corso seinen Höhepunkt. Das anfänglich sehr
schüchterne und lahme Blumenwerfen — Wien ist keine
Corso-gewohnte Stadt — wurde nun mit angeregtem
Eifer betrieben; wenn sich die Wagen stauten und man
knapp nebeneinander zu stehen kam, da ließ sich
bombardiren und zielen, daß es eine Lust war; die
mitgebrachten Munitionen waren erschöpft und man
warf nur mehr diejenigen Geschosse zurück, die einem
selber in den Schoß fielen, oder man nahm den Verkäuferinnen ihre Düten ab. Diese jungen Damen waren
auch kühner geworden, und lachend, mit geröteten
Wangen, reichten sie ihre Champagnergläser, die immer
lebhafter Absatz fanden, den Wageninsassen in die Hand.
Die Wiener Gesellschaft — „die Welt in der man sich
amüsirt" — war nun vollzählig anwesend; ein durch die
Menge wogendes, schon von weitem her sich steigerndes
Brausen hatte die Ankunft der Seele des Festes, der
„Fürstin Paulin'" angezeigt. In ihrer von Rosen um-
wundenen Staatsequipage mit den gelben Livréen war
sie in Begleitung einer Freundin in ihrem Reich
erschienen — denn war die ganze Theaterausstellung
und der ganze Corso nicht ihre Schöpfung? — und wie
dessen Königin von dem versammelten Volke acclamirt
worden. Natürlich war es auch die Fürstin Pauline,
auf welche von den Fahrenden und Stehenden die meisten
Blumen geworfen wurden. Und wenn ihr Wagen zum

stehen kam, so umdrängten ihn die Leute — mit Lebens-
gefahr. Oft hörte man ein scherzendes oder warnendes
Wort aus dem von ganz Wien gekannten', kräftigen
deutlichen Organ der Fürstin herüberschallen; überhaupt
war das Blumenwerfen kein stummes Spiel mehr.
Bekannten Persönlichkeiten warf man sein Geschoß zu,
indem man ihren Namen nannte; in einen Break,
auf welchem die Mitglieder der Comédie française
saßen, flogen die meisten Projectile unter dem Rufe:
„Vive la France". Mit lächelndem Kopfnicken quittirte die
Kronprinzessin Stefanie jedes der zahlreichen Sträuschen,
die ihr zugeworfen wurden und verschiedene Erzherzoge
erwiesen sich als die fleißigsten Schützen. Man konnte
loyale Unterthanen sehen die solch ein kaiserliches
Sträußchen sorgfältig in das Wagendach legten, um es
vor der Gefahr, wieder weggeworfen zu werden, zu
retten, um es zu Hause als Andenken zu bewahren und
den Bekannten zu zeigen „das hat mir der Erzherzog
Wilhelm direct auf die Nase gezielt".

Von ihren Bekannten hatte Ludmilla die Familie
Bisthurn gesehen. Einmal waren die beiden Wagen
nebeneinander gestanden und da wurde verabredet, daß
man um halb sieben Uhr zusammen bei Noël und
Patard speisen werde! Rendez-vous um halb sieben
beim Westportal.

Die eigentliche Lebhaftigkeit der Schlacht dauerte
kaum eine Viertelstunde. Man hatte sehr lang gebraucht,
um sich zu erwärmen und dann trat auch bald die
Ermüdung ein. Die mitgebrachten Blumen bedeckten
schon alle den Boden; das mitgebrachte Geld, womit

man den Verkäuferinnen die gebotenen Tüten abnahm,
war auch schon bei Vielen erschöpft und man begann,
die holden Dämchen mit ungeduldiger Geberde abzu=
wehren, was diese bewog, ihre Verlockungskünste einzu=
stellen.

Um halb sieben ging der Corso zu Ende. Aus der
Fahrallee bogen viele der Wagen in die Richtung des
Ausstellungsplatzes und hielten vor dem Westportale an.
Auch hier stand eine stattliche Anzahl von Gaffern, um
die Theilnehmer des Festes aussteigen zu sehen.

Mit etwas abgespannten Zügen und verknitterten
Kleidern verließen die Corsomüden ihre mit gleichfalls
verknitterten Blüthen behangenen Wagen und traten in
den Ausstellungspark. Ludmilla und Frau Darion blieben
noch eine Weile vor dem Eingang stehen, um die Ankunft
der Bisthurns abzuwarten. Von den Gesprächen, die
die Leute neben ihnen führten, fiel einiges an Ludmilla's
Ohr. Zwei Mädchen, anscheinend Ladenmädchen im
Sonntagsstaat, waren besonders eifrig daran, ihre
Bemerkungen auszutauschen.

— Bitt' Dich, schau Dir die an!

Der Ausruf galt einer ganz in Rosa gekleideten
jugendlichen Frau, die leichtfüßig aus einem muschel=
förmigen Wagen sprang, über welchem ein kleiner
vergoldeter Amor einen aus Rosen gebildeten Schirm hielt.

— Na, a Theaterprinzessin, oder so was ...

— Natürlich ... Aber prachtvoll is! Schau nur,
hast g'sehen, sogar die Strümpf aus Rosaseiden! Es
gibt doch glückliche Leut' auf der Welt.

— Jetzt hör' mir auf — als ob die gute Laun'
von die Strümpf abhänget — die Hauptsach' is a guts
G'wissen und a frohes Gemüat . . .

— Geh' fang nicht zum Philosophiren an! Bist
der aufgedonnerten Amorl = Flitschen grad so neidig
wie ich.

Auch zwei alte Herren ließen sich über die Rosa=
Erscheinung vernehmen:

— Sehen Sie doch, Herr Professor, welch anmuthiges
Frauenbild.

— Nicht mein Geschmack, Herr Hofrath. Es fehlt
die Einfachheit und sittige Würde, es fehlt —

— Aber ich bitte Sie, es handelt sich ja nicht um
Austheilung eines Tugendpreises . . . wir können den
Vorübergehenden doch bestenfalls nur Schönheitspreise
zuerkennen und da verdient dieser zierliche rosige Dämon —

— Das Dämonische ist schon gar nicht mein Ge=
schmack. Namentlich mit Bezug auf die Weiblichkeit —
je näher ein Mädchen dem Engel steht —

— Desto langweiliger ist es.

Jetzt kam die Familie Bisthurn angefahren und
die ganze Gesellschaft begab sich in den Ausstellungspark.

Das erste Gesprächsthema gab natürlich der eben
stattgehabte Corso ab. Man war nicht eben sehr gut
auf ihn zu sprechen: „Diese Hitze!" — „Kein rechtes
Animo" — „Wenn man Blumenschlachten in Nizza mit=
gemacht, so war dieses wie eine hundertfache Ver=
dünnung."

— Ich habe mich vortrefflich unterhalten, ver=
theidigte Ludmilla das eben genossene Vergnügen, und

fühle auch noch die Kraft in mir, mich weiter zu unter=
halten. Der Anblick von so viel Lust und Freude um
mich herum thut mir wohl — — in letzter Zeit, da ich
so viel hören und lesen mußte von Elend, Unzufrieden=
heit und dergleichen, fing ich schon an zu vermuthen,
daß die Welt, in der wir leben, eine recht verfehlte
Einrichtung ist, daß diese Einrichtung mit nächstem um=
gestoßen werden muß ... Wenn man aber so wie heute
hunderttausend Menschen sieht, die sich offenbar zu keinem
andern Zweck versammeln als vergnügt zu sein und
diesen Zweck erreichen, dann kann man sich beruhigt
sagen: die Welt ist doch nicht so schlimm. Warum ist
Ihre Nichte Marie nicht mitgekommen, wandte sich Lud=
milla nun an Baronin Bisthurn.

— O, um sich zu kasteien, wahrscheinlich! Die
Kleine ist so übertrieben fromm ... ihr erscheint jede
Lustbarkeit als Sünde und durch Verzichtleistung auf ein
Vergnügen glaubt sie dem lieben Gott ein solches zu
bereiten.

— Und Ihr Bruder, Herr von Aehrenberg, —
ist er nicht auch in den Prater gekommen?

— Wenn ich ihm sage, daß Sie nach ihm gefragt,
so wird ihn das sehr beglücken, denn Sie haben es ihm
neulich angethan, Ludmilla .. Er ist nicht hieher ge=
kommen, denn er ist kein Freund von derlei Dingen —
aber Sie werden ihn wahrscheinlich morgen sehen: er
hat die Absicht, Ihnen um Ihre Empfangsstunde seine
Aufwartung zu machen.

— Ich freue mich ... Herr v.· Aehrenberg hat
mir wirklich einen sehr angenehmen Eindruck gemacht.

— Er ist auch ein braver Mann, ein Ehrenmann …
schade, daß er von gewissen alten Ideen nicht lassen will
und daher mit meinem Mann und meinem Sohn sich
nicht recht vertragen kann. Ueberhaupt: die Ideen —
liebes Kind, die sind heutzutage einander so schroff ent=
gegengesetzt, daß fast in allen Familien Reibereien und
Feindschaften darob entstehen. Das war in meiner Jugend=
zeit nicht so: da hatten alle anständigen Menschen so ziem=
lich Eine Art zu denken oder vielmehr die meisten dachten
gar nicht.

— Solche Leute trifft man heutzutage auch noch,
unterbrach Ludmilla.

— Ja, aber die reden jetzt am meisten mit. Weil
eben die Luft so angefüllt ist mit den unseligen Ideen,
so will Jeder auch die seinige haben. Sehr, sehr viel
Bitterkeit, glauben Sie mir, entsteht aus diesen Gegen=
sätzen, z. B. in meinem Hause: diese Marie mit ihrer
Bigotterie …

— Auch das hat es immer gegeben — häufiger wohl
noch als jetzt.

— Gewiß, aber die Frommen fühlten sich nicht
bedrängt und daher auch nicht kampflustig. Da ist mein
Mann — freisinnig in jeder Richtung und mein Bruder:
nun Sie wissen ja … auch das gibt Reibereien. Meine
beiden Kinder, Gott sei Dank, die haben nichts, was sie
von einander oder von uns trennte … die lieben,
lieben Kinder! Gott erhalte sie uns.

Ein warmer Strahl leuchtete aus Clarissa's Augen,
als sie diese Worte leise und inbrünstig sprach — Lud=
milla hätte sie küssen mögen. Sie konnte nur sagen:

— Ja, es sind ein paar Prachtgeschöpfe. Sie haben recht, Freude und Stolz über diesen Besitz zu empfinden.

— Wenn nur die Angst des Verlierens nicht wäre!

— Aber Baronin!

— Nennen Sie mich Clarissa — oder besser noch: sagen wir uns Du.

— Ich danke Dir. Du weißt nicht, wie wohl mir das thut. Einen Zentner Einsamkeit hast Du mir mit diesem Wörtchen vom Herzen gewälzt!

Die beiden Frauen waren etwas seitwärts gegangen und langsameren Schrittes als die Andern. Man war in die Avenue gekommen, in der während der ganzen Ausstellungszeit die größte Lebhaftigkeit herrschte, in derjenigen nämlich, wo die von der Fürstin Pauline decretirten Nachmittagspromenaden stattfanden, bei welchen die Damen der Wiener Gesellschaft „ihr hübsches Gewand anlegten“ und jeden Dienstag und Freitag sich dem Publicum zeigten. In dieser selben Avenue stand auch die Bude der berühmten Noël und Patard, auf deren Terrasse die „Gesellschaft“ zu diniren pflegte. Der große Vorzug dieses Restaurants war seine achtunggebietende Theuerung. Wer nicht erzählen konnte: „Nein, dieser Patard! . . . neulich hab ich dort ein Beefsteak und ein Fläschchen Wein und einen schwarzen Caffee genommen und mußte dafür 17 fl. zahlen“, der hatte die Freuden der Theaterausstellung nicht ausgekostet.

Das größte Gedränge in dieser stets gedrängt vollen Avenue herrschte eben vor dem genannten Restaurant. Hier staute sich die Menge und es war dem Aufundabwandelnden schwer vorüberzukommen. In hellen Haufen

standen die Menschen da und blickten auf die Terrasse
hinauf, um die Herrschaften speisen zu sehen. Auch ein
Vergnügen, wie es scheint. Man stieß sich an, man
fragte, man gab Auskunft. „Die da, die da ist's, dort
am zweiten Tisch rechts." — „Bitte", fragt ein Fremder,
„meinen Sie die Metternich? . . . Die im gelben
Hut?" — Und wer ist die Zweite links? Jetzt wird
der gothaische Almanach hergesagt: die Namen Kiel-
mannsegg, Kinsky, Auersperg ꝛc. schwirren durch die
Menge. Dazwischen klingen von oben Tellerlärm und
Lachen und einige laut gesprochene Worte herab.

Heute war es besonders voll bei und um Noël
und Patard. Mit verächtlichem Achselzucken wiesen die
Kellner alle jene naiven Gäste ab, die, ohne frühere
Bestellung, an einem leeren Tisch Platz nehmen wollten.
Beschämt und bestürzt zogen solche Eindringlinge ab.
Es dämmerte ihnen der Verdacht, daß die Tische nicht
schon bestellt waren, sondern daß die stolzen Kellner
niemand zuließen, der nicht zu der vornehmen Coterie
gehörte.

Baron Visthurn hatte schon früher dafür gesorgt,
daß ihm ein Tisch in dem anstoßenden Garten — die
Terrasse war ganz vergeben — aufgestellt werde. Vorerst machte die kleine Gesellschaft noch einen Rundgang
in „Alt=Wien", denn dieses war ja auch für jeden
Ausstellungsbesucher eine zu absolvirende Pflicht.

Jetzt ging Albrecht an Ludmilla's Seite.

— Nicht wahr, sagte er, es liegt ein eigener Zauber
in diesem Bild aus alter Zeit?

— Um den Zauber zu genießen, müßte man den Platz leer sehen, bei Mondschein, alles still — höchstens dürfte nur noch der Nachtwächter da sein in alter Tracht . . . Aber diese Neuwiener Menschenmenge — und die ganzen Eindrücke des modernen Lebens, die man von draußen noch mitgebracht hat: es stimmt nicht. Schwärmen Sie übrigens auch für die alte Zeit wie Ihr Onkel Udalrich?

— Nein, Fräulein Goth, ich freue mich der Gegenwart und namentlich — ich hoffe auf die Zukunft. Eine neue, neue Zeit — der schlägt mein Herz entgegen!

— Das nimmt mich einigermaßen Wunder. Wenn man eben, wie Sie, noch frisch vom Schulstudium weg ist, sich so eingehend und begeistert mit dem Alterthum beschäftigt hat . . .

— Ich bin ja noch nicht einmal fertig mit dieser Schulfuchserei; jetzt als angehender Jurist werde ich ja noch tiefer in das römische Recht und ähnliche Scharteken getaucht werden — aber das thut nichts. Mein neuzeitliches Herz ist nicht dabei. Es wird heruntergelernt, weil es eine nothwendige Formalität ist — aber mein eigentliches Studium, das betreibe ich in der Bücherei meines Vaters, und da ist mir eine Welt aufgegangen, von der die Schulweisheit sich wirklich nichts träumen läßt. Nein — um auf Ihre Frage zurückzukommen — ich schwärme nicht für die alte Zeit. Sehen Sie hier — und er zeigte auf eine in der Mitte des Platzes sich erhebende Steinsäule — eine häßliche Mahnung daran: der Schandpfahl.

Nachdem man einmal um den Platz gegangen und eine Weile vor der kleinen Marktbühne stehen geblieben, wo der Hanswurst seine mittelalterlichen Späße riß, mahnte Bisthurn, daß es Zeit sei, sich zum Diner zu begeben.

In dem Gartenraum, ganz nach vorn, stand der Tisch schon bereit; weiter hinten eine lange Tafel für ungefähr zwanzig Personen. Während Bisthurns sich an ihrem Tische niederließen, kamen allmählich auch die Genossen des anderen Tisches zusammen. Dort begrüßte man sich mit lautem „Bon jour“, man schüttelte sich mit steif und rasch erhobenen Ellbogen die Hände; die Damen in letztmodernen Toiletten, die Herren in hoch= stehenden Krägen und spitzen gelben Schuhen; auf allen Gesichtern der etwas müde und „in das Schicksal ergebene“ Ausdruck, mit welchem die Frohndiener des Vergnügens am Ende der Saison sich daran zu machen pflegen, eine Pflichterfüllung — „Tödtlich, diese langen Diners!“ — zu leisten.

Ganz im Hintergrunde in einer gedeckten Veranda, die an das Restaurantsgebäude stieß, sah man eine auffallend große, elegante Frauengestalt, die vor einem an der Wand hängenden Spiegel einen ordnenden Griff an der Hutschleife machte und dann, von einer Begleiterin gefolgt, in der nach den Speisesälen führenden Thür verschwand. Ludmilla hatte die Erzherzogin Stefanie erkannt.

— War das nicht? ... wandte sie sich an Bisthurn, der wieder ihr Tischnachbar war —

— Ja, die Kronprinzessin. Sie kommt sehr häufig zu Noël und Patard. Auch der Kaiser hat kürzlich hier gespeist. Da hätten Sie die Volksmenge sehen sollen, die sich draußen versammelt hatte.

In einer anderen Ecke des Vordergrundes gewahrte Ludmilla nun, an einem kleinen Tischchen, die vorhin beobachtete Rosadame aus dem Amorwagen. Bei ihr saß ein junger Mann. Ein Liebespaar — unverkennbar.

— Kennen Sie diese wunderliebliche Erscheinung dort, Baron Bisthurn?

— Ja, eine gefeierte Operettendiva.

— Und er?

— Ein Fremder, — der Sohn eines amerikanischen Eisenbahnkönigs oder so etwas.

Vom Musikpavillon gegenüber klang das Intermezzo der „Cavalleria Rusticana" herüber; immer noch wogte die Menge; von allen Seiten blitzten die elektrischen Lichter auf. Heiter und anregend war das im Kreise geführte Gespräch. Ein junger Officier hatte sich der Gesellschaft zugesellt, der neben Nanette Platz genommen und deſſen zugeflüsterten Worten das junge Mädchen mit beglücktem Lächeln lauschte.

Unter diesen Eindrücken fühlte sich Ludmilla von einer ganz eigenthümlichen Freudigkeit durchdrungen: — Und das — dachte sie — das soll eine Welt voll Jammer und Drohung sein, voll düsterer und banger Probleme? Wo es doch so viel sorgloses Vergnügen, so viel neidloses Bewundern, so viel Glanz, so viel Blumen und Musik, so viel Liebesrausch und Familien=

glück gibt? . . Was wollen denn alle diese Schwarz=
seher mit ihren Seufzern und Warnungen, mit ihren
unheimlichen sogenannten „Fragen"? Ist's hier nicht,
als gäbe es nur eine zu suchende und auch vielfach
gefundene Lösung dafür: der Genuß!

— Sie scheinen in angenehme Gedanken vertieft,
Fräulein Goth, bemerkte Visthurn.

VI.

Ludmilla und Frau Darion saßen in ihrem Salon. Es fehlte noch eine Stunde bis zur Empfangszeit und diese Zeit wollte Ludmilla benützen, um ein paar Briefe zu schreiben. Sie hatte sich eben die Mappe zurecht= gelegt, als die Thür geöffnet wurde und Dr. Arold, in Begleitung Carl Cremers und eines dritten unbekannten Herrn, hereintrat.

— Verzeihen sie die Verfrühung unseres Besuches, die eine absichtliche ist. Später wird Ihr Salon sich füllen und da könnten mein Freund und ich die verabredeten Erläuterungen nicht mehr ungestört geben. Und erlauben Sie, daß ich Ihnen hier Herrn Alexander von Dege= meister vorstelle — der Fremde verneigte sich — der selber den lebhaftesten Antheil an der Sie interessirenden Bewegung nimmt und in der Lage sein wird, Ihnen noch eingehenderen Aufschluß zu geben als ich.

Ludmilla sagte ein paar höfliche Worte und lud ihre Besucher zum Sitzen ein. Aus den weiter getauschten Fragen und Mittheilungen ergab sich, daß Herr v. Dege= meister ein Russe aus den Ostseeprovinzen sei, daß er eifrig das Studium der socialen Frage betreibe, daß er zu diesem Zwecke in der Schweiz, in Belgien und in England gewesen und nur auf der Durchreise in Wien — wo er keinen Boden für sein Studium zu finden

glaubte — zufällig von einer Arbeiterversammlung er=
fahren habe, bei welcher Arold sprechen sollte. Da
habe er den Doctor aufgesucht und dann mit ihm der
Versammlung beigewohnt. Da er gehört, daß der Doctor
das Glück habe, eine ausgezeichnete geistvolle Dame zu
kennen, welche über den Stand der socialen Frage auf=
geklärt zu sein wünschte, so habe er um die Ehre ge=
beten, ihr vorgestellt zu werden. Dies alles erzählte
übrigens nicht Herr v. Degemeister, sondern Dr. Arold.
Der Fremde schien eher ein schweigsamer Mensch zu sein.
Zwar nicht schüchtern — was er sagte, sagte er mit
kraftvoller Sicherheit, aber er sprach nur wenig.

Ludmilla empfing einen etwas unheimlichen Ein=
druck, doch konnte sie nicht umhin, den neuen Be=
kannten fesselnd zu finden. Daß Dr. Arold, ohne sie
vorher zu fragen, einen ihm bis dahin selbst fremden
Durchreisenden ins Haus gebracht, nahm sie ihm einiger=
maßen übel und sie beabsichtigte, ihn bei nächster Ge=
legenheit zur Rede zu stellen — sollte nun etwa, weil
sie das Schauspiel Fulda's zur Wißbegierde angeregt
hatte, ihr Haus der Mittelpunkt für alle socialistischen
Umtriebe gemacht werden — sollten alle russischen Nihi=
listen und jeder Ravachol bei ihr verkehren? Während
sie sich in Gedanken diese Philippika zurechtlegte, be=
trachtete sie doch mit ununterdrückbarem Wohlgefallen
deren unschuldigen Gegenstand. Ungefähr dreißig Jahre
mochte er alt sein. Kleidung, Haartracht, Auftreten:
durchaus „gentlemanlike". Ein seidiger, etwas gekräuselter,
dunkelbrauner Vollbart — spanisch zugestutzt. Schlanke,
weiße Hände, blaue Augen unter sehr dichten, aber

schmalen Brauen. Das eigenthümlichste an seinem Ge=
sichte war, daß ein düsterer, stark verbitterter Ausdruck
darauf lag, so lange er ernst blickte. Aber wenn er
lächelte, so lächelten die Augen mit und der Ausdruck
wurde mild und liebevoll, wie der eines Kindes. Auch
im Organ lag etwas zärtliches, sanftes. Die Sprechweise
der Ostsee=Provinzler zeichnet sich im allgemeinen durch
einen gewissen traurigen, innigen Tonfall aus, und
Degemeister besaß diese Eigenheit in hohem Grade.
Wenn er z. B. sagte: „Ich habe die Ehre, Ihnen einen
guten Morgen zu wünschen", so klang das ungefähr als
hätte er gesagt: „Zwar bin ich ein armes Geschöpf,
aber ich liebe Sie aus ganzer Seele."

Eine Viertelstunde hindurch bewegte sich die Unter=
haltung auf dem Gebiete gleichgiltiger, nichtssagender
Dinge, wie solche gewöhnlich eine neue Bekanntschaft
einzuleiten pflegen: Bemerkungen und Fragen über das
Land, aus welchem der Eine kommt und in welchem der
Andere ist.

Da sagte plötzlich Carl Cremer:

— Nun muß ich mir aber das Wort erbitten. Es
war Ihr Wunsch, gnädiges Fräulein, und es ist noch
lebhafter der meine, daß ich Ihnen über die ethische
Bewegung —

— Halt, unterbrach Dr. Arold, ein viel älterer
Wunsch des Fräuleins ist es, Aufklärung über die
socialistische Frage zu erhalten und da muß wohl ich
den Anfang machen.

— Nein, Herr Doctor — die Letzten sollen die
Ersten sein — ich wollte zuerst hören, was Herr Cremer

zu sagen hat. Eigentlich, wenn wirklich die Letzten den Vorzug haben, so sollten Sie, Herr v. Degemeister, beginnen . . . Der Russe machte eine abwehrende Bewegung — Sie wollen nicht? Also Herr Cremer, belehren Sie mich . . . Ich bin ganz Aufmerksamkeit.

Der junge Buchhändler räusperte sich, setzte sich in bequemere Stellung und hub an:

— Nun denn. Einer der ältesten und größten Ethiker, Buddha —

— Na, wenn Du so weit ausholst, rief Dr. Arold, wann soll ich da an die Reihe kommen mit meinen durchaus modernen Gewährsmännern? Der Socialismus kennt keine alten Propheten.

— Da muß ich widersprechen, warf Degemeister ein, das socialistische Ideal ward — fragen Sie nur unsern Tolstoi — zuerst von Christus aufgestellt.

— Aehnliches behauptet Herr v. Egidy wohl auch . . . und sein einiges Christenthum —

Ludmilla unterbrach mit der Frage, wer Herr v. Egidy sei.

— Ein preußischer Oberstlieutenant, gab Cremer Auskunft, der zu einer religiösen Reformbewegung den Anstoß gegeben hat.

— Wieder eine Bewegung! rief Ludmilla, die Hände zusammenschlagend. Da schwindelt einem ja förmlich. Von allen Seiten: Arbeiterbewegung, Frauen= bewegung, Friedensbewegung . . . es ist endlos. Wohin soll man da sich wirbeln lassen?

— Es ist ja überall nur ein Ziel, bemerkte Degemeister wie für sich. Befreiung suchen sie Alle — Befreiung und Liebe.

— Da fällt mir ein trauriger Vers ein, den mir ein junger Wiener Dichter — Carl Maria Heidt ist sein Name — neulich vorgelesen:

> Karrenzieher sind sie alle,
> Der aus Wahnwitz, der aus Noth;
> Götter in der Mäusefalle
> Und Befreier ist der Tod.

Degemeister wiederholte Ludmilla's letzte Worte:

— Ist der Tod . . . der Tod!

In dem Ton lag solcher Jammer, daß Ludmilla sich betroffen umkehrte, um dem Sprecher ins Gesicht zu sehen. Da glitt das liebe Lächeln über seine Züge und er sagte:

— Nein, nein, Fräulein — befreites Leben ist die Losung.

— Auf diese Art komme ich nicht dazu, bemerkte Cremer, dasjenige vorzubringen, was mir so sehr am Herzen liegt, dem Fräulein mitzutheilen. —

— Wohlan, so sprechen Sie, und ich ersuche die Herren höflichst, den Redner nicht zu unterbrechen.

— Um mich also kürzer fassen zu können, will ich diesmal nicht bei Buddha anfangen und alle Religionsstifter und Glaubensreformer aus dem Spiele lassen. Es handelt sich da auch nicht um die Religion, sondern um einen Ersatz derselben für Leute, die mit den bestehenden Glaubenssystemen theils gebrochen haben, theils sich nur halb befriedigt davon fühlen.

— Verzeihen Sie . . . den Andern habe ich das Unterbrechen untersagt — aber mir, als der belehrten und lernbegierigen Schülerin, müssen Fragen und Bemerkungen gestattet sein. Ich denke, daß die Gläubigen — wenn auch nur halb Gläubige — von einer Moral nichts werden wissen wollen, die sich nicht auf die Religion stützt und die Glaubensbefreiten haben wohl kein Verlangen nach Ersatz. Wer will denn eine abgestreifte Fessel ersetzen?

— Wenn etwas, das einem theuer ist, auf schwankender Grundlage steht, so wird man jedenfalls die Grundlage mit einer andern gern vertauschen. Die Gebote der Moral: „Sei gut und erhebe Deine Seele" empfindet kein edler Mensch als Fessel . . . Es gibt übrigens nichts was eine Erklärung so sehr erschwert, als Einwendungen in der Bildersprache. Die Nebenbedeutungen von Grundlage und von Fessel z. B. könnten uns in endlose Abschweifungen führen — bleiben wir bei der Sache. Und womöglich bei der Thatsache.

Ludmilla fühlte, ohne hinzuschauen, daß Degemeister's Blick forschend und bewundernd auf sie gerichtet war. Das Bewußtsein war ihr nicht unangenehm. Wenn sie Dr. Arold auch auszanken wollte, daß er ihr so geheimnißvolle und sonderbare Gestalten zuführte: Socialismus=Reisender, was war denn das für ein bürgerlicher Beruf? und Mephisto=Züge mit Erzengellächeln, was sollte denn das für eine Physiognomie sein? . . . so war sie im Innern doch froh, daß dieser Mann ihr zur Seite saß und sie mit solchem Interesse betrachtete. Selbst ein interessanter, sehr interessanter

Mensch . . . wenn sie nur auf seinen Seelengrund schauen könnte . . . Armer Cremer, zwar gab seine Zuhörerin das Bild gefesselter Aufmerksamkeit ab und sie bemühte sich auch, seinen Worten zu folgen, aber die andern Gedanken gingen nebenher: „Befreites Leben ist die Losung . . ."

Cremer fuhr fort: Bleiben wir bei den Thatsachen. Und Thatsache ist es, daß eine Bewegung im Entstehen begriffen ist, die, wenn sie mächtig sich verbreitete, die Menschheit auf dem Wege der Cultur um eine unbe= rechenbare Strecke vorwärts brächte. Wer den ersten Paragraphen der Statuten begriffen hat, welche für die neue Gesellschaft im Plane vorliegen, dem muß der Segen einleuchten, der aus der Verwirklichung ihrer Ziele erblühen müßte. Dieser Paragraph heißt: „Es ist Zweck der Gesellschaft, im Kreise ihrer Mitglieder und außerhalb desselben als das Gemeinsame und Ver= bindende die Entwicklung ethischer Cultur zu pflegen." — Sie verstehen wohl: Das Gemeinsame und Ver= bindende, während allseitig — unter Vorwand natio= naler und religiöser und socialer Motive — das Trennende hervorgezerrt wird. Was da am Ausgang winkt, ist, ob man es deutlich sage oder nicht, der Ver= nichtungskampf; was aber der Zustand ist, wie ihn unsere „Ethische Cultur" erreichen will, das definirt sie mit den Worten: „Ein Zustand, in welchem Gerechtig= keit und Wahrhaftigkeit, Menschlichkeit und gegenseitige Achtung walten." — Aber nicht um Predigten handelt es sich. Eine Aufgabe ist gestellt — und sie will gelöst werden. Das erfordert außerordentliche Mittel.

So steht denn weiter auf dem Programm: „Veran=
staltungen zur Hebung der ethischen Jugenderziehung; —
Vorträge und Besprechungen über ethische Forderungen
und Probleme im Kreise der Mitglieder; Pflege der
weihevollen Einwirkung von Wissenschaft und Kunst auf
die weitesten Kreise des Volkes" — das heißt mit andern
Worten Errichtung von Volkstheatern, von Instituten
gleich der „Urania" . . .; Betheiligung an der Hebung
der Lebenslage der ärmeren Volksschichten — Schutz
und Hilfe für alle Bedrängten gegen jede Art von Un=
glück und Unrecht.

Nach und nach war Ludmilla doch wirklich auf=
merksam geworden. Sie seufzte tief auf — ein Seufzer
der Befriedigung.

— Es thut wohl, solches zu hören. Es zeigt, daß
die Klagen unbegründet sind, die so vielseitig sich erheben,
daß die Welt heutzutage in Stumpfsinn und Genußsucht
verfällt, daß Alle miteinander im Kampfe liegen. —

— Klagen über allgemeine Schlechtigkeit sind immer
unbegründet, und je zahlreicher, desto unbegründeter,
versetzte Cremer; denn, wäre sie allgemein, so würde sie
nicht als Schlechtigkeit empfunden und Niemand wäre
da, sich zu beklagen. Glauben Sie etwa, daß unter
Menschenfressern die Leute ihre Kost unmoralisch finden,
oder daß zu Torquemada's Zeiten ein Mangel an
Duldsamkeit auffiel? Der Begriff Duldsamkeit existirte
da einfach nicht. Dieselbe Gesinnung, wo sie sich äußerte,
wurde als verbrecherische Lauheit aufgefaßt. Jeder
Seufzer, der heute über die herrschende Verrohung aus=
gesprochen wird, ist mir Beweis von der Veredlung —

mindestens der Seufzenden. Sind diese aber zahlreich,
schließen sie sich zusammen, organisiren sie sich, um
immer wieder neue Herde zu schaffen, von welchen aus
ihre Gesinnungen sich verbreiten, so ist unversehens die
Veredelung „herrschend" geworden. Was ich nun von
Ihnen verlangen wollte, Fräulein Goth, ist dieses:
Helfen Sie mir, in Wien eine Section der Ethischen
Gesellschaft vorzubereiten. Noch ist diese Gesellschaft in
Deutschland nicht constituirt, aber sobald sie ins Leben
getreten, sollte sie sich auch vervielfältigen und die Haupt=
stadt Oesterreichs sollte sicher die erste sein, die —

— Ich lasse Sie nicht weiter reden, Herr Cremer.
Sie überschätzen meine Fähigkeiten. Was könnte ich da
thun? Ich bin hier nicht zu Hause, habe nur sehr ge=
ringe Beziehungen zur Gesellschaft — werde voraus=
sichtlich auch nicht lange in Wien bleiben — und wenn
Sie wüßten, von wie vielen Seiten man bedrängt
wird . . . auch habe ich Sie noch gar nicht recht ver=
standen —

— Das ist's! Ich bin zu voreilig gewesen. Was
mein Herz und meinen Kopf seit Jahren erfüllt, was
ich nach allen Seiten hin erforscht und erwogen habe,
das kann ich unmöglich durch eine fünf Minuten aus=
füllende Wortfolge in das Fühlen und Denken eines
andern Menschen übertragen, noch dazu so kräftig über=
tragen, daß es diesen Andern zur That spornt . . .
Nimm Dir ein Beispiel an meiner Niederlage, Arold,
und versuche nicht auch, Fräulein Goth zu Deinem
Lebensglauben — zum Socialismus zu bekehren, ver=
zichte auf ihre Mitwirkung!

— Die werde ich gar nicht verlangen, lieber Freund. Der Socialismus stellt heutzutage kein Vereinsziel mehr vor. Der braucht keine Gründer, Stifter und keine Genehmigung einer löblichen k. k. Statthalterei — er ist ein Strom, der sich sein Bett von selber gräbt, er ist — — eine Naturgewalt. Er wird alles überwinden...

— Und dennoch überwunden werden, sagte Degemeister ruhig.

— Von der Reaction? fragte Arold mit Geringschätzung.

— Nein. Von Solchen, die einst seinen Zwang abschütteln wollen — oder vielleicht noch rechtzeitig ihm vorbeugen. Von Leuten, denen der socialistische Zukunftsstaat, noch ehe er verwirklicht ist, als eine zöpfische Tyrannei erscheint.

— Sie sprechen von den Anarchisten?

Jetzt riß aber ein Faden an der Stickerei der Frau Marquise und zugleich der Faden ihrer Geduld.

— Um Gotteswillen, reden Sie nicht so schreckliche Dinge, meine Herren, sagte sie mit erregter Stimme. Das ist beinahe unschicklich ... Wir wissen ja Alle, daß so furchtbare Ideen jetzt im Volk auftauchen, aber je weniger man dem Aufmerksamkeit schenkt, desto besser, glaube ich ... Mit den revolutionären Leuten wird die Polizei schon fertig und die Anarchisten gehören auf's Schaffot, aber das sind doch keine Gegenstände für Salongespräche, nicht wahr? ... Vorhin, das war ja sehr schön, was Herr Cremer gesagt hat, von der Sittlichkeit und von gesellschaftlicher Cultur oder ethischer Geselligkeit ... ich weiß nicht mehr, aber es

klang recht lobenswerth, obwohl ich eigentlich der Meinung
bin, daß ja jeder Mensch genug Gelegenheit hat,
moralisch zu sein und das Predigen besorgen ohnedies
die Geistlichen ... wenn Sie die Conférences gehört
hätten, welche im Advent in Notre Dame de Paris
gehalten werden — die Zuhörer sind zumeist Männer —
und da wird alles meist wissenschaftlich besprochen und
mit Rücksicht auf den „Geist des Jahrhunderts", mir
war's immer zu gelehrt — da würden Sie einsehen,
daß es überflüssig ist, Privat=Moral=Gesellschaften zu
bilden ... so wird die Heilsarmee doch nur ausge=
lacht ... Aber das geht noch an ... Hingegen, wenn
solche Abscheulichkeiten wie Anarchie — das sind ja die
Bombenattentate, nicht wahr? — und was damit verwandt
ist, die Arbeiterstrikes und angezündete Fabriken u. s. w.
zur Sprache kommen, so kann man doch nur mit
Abscheu davon reden und so schnell wie möglich ab=
brechen.

Ludmilla empfand einige Verlegenheit. Da waren
drei Männer, die mit Eifer dem Studium weltbewegender
Zeitfragen sich hingaben, die es der Mühe werth fanden,
ihr, der noch Uneingeweihten, Aufklärung darüber zu
bieten und sogar sie für fähig hielten, in irgend einer
Weise mitzuwirken; und nun kam in ihrem eigenen Hause,
von seiten ihrer steten Begleiterin, ein solcher Ausfall
— das Muster platter Verständnißlosigkeit! Gewiß würde
Degemeister dem Doctor Vorwürfe machen, daß er ihn
hierher geführt. In diesem Augenblick hatte sie vergessen,
daß ursprünglich ihre Absicht gewesen, den unglücklichen
Arold desselben Umstandes wegen auszuzanken.

Sie suchte nach irgend einer passenden Phrase, um die alte Dame höflich zurechtzuweisen und ihre eigene Unabhängigkeit von dem eben Gesagten zu erweisen. Da nahm aber Degemeister das Wort:

— Gnädige Frau, sagte er, ich bin Ihnen sehr dankbar. Aus Ihrer kurzen Rede habe ich über den gegenwärtigen Stand und die nächsten Aussichten der socialen Frage mehr gelernt als aus stundenlangen Besprechungen mit den führenden Männern, als aus bändelangen Erörterungen der einschlägigen Literatur. Frau Marqua, sehr geschmeichelt, senkte den Kopf mit einem bescheidenen „O!". Denn, fuhr er fort, es handelt sich nicht nur darum, die arbeitende Kraft kennen zu lernen, man muß auch wissen, wie stark die Hemmnisse sind, die ihr im Wege liegen. Ihre Argumente, Ihr Urtheil, gnädige Frau, sind vielleicht an sich nicht ganz ausschlaggebend, aber multipliciren wir sie mit Million und abermals Million — denn unzählige Menschen denken so und wiederholen es unzählige Male — so haben wir ein Bild von der Kraft des bestehenden Widerstandes.

Diese letzten Ausführungen hatte Frau Darion nicht verstanden, aber da sie eben so sehr geglänzt, so wollte sie jetzt nicht scheinen, als wären ihr die Schlußworte nicht klar gewesen und so erwiderte sie ausweichend:

— Mein Gott, das Bischen gesunder Menschenverstand und gesunde Grundsätze — natürlich denken alle anständigen Leute dasselbe . . .

— Ich bitte Sie, Herr von Degemeister, mich in jene Million nicht einzurechnen, sagte Ludmilla.

— Gewiß nicht.

Die Uhr zeigte jetzt vier. Oberst Brahl trat ein.

— Das nenne ich Pünktlichkeit, rief Ludmilla, indem sie dem Besucher einen Schritt entgegen ging und ihm freudig die Hand schüttelte.

Die Andern standen auf und machten Miene, zu gehen.

— Nein, nein, Sie dürfen nicht fort . . . . . wir müssen das Gespräch von vorhin wieder aufnehmen, da mir die Meinung des Herrn Obersten besonders werthvoll sein wird . . . Daß ich Sie bekannt mache . . . Und sie stellte die Herren gegenseitig vor. Der Oberst ließ über die drei Männer scharf musternde Blicke gleiten, ohne es jedoch an der gebotenen Höflichkeit fehlen zu lassen. Als nun Alle wieder Platz genommen:

— Und worüber, fragte er, handelte das Gespräch, welches Fräulein Goth wieder aufnehmen will und das ich so unliebsam unterbrochen habe? Irgend eine „Frage", ich wette —

— Ach, nein, nein, fiel Frau Darion lebhaft ein, wir waren ja eben übereingekommen, daß es ein unangenehmes Thema ist, das so schnell wie möglich abgebrochen werden soll.

Ludmilla legte ihre Hand auf Frau Darions Arm.

— Das war nur Ihre Ansicht, liebe Frau Marqua, nicht die meinige. Wenn Ihnen das Thema unerquicklich ist, so hören Sie einfach nicht zu, Ihre Stickerei füllt ja ohnehin Ihr Interesse aus.

6*

Frau Darion verstand den Wink. Die Stellung in Ludmilla's Hause war ihr zu angenehm, als daß sie irgendwie den Wünschen ihrer jungen Patronin hätte entgegenhandeln wollen. Die leiseste Andeutung genügte ihr stets, um jenes Verhalten anzunehmen, von dem sie wußte, daß es Ludmilla das liebste war: die Nicht= einmengung in die allgemeine Unterhaltung.

— Sie haben es errathen, fuhr Ludmilla fort, indem sie sich an den Oberst wandte. Es wurden „Fragen" aufgeworfen. Nichts geringeres, als ob eine veredelte ethische Cultur zur Herrschaft gelangen solle und ob das socialistische Ideal —

— Hm, brummte der Oberst. Der Geldsack beherrscht die Welt. Wenn auch die Socialdemokraten daran rütteln, so kommt er doch nicht ins Wanken — und man wird leider zu einem Kriege sich entschließen, um seine Basis sicher zu stellen. 1789 wurde die Bastille gestürmt, 1889 wurde die Bastille des Geldsackes — der Eiffelthurm — erbaut. Er soll übrigens etwas wackeln.

— Alles wackelt, Herr Oberst, versetzte Dr. Arold.

— Na, also — da haben Sie einen prächtigen Wahlspruch für die allgemeinen Zustände.

— Jedenfalls vorübergehende Zustände. Wackeln ist keine definitive Beschäftigung, weder für Thürme, noch für gesellschaftliche Einrichtungen. Es ist nur die Vorbereitung auf Zusammensturz. Was dann zur Herr= schaft gelangt —

— Dann? Das weiß man nicht. Aber jetzt herrscht überall der zeitgemäße Schwindel. Jeder sucht sich mög= lichst bemerkbar zu machen, Aufsehen zu erregen und

Reclame mit den Mitteln des Humbugs zu machen. Nichts als Ringbildungen, Leithammel und Heerden, Stimmvieh und Geldmacher um jeden Preis.

— Sie sehen schwarz, Herr Oberst, sagte Degemeister kopfschüttelnd.

— Sehen Sie etwa rosig?

— Eher blutroth. Doch Ihre Auffassung theile ich nicht, daß alles nur Schwindel und Reclame sei. Es gibt ringsum viel ernstes Wollen, mitunter furchtbar ernstes Wollen — und nicht alles dreht sich um den Besitz.

— Aber wer ihn hat, der herrscht. Und die Menschen werden sich immer um den Besitz bekämpfen, so lange in ihre Hirnschalen aller möglicher blauer Dunst hineingepfropft wird, um sie in körperlicher und geistiger Knechtung zu erhalten.

— Das ist's ja eben, Herr Oberst, was der Socialismus abschütteln will, sagte Doctor Arold.

— Wollen und Können ist zweierlei. Der Knechtssinn und der Byzantinismus in Uniform, Kutte und Schiffhut ist obenauf und es ist vergeblich, dagegen zu kämpfen . . . Es hilft alles nichts. Die jetzige Menschheit hat ihren Schädel unter die mit Weihwasser besprengte Pickelhaube gesetzt — das gelbe und weiße Metallblech verbreitet weithin seinen schönsten Glanz und sie fühlt sich in diesem Glanz so glücklich, daß sie dadurch zum Blechschädel geworden.

— Verzeihen Sie — der Doctor gab nicht nach — sie fühlt sich eben n i c h t glücklich. Daher dieses Drängen nach Andersgestaltung; die Einen auf wirth-

schaftlichem Gebiete, die Anderen, wie mein Freund
Cremer, auf sittlich=religiösem — —

— Das auch noch! Schon Friedrich, zubenannt
der Große, der Freigeist, sagte: „Schafft mir mehr
Religion ins Haus", das stimmt auch zu: „Ihr Hunde,
wollt ihr denn ewig leben?" Der arme Mann wird aufs
Jenseits vertröstet, um ihn im Diesseits auszubeuten...

— Jetzt sprechen Sie selber wie ein Socialdemokrat,
Onkel Brahl, sagte Ludmilla lächelnd.

— Und dabei schauen Sie mich mit Ihren lieben
Frigga=Augen an . . . Ach, Mädchen, Mädchen — ich
wollte, daß so häßliche Worte gar nicht Eingang fänden
in Ihr helles, junges Gemüth . . .

— Was für häßliche Worte? „Socialdemokrat"
ist doch nicht —

— Es ist der Name einer politischen Partei. In
der politischen Welt ist die Niedertracht endemisch —
ich mag in gar kein Zeitungsblatt hineinschauen . . .
die Schuftigkeit ist obenauf und die Kosaken haben
Spieße . . .

Wieder ging die Thüre auf und neue Besucher
traten ein. Es waren die Herren Udalrich von Aehren=
berg und ein Herr Leopold Kron. Die Beiden kannten
sich nicht; nur zufällig waren sie zu gleicher Zeit ge=
kommen. Poldi — um keinen Preis hätte er sich Leo=
pold rufen lassen — war der einzige Sohn eines viel=
fachen Hausbesitzers aus der Vorstadt. Für seine fünf=
undzwanzig Jahre übermäßig dick, hatte er ein Gesicht,
das wie ein Kindergesicht aussah, auf welchem mit
rauchgeschwärztem Kork ein Schnurrbart gemalt ist.

Manche seiner guten Freunde nannten es auch ein Ohr-
feigengesicht; und in der That, die hochrothen, mit
glänzender, wie zum Springen gespannter Haut überzogenen Wangen mochten wohl zu dieser Procedur öfters
einladend erschienen sein, umsomehr, als deren Inhaber
das Bild der Selbstgefälligkeit und der Anmaßung abgab. Ludmilla war im Hause des deutschen Consuls mit
Herrn Kron bekannt geworden — er war ein Vetter der
Consulin — also konnte sie ihm nicht, wie sie es gern
gethan hätte, die Thüre weisen. Denn seine Gesellschaft
war ihr nichts weniger als angenehm und die verliebten
Blicke und schwärmerischen Seufzer, mit welchen er das
kecke Schauen und lärmende Lachen seiner gewöhnlichen
Art in ihrer Nähe zu untermengen pflegte, machten ihn
ihr noch widerwärtiger. Zum Glück kam er nur selten.
Seine Beschäftigungen: Rennstall, Fechtsaal, Ballet-
coulissen, nahmen ihn zu sehr in Anspruch, als daß er
viel Zeit gefunden hätte, Ceremonienbesuche bei jungen
Damen zu machen, „bei denen nix los is“. Freilich:
„g'fallen thät's ihm schon, die sade Gredl, aber von
Feschsein ist kein' Spur bei ihr . . . und heiraten? na,
erstens einmal, is' zu alt — und er, Gott sei Dank,
denkt nicht an's Eh'joch . . . Erst muß man seine
schönen Jahr' genießen wie ein Kanarivogel — aber
alle 14 Tag' amal anschau'n muß er sich's — und ihr
macht's auch eine Freud', wenn's ausschaut, als ob der
Poldi Kron in sie vernarrt wär . . . das gibt ihr
einen Kren vor die Andern.“ So und ähnlich äußerte
sich der junge Herr in Freundeskreisen, wenn das Gespräch
auf Ludmilla Goth kam.

Beim Eintritt dieser neuen Gäste standen die drei zuerst Gekommenen wieder auf und ließen sich diesmal nicht mehr zurückhalten.

— „Wie ein Jaguar", ist zu viel für mich, flüsterte Dr. Arold Ludmilla zu. Diese lächelte.

— Also wollen Sie mich verlassen, als wäre ich ein Zuckerbäcker?

Darauf lächelte Dr. Arold ebenso einverständlich und nun ging es an's Verabschieden.

— Ich hoffe Sie wiederzusehen, Herr von Tege= meister.

— Das verträgt sich nicht mit meinem Programm, gnädiges Fräulein, ich sollte morgen Früh von Wien abreisen.

— Oh! . . . Es lag sehr viel Enttäuschung in diesem Oh.

— Und Sie, Dr. Arold, sind mir eigentlich die Aufklärungen noch schuldig geblieben, wegen deren Sie sich heute zu mir bemüht hatten.

— Unter diesen Umständen war es nicht möglich. Das nächste Mal . . .

— Herr Cremer, ich hoffe, daß auch Sie ein nächstes Mal mir Weiteres über Ihre Pläne mittheilen werden.

Die zwischen Dr. Arold und Ludmilla getauschten Worte über den „Jaguar" und den Zuckerbäcker hatten folgenden Sinn: Herr Poldi Kron besaß die Eigenheit, in seine Reden häufig Vergleiche einzustreuen und ge= wöhnlich die allerunpassendsten, zusammenhanglosesten Vergleiche. „Bin ich denn ein Vogel, daß ich an zwei Orten zugleich sein soll?" fragte er einmal. Oder: „Ich

kann doch nicht so früh aufstehen wie ein Cardinal.“
Das Typischeste aber, was er in diesem Fache geleistet,
war der Ausruf: „Hätte ich beleidigt das Zimmer ver=
lassen und die Thür hinter mir zuschlagen sollen, wie
ein Jaguar?“, den Dr. Arold und Ludmilla, an welche
er gerichtet worden, festgehalten hatten und in der Folge
oft im Scherz wiederholten.

Brahl, Aehrenberg und Kron wurden einander
vorgestellt; mit Frau Darion wechselten sie einige Worte,
dann vertiefte sich diese in ihre Stickerei, und bald war
zwischen den übrigen Vier wieder eine lebhafte Unter=
haltung im Gange. Zwar zeigte sich Ludmilla ein wenig
zerstreut. Ihre Gedanken waren von dem Bilde des
Fremden eingenommen, den sie erst vor einer Stunde
kennen gelernt, und den sie nicht mehr sehen sollte, da
er morgen Wien verließ . . . Der Sessel, auf welchem
er gesessen, war leer geblieben und es war ihr, als sehe
sie noch in der Luft die Umrisse seiner Gestalt und hin
und wieder, mitten in den Gesprächen der Anderen hörte
sie — und wurde den Klang nicht los, wie man oft
eine gewisse Melodie nicht los wird — Degemeister's
Wort: „Befreites Leben ist die Losung“.

— Darf man fragen, bei welchem Truppenkörper
Sie gedient haben? Und ob Sie den bosnischen Feldzug
mitgemacht? forschte Aehrenberg.

— Bei der Cavallerie, antwortete Brahl. Aber ich
bin kein Oesterreicher. Mein letzter Feldzug war der
70er gegen Frankreich. Meine Heimat ist Württemberg.
Ich halte mich in Wien nur als Reisender auf. All=
jährlich gönne ich mir eine Frühlingstour — gewöhnlich

nach den Tiroler Bergen, oder einen Abstecher nach
Norditalien. Das erfrischt nach der neunmonatlichen
Gefangenschaft in Philisterheim.

— Wie heißt der Ort?

— Der Ort heißt Reutlingen; ich habe vorhin nur
den generellen Namen aller deutschen Kleinstädte genannt,
wo so ein armer Oberst a. D. mit seinem Ruhegehalt
das Leben beschließen und alle Abend in's Wirthshaus
gehen kann. Und das muß ich wohl, weil meine Augen
das Arbeiten bei Lampenlicht nicht mehr vertragen.

— Wer wird denn überhaupt Abends arbeiten?
bemerkte Poldi Kron. Und im Gasthaus treffen Sie doch
viele Leute?

— Jawohl: Ministerialräthe, Regierungsräthe,
Commerzienräthe, Officiere z. D. und a. D. . . . doch
wenig Menschen.

— Bleiben's in Wien, Herr Oberst, rieth Poldi.
Hier ist das schönste Leben. Und man kann sich's auch
billig einrichten — sind ja doch eine Masse Pensionisten
da. Da finden's immer Ihre Kartenpartie und Ihren
politischen Tratsch und wenn Sie einmal lustig sein
wollen, wie ein — wie ein Tambour, na da geht man
zu die Schrammeln oder zum Stalehner — da gibt's
immer „a Gaudee".

— Ja, ich hab' es gehört. Sich von einem Fiaker
etwas vorpfeifen zu lassen, soll zu den auserlesensten
Genüssen der vornehmen Kreise gehören.

— Und ich kann Ihnen nur rathen, Herr Oberst,
sagte Aehrenberg, ziehen Sie sich in ländliche Einsamkeit
zurück. Da ärgert man sich am wenigsten . . . denn ich

sehe es Ihnen an, Sie sind auch einer derjenigen, die
an den gegenwärtigen Zuständen Aergerniß nehmen.
Sie sind auch Einer von altem Schrot und Korn —

Da fiel ihm Ludmilla in's Wort:

— O, das ist ein Irrthum ... Oberst Brahl ist ein
durchaus moderner Mensch. Sie hätten ihn früher hören
sollen ... wir sprachen von den allermodernsten Dingen ...
Unter Anderem, Herr von Aehrenberg, wie denken S i e
über die socialistische Bewegung?

— Liebes Fräulein, Sie interessiren sich doch nicht
für so etwas? Davon sind Sie ja doch, Gott sei Dank,
ganz unberührt! Und ich auch .... Die Bauern in
meiner Gegend, die Bauern überhaupt, geben sich mit
derlei nicht ab. Wenn so ein socialistischer Wander=
prediger sich blicken läßt, so feuern sie ihn hinaus; der
Einfluß der Geistlichen ist da sehr stark und wohlthätig.
In meiner Nachbarschaft gibt's ein paar Fabriken, aber
auch da sind die Arbeiter noch brav und nicht unter=
minirt. Die Gefahr ist nur in den Städten — denn
da sind die Hetzer zu Hause, die Advocaten, die Juden ...
ich bin kein aggressiver Antisemit, aber ich mag die
Juden nicht ... Und in den Städten ist wirkliches
Elend, da sind die armen Teufel dann freilich leicht zu
verführen, wenn ihnen einer sagt — wir wollen den
Reichen das Geld wegnehmen und es unter uns ver=
theilen ... man sollte den Landleuten verbieten, in die
Städte zu ziehen, das Laster und das Elend, die da
herrschen, sind zu furchtbar ... es thut Einem weh,
wenn man daran denkt ... aber warum drängt sich
Alles dahin — warum wollen Alle reich werden und

womöglich Nichts arbeiten? Warum wollen alle Bauern=
söhne und Handwerkersöhne studiren? Nein, die Classen
sollen streng geschieden bleiben — was nützt den ordi=
nären Leuten die Bildung? Was nützt sie auch den
Vornehmen? ... ich bin ganz abgekommen von der
Bewunderung, die ich einst von der Gelehrsamkeit hatte ...
die Menschen wissen doch Nichts und mit ihrem Bildungs=
dünkel vernichten sie die ganze Ehrfurcht vor dem Ge=
heimnißvollen ... Ich habe ja Nichts dagegen, daß
ein wirklich talentirter Mensch — auch wenn er ein=
facher Leute Kind ist — eine Carrière macht und das
steht ja Jedem offen ... aber heutzutage will Jeder
Minister werden und keiner die Ackerkrume bestellen,
oder Stiefelsohlen nähen. — Je mehr man über die
Zustände nachdenkt, desto mehr muß man alle diese
modernen Ideen beklagen, und bedauern, daß die schönen
ruhigen Zeiten unserer Väter vorbei sind, wo Jeder in
den Schranken seines Standes blieb. In der Natur
gibt es ja auch keine Gleichheit ... ist etwa ein Akazien=
bäumchen dasselbe wie eine Eiche? Die Menschen sind
jetzt leider ganz verrückt geworden, darum kümmere ich
mich auch so wenig wie möglich um alle die Phantastereien
und Streitereien, die der Tag bringt, ja.

— Alles, was Sie da sagten, hat mir keinen Auf=
schluß gegeben, bemerkte Ludmilla.

— Sie haben ja auch nur meine Meinung hören
wollen ... Aufschluß weiß ich selber keinen.

— Sollte man aber nicht — verzeihen Sie diese
Frage — bei Dingen, über die man keinen Aufschluß

geben kann, die man also nicht kennt, sich nicht auch der
Meinungen enthalten?

— Ich verzeihe diese Frage, mein Fräulein, aber
ich beantworte sie mit nein. Ja. Denn Aufschluß weiß
Niemand — weiß man über gar Nichts, also müßte
man ganz meinungslos durch's Leben gehen. Und man
kann sich doch nicht enthalten, auf die Eindrücke, die man
erhält, zu reagiren. Diese Reagirung ist eine Meinung.
Wenn ich sehe und höre, daß die Proletarier aller
Länder die Absicht haben, den Adel abzusetzen und allen
Besitz an sich zu ziehen, was nur durch Gewalt und
Blutvergießen geschehen kann, so drängt sich mir die
Meinung auf, daß das ein Unglück und ein Unsinn
wäre, und daß je eher und kräftiger die Sache unter=
drückt wird, desto besser, ja. Diese gar zu liberalen
Fürsten und Politiker bringen nur Unheil. Dabei sind
sie doch Unterdrücker. Sie wollen hier die Freiheit geben
und unterdrücken dabei die angestammten Rechte dort.
War denn das Aufheben der Klöster durch Josef II. ein
liberaler Act? Hat er dadurch nicht die Mönche und
Geistlichen um ihre Freiheit, so zu leben, wie sie wollen,
verkürzt, sie ihrer Schätze beraubt? Ja. Mir ist der
Kaiser Josef ein Greuel. Und im Jahre 48 — wäre
man da mit mehr Strenge verfahren, hätte ein Windisch=
grätz, der den Aufstand in Prag unterdrückte, auch
Wien beschossen, so wäre diese ganze Saat demokratischer
und demagogischer Ideen erstickt worden, aus der jetzt
die socialdemokratische Ernte aufzugehen droht, ja.

— Aber es ist ja nicht so schlimm, mischte sich
jetzt Poldi Kron in's Gespräch. In Wien besonders ist

Nichts zu fürchten. Die Leut' sind hier viel zu gemüthlich, als daß sie sich mit solchen Sachen und Fragen u. dgl. abgeben sollten. Mangel an Geld gibt's wohl unter die kleinen Leut', aber das wird auch besser werden, wenn einmal die jüdische Concurrenz aufhört und wenn wieder eine ordentliche Gewerbeordnung eingeführt wird. Dafür lassen wir unsere Gemeinderäthe und unsere Landtags= abgeordneten sorgen — unser Einer braucht sich da keine grauen Haar' wachsen zu lassen. Fräul'n, vergällen Sie sich Ihr Leben nicht — lassen Sie sich abrathen, ge= wisse Leut' bei sich zu empfangen, die Ihnen weiß Gott was für Zeug vorschwatzen — Leute mit krummen Nasen und schiefen Ansichten . . . ich weiß schon, wen ich meine.

— Ich weiß es auch, Herr Kron, und ich ersuche Sie ausdrücklich, sich über meine Freunde in meiner Gegenwart nicht abträglich zu äußern. Namentlich nicht in dem Sinne, in welchem Sie es eben gethan. Das kann ich nicht vertragen.

— O, bitt' um Verzeihung. Aber ich sprich schon so offen heraus wie ein — wie ein Tramway=Conducteur und wenn ich eine Antipathie gegen Jemand hab', so stellt sich gewöhnlich heraus, daß er ein verdächtiges Subject ist. Aber ich kann mich ja irren — nichts für ungut!

Ludmilla überkam es in diesem Augenblicke wie Lebensüberdruß. Ein Labyrinth, alle diese Meinungen! Und daß es so zuwidere Menschen geben könne, wie dieser Kron — und solche Menschen sich anmaßen, über

Andere abzuurtheilen und sich für etwas Besseres zu
halten auf Grund ihres Kleiderschnittes oder ihrer Nasen=
form: dabei brauchte die breit aufgestülpte, brutale
Kron'sche Nase sich gar Nichts einzubilden . . . Auch
die beiden Anderen hatten verstimmend auf sie gewirkt.
Da war dieser Ritter Udalrich, der allem Streben der
Gegenwart, allen Errungenschaften des modernen Geistes
solches Mißtrauen entgegensetzte und der dabei doch ein
so sympathischer, von vornehmer Gesinnung erfüllter
Mensch war . . . ist es nicht traurig für die ringenden
und forschenden Geister, die ihre ganze Kraft, ihr freu=
diges Hoffen daran setzen, eine bessere Zukunft, eine
klarere Kenntniß der Dinge herbeizuführen, ist es nicht
traurig, wenn sie solcher Verkennung und Verurtheilung
anheimfallen? Und ist es nicht traurig für diese Ver=
urtheilenden selber, daß sie in dem Leben und Ringen
der Gegenwart nur feindliche Gewalten sehen, vor deren
Anstürmen sie sich in die Vergangenheit — eine Ver=
gangenheit, die doch niemals wieder aufblühen kann —
verletzt und trotzig flüchten? Vom Obersten Brahl hatte
sie heute gleichfalls einen Eindruck erhalten, der ihr weh
that. Es lag so viel Bitterkeit, so viel überlegener
Zweifel, so viel Weltverachtung in seiner Art . . . ist
also die Welt wirklich so verächtlich, ist es vergebens,
auf ihre Veredlung hinzuwirken, ist es thöricht, zu
glauben, daß Gier und Roheit, Dummheit und Gemein=
heit ausgerottet werden können? Und wenn er darin
irrt, der vielerfahrene Mann, müssen nicht gerade seine
Erfahrungen herzzerreißend traurig und düster gewesen
sein, um ihn zu solcher Erbitterung zu bringen?

Man sprach noch hin und her; einige Damen
kamen hinzu und da ging die Unterhaltung allmälig
in das gewöhnliche Fahrwasser über: die Theater=
ausstellung; der gestrige Blumencorso; das heutige
Wettrennen; Mascagni; Mademoiselle Bartet vom fran=
zösischen Theater; die Duse; Alice Barbi . . .

Oberst von Brahl war der Erste, der ging. Und
wie es schien, in sehr verstimmter Laune. Ludmilla sagte
ihm leise beim Verabschieden:

— Sie müssen die Geduld nicht verlieren, Onkel
Brahl. Auf baldiges Wiedersehen.

— Ich komme mir überflüssig vor, Freya.

— Warum geben Sie mir so nordische Götter=
namen?

— Weil sie Ihnen passen. Ihre Augen sind ja
begierig, Runen zu lesen. Und Freya ist übrigens ganz
Ihr Porträt: jung, schön, der Liebe hold und fährt in
einem mit Katzen bespannten Wagen. Adieu. Nur Eins:
der Livländer ist mir verdächtig.

VII.

In der folgenden Nacht träumte Ludmilla von Alexander v. Degemeister. Sie fuhr im Prater spazieren. Die ganze Luft war mit fliegenden Blumen gefüllt. Wird denn derjenige nicht vorbeifahren, den sie liebt, und ihr ein Sträußchen zuwerfen . . . Den sie liebt? sie liebt ja niemanden . . . Da saust ein Viergespann heran — vier große schwarze Katzen — und auf dem hohen Kutschbock, das Gesicht von dem gewissen sanften Lächeln erhellt, sitzt Degemeister und wirft ihr eine Hand voll Passionsblumen in den Schoß. Ach, das ist er ja, derjenige, nach welchem sie ausgeschaut. Es war ein unsäglich beglücktes, bereicherndes Gefühl.

Von dem Traum blieb ihr das Bewußtsein zurück, daß die Thatsache eine beklagenswerthe sei, daß sie nie= manden liebte; denn natürlich, der Traumwahn, daß Degemeister von ihr geliebt werde, war wieder ver= schwunden, — aber es war so süß, so friedengebend gewesen, dieses geträumte Gefühl . . . Wenn sie wirklich jemanden so lieb hätte, wie in jener Secunde der Mann mit den Passionsblumen es ihr eingeflößt, wie wäre da ihre Seele ausgefüllt und von allen den Zweifeln und Fragen und Grübeleien befreit, unter welchen sie und die ganze Mitwelt leidet . . . Freilich, es mußte nicht Degemeister sein — der Mann war ihr eher unheim=

lich und jetzt, im wachen Zustande konnte sie sich gar
nicht mehr zurückdenken in die geträumte Empfindung,
daß sie ihn liebe; nur wie es sein müßte, wenn sie
überhaupt liebte, das hatte dieser Traum, so deutlich
wie ein Erlebniß, ihr gezeigt. Eigentlich war es gut,
daß dieser Mensch heute abreiste — am Ende hätte er
ihr doch gefährlich werden können. Dem Dr. Arold
würde sie eben ein für allemal untersagen, ihr, ohne
vorher anzufragen, Besucher in's Haus zu bringen.
Leute, die vielleicht Abenteurer sind . . . Leute, welche
ihren Freunden verdächtig erscheinen . . .

Im Laufe des Vormittags begab sich Ludmilla
nach dem Burgring-Palais. Sie hatte Sehnsucht, mit
ihrer neuen Dutzschwester, Baronin Bisthurn, ein wenig
zu plaudern.

Der Diener, welcher ihr die Thür öffnete, sagte,
daß die Frau Baronin sammt der Baronesse ausgegangen seien, aber wohl in einer halben Stunde zurück-
kämen. Nur Fräulein Maria wäre zu Hause.

— Also melden Sie mich bei Fräulein Maria. Es
interessirte Ludmilla, das verschlossene junge Mädchen
etwas näher kennen zu lernen und so benützte sie gern
diese Gelegenheit.

Maria kam der Besucherin im Salon entgegen:

— Meine Tante wird sehr bedauern . . .

— Ich weiß, sie ist nicht zu Hause — sie soll aber
bald wieder kommen . . . ich darf sie wohl erwarten?
und darf wohl in der Zwischenzeit Ihnen meinen Besuch machen, liebes Fräulein?

— O, bitte. Wollen Sie Platz nehmen . . .

— Hier? ... Wäre es nicht besser in Ihrem
Zimmer? ...

— Wie Sie wünschen ... Dann, bitte, hierher.

Maria sprach gesenkten Blickes und in schüchter=
nem Tone. Jetzt ging sie zur Thüre, welche — durch
eine Reihe anderer Gemächer — in das von ihr be=
wohnte Zimmer führte. Zu den gesenkten Lidern, aus
welchen die Pupille nur seitwärts hervorlugte, paßte
auch der leise, etwas schleifende, etwas schief schreitende
Gang. „Soyez modestes, mes enfants" mahnen die
Klosterlehrerinnen. Nur nicht kühn aufschauen, nur nicht
frisch auftreten. Ludmilla hatte diese Art schon früher
bei dem jungen Mädchen wahrgenommen und darüber
der Baronin Bisthurn eine Bemerkung gemacht. Diese
antwortete, daß dies die Art fast aller Klosterschülerinnen
sei, besonders der frommen und folgsamen; daß es sich
jedoch bei Allen, wenn sie nur eine zeitlang in der
Welt gelebt und ein paar Tanzlectionen genommen
hätten, wieder verliere. Maria wollte aber nicht tanzen
lernen.

Ludmilla hatte verlangt, in des jungen Mädchens
eigenes Zimmer geführt zu werden; da sie sich schon
vorgenommen, Charakterstudien zu machen, so meinte
sie, daß ihr hierzu durch die Beobachtung der Gegen=
stände, mit welchen die Betreffende sich umgab, ver=
mehrte Anhaltspunkte geboten würden.

Und darin hatte sie sich nicht getäuscht. Daß hier
kein weltlich gesinntes Wesen hause, das sagten die
Wände und die Möbel und hundert andere Dinge in
Maria's kleinem Gemach.

7*

Hinter einem Schirm ein schmales Eisenbett. Da=
neben, in der Ecke, ein Betschemel. Zu Häupten des
Bettes ein Marienbild — aber keine Rafael'sche oder
Murillo'sche Madonna in Stahlstich, sondern ein un=
künstlerischer Farbendruck, der die Muttergottes dar=
stellte mit einem dornenumwundenen, schwertdurch=
stochenen Herzen auf der Brust. Ueber dem Canape,
auf einer Console, eine kleine bemalte Gypsfigur: Notre
Dame de Lourdes. Im Fenster ein Stickrahmen, darauf
die halbvollendete Arbeit: ein Meßgewand. Ein kleiner
Schreibtisch; allerlei Photographien in Rahmen umstehen
das Tintenfaß: Maria's verstorbene Eltern und 'die
Glieder der Familie Visthurn; rechts, jedoch in
größerem Rahmen als alle übrigen, das Bildniß des
Papstes. Eine kleine Bücherstellage ist mit schön ge=
bundenen Büchern dicht gefüllt und auf einem Seiten=
tisch liegen sehr viele Zeitschriften und Broschüren. Ein
Waschtisch, ein Kleiderschrank und ein Commodekasten
vervollständigen die Einrichtung. Auf letzterem befindet
sich allerlei Kram: Schächtelchen, Figuren, Bildchen,
Statuetten, Rosenkränze — alles von der Art, wie man
es in den Buden der Wallfahrtsorte vorfindet. An den
Wänden waren viele Heiligenbilder angebracht, von
welchen die meisten Trauerszenen darstellten: Jesus mit
der Dornenkrone, die Mater dolorosa am Fuße des
Kreuzes, verschiedene Märtyrer in der Duldung der
ihnen zugeführten Qualen: der heilige Sebastian z. B.
von Pfeilen durchbohrt, der h. Laurentius auf dem
Roste u. s. w. Das einzige, was dem Zimmer ein etwas
freundliches Aussehen verlieh, waren die blühenden

Blumen, die in einem Blumentisch und in verschiedenen dort und da angebrachten Vasen den Raum mit frischem Duft erfüllten.

— Also hier ist Ihr Nest? sagte Ludmilla, sich umsehend. Ein wenig klösterlich, wie?

— O nein .. es ist nicht einfach genug ... sehen Sie diese blausammtenen Sitzmöbel, das ist viel zu prunkvoll .. aber die Tante wollte sie nicht hinausstellen lassen. Ich hatte Mühe genug, andere Sachen wegzubringen. Denken Sie nur, was alles hier war: ein blauer Himmel über dem Bett ... ein Toilettetisch voll Spitzen und blauen Schleifen und ein Ankleidespiegel so hoch wie der Kasten.

— Schrecklich!

— Sie lachen, Fräulein ... Vielleicht ist es für Andere nicht gefährlich, solche Dinge um sich zu haben, die die weltliche Eitelkeit stacheln — ich sehe es ja bei so Vielen, daß sie nicht daran Schaden leiden, — aber ich ziehe es doch vor, wenn mir die Versuchungen aus dem Weg geräumt sind, wenn es in meinem Heim so hübsch einfach und bescheiden aussieht, daß ich alle Tage ohne Furcht ihr Mißfallen zu erregen, den Besuch der Mutter Oberin empfangen könnte.

— Ich fürchte, Sie werden sich in der Welt nicht glücklich fühlen, wenn Sie viele ähnliche Scrupel hegen.

— Es ist wahr, Fräulein Ludmilla — ich wäre lieber im Kloster geblieben. Aber auch da erfaßten mich Scrupel: ich bin nicht gut genug für diesen heiligen Beruf. Und Onkel und Tante wollen es durchaus nicht erlauben. Ich füge mich also und werde auch in der

Welt meinen Pflichten nachzukommen trachten. Die mère supérieure hat mir selber geprebigt, daß man ohne vocation nicht den Schleier nehmen dürfe, und daß den gehorsamen Töchtern auch im weltlichen Beruf viel Gelegenheit geboten wird, Gutes zu stiften und heilsam zu wirken. Nun gebe ich mir auch Mühe . . . ich überwinde sogar meine Schüchternheit . . . früher konnte ich gar nicht sprechen, besonders nicht mit sehr weltlichen Leuten, da war mir immer, als wäre ein Abgrund zwischen ihnen und mir, aber seit ich mich dem Apostolat der heiligen Angela angeschlossen habe, da muß ich wohl . . . Sehen Sie, es existiren allerlei Vereine und Gesellschaften —

— Vereine und Gesellschaften? Das müssen Sie mir Alles sagen . . .

— O ja, gern, sehr gern . . . Vielleicht kann ich Sie zum Beitritt gewinnen. Ach, das wäre so schön, fügte sie, sich ereifernd, hinzu und ihre Augen begannen zu glänzen, so schön! Sie sind ja reich und haben so viele Freunde . . . wie könnten Sie uns helfen — o liebes, liebes Fräulein, Sie müssen wirklich . . . Sie konnte vor Erregung gar nicht weiter sprechen.

Ludmilla schüttelte lächelnd den Kopf.

— Nur gemach, nur gemach, kleiner Apostel, ich weiß ja noch gar nicht, was Sie von mir wollen. — Lassen Sie mich ein wenig Ihre Bibliothek ansehen und in jenen Heften blättern, das wird mir Einblick geben.

Sie trat an das Büchergestell und betrachtete die Titel der Bände.

— Hier werden Sie Nichts finden, Fräulein Lud=
milla . . . es sind zumeist Bücher, die ich bei den
Prüfungen als Preise bekommen habe. Viele darunter
sind noch Kinderbücher. Hier in diesem Fache sind neue
Sachen, welche ich mir vor ein paar Tagen kommen ließ.

Ludmilla schaute auf die Titelblätter: „Aus dem
30jährigen Krieg", „Altrömische Sitten" (zwei dicke
Bände), „Nibelungenlied. Gudrun", „Biographien der
Kaiser aus dem Hause Habsburg", „Wild West, in=
dianische Kriegsgeschichten".

— Wie sind Sie darauf verfallen, gerade diese
Sachen zu wählen?

— Ich habe mich an die Mère Bernardine — eine
meiner Lehrerinnen, zu der ich das größte Zutrauen habe,
mit der Bitte gewendet, sie möge mir Bücher anrathen.
Die Tante und Nanette wollten durchaus, daß ich andere
Sachen als die klösterlichen Heiligengeschichten u. dgl.
lese und da frug ich bei der Mère Bernardine an, was
für profane Bücher ich wohl ohne Schaden lesen dürfte,
ob es nicht auch Romane und Novellen gebe, die sie
mir empfehlen könnte. Darauf antwortete sie: „Romane
und Novellen auf keinen Fall. Wir haben ja Nichts
dagegen, daß unsere Schülerinnen die Welt kennen lernen,
aber so wie sie ist, nicht wie einige Schriftsteller sie
schildern. Interessante profane Bücher aber gibt es
genug —" und dann folgte die Liste, nach welcher ich
meine Bestellung gemacht.

— Nun, mir scheint, daß diese Werke wohl geeignet
sind, den gefährlichen Geschmack an Lecture zu verleiden...
sie scheinen mir zum mindesten langweilig . . . Also

belletristische Sachen sollen die Klosterschülerinnen gar nicht lesen?

— So lange sie Schülerinnen sind, gewiß nicht. Auch für später wird ihnen der gute Rath ertheilt, sich von solcher Lectüre zu enthalten. Für Jene, die durchaus derlei lesen wollen, gibt es übrigens eine Damenbibliothek, wo nur Romane aufgenommen werden, die gegen den katholischen Geist und gegen die Sittlichkeit nicht verstoßen.

— Und die Classiker? Dürften Sie z. B. Goethe lesen?

— O mein Gott, nein. Das war einmal eine fürchterliche Szene — eine ganze Geschichte . . . Eine unserer Kameradinnen hatte zu Hause, auf Befehl ihrer Eltern, Schiller und Goethe gelesen und dies in der Classe erzählt . . . Das wurde der Mère supèrieure angezeigt . . . Die Schuldige wurde in's Verhör genommen. Sie redete sich auf ihre Eltern aus. Da schrieb die Oberin einen Brief an den Vater — dieser soll geantwortet haben, daß er sich das Recht nicht nehmen lasse, seiner Tochter zu lesen zu geben, was er für gut finde . . . und dann wurde, natürlich, das Mädchen ausgestoßen. Das war eine große Aufregung! Gewöhnlich sagt man uns nichts, von dem was vorgeht, aber diesen Fall hat man uns zur Warnung mitgetheilt.

— Also sind Ihnen die deutschen Dichterfürsten verschlossenes Gebiet? Wie steht es mit den französischen Schriftstellern? Erlaubt sind wohl auch nur sanfte Dichter, wie z. B. Lamartine . . .

— O, Lamartine ist als viel zu sentimental verpönt.

— Und Victor Hugo?

— Aber Fräulein Ludmilla! — Victor Hugo und Voltaire — die sind doch furchtbar . . . nur mit Haß werden ihre Namen genannt.

— Und in einer Reihe genannt? Das ist merk= würdig! . . Lassen Sie uns jetzt Ihre Zeitschriften= Literatur durchstöbern. Sie haben ja da genug Blätter, um ein Lesekränzchen auszustatten. Und Ludmilla, indem sie die verschiedenen Hefte zur Hand nahm, las laut die Titel herab: „Neue Weckstimmen", „Marienblüthen, Illustrirte Monatsschrift zur Beförderung der Marien= verehrung" (Organ der Bruderschaften vom Herzen Mariä und der Engelkönigin.) „Ruf der Kirche", Trost= und Mahnworte des katholischen Episcopates, „Das gute Kind", Beilage zu „Die christliche Familie", „Der Sendbote des h. Josef" (herausgegeben von Dr. Josef Deckert, Pfarrer in Weinhaus und Vorstand des Gebets= vereines zur immerwährenden Verehrung des h. Joseph.) „Die katholischen Missionen", „Hausbuch für die Mit= glieder des III. Ordens", „Das Apostolat der christ= lichen Tochter, St. Angela=Blatt".

— Das ist das Wichtigste, fiel Maria ein, wenigstens für mich, denn dem St. Angela=Verein gehöre ich an und das Apostolat habe ich auszuüben übernommen.

— Worin besteht das?

— Ich muß trachten, so viel wie möglich meine Umgebung auf den Weg des Heils zu bringen, und wo es mir durch Worte nicht möglich ist, durch das Bei= spiel und Gebet. Ach, Sie können mir glauben, Fräu=

lein Ludmilla, es ist nicht leicht . . . besonders weil ich
schüchtern bin . . . ich spreche nie mit Fremden, ich
bringe es nicht über mich . . . Sie werden ja bemerkt
haben, im Salon drüben und bei Tisch, thue ich fast
nie den Mund auf . . . Daß ich jetzt mit Ihnen so
frei rede, ich weiß selber nicht, wie es kommt . . .
vielleicht weil Sie in meinem Zimmer unter meinen
Sachen sind . . . dann haben Sie so eifrig um die
Vereine gefragt, interessiren sich für meine Lectüre —
das hat das Eis gebrochen, und ich hoffe, daß Sie
unserer Bewegung nützen können.

— Bewegung — was meinen Sie?

— Die katholische Bewegung. Sehen Sie, hier ein
Monatsheft, das auch so heißt.

— Aber ich begreife nicht . . . es gibt doch eine
katholische Kirche, stark und angesehen genug — ihr
Papst regiert die Welt der Gläubigen, alle öffentlichen
Einrichtungen, das Auftreten des Hofes, die Regierung:
alles hier ist doch der katholischen Kirche, wenigstens
äußerlich, zugethan — wozu also eine katholische Bewegung?

— Wozu? Maria nahm eines der Hefte zur Hand
und suchte darin. Das will ich Ihnen gleich sagen . . .
eben heute habe ich eine Stelle gelesen, die dieses „wozu"
beantwortet. Wo war es nur? Hier! . . Im Prospect
des Hausbuchs für die Mitglieder des III. Ordens . . .
Der Verfasser, P. Norbert Stock, sagt — hören Sie: —
„In einer Zeit, wo durch Wort und Schrift so Vieles
geschieht, um das christliche Volk Gott und seiner heiligen
Kirche zu entfremden und Glaube und gute Sitten zu

untergraben, ist es mehr denn je nothwendig, den Gläu=
bigen feste und sichere Anhaltspunkte für ihre Gesinnung
wie für ihr Thun und Lassen zu bieten. Wenn die
Kinder der Finsterniß alles aufbieten, um die Welt mit
dem Geiste des Unglaubens, der Zügellosigkeit und Gott=
vergessenheit zu erfüllen, ist es hoch an der Zeit, auf
Denjenigen hinzuweisen, der der Weg, die Wahrheit, das
Leben ist und der die Menschen nur durch seine heilige
Kirche und deren Anstalten zu ihrem wahren Heile
führt." Und Maria legte das Heftchen wieder aus der
Hand.

— Sonderbar, sonderbar . . . .

— Was ist sonderbar? Warum schauen Sie so ver=
loren in die Ferne? Woran denken Sie?

— O . . . nichts! Ludmilla wollte der Andern
nicht sagen, was sie als so sonderbar berührte. Fast
die gleichen Worte, welche Cremer gesprochen: „Sie sind
reich an Mitteln und an Beziehungen. Sie könnten uns
helfen und fördern", dies hatte vorhin auch das eifrige
Klostertöchterchen vorgebracht. Also überall, von allen
Seiten her, diese Sucht, die Kräfte zu sammeln, um für
Ideen Propaganda zu machen, die den Lauf der Cultur
in besondere Bahnen lenken sollen — und bei Gleich=
artigkeit der Mittel, welche Verschiedenheit in den Zielen!
Dort die ethische Bewegung, welche bezweckt, die Moral
von der wankenden Dogmengrundlage unabhängig zu
machen und auf alle Gebiete zu übertragen, und hier —
abermals mittelst Bildung von Vereinen und Gesell=
schaften — das Bestreben, die Dogmen zu befestigen,
das Fortschreiten des freien Forschungsgeistes zu hem=

men . . . Und doch wieder, trotz des Gegensatzes, die
Uebereinstimmung darin, daß jeder den heißen Wunsch
hegt, die Wahrheit, die Tugend, das Heil (ob dieses
nun irdische Wohlfahrt oder himmlische Seligkeit heiße)
so Vielen wie möglich, am liebsten Allen, zuzuführen.
Dabei diese Kämpfe, dieses Verketzern, diese Drohungen,
diese Furcht . . . dieser thatsächliche Jammer, wenn
nicht für Alle, so doch für Viele . . . Ein Schauer
ging durch Ludmilla's Seele . . . ein Sehnen — wie
es Einen überkommt, wenn die Elemente drohen —
nach einem stillen, sichern Winkelchen, wo man von dem
Allen nichts hört und nichts weiß.

— O, liebes Fräulein — ich sehe es Ihnen an,
Sie sind erschüttert . . . wer weiß, vielleicht ein Strahl
der Gnade . . . Kommen Sie, setzen wir uns . . .
reden wir weiter — es thäte mir so wohl, wenn ich
eine Freundin und Mitarbeiterin fände, jemanden, dem ich
mich ganz anvertrauen könnte.

— Ach, liebes Herz, ich glaube Sie täuschen sich
in mir, aber wenn es Ihnen Erleichterung gewährt, mir
Ihr Vertrauen zu schenken, thun Sie es, Sie scheinen
eigentlich unglücklich zu sein . . .

— Weil ich von so vielen Versuchungen umgeben bin,
weil ich so ein schwaches, unstandhaftes Geschöpf bin . . .
und niemand, niemand habe, dem ich alles sagen kann.

— Doch, Sie sind von so herrlichen Menschen um=
geben. Ihr Onkel —

— Wissen Sie nicht? . . . o ja, er ist ja sehr gut und
freundlich, aber wissen Sie nicht, daß er ein — ein —

ihre Stimme wurde leiser, wie zur Mittheilung einer
furchtbaren Anklage — daß er ein Liberaler ist?

Ludmilla mußte lächeln. — Kennen Sie denn auch
die Bedeutung dieses Wortes, sind Sie in politische
Dinge so eingeweiht? Das bezweifle ich.

— Von Politik verstehe ich freilich gar nichts, aber
daß der Liberalismus —

— Das Wort formt sich ganz komisch auf Ihren
Lippen.

— Es ist kein komisches Wort. Der Liberalismus ist
— ich lese es ja in allen diesen Blättern, und mein
Berather wiederholt es mir oft mündlich — eine schreck=
liche Verirrung . . . Eine der Hauptpflichten meines
Apostolats wäre ja, zu erreichen, daß die abscheuliche
liberale Presse nicht in's Haus käme, aber Onkel und Tante
halten nur solche ruchlose Blätter . . . „Das Vaterland",
das „Deutsche Volksblatt" wollen sie nicht abonniren.
Ich kenne diese Zeitungen zwar auch nicht, — denn
Politik ist ja überhaupt nichts für ein Mädchen; ich
habe nur auf Anrathen meines Beichtvaters den Onkel
gebeten, die wohlgesinnten Blätter zu lesen, er hat mich
aber ausgelacht. Liberalismus — ja, Sie haben recht,
es ist ein Wort, das sich schwer ausspricht, denn es hat
einen gräßlichen Klang. Es ist beinahe so schlimm und
auch verwandt mit — wieder ließ sie die Stimme
sinken — mit Freimaurerei.

— Und ist das so schlimm? Näheres ist mir über
diesen Bund nicht bekannt, doch kenne ich viele achtungs=
werthe, hochgestellte, vortreffliche Männer, die ihm
angehören.

— Die sind wahrscheinlich bethört worden. Es ist ein satanischer Bund. Der Böse selber — —

— Sagen Sie das ernsthaft?

— Sie glauben mir nicht? Wollen Sie den Beweis? Da — — Sie ging zu ihrem Zeitungstisch und holte ein Heft hervor. — Es ist eine alte Nummer vom Jahre 87 — mein Beichtvater hat mir sie eigens gegeben, weil darin erklärt ist, was die Freimaurer eigentlich sind . . .

Sie schlug das Heftchen auf — Nr. 11 der „Neuen Weckstimmen" — und legte es vor Ludmilla und sich auf den Tisch. Mit dem linken Arm umschlang sie Ludmilla's Schulter und mit dem Zeigefinger der rechten Hand deutete sie die Stellen an, die ihr besonders ausschlaggebend schienen. Der Artikel hieß „Maulwürfe."

— Die Maulwürfe, erklärte sie, das sind die Freimaurer: „Wühler im Verborgenen". Sehen Sie, und sie las die betreffenden Stellen laut mit:

„Wühler im Verborgenen, die nur Schlechtes anstiften, so daß man den Maulwürfen eigentlich unrecht thut, sie mit ihnen zu vergleichen, da sie von schädlichem Ungeziefer befreien, während die Wühler, die wir meinen, Ungeziefer erzeugen und vermehren."

— Abscheulich, murmelte Ludmilla.

— Nicht wahr? Aber sehen Sie weiter: „Sie kommen nicht ans Licht", sagt die Schrift und es ist als ob das Wort eigens auf die Freimaurer gemünzt wäre, „weil ihre Werke böse sind". Sie machen es eben, wie ihr Hauptgroßmeister, der Satan. Ueber dessen

Dasein und Macht lacht die sich für gebildet haltende
Welt. Das ist aber dieser Höllenmacht gerade erwünscht.
Je weniger man ihn fürchtet und beachtet, desto unge=
störter kann er wirken. Die Kirche, welche ein offenes
Auge für das höllische Treiben bewahrt, ruft täglich:
Brüder wachet und betet, denn der Teufel geht wie ein
brüllender Löwe umher und sucht, wen er verschlingen
könne . . ." „Der Freimaurerbund nimmt nach den
neuesten statistischen Ausweisen zu. Die große National=
Mutterloge umfaßt 120 Johannis= und 64 Schotten=
logen mit 13.500 „Brüdern"; Großmeister ist ein
Schullehrer. Ihr zunächst kommt die große Landesloge
mit 10.400 Brüdern. An sie reiht sich die „Große
Loge von Preußen" mit 6000 Brüdern. Ihr Ehren=
großmeister ist Prinz Ludwig Wilhelm von Baden.
Hamburg" u. s. w. u. s. w. das interessirt uns nicht —
es werden alle Logen aufgezählt . . . Hier zum Schluß
heißt es: „Im Ganzen „arbeiten" oder wühlen 505 Logen.
In Oesterreich gehören der Freimauerei 19 Vereine und
Kränzchen an. Wien allein hat 8 solche Logen und
Kränzchen, an deren Spitze Juden und liberale Advocaten
stehen." Sehen Sie, „liberal" — das gehört zusammen.

— Ich sehe.

— Also weiter: „Die Freimaurerei ist weder eine
Gesellschaft für wohlthätige, menschenfreundliche Zwecke,
noch eine in körperlichen Ceremonien ihr Ziel findende
Spielerei, wie sie von den Maurern bislang in der
Oeffentlichkeit hingestellt wurde, — sie lebt und wirkt
auch heute noch als ein Geheimbund zu politischem,
socialem Umsturz, sie ist auf Betrug gegründet und

lebt durch die Lüge." Nun, was sagen Sie, Fräulein Ludmilla?

— Ich sage, daß Betrug und Lüge gar böse Dinge sind.

— Nicht wahr? ... Also weiter: „ ... doch schon der erste Grad des Lehrlings verpflichtet mit dem abscheulichsten Schwure zu absolutem Stillschweigen und Gehorsam. Durch den Schrecken dieses vermeintlich bindenden Eides wird der Lehrling moralisch gegängelt und aus den Vortheilen, welche im praktischen Leben von allen „Brüdern" ihm geboten werden, zieht er materiellen Nutzen, denn jeder Maurer ist verpflichtet, selbst einem Fremden, der sich ihm als Bruder zu erkennen gibt, in jeder Weise, auch als Feind im Kriege, Hilfe zu gewähren. Schrecken und materieller Vortheil sind aber zwei mächtige Triebfedern im menschlichen Leben". Nun, was sagen Sie?

— Ich sage, daß die Verpflichtung, Jedem Hilfe zu gewähren, für die Einen genau so viel materielle Opfer, wie für die Anderen materiellen Vortheil mit sich bringt. Und dann, ist das nicht auch christliches Gebot: Liebe und Mitleid Jedem, selbst dem Feinde?

Maria stutzte. — Ja ... eigentlich ... diese Stelle verstehe ich nicht recht ... Wenn man etwas nicht versteht, soll man sich nicht mit Grübeln und Zweifeln aufhalten. Sehen Sie nur weiter, diese nächste Stelle — es ist furchtbar und ganz klar: „Wenn wir die Aufnahmsvorschriften der Geheimbündler durchblättern, finden wir allerlei Ceremonien, Gebete und wohlklingende Reden, die den Freimaurern der unteren Grade, wenn sie noch Glauben besitzen, nur zur Erbauung dienen. Diese

Irregeführten kennen eben noch nicht die empörende Verkehrung der Begriffe, welche den Worten hier untergeschoben ist und welche die höheren Grade ihnen erst erschließen sollen, und wir müssen ihrem Unterrichte vorgreifen, indem wir klar stellen, daß mit dem Namen „Weltbaumeister" — „höchster Herr der Welt", dem „Lichte" u. s. w. niemals Gott — sondern stets nur Sein Widersacher gemeint ist. Schaudernd und leise wiederholte Maria: Sein Widersacher — also ..... verstehen Sie?

— Nicht ganz. Wie sollen denn die Freimaurer etwas meinen, an das sie nicht glauben? ... Jetzt verstehen Sie mich nicht ... Ich fürchte, wir werden uns überhaupt nie recht verstehen können, Fräulein Maria. Sie schob das Heft von sich und stand auf.

Maria seufzte tief. — Das thäte mir furchtbar leid, ich hätte Ihnen so gern vieles anvertraut.

— Wenn es andere Dinge betrifft als die religiösen...

— Auch andere Dinge. Die religiösen sind freilich die wichtigsten, aber mir lastet noch manches Andere schwer auf der Seele. Ich bin hier in einem Hause des Unglücks ...

Ludmilla setzte sich wieder. — Aber, Kind, wie können Sie so etwas sagen! Für mich ist die Familie Bisthurn der Inbegriff häuslichen, weltlichen — allen erdenklichen Glücks.

Maria schüttelte den Kopf. — Schwere, schwere Prüfungen sind in Sicht ...

— Was meinen Sie? Sollte Albrecht seinen Eltern
Kummer machen? Wie Sie roth werden — und jetzt
blaß . . . habe ich's errathen?

— O nein, seinen Eltern macht Albrecht keinen
Kummer?

— Also Ihnen? Seien Sie offen, meine kleine
Mizi — ich glaube es schon bemerkt zu haben: Ihr
Vetter ist Ihnen nicht gleichgiltig . . . Sie schwärmen
für ihn? Mizi, Kind . . .

Das junge Mädchen hatte ihr dunkel erglühendes
Gesicht in Ludmilla's Schulter vergraben.

— Reden Sie, Herzchen — und sie nahm sie sanft
beim Kinn, um den widerstrebenden Kopf zu heben —
sagen Sie mir alles . . . Ueber diesen Gegenstand werden
wir uns besser verstehen, als über den Großmeister
Satan. Haben Sie sich verliebt, Maria? . . .

— O Gott, o Gott! Aber ich werde es überwinden, Ludmilla . . . Sie erlauben, daß ich Sie Ludmilla nenne? . . . Danke . . . Ich muß es überwinden —
denn es ist sündhaft und hoffnungslos . . . — er denkt
gar nicht an mich und er ist ja auch schon, wie sein
Vater, er wird in denselben schrecklichen Fehler verfallen —

— Welchen Fehler? — Ach ja, sie meinen das
satanische „liberal?"

— Und man soll, man darf sich nicht verlieben.
Es ist eine Schwäche, eine Sünde . . .

— Was fällt Ihnen ein!

— Das Wort Liebe — außer in dem Sinne von
Charitas — durfte bei uns nie ausgesprochen werden.
Kam es in den Büchern vor, so wurde es übersprungen,

und wenn jemand im Vorlesen dies versäumte, so wurden wir Alle, auch die Nonnen, ganz verwirrt. Viele der Schülerinnen verfielen in krampfhaftes Lachen vor Verlegenheit. O ich weiß ganz gut, daß es unrecht, daß es unverzeihlich von mir ist und ich kämpfe dagegen so gut ich kann ... aber ich muß ihn jeden Tag sehen und jede Nacht von ihm träumen.

Ludmilla mußte an ihren eigenen Traum der letzten Nacht zurückdenken: da war auch sie verliebt gewesen. Schade, daß es nur ein Traum war ... und doch nein; der fremde Mann, so unheimlich, so verdächtig — den zu lieben, war doch eine schlimme — im wachen Zustand zum Glück unmögliche Sache.

— Arme Mizi, sagte sie sanft, nur nicht verzagen ... Vielleicht wird er diese Liebe erwidern, oder vielleicht wird sie vorübergehen. Es ist nicht wahr, daß man nur einmal liebt im Leben; jedes junge Mädchen macht solche Schwärmereien durch und man glaubt, das Herz muß brechen und ein paar Jahre später ist selbst das Bild desjenigen verflogen, ohne den man nicht leben zu können glaubte. Aber das war doch nicht, was Sie mir sagen wollten — von einem Unglück im Hause Bisthurn? ...

— Nein, dabei dachte ich nicht an Albrecht, sondern an Nanette.

— Ach ja, ich verstehe: Nanette ist auch verliebt, das habe ich neulich im Prater durchschaut ... Nun, das ist wohl nur in Ihren strengen Augen ein Unglück, Mizi — die Sache endet vermuthlich mit einer freudigen Verlobung —

— Nein, Ludmilla. Die arme Nanette ... und die arme Tante ... Es ist sehr, sehr traurig.

Und nun erzählte Maria, sie habe erfahren, daß Nanette eine Lungenkrankheit habe, die sie unfehlbar in einem Jahre dahinraffen werde. Sie hüstle schon seit ein paar Monaten und vor Kurzem habe sie die Tante von einem berühmten Specialisten auscultiren lassen. Dieser habe gesagt, Schonung sei nöthig, doch von der Gefahr sagte er nichts. Nur einer befreundeten Dame habe er mitgetheilt, daß nach seiner Ansicht keine Möglichkeit sei, daß Fräulein von Bisthurn am Leben bleibe. Zufällig habe jene Dame denselben geistlichen Berather wie Maria und dieser hatte sie auf die Gefahr aufmerksam gemacht, in der ihre Cousine schwebe, und ihr doppelt an's Herz gelegt, alles zu thun, was möglich sei, damit Nanette sich würdig vorbereite und nicht ihre letzte Lebenszeit in dem frivolen Treiben der Welt vergeude — so das Heil ihrer Seele gefährdend. Maria aber hatte den Muth nicht gefunden, der Tante oder der Cousine die schreckliche Eröffnung zu machen — und auch das bereitete ihr Gewissensqualen.

Ludmilla war tief erschüttert. Sie bat Maria um Gotteswillen nichts zu sagen — der Arzt konnte sich getäuscht haben und wie durfte man so grausam sein, wenn das Unglück wirklich unabwendbar wäre, es dem lebensfrohen Mädchen, der beklagenswerthen Mutter schon früher mitzutheilen? ... Sie ließ sich von Maria das Versprechen geben, daß sie schweigen werde, und sie selber wollte zu jenem Arzte hingehen, um ihn zu fragen — denn vielleicht hatte die Dame — vielleicht hatte der

Pater übertrieben. Jetzt aber wolle sie nicht länger da
bleiben — unter dem ersten Eindruck dieser schmerzlichen
Nachricht hätte sie die ahnungslose Clarissa nicht sehen
wollen. Sie verabschiedete sich rasch von dem jungen
Mädchen und eilte nach Hause.

Frau Darion empfing sie mit dem Ausruf: „Was
ist Ihnen widerfahren, Ludmilla, Sie sind ja ganz
bleich?"

Ludmilla aber wollte Nichts erzählen. Sie schützte
Kopfschmerz vor und zog sich auf ihr Zimmer zurück.

Hier warf sie sich auf das Bett und weinte.

VIII.

Kurz darauf kam Frau Darion an ihre Thür:
— Oberst von Brahl ist gekommen, soll ich ihn fort=
schicken?

— Nein, nein — empfangen Sie ihn — in zwei
Minuten bin ich drüben.

Sie wusch in Eile ihre Augen mit kaltem Wasser
und begab sich in den Salon.

— Willkommen, Herr Oberst! Es hätte mir nichts
Angenehmeres widerfahren können, als Ihr Besuch. Ich
bin gerade in der Laune, mit Ihnen, nur mit Ihnen
zu sprechen.

— Wäre ich kein alter Mann, so könnten mich
Ihre Worte ganz eigenthümlich beglücken. So aber suche
ich etwas Betrübendes dahinter. Wenn Sie mit mir
und eben nur mit mir, altem Griesgram, zu sprechen
wünschen, so deutet das vielleicht auf eigene Verdrieß=
lichkeit, — die sonst so klaren Frigga=Augen scheinen mir
sogar verweint? Was ist Ihnen geschehen?

— Mir nichts, Onkel Brahl, persönlich nichts.
Es ist der Gram der Welt, der mich so traurig — Sie
haben es errathen, ich habe geweint — so furchtbar
traurig gestimmt hat.

— Dagegen gibt's ein Mittel: kümmern Sie sich
nicht um die Welt. Sie verdient's nicht. Und sie macht

ihre Dummheiten und ihre Schlechtigkeiten weiter, ob die Einzelnen sich darüber ärgern oder nicht, ob ein paar Schwärmer sie zu verbessern trachten oder nicht. Sie will gar nicht gebessert und klüger gemacht werden. Die Giordano Bruno wurden zu allen Zeiten so oder so verbrannt.

— Es ist Alles so grausam, lieber Freund! Die Leute befehden sich, verleumden sich, verfolgen sich — und nicht nur im Namen offenen zornigen Hasses, sondern im Namen christlicher Liebe und salbungsvoller Tugendhaftigkeit. Und grausam ist auch die Natur. — Da, wo ein paar glückliche Menschen leben, kommt der tückische Tod daher und zertrümmert Alles. Das habe ich heute erfahren.

— Wie? Ist Ihnen eine Todesnachricht zugekommen — irgend eine theure Person? . . .

— Nein, nein — ich sagte Ihnen schon: nichts Persönliches . . . ich habe keine theure Person, ich bin allein auf der Welt.

— Das ist das Gefehlte. Das sollten Sie nicht sein. Heiraten Sie, lieben Sie . . . die Einsamkeit ist das Schlimmste.

— Nein, schlimmer muß es sein, mit ungeliebten Wesen leben zu müssen, oder — sein Theuerstes zu verlieren. Sie sind auch einsam, nicht wahr?

— Mein Fall gleicht nicht dem Ihrigen. Sie haben Jugend, Reichthum, Gesundheit.

— Sind Sie krank?

— Das Alter ist an sich eine Krankheit und hat noch viele andere im Gefolge: Lebensüberdruß, Ekel vor

all den conventionellen und nicht conventionellen Lügen,
Schlaflosigkeit ... Dazu kommt bei mir noch die Lyrik,
die sonst nur ein Jugend=Fieberzustand ist — ich kann das
Dichten noch immer nicht lassen. Nun, die letzten Saiten
auf der Leier werden wohl auch bald reissen — die
Palette muß ich ohnehin schon liegen lassen ... das
Augenlicht verläßt mich allmälig — eins nach dem
anderen verläßt Einen: das ist das Altwerden. Und
dann ärgert mich das Malen — ich hatte ein paar
Bilder fertiggebracht, die wirklich nicht schlecht waren,
wollte sie ausstellen. Sie wurden zurückgewiesen, weil
sie nicht nach dem Schwindel des plein-air zusammen=
geklekst sind. Gott erbarme sich der Kunst! Aber Fräulein
Goth, lassen Sie mich zu dem Zweck meines Besuches
kommen — ich hätte mir nicht erlaubt, Sie so bald
wieder zu überfallen, wenn ich dazu nicht durch eine
Art Gewissenspflicht veranlaßt wäre. Sie haben mich
bestellt, über die verschiedenen Probleme und Fragen
meine Meinung abzugeben, die Ihnen von Ihren
Freunden aufoktroyirt werden sollen. Nun habe ich
gestern zwar nicht die bewußten Theorien entwickeln
gehört, wohl aber die Theoretiker selber beobachtet ...
ich wollte Ihnen nur rathen: halten Sie die Bande fern.

— Herr Oberst, das ist ein zu hartes Wort und
ich kann nicht gestatten, daß meine Freunde —

— Verzeihen Sie mir. Ich rede in Ihrem Interesse.
Den Herren möchte ich nicht näher treten; es sind vielleicht
vollkommene Ehrenmänner, sie sind aber Fanatiker; —
ich meine das erste Trio, die beiden anderen, später
Hinzugekommenen, sind wohl auch ein paar Typen, doch

finde ich keinen Anlaß, vor ihnen zu warnen. — Die Fanatiker aber sind als solche gefährlich. Der Russe —

— Ist heute abgereist.

— Ist noch da. Ich bin ihm vor einer Stunde im Stadtpark begegnet und sprach ihn an. Er sagte mir, daß er seinen Plan geändert habe und noch eine zeitlang hier bleiben wolle.

— Wirklich?

— Sie sagen das freudig bewegt . . .

— Ich? Oh — warum? Herr v. Degemeister wird auch schwerlich seinen Besuch bei mir wiederholen.

— Sie sollten Auftrag geben, ihn nicht vorzulassen.

— Sollte ich das? Herr Onkel von Brahl . . . ich gebe Ihnen zu bedenken: ich habe Sie zum Onkel ernannt, zum Vormund — nicht.

— Ich will mir's gesagt sein lassen.

— Und was hat Ihnen — Herr v. Degemeister sonst mitgetheilt?

— Daß er ein Nihilist ist; daß er in allen europäischen Städten herumreist, um sich mit Revolutionären zu verbünden; daß eine allgemeine Bombenlegung geplant wird, welche gleichzeitig sämmtliche Regierungs= und Staatspaläste in die Luft sprengen soll; daß er zur besseren Ausführung dieser nützlichen Maßregel Geld braucht; daß er daher an reiche Damen sich wenden werde, und — um diese günstig zu stimmen, zuerst versuchen wolle, sie verliebt zu machen.

— Herr Oberst, Sie —

— Ich habe einfach meine Muthmaßungen ausgesprochen, woran Sie mich vorhin verhindern wollten.

In Wirklichkeit hat mir Herr v. Degemeister nur gesagt, daß er in Wien eine Anziehungskraft gefunden, die ihn unwiderstehlich zurückhalte. Das sind offenbar Sie.

— Sie müssen ein vorzüglicher Dichter sein — denn Phantasie haben Sie.

— Zum Dichter gehört — Blut. Die Phantasie allein thuts nicht, die braucht man nicht einmal. Ein Stückchen Wirklichkeit, das man mit wallendem Blut gesehen — Entzücken — Schmerz — die man so widergibt, daß auch des Lesers Blut in Wallung geräth: das ist Dichten.

— Was Sie aber dem armen Degemeister ange- dichtet —

— Das hat Ihr Blut in Wallung gebracht. Wenigstens in Zorn gegen mich.

— O, nein. Ich gestehe Ihnen sogar aufrichtig, daß ich zuerst von dem Fremden einen ähnlichen Eindruck gewann, — meine Absicht war, Dr. Arold zu bitten, mich nicht mit Ravachols zu überfallen ... aber hätten Sie den Menschen lächeln gesehen, — auch Ihr böser Verdacht wäre verflogen.

Der Oberst stand auf.

— Was ich Ihnen zu sagen hatte, das wissen Sie nun; — und wie ich mich in Hinkunft zu verhalten habe, — nämlich bescheidener, unaufdringlicher, autori- tätslos: das weiß ich jetzt auch, also will ich gehen. Leben Sie wohl und weinen Sie sich die schönen Augen nicht aus für fremdes Leid, — man hat gewöhnlich am eigenen genug zu tragen.

Predigen Sie mir Selbstsucht? Soll man nicht Mitleid hegen?

Ich hege es mit Ihnen. Es thut mir weh, Sie leiden zu sehen, daher bitte ich Sie, mir dieses peinliche Gefühl zu ersparen. Adieu.

— Wann seh' ich Sie wieder?

— Sobald Sie mich rufen.

— Nun wohl, dann rufe ich Sie gleich jetzt zu meinem nächsten Empfangstag. Vielleicht finden Sie wieder einige „Typen" dabei. Aber „Bande" dürfen Sie meinen Bekanntenkreis nicht mehr nennen.

Kaum hatte der Oberst Ludmilla verlassen, so trat die Baronin Bisthurn herein.

— Ich habe gehört, daß Du bei mir warst, liebes Herz und vergeblich lang auf mich gewartet hast — so komme ich selber zu Dir.

— Wie lieb, wie gut von Dir —

Und Ludmilla küßte die Freundin zärtlich. Beinahe hätten ihr wieder Thränen die Augen gefüllt, aber es gelang ihr, sie zurückzupressen.

— Hat Maria nicht versucht, Dich zu bekehren in der Zeit, die Du im tête-à-tête mit ihr verbracht? Mir schien es, weil sie gar so freudvoll von Deinem Besuch erzählt — sie hat Dich sicherlich als Mitglied des Angela=Vereines gewonnen.

— So weit waren wir nicht gekommen. Was macht Nanette, wie geht es ihr? Ist sie gesund?

— O, ganz gut, bis auf einen kleinen Husten. Nanette ist ein gesundes Kind, Gott sei Dank — mir wäre eher bang um Albrecht — der hat keine starke

Constitution. Alle Kinderkrankheiten hat er durchgemacht und ist stets sehr empfänglich . . .

Ludmilla gab es einen Stich durch's Herz. Wie — auch der . . .

— Ach, wo denkst Du hin! tröstete sie die Andere und sich, Dein Sohn sieht ja aus wie das Leben — er ist überhaupt ein herrlicher Junge . . Man hört so viel klagen über die heutigen jungen Leute, Albrecht beweist mir, daß dies unbegründet ist.

— Albrecht bildet eine Ausnahme. Die ganze Herrenwelt ist sonst wirklich schlimm genug. Die neueste Mode ist, daß sich die Söhne der Aristokraten in Speculationen werfen, an der Börse spielen, sich an Getreideringen 2c. betheiligen, bis sie eines Tages insolvent erklärt werden und durchgehen müssen, oder sich erschießen oder — vom Chef der Familie rangiren lassen und — irgend ein Comteßchen heiraten. Andernfalls heiraten sie geschiedene Frauen vom Theater. Die Harmloseren jagen nach einer reichen und zugleich anständigen Partie. Wie viel Körbe habe ich schon für Nanette austheilen müssen. Und auch schon für Dich, Ludmilla . . . Es ist mir öfters passirt, daß irgend so ein geldbeflissener, ewiger Wanderer auf Freiersfüßen sich bei mir angefragt hat, ob bei der schönen Hamburgerin keine Chance wäre — worauf ich mit aller Entschiedenheit antwortete: — Nein, die ist eine erklärte Männerfeindin. Und im Grunde mußt Du dies auch sein, um mit Deinem Reichthum und diesem Gesicht mit 28 Jahren noch nicht geheiratet zu haben.

— Nein, Clarissa — ich habe keinen Entschluß gefaßt, ledig zu bleiben, auch hasse ich die Männer nicht. Ich liebe nur keinen. Meine Anforderungen waren und sind zu hoch gespannt. Nur einem außerordentlichen, einem großen, einem genialen — einem bezwingend gewaltigen Mann wollte ich meine Freiheit hingeben.

— Und plötzlich wirst Du Dich in einen ganz gewöhnlichen Kauz verlieben und ihn außerordentlich, und groß und — das ganze Programm — finden. Und was die Freiheit betrifft ... Welches Mädchen — mit Ausnahme der Künstlerinnen — ist denn eigentlich frei in unserer Welt? Wirft man die Fesseln ab, so wirft man zugleich die eigene und die allgemeine Achtung von sich.

— Ich fühle kein Bedürfniß, Fesseln abzustreifen. Vielleicht übrigens erfaßt es mich auch noch. Dieses Bedürfniß scheint ja die Signatur der Zeit zu sein: überall hört man das Kettenrasseln. Das Volk will sich befreien, die Frauen wollen sich befreien, der Geist will sich befreien und die Kettenschmiede nennen das — Teufelswerk. Dabei muß ich an Deine Nichte denken. Sag' mir, kannst Du sie von ihren überspannten Ideen nicht abbringen?

— Es ist schwer ... man kann wohl predigen, nicht zu übertreiben, aber an die Sache selbst kann man ja nicht rühren.

— Warum nicht?

— Mein Gott, weil ja Frömmigkeit an sich doch so respectabel ist und weil ihr allgemein solche Achtung entgegengebracht wird ... ich selber bin gar nicht bigott —

sonst wäre ich wohl sehr unglücklich, einen Mann zu
haben, der so offen anticlerikal ist wie der meinige —
aber ich mache doch alle kirchlichen Praktiken mit und
halte Nanette dazu an. Du hast keine Idee, wie sehr
hier die gute Gesellschaft — und namentlich die höchste
Gesellschaft — auf Religiosität — innere und äußere —
hält, die Klostererziehung gilt für die Töchter als die
heilsamste, jedenfalls v o r n e h m s t e und unsere Damen
schließen sich zusammen in katholische Lesevereine, Para-
mentenvereine, Missionsvereine — sie sammeln für den
Peterspfennig und für Kirchenbauten, sie sticken Meß-
gewänder und versäumen keine Fastenpredigt; wenn sie
in einer Soirée am Freitag nach Mitternacht ein Sand-
wich mit Fleisch essen sollen, so betrachten das Viele
als Todsünde, sie unternehmen Wallfahrten nach
Mariazell oder Maria-Taferl, sie legen Gelübde ab, wenn
ein Familienglied krank ist, hängen Gedenktafeln für den
Schutzengel auf, wenn eines ihrer Kinder einer Gefahr
entgeht, wählen sich einen Lieblingsheiligen zum Patron,
wachen darauf, falls ein freidenkendes männliches
Familienmitglied auf dem Sterbebette liegt, daß der
Pfarrer geholt werde, damit er die Absolution in Ex-
tremis ertheile. Das ist der herrschende Ton in unserer
Aristokratie — ich table nicht, ich erzähle nur. Ich mache
ja selber vieles davon mit —; es nicht zu thun, würde
als ebenso ungebildet, bizarr, shoking gelten, als wollte
ich mit den Händen essen oder Pfeifen rauchen oder
ohne Hut spazieren gehen. Alle thun es aus „gutem
Ton" — manche auch aus gutem Herzen. Die meisten
meinen es ja wirklich fromm und gütig, sie sind wohl-

thätig, sie thun sich Abbruch, sie fühlen innige Andacht, — wie sollte man dies nicht respectiren?

— Du selber bist nicht gläubig?

— Weißt Du, ich bin durch meinen Mann — und durch die Bücher, die ich mit meinem Sohn lese, meinem ursprünglichen Blindglauben abtrünnig geworden, dennoch ist mir aus der Kindheit — auch ich wurde im Kloster erzogen — ein Fonds von Frömmigkeit geblieben, ein Skrupel, die erwachten Zweifel auszudenken und da beruht meine ganze Philosophie auf einem vagen „Wer weiß?" — „Es ist vielleicht doch so" und jedenfalls beneide ich diejenigen, die ganz fest glauben und die in ihren Gebetsstunden jene selige Erhebung, jene mystische Ekstase fühlen, an die ich mich aus meiner Kinderzeit, aus den wonnigen, ehrfurchts=durchschauerten Tagen meiner ersten Communion erinnere. Willst Du morgen Nachmittag mit uns kommen? Es ist jetzt ein berühmter französischer Prediger hier — er spricht wirklich wunder= schön — und seine „conférences" sind mindestens ebenso besucht, wie die Vorstellungen des Théâtre français — und von der crème unserer Gesellschaft besucht.

— Ich bin auf diese „crème" nicht gar gut zu sprechen, da sie mich nicht aufzunehmen geruhte.

— Mich ja auch nicht, trotz der hohen Stelle und des Geheimen=Raths=Titels meines Mannes. Gegen diese Elementarerscheinung läßt sich nicht ankämpfen. Was machst Du heute Abend?

— Ich bleibe zu Hause. Bin zu gar nichts auf= gelegt. Verschiedenes stimmt mich auch traurig, sehr traurig.

— Ja, ich sehe es Dir an: Du hast etwas, das Dich drückt. Willst Du mir's nicht sagen?

— Nein, Clarissa, heute nicht.

— Wie Du willst — Vertrauen darf man nicht erzwingen wollen. Die Stunde wird vielleicht von selber kommen, wo Du mir die Ursache Deiner Traurigkeit — wenn sie nicht schon längst wieder verfliegt? — mittheilen wirst. Dagegen will ich Dir etwas mittheilen, das mich fröhlich stimmt. Du weißt, der junge Officier, der neulich sich an unseren Tisch setzte — ich hab' ihn Dir vorgestellt, Herr v. Fontis — und meine Nanette — es ist noch nichts officiell, aber ich glaube, die werden ein Paar, ein glückliches Paar. Ich kann Dir nicht sagen, wie mich das selber glücklich macht — ich lebe ganz in diesem Kinde, sie ist mir wie ein zweites, viel lieberes Ich ... Warum weinst Du? — —

— Verzeih', meine Nerven — —

— Es ist besser, ich lasse Dich allein ... mein Geschnatter irritirt Dich nur. Also bleibt es bei der morgigen französischen Predigt?

— Lieber nicht.

— Also nicht. Adieu, schone Dich — erheitere Dich.

An diesem Abend zog sich Ludmilla sehr früh in ihr Zimmer zurück. Die Unterhaltung mit Frau Darion war ihr lästig. Sie wollte Zerstreuung in Lektüre suchen. Sie blätterte eben in ihrem Büchervorrath nach, um etwas auszuwählen, als man ihr einen mit der Abendpost eingelangten Brief überbrachte. Poststempel — Wien, Handschrift — unbekannt. — Sie riß den Um=

schlag auf: Unterschrift — keine. Vier Seiten, eng be=
schrieben. Da hatte sie nun Lectüre.

„Wien, 4. Juni 1892.

Fräulein Ludmilla Goth!

Einen anonymen Brief wirft man in's Feuer —
aber doch nicht ungelesen. Steht eine üble Nachrede
drin, so glaube man sie einfach nicht; — enthält der Brief
Grobheiten, so zuckt man die Achseln; — enthält er aber,
wie dieser, eine Art Liebeserklärung, so — lacht man wohl.

Es ist aber nicht zum Lachen. Der Mann, der
Ihnen schreibt, seufzt unter einem tragischen Geschick.

Eigentlich hat es gar keinen Zweck, Ihnen diesen
Brief zu schicken; aber ich thue es in der Hoffnung,
einige Beruhigung zu finden. Ihr Bild verfolgt mich.
Daß Sie schön sind, wissen Sie, aber ich glaube nicht,
daß es Ihre Schönheit ist, die mich so fascinirt. Ich
habe ja schon tausend hübsche Gesichter gesehen — mit=
unter auch noch hübschere als das Ihrige — aber keines
hat sich mir so eingeprägt, ist so in der Luft hängen
geblieben, so daß ich, wo ich immer hinschaue, es vor
mir sehe. Ich halte Sie für eine großangelegte Seele
— und Sie wären werth, ein gewaltiges Erlebniß
durchzumachen: die Banalität der alltäglichen bürger=
lich stillen Existenz ist nichts für Sie. Aufgewühlt sollten
Sie werden von irgend einer heißen Leidenschaft . . .
Ein Glück sollten Sie durchkosten, taumelnd bis zum
Wahnsinn, oder einen Schmerz erleben, heiligend bis
zum Martyrium.

Nein, ich finde die gehoffte Beruhigung nicht, indem
ich Ihnen schreibe — im Gegentheil: mein fieberndes

Verlangen, vor Ihnen hinzuknien und zu flehen . . . . was? was dürfte ich erflehen? — gar nichts! — nimmt nur noch zu, wenn ich mir vorstelle, daß Sie dieses Blatt in Händen halten, daß Ihr Gedanke zu mir fliegt, daß Sie vielleicht errathen, wer der Mann ist, der von Ihrem Bilde gemartert wird. Nein, das Wort Marter ist nicht zu stark. Ich habe so viel anderes, wichtiges zu denken und vergebens klammere ich mich an diese anderen Gedanken — immer wieder umschlingt, umrauscht, umleuchtet es mich: Ludmilla Goth! — Lud=milla Goth! Und nochmals: — Ludmilla Goth. Ich fange an, die Rosenkranz= und Litaneibeter zu begreifen: in dem bloßen Anrufen liegt etwas Inbrunststeigerndes und Inbrunstlöschendes zugleich . . . Ich hoffe gar nichts. Sie sollen nie von mir erfahren, daß ich Ihnen geschrieben habe und noch schreiben werde; — wenn wir uns in der Welt begegnen (was nicht sicher ist), so wird keine Miene von mir verrathen, daß ich derjenige bin, der Ihnen so glühende, so — närrische Sachen schriftlich zugeflüstert hat."

In diesem Tone ging der Brief noch ein paar Seiten fort. Ludmilla las ihn mehreremale. Die feurige Sprache stieg ihr leicht berauschend zu Kopf, — dennoch hielt sie zugleich ihr Mißtrauen wach: was war dies? ein Scherz? eine Falle?

Es herrschte schwüle Hitze an diesem Abend. Lud=milla hatte in ihrem Schlafzimmer, das sehr geräumig war, einen leisen Luftzug herstellen lassen, indem die Fenster hinter den herabhängenden Vorhängen geöffnet worden, ebenso diejenigen in dem gegenüber liegenden,

unbeleuchteten Toilettecabinet. Deſſenungeachtet war die
Atmoſphäre drückend. Vielleicht waren es auch die Erleb=
niſſe des heutigen Tages, die ſo ſchwül auf Ludmilla's
Seele laſteten.

Jetzt lag ſie da, auf dem Ruheſeſſel, den Brief in
der Hand. Das Zimmer war beleuchtet durch eine von
der Decke herabhängende Ampel und durch eine ſchirm=
bedeckte Lampe, die auf dem Tiſche neben dem Ruhe=
ſeſſel ſtand. Ihr Straßenkleid hatte Ludmilla gegen ein
Spitzenpeignoir, ihre Knopfſtiefletten gegen türkiſche
Pantöffelchen getauſcht, auch das Panzermieder war ab=
geworfen worden und ſelbſt der feſte Knoten ihres
Haares hatte ſich gelöſt und dieſes fiel in üppigen Wellen
zwanglos herab.

Die Kammerjungfer brachte ein Servirbrett mit
eisgekühlter Limonade und einem Tellerchen Backwerk
herein und ſtellte es auf den kleinen Tiſch.

— Sonſt keine Befehle, gnädiges Fräulein?

— Nein — Sie können ſchlafen gehen. Nur, bitte,
geben Sie mir dort vom Toilettetiſch den Flacon mit
Kölnerwaſſer — ſo, danke . . . die Vaſe ſtellen Sie
weg — es iſt ſonſt kein Platz auf dem Tiſchchen . . .
jetzt brauche ich nichts mehr. — Gute Nacht.

Ach dieſe Hitze! ſprach ſie laut, obwohl ſie nun=
mehr allein war. Sie ſchenkte ſich ein Glas Limonade
ein und ſtürzte es hinab. Dann ſchüttete ſie den halben
Inhalt ihres Flacons in die Handflächen und kühlte
ſich damit Stirn und Wangen. Jetzt lehnte ſie ſich
wieder zurück, die Arme unter dem Kopf gekreuzt. Der
Brief lag auf ihrem Schoß. Von der Straße her

Wagenrollen und aus dem obern Stock Clavier= und Singstimmenklänge: das Kirschenduett aus „Freund Fritz". Ihre Lider waren gesenkt, aber nicht geschlossen, sie sah den mit blaßblauen Schleifen gemischten Spitzen= schaum ihres eigenen Kleides, die goldene Spitze ihres Pantoffels, — die beschriebenen Blätter des sonderbaren Liebesbriefes.

Wer — wer konnte der Schreiber sein! Dege= meister? Er war der Erste, zu dem ihr Gedanke ge= flogen; aber eben weil ihr dies die liebste Lösung der Räthselfrage gewesen wäre, untersuchte sie auch die andern Möglichkeiten. Der Oberst? Er war ein alter Mann, der vielleicht mit jungem Herzen — was sieht einem lyrischen Dichter nicht gleich? — „zum Dichten gehört Blut . . ." und in dem Briefe war Blut . . . Aber nein, so unvernünftig konnte dieser den Vormund hervor= kehrende Onkel nicht sein. Der junge Bisthurn? . . . Bisher hatte er nie verliebt geschienen — und das war nicht sein Ton. Ruhig, heiter, im vollsten Gleichgewicht nur von Einem Wunsch beseelt — einst das politische Ideal seines Vaters zu verwirklichen —: nein, der schriebe sicher keinen solchen Fieberbrief. Der feudale Ritter? Ausgeschlossen. „Wie ein Jaguar?" Noch aus= geschlossener. Vielleicht der neue Bekannte: Carl Cremer? Möglich. Dr. Arold? Sicher nicht. Noch mehrere andere junge und ältere Männer aus ihrem Kreise ließ sie im Geiste Revue passiren: keiner schien ihr geeignet, vor ihr knien zu wollen und inbrünstig ihren Namen herzu= sagen . . . Keiner, außer der Eine: Degemeister; und besonders der Degemeister, den sie im Traum gesehen.

Jetzt erfaßte sie wieder lebhaft die Empfindung, unter deren Herrschaft sie im Traumzustand erbebte, — „der Mann den sie liebte", d e r war's, der von ihrem Bild verfolgt war . . .

Und da spann sie den Traum weiter . . . Wie, wenn er wirklich da kniete, neben ihr auf dem Teppich, den anbetungstrunkenen Blick zu ihr erhoben: Ludmilla Goth! Ludmilla Goth! Und sie könnte als Antwort seinen Namen sagen — und reich, unerschöpflich reich wäre der Schatz, aus dem sie die Gaben hervorholen könnte, ihn zu beglücken: war sie nicht hingebenden Herzens, war sie nicht — schön? . . .

Sie raffte sich auf und schalt sich selber: Tolles Ding . . . Wirst dich da in einen Unbekannten verlieben, der vielleicht gar nicht an dich denkt, und das, weil ein Dritter einen — verrückten Brief geschrieben?

Glücksträume, Glücksträume . . . wo es doch so viel furchtbar Trauriges gibt auf dieser Welt; und ihre Gedanken kehrten zurück zu den anderen Eindrücken des Tages — dieses Damoklesschwert über dem Hause Bisthurn; — dieses fanatisirte Mädchen, mit ihren geistlichen Berathern, die eine ganze Hälfte der denkenden Menschheit, nämlich alle, die nach Licht und Freiheit streben, als Satansbeute hinstellen; . . . dieser alte, müde Lebenskämpfer — der Oberst — der trotz seines hohen Seelenfluges in das Reich der Kunst in so bittere Resignation und hoffnungslose Weltverachtung versunken war; dieser Arold, der sich in das gefährlichste politische Getriebe gestürzt, weil der Jammer einer ganzen großen Classe von Mitmenschen nicht mehr länger anzusehen sei: Karrenzieher, Karrenzieher sind sie Alle und Befreier ist der Tod . . . Aber nein — und bei dieser Phase ihres wirbelnden Gedankenreigens schnellte Ludmilla empor und schickte sich an, den Brief noch einmal zu lesen — nein, sie war nicht zum Karrenziehen verdammt und eh der Tod sie ereilte, wollte sie gelebt haben — gelebt und geliebt.

IX.

Na, weißßt, Erl — und Tante Reſi machte eine Bewegung, als wollte ſie ihren rechten Arm in die entfernteſte Ecke des Zimmers ſchleudern — er blieb aber horizontal an ihr haften — man wird ihm wieder kündigen müſſen.

Cremer blickte von ſeiner Arbeit auf — er las eben in einem ihm zum Verlag angebotenen Manuſcript — Wem? Herrn v. Degemeiſter? das iſt eine Idee! Du warſt doch ſo froh, als ich in Vorſchlag brachte, das überflüſſige Zimmer . . .

— Vergiß nicht, daß Du's umſonſt hergeben wollteſt, erſt meine Idee war, zu vermiethen. Die monatlichen 35 Gulden Zuſchuß ſind ein wahrer Segen Gottes. Aber noch ein größerer Segen iſt, daß man Deinen Zimmerherrn hinauswerfen kann — einen Gaſt nicht.

— Und warum wollteſt Du dieſen Segen Gottes ſo ſchnöde vor die Thür ſetzen? — was ich übrigens nicht zugeben werde.

— Mein lipps Kind, Du thuſt mir leit!

Frau Cremer erklärte nicht näher, weßhalb ſie ihren Neffen bedauerte. Ihren rechten Arm hatte ſie wieder heruntergeholt, weil ſie ihn zum Stricken brauchte. Leid that es ihr jedesmal um Carl, wenn er Sätze vorbrachte, welche auf häusliche Autorität hindeuteten, wie das vorhin gesagte „was ich nicht zugeben werde". Als ob in der Haushaltung nicht doch nur immer unfehlbar das geschähe, was sie zugibt.

— Und gar so gewiß und eilig ist es noch nicht mit der Kündigung, fuhr sie fort, ruhig strickend, ich habe nicht gesagt, man muß, — sondern man wird müssen. Das ist ganz 'was anderes. Warum, fragst Du. Das ist ganz einfach. Ich wollt nicht gern in die Luft springen. Um keinen Preis nicht.

— Sehr begreiflich. Aber hat Dich unser Miethsherr zu Luftsprüngen aufgefordert?

— Du machst Spaß? Wenn aber ein Mensch so finster dreinschauen kann, wie Dein Herr Degemeister, und dabei so verdächtige Bücher am Nachtkastel liegen hat . . . Ich bin nämlich selber hineingegangen, ein bissel Staub abwischen und zusammenräumen, denn auf die Dienstboten ist kein Verlaß . . . zwar ist die Nettel recht brav, bis auf ihre Soldaten — aber da muß man ein Aug' zudrücken und in's Zeugniß „sittlich" schreiben — dennoch: nachschauen muß man ihr bei der Arbeit, denn im Abstauben ist sie furchtbar nachlässig. Daß es überhaupt ein Kreuz ist, mit Dienstboten heutzutage —

— Ja, das hast Du mir schon öfters mitgetheilt. Aber zur Sache; was für verdächtige Literatur fandest Du auf dem nachlässig abgestaubten Nachttisch?

— Du — es ist gräßlich! Ein dickes Buch und heißt: „Die Anarchisten".

— Von John Henry Mackay?

— Von wem es ist, hab ich nicht nachgeschaut.
Du kennst also solche Bücher auch? Aber Crl, Crl,
nimm Dich in Achtttt!

Cremer zuckte die Achseln und vertiefte sich wieder
in seine Arbeit, was die Andere nicht hinderte, fort=
zufahren:

— Ich sag' Dir: es ist unheimlich auf der Welt.
Ich les' ja alle Tag die Zeitung und weiß daher recht
gut, daß boshafte und gottlose Menschen an allen Ecken
und Enden Böses anzetteln. Fabriken anzünden, Häuser
in die Luft sprengen, den reichen Leuten ihr Geld weg=
nehmen und untereinander theilen, den Thron umstürzen,
die Geistlichkeit verjagen — kurz, alle Ordnung auf=
heben — das ist was sie wollten. Hoffentlich wird's
ihnen nicht gelingen. Das wird die Polizei und auch
unser Herrgott nicht zugeben. Abstufungen gibt es unter
ihnen. Die nicht ganz Schlechten, das sind die Socialisten;
— Dein Freund Arold z. B. wäre nicht imstand', mit
einer Dynamitbombe den Stefansthurm zu sprengen;
aber die, die alles imstand sind, die heißen Anarchisten.
— Und wenn sie aus Rußland kommen — Nihilisten.
Auch Frauenzimmer gibts drunter, die tragen kurze
Haare und Augengläser, besonders in der Schweiz, wo
es Studentinnen gibt. Briefe aus Zürich — ich habe
die Couverts mit diesem Poststempel im Papierkorb ge=
funden — bekommt der junge Herr auch und wenn ich
schon in der Geographie nicht gar extra fest bin, so viel
weiß ich doch, daß wenn ein Russe in Zürich zu thun
hat, er nach Sibirien gehört.

Seit einigen Tagen war Alexander v. Degemeister Cremer's Hausgenosse geworden. Als er den Entschluß gefaßt, noch einige Zeit in Wien zu bleiben, sprach er in Gegenwart Cremers die Absicht aus, das Hotel zu verlassen und ein möblirtes Zimmer zu suchen; da trug ihm dieser an, bei ihm Wohnung zu nehmen, worauf der Andere gern einging und am selben Tag übersiedelte.

Degemeister war ein stiller Hausgenosse. Fast den ganzen Tag beschäftigte er sich mit Schreiben und Lesen; er ging nur wenig aus und auch die Abende verbrachte er in einsamem Studium. Arold und Cremer empfanden beide lebhaftes Interesse an dem Fremden. Daß er die Welt durchreiste, um die socialistische Bewegung kennen zu lernen: so viel hatten sie von ihm erfahren; im Uebrigen war er sehr verschlossen. Der Umstand aber, daß er an den Zeitfragen diesen Antheil nahm, machte ihn den beiden jungen Leuten, die ihrerseits von dem gleichen Interesse beseelt waren, sehr anziehend. Sie hofften, — namentlich Dr. Arold — daß er von seinen Erfahrungen Lehrreiches mittheilen würde, aber darin hatten sie sich bis jetzt getäuscht, denn Degemeister verhielt sich zumeist fragend und forschend: offenbar war er es, der etwas lernen wollte. Sie hatten ihn öfters aufgefordert, er möge sich ihnen des Abends anschließen, um zu Dreien in irgend welchem Locale zu soupiren und dabei über dies und jenes zu plaudern, doch Degemeister lehnte ab unter dem Vorwand, daß er die Abendstunden zu seiner Arbeit benütze und da am liebsten allein zu Hause bleibe. Was diese Arbeit sei, hatte er nicht verrathen. Jedenfalls mußte schon seine Cor=

respondenz ihm viel Zeit kosten, denn täglich kamen ihm zahlreiche Briefschaften und Drucksachen aus verschiedenen Orten zu, doch vorzüglich aus Riga, Zürich und London.

Degemeister nahm die Mittagskost bei seinen Wirthen; nach Tisch bereitete er sich selber auf dem eigenen Zimmer seinen Thee und forderte Cremer auf, zu ihm zu kommen und dort die Nachmittagscigarre zu rauchen. Häufig fand sich um diese Zeit auch Dr. Arold ein und da verbrachten die drei jungen Männer ein oder zwei Stunden im Gespräch. Den Thee, welchen Degemeister credenzte, würzten sich die beiden Anderen mit einer tüchtigen Zuthat von Cognac; dazu rauchten sie — auch von Degemeister gebotene, ganz auserlesene Cigarren, „Hamburger Schmuggelwaare“, wie der Gast= geber behauptete, und zu ihrer bald lebhaften, bald von zwangslosen Pausen unterbrochenen Unterhaltung gab der brodelnde Samovar eine gemüthlich summende Be= gleitung ab. Ein kleiner Samovar aus blinkendem Kupfer, den Degemeister aus seinem Reisekoffer hervor= geholt hatte und dessen Unterzünden der Nettel viel Aerger und Kopfschütteln kostete und auch Frau Cremer's Unwillen erregte: „Ein anständiger Mensch trinkt doch schwarzen Kaffee nach dem Essen — und will man schon Thee haben, so macht man ihn mit einem Theekessel und nicht in einem Kupfer=Rauchfang.“

Cremer und Degemeister saßen an diesem Nach= mittage schon vor ihren gefüllten Theegläsern, als Dr. Arold eintrat.

— Ah, willkommen! begrüßte ihn Degemeister. Wir sprachen eben von Ihnen. Ich behauptete, daß Sie in

eine gewisse Dame verliebt seien — Herr Cremer stellte
es in Abrede; nun können Sie selber Auskunft geben
— wenn Sie wollen. Setzen Sie sich — die Havanna=
kiste steht neben Ihnen . . .

Dr. Arold setzte sich auf seinen gewohnten Sessel
und während er eine Cigarre aussuchte, sagte er:

— Nein, ich bin in Fräulein Goth nicht verliebt.
Diese hoffnungslose Beschäftigung überlasse ich Euch
Beiden.

— Woher wissen Sie, — so genug Cognac? —
daß von der Genannten die Rede war?

— Wir haben ja sonst keine gemeinschaftliche Damen=
bekanntschaft. Sie ist ein interessantes Geschöpf, das
gebe ich zu. Daß ich mich nicht verliebte, danke ich wohl
dem Umstand, daß ich in anderen süßen Fesseln bin.
Doch wir haben wichtigere Dinge zu reden. Ueberlassen
wir die Gespräche über Frauen und Liebe den sogenannten
Lebemännern.

— Wer für Liebe leben kann, der lebt nicht „so=
genannt“, sondern wirklich. Einzig wirklich. Alles
Uebrige ist nichts. Weh' uns, daß wir Wichtigeres
kennen!

— Bleiben wir vorläufig dabei, Herr von Dege=
meister. Ich wollte Ihnen mittheilen, daß wir morgen
wieder eine kleine Versammlung haben, die Sie inter=
essiren dürfte. Es soll über die zunächst einleitenden
Schritte berathen werden, um für das allgemeine Wahl=
recht in Oesterreich zu wirken. Erst wenn der Arbeiter
politische Rechte erlangt haben wird —

— Mein lieber Arold, unterbrach Cremer, das ist Waſſer auf meine Mühle. Politiſche Rechte den Maſſen? Ganz recht. Da müſſen aber die Maſſen vorerſt zur Sittlichkeit erzogen werden. Die Roheit muß erſt über= wunden ſein und darum iſt der erſte Schritt zur all= gemeinen Beſſerwerbung von jener Bewegung zu erhoffen, deren Verbreitung ich mir zur Aufgabe geſtellt habe.

— Als ob es in den herrſchenden Klaſſen keine Roheit gäbe!

— Das habe ich nicht behauptet. Die ethiſche Kultur ſoll in alle Claſſen getragen werden, es ſoll ein Band —

— Alſo eine Religion, bemerkte Degemeiſter, Religion heißt Band.

— In dieſem Sinne eine Religion — ja. Das Bewußtſein einer ſittlichen Gemeinſamkeit muß erweckt werden. Ja, Band ſoll es heißen: Jeder wiſſe, daß es etwas gibt, daß Allen heiliger iſt als Alles.

— Dieſes „etwas" muß erſt gefunden werden.

— Das iſt eben die Aufgabe der ethiſchen Kultur. Und wahrlich, die Aufgabe iſt nicht leicht. Bei der jetzt herrſchenden Zerklüftung der Anſchauungen und Inter= eſſen, bei der Verbitterung einer=, dem Stumpfſinn andererſeits, in welche unſere Zeit verfallen iſt, ein gemeinſames Ideal aufzuſtellen, iſt keine Kleinigkeit. Und weil dieſes Ideal den leitenden Claſſen fehlt, weil im erſten, zweiten und dritten Stande noch Bosheit und Blindheit walten, glaubt Ihr Socialiſten wohl, es genüge, dem vierten Stande die Macht zu geben, damit Gerechtigkeit und Weisheit einziehe? Wir Anhänger der ethischen Bewegung ignoriren ja nicht die sociale Frage, aber ehe wir daran denken, einen „Zukunftsstaat", eine umgestaltete Gesellschaftsordnung einzuführen, wollen wir erst alle Elemente der Gesellschaft geläutert wissen, wollen in jeder Richtung: — Erziehung, Politik, Kunst — das ethische Princip zur Geltung bringen; wollen —

— Allen Respect vor Eurem Wollen, mein Freund. Aber wir thun. Und — ohne es zu wissen — thut Ihr mit. „Die sociale Frage nicht ignoriren"? Das ist kein gnädiges Zugeständniß. Die ignorirt Niemand mehr. Aber nicht, weil sie eine Frage ist, sondern weil sie sich als verheißende — oder je nach der Auffassung — als drohende Thatsache erhebt. Gäbe es nur eine theoretische Socialdemokratie, bestehend aus Katheberlehren und Flugschriften — gleichgiltig, verächtlich, verständnißlos ließe man sie links liegen, oder schriebe noch fortwährend Flugschriften über deren „Aussichtslosigkeit". Es gibt aber Socialdemokraten — das sind lebendige Wesen; es gibt eine ganz gewaltige Partei, organisirt, disciplinirt, weitverbreitet, täglich wachsend, — über Mittel ver= fügend; in Handlungen und Thaten: — Strikes, Mai= feier, Congresse — bekundet sie ihre Existenz; — die Arbeiterbataillone stehen da, noch marschieren sie nicht, doch glaubt man ihren „ehernen Tritt" zu hören — da gibt es freilich kein Ignoriren der Frage mehr. Da schreibt der römische Papst Encykliken und beruft der deutsche Kaiser Conferenzen zu ihrer Lösung ein. Alles drängt sich an die Socialdemokraten heran, die Einen sie zu bekämpfen, die Anderen — und das ist schlimmer — sie zu benützen. Sogar die reactionären Parteien hängen

ihren Namen das Prädicat „social“ an und hoffen so
die Masse für sich zu gewinnen. Die Soldaten müssen
immer vermehrt werden, damit sie vor den Social=
demokraten schützen, und diese Vermehrung bewirkt —
durch ihren erhöhten Steuerdruck — wieder die Ver=
mehrung der Socialdemokraten. Alle arbeiten für uns,
aber auch wir arbeiten für Alle. Was die Fortschritts=
und Freiheitsparteien einzeln anstreben, die Postulate,
zu deren Erreichung sich die verschiedensten Gesellschaften,
Vereine und Gruppen bilden, sind alle auf unserem
Programme schon angesetzt und, was mehr ist, durch
unser Vorgehen schon theilweise durchgesetzt. Die Frauen=
vereine kämpfen für das Erwerbsrecht der Frau — bei
uns steht die Arbeiterin schon erwerbend da und wenn
wir das allgemeine Wahlrecht verlangen, so verlangen
wir es als selbstverständlich für beide Geschlechter; die
Friedensvereine kämpfen gegen den Krieg; wir haben
thatsächlich ein Friedensband um alle Nationen geschlungen,
indem wir nur einen Bund darstellen, unbekümmert um
politische Grenzen und diplomatische Bedenken und auf
unser Programm setzen wir energisch den Paragraphen:
„Der Krieg ist abgeschafft“; nationale Vereinigungen
kämpfen gegen die Uebergriffe der einen oder die Unter=
drückung der anderen Nation; w i r kennen keinen Rassen=
haß und keinen Nationalhochmuth, wir verpönen jeden
Uebergriff und stemmen uns gegen jede Unterdrückung.
Schulvereine und Gesellschaften zur Förderung von Kunst
und Wissenschaften bemühen sich, Bildung zu verbreiten
und dem Volke die Schätze des Wissens und die Genüsse
der Kunst zuzuführen; wir fordern als unser Recht, was

uns da geschenkt werden soll und wollen erst die Mög=
lichkeit schaffen, dieses Recht zu verwerthen, denn mit
Hungerlohn und mit dreizehnstündiger Arbeitszeit läßt
sich Bildung nicht vereinen. Wir wollen Brod, wir
wollen aber auch Muße. Denn unser Durst nach Wissen
und unser Drang nach dem Schönen will auch gestillt
werden. Wir —

— In wessen Namen sprichst Du? unterbrach
Cremer, Du sagst immer „wir" — bist Du ein Proletarier,
bist Du ein Arbeiter, bist Du ein Taglöhner?

— Nein, aber ich bin Socialdemokrat. Und die giebt
es in allen Ständen. Nicht für Classen=, sondern für
Menschenrechte stehen wir ein. Da zufällig der größte
Theil der Menschheit aus Arbeitern und Proletariern
besteht, so scheint es, als wäre die socialdemokratische
Bewegung nur eine Arbeiterbewegung — und da zu=
fällig die Arbeiter und die Proletarier diejenigen sind,
die am meisten durch die gegenwärtige Gesellschafts=
Unordnung leiden, so sind es natürlich die Interessen
jener Classe, die wir vor Allem vertreten. Und daß Jene
so massenhaft sind und namentlich — so unglücklich sind,
das gibt der Bewegung die Macht und die Kraft. Die
Zufriedenheit rührt sich nicht vom Fleck. Und nur die
Verzweiflung bäumt sich auf. Wehe, wenn wir zur Ver=
zweiflung getrieben würden. Jetzt sind wir voll ruhiger,
geduldiger Zuversicht. Das Bewußtsein unserer wachsen=
den Kraft füllt uns mit Stolz und Hoffnung. Das dritte
oder vierte Wort aller Parteien und Fraktionen ist
„Ideale". Da werden die „christlichen", dort die „ethischen",
hier die „nationalen" oder „humanitären Ideale"

proklamirt . . . aber glaubt mir: die wirklichen Idealisten
die sind bei uns zu finden. . . Das Hingeben für die
Allgemeinheit, das Streben für die Zukunft — für eine
vom einzelnen Individuum nicht zu erlebende Zukunft —
das treue Zusammenhalten, das Begeistern für ein
kommendes Reich der Gerechtigkeit, der Milde und des
Friedens, sind das nicht ideale Züge? Ist es nicht
rührend, wie so arme Teufel von Arbeitern nach ihren
anstrengenden Mühen, nach ihren erschlaffenden Plagen,
doch noch die Zeit sich nehmen, um die Vereinsblätter
zu lesen, um sich zu belehren und zu bilden, so gut es
geht, um den Versammlungen beizuwohnen; daß sie von
ihrem kärglichen Verdienste doch die nöthigen Heller ab-
sparen für die Parteicassen, für den Strikefonds, für
Bücher und Zeitungen — daß sie nach vorwärts streben,
daß sie unverwandt den Blick richten nach entfernten,
nur durch langen Kampf zu erreichenden Zielen — kann
man da leugnen, daß diese Leute Ideale haben?

Cremer hatte diesem langen Ausfall seines Freundes
nur sehr oberflächlich zugehört. Er kannte dessen Ansichten und schon oft mußte er ähnliche Reden über sich
ergehen lassen. Dagegen war Degemeister sehr aufmerksam
gewesen. Er hatte sogar hin und wieder mit einem Bleistift, der an seiner Uhrkette hing, einige Zeichen auf ein
vor ihm liegendes Papierblatt notirt.

Arold wartete, daß Jemand etwas erwidere, aber
die Beiden blieben stumm. Da wandte er sich an
Degemeister:

— Sagen Sie selbst, ist es nicht so? Sie haben
die Socialdemokraten aller Länder studirt, Sie kennen

allerorts Ihre Gesinnungsgenossen genau, finden Sie
nicht auch, daß —

— Ich bin nicht Socialdemokrat, unterbrach Dege=
meister trocken.

— Nicht? ... Sie sind ... nicht ... Einer der
Unseren? .:. Etwa ein Gegner? Ein Reactionär —
ein Bourgeois? Sie hätten troß aller Studien sich nicht
bis zu der Höhe der socialdemokratischen Doctrin auf=
geschwungen?

— Nicht bis zu ihr, meinen Sie? Vielleicht auch
darüber hinaus. Ihre Frage erinnert mich an ein Er=
lebniß. Ich befand mich in einer Gesellschaft mit Ernst
Häckel. Es war auch ein sehr fanatischer evangelischer
Theologe dabei. Dieser entwickelte in feuriger Rede die
Ueberlegenheit der freien biblischen Forschung und wandte
sich an den Jenaer Professor, den er nicht kannte, um
Bestätigung. „Ich bin nicht Protestant“, antwortete
Häckel. „Wie, Sie haben sich nicht bis zur evangelischen
Doctrin emporgeschwungen — Sie sind ein Römling?“

— Ich verstehe die Nußanwendung. Ihnen ist die
Socialdemokratie überwundener Standpunkt. Ueberwun=
den, ehe sie erreicht ist.

— Sie können die Nußanwendung noch weiter
ausspinnen, Herr Doctor; Luther hat der Kirche die
Monopolisirung der Bibel entwendet; er hat die Bibel
und ihre Auslegung für sich und seine Anhänger in
Anspruch genommen, — er hat den ganzen Glauben auf
die Bibel gestützt. Die Socialdemokraten wollen den jeßt
herrschenden Classen die Leitung des Staates entziehen,
sie wollen selber Staat sein, sie wollen — „alles ver=

staatlichen". Und so wie der Verfasser der „Natürlichen
Schöpfungsgeschichte" über die Bibel denkt —

— So denken die — Anarchisten über den Staat,
ergänzte Arold.

Degemeister zuckte die Achseln.

— Es ist sehr ärgerlich — sagte er, daß sich die
Menschen unter den gleichen Benennungen so verschiedene
Sachen denken. Ich weiß wohl, was Sie unter dem
Sammelbegriff Anarchisten — das hörte ich an Ihrer
Aussprache des Wortes — sich vorstellen: Räuber
und Mörder, — wüthender, sengender, verkommener
Mob, ungefähr das, wofür ich mir aus meinem Sprach=
schatz das Wort „Canaille" holen würde. Gehen wir
darüber hinweg. Ich will Ihnen nur sagen, was ich gegen die
socialdemokratische Doctrin einzuwenden habe. Sie bedroht
das Recht des Individuums. Sie stellt eine Tyrannei
dar: die unbeschränkte Dictatur der Mehrheit. Die
Sünden des Staates: gewaltsame Aufrechterhaltung von
Monopolen, von Vorrechten, Ausbeutung der Arbeit,
Knechtung des Willens, — die soll nun jene Mehrheit
übernehmen. Jetzt ist es eine Minderheit, welche die
Massen terrorisirt und vergewaltigt, — was wird aber
sein, wenn die Massen die Minderheit vergewaltigen?
Wie, aus dem gesellschaftlichen Leben soll die individuelle
Action verbannt sein, — an Stelle der Gewinnsthoffnung,
welche zur Arbeit anspornt, soll der Arbeitszwang kommen,
wodurch diese zur Robot wird, — die Sprungfedern der
Initiative sollen verrosten und damit der Hauptfactor
des menschlichen Fortschrittes lahmgelegt werden? Per=
sönliche Freiheit, persönliche Freiheit! Sehen Sie nicht,

10*

wie dieses kostbare Gut gefährdet wird durch Ihre
„socialistische Doctrin"?

— Als ob es unter den heutigen Verhältnissen —
außer für ein Paar Dutzend Leute — persönliche Freiheit gäbe!

— Schon wieder halten Sie mich für (wie ist Ihr
schlimmstes Schimpfwort?) für einen Bourgeois — und
meinen, daß ich den status quo vertheidigen will? Einen
Zustand erhalten will, der solchen Jammer gebiert?
Und der sich übrigens gar nicht halten kann, der mit
Naturnothwendigkeit zusammenbrechen muß? Der Ent-
wicklungsstrom rollt vorwärts — unaufhaltsam.

— Wer den Socialismus heute bekämpfen will,
der schwimmt gegen den Strom, bemerkte Arold.

— Ich bekämpfe ihn nicht. Dazu müßte er erst zur
Herrschaft gelangt sein. Dann könnte ich mich gegen
seine Tyrannei auflehnen. Bis dahin sehe ich beifällig
zu, wie er andere Tyranneien abschaffen will. Aber wenn
er zur Herrschaft gelangen sollte, — und das ist bei
dem Wachsthum seiner Anhängerschaft in nicht gar ferner
Zukunft möglich, — wenn einmal die Vergesellschaftlichung
aller Productionsmittel stattgefunden hat und die plan-
mäßige Regelung der Production ausgeführt werden
soll, dann wird gegen diese Regelung der Geist der
persönlichen Freiheit revolutioniren. Auch das Individuum will sich nicht brutalisiren lassen.

Degemeister hatte die ganze Zeit mit dem sanften,
etwas singenden Accent gesprochen, der seinen Lands-
leuten eigen ist und nicht einen Augenblick die gelassene
Ruhe verloren, während Dr. Arold's Stimme von ver-

haltener Leidenschaft durchzittert war, als er jetzt ant=
wortete:

— Bei Gott, da sind mir die Bourgeois noch lieber;
die vertheidigen bloß das Morsche — wohl bekomm's.
Ihr aber zerstört unseren Zukunftsbau, indem Ihr an
dem Bauriß nörgelt, indem Ihr die Steine, die wir
herbeischleppen, für schlechtes Material erklärt. Wir
müssen aber einen Plan haben, sonst können wir nicht
vorgehen. Ihr kritisirt das Neue, das wir bieten —
Ihr erklärt es für nichtsnutz — nun also: dann bleiben
wir beim Alten . . . Eure Stimmen werden nicht den
Weckruf für ein besseres Uebermorgen abgeben als
das von uns vorbereitete Morgen ist, sondern sich in
den Philisterchorus verlieren, der das schöne Schlummer=
lied des Heute summt, oder gar den reactionären Rache=
chor verstärken, der sein unheilvolles „Zurück" brüllt.

— Ereifern Sie sich nicht, Herr Doctor. Was wir
reden und disputiren, schreiben und declamiren, bringt
die Welt um keinen Schritt vorwärts. Und wenn wir
durch allerstrengste Logik das Vernünftigste hervorbrächten,
hätte es darum mehr Chance, sich zu verwirklichen? Im
Gegentheil! Vielleicht in späteren Zeiten — heute sicher
nicht. Heute wird noch die Leidenschaft entscheiden und
der Wahn obsiegen. . . Wenn Sie auch energisch den
Kopf schütteln. . . Ich glaube, wir stehen vor furcht=
baren Katastrophen. . . Es muß losbrechen, das Ge=
witter. . .

— Es müßte nicht — —

— Es wird.

— Und da soll man müßig die Arme sinken lassen?

— Wer es kann. . . Wenn man nicht eben, wie Sie und ich, selber ein Hagelkorn ist, bestimmt, im kommenden Schauer herabzusausen. . . Ich bin traurig, traurig — bis in den Grund der Seele. . . — Wie sagte doch Ludmilla? — „Und Erlöser ist der Tod".

Es entstand eine Pause.

Cremer brach zuerst das Stillschweigen:

— Wie ansteckend doch die Muthlosigkeit ist!

— Ich bin nicht muthlos. Aber ansteckend ist die Traurigkeit. Sie müssen viel Düsteres erlebt haben, Herr v. Degemeister?

— Ja, das hab' ich. Eigenes Unglück und fremdes Elend. An Schmerz und Zorn bin ich reich erfahren. Der Zorn thut beinahe weher als der Schmerz.

— Ich kann mir Sie gar nicht zornig denken, es liegt in Ihrem ganzen Wesen so viel Sanftmuth.

— Darum eben thut der Zorn mir weh. Einem Zornmüthigen thut er wohl. Wer aber über gewisse Niedertracht nicht kochenden Aerger fühlt, muß selber niederträchtig sein. Also morgen findet Ihre Versammlung statt? Wo? Ich würde gern dazu kommen.

— Hoffentlich nicht um Einwendungen zu erheben?

— Nein, ich studiere nur. Die Zeit des Handelns schiebe ich hinaus. So lang' wie möglich.

Cremer hatte auf dem Tische das Buch erblickt, dessen Titel seiner Tante Resi solchen Schrecken eingeflößt. Er blätterte darin.

— Kennen Sie John Henry Mackay? fragte er.

— Nicht persönlich. Nur nach seinen Dichtungen — es sind gewaltige Stücke darunter. Und dieses Buch — Sie müssen es lesen, Doctor Arold.

— Nicht gern wollte ich, jetzt, eben jetzt, da ich Tausende mit meinen Worten anfeuern soll, etwas lesen, was mein Vertrauen erschüttern, meine Wärme löschen könnte.

Cremer, der noch immer in dem Bande blätterte, rief:

— Hört, wie die Stelle, die ich eben aufgeschlagen, auf Arold's Worte zufällig paßt:

„Sie sind ein seltsamer Mensch, Auban, sagte er und ergriff seine beiden Hände. Es ist viel Richtiges in Allem, was Sie sagen; aber es ist Eis und Kälte, was Sie lehren, Eis und Kälte; das Herz geht leer aus." —

„O nein, Mr. Morell, die Freiheit ist warm wie die Sonne. Kalt sind die Mauern des Kerkers allein. Das Herz wird reichere Schätze zu geben haben, wenn es auf keine Gebote hin mehr schlägt und schweigt".

X.

Ein Wagen hielt vor der Cremer'schen Buch=
handlung. Zwei Frauen — Marqua und Ludmilla
— saßen darin.

Cremer stürzte zur Ladenthür heraus. Fräulein
Goth war schon im Aussteigen begriffen.

— Sie kommen zu mir, gnädiges Fräulein?

— Ja, Herr Cremer, ich will einige Bücher
kaufen. . . Sie bleiben im Wagen, liebe Marqua? —
Gut, wie Sie wollen. Ich werde Sie nicht lange warten
lassen.

Die Beiden traten in den Laden.

— Wie freundlich von Ihnen, Fräulein Goth,
Ihren literarischen Bedarf bei mir decken zu wollen! Er
stellte ihr einen Sessel hin, auf welchen sie sich nieder=
ließ, während er hinter den Ladentisch trat.

Es war jedoch keine Freundlichkeit von Ludmilla's
Seite im Spiele, sondern der Zufall. Sie war an diesem
Morgen ausgefahren, um den Doctor zu besuchen, dessen
Verdict über Nanette Bisthurn's Gesundheit sie erfahren
wollte. Der Arzt hatte sie jedoch nicht empfangen, da er
selber krank zu Bette lag. Auf dem Rückweg ins Hotel
war der Kutscher durch die Gasse gefahren, in welcher
Cremer's Buchhandlung lag. Ludmilla hatte zufällig
den Namen auf dem Schild erblickt und sie befahl zu

halten. Warum? Sie brauchte in diesem Augenblick wirklich keine Bücher — ihr ganzer Tisch lag voll gestern eingesandter Neuerscheinungen — aber der Name Cremer rief ihr das Bild seines Besitzers und daneben das Bild eines Andern vor die Seele — und . . . nun weiter hatte sie nicht nachgedacht: mit der Spitze des Sonnenschirms ward der Kutscher auf den Rücken getippt und er hielt die Pferde.

— Womit darf ich Ihnen dienen?

Es fiel ihr kein Büchertitel ein.

— Ich . . . ich wollte . . . Da hatte sie einen rettenden Gedanken: Ich möchte, wenn Sie und Ihr Freund . . . Ihre Freunde . . . mich wieder aufsuchen, um mir verschiedene Probleme zu erklären, nicht gar so unwissend sein. Ich bitte Sie daher, mir Werke über Socialpolitik und über — was ist Ihr Fach? über Ethik vorzulegen. Nichts gar zu schweres — ich bin Anfängerin.

— Das wird, besonders das Erstere — eine trockene Lectüre werden, Fräulein. Haben Sie eine Liste des Gewünschten?

— Nein, aber Sie haben recht — ich bitte Sie, mir von Dr. Arold eine solche Liste aufsetzen zu lassen — und was die ethischen Schriften betrifft, so überlasse ich deren Auswahl Ihnen.

Damit wäre die geschäftliche Angelegenheit eigentlich erledigt gewesen und man brauchte die gute Frau Marqua nicht länger warten zu lassen. Aber Ludmilla blieb sitzen:

— Haben Sie . . . Dr. Arold schon lange nicht gesehen? Sie hatte einen andern Namen nennen wollen, aber der Versuch war mißglückt.

— Er kommt fast täglich zu mir und zu meinem Hausgenossen Herrn v. Degemeister, — der Herr — Sie erinnern sich vielleicht des Namens nicht? — der neulich mit uns die Ehre hatte, von Ihnen empfangen zu werden. Er ist nicht abgereist, wie er ursprünglich beabsichtigte . . . nachträglich entschloß er sich, noch einige Zeit in Wien zu bleiben und hat bei mir Wohnung genommen. So — hier kommt er eben.

Schon bei Nennung seines Namens hatte Ludmilla's Herz höher geklopft — jetzt bei seinem Eintritt stand es einen Augenblick ganz still.

Auch Degemeister schien betroffen und verwirrt, als er die hier sitzende Kundin erkannte.

Er verneigte sich tief, aber stumm.

— Guten Tag . . . Herr v. Degemeister . . . Sie sind — also — noch in Wien? Noch hier?

— Diese Frage wäre schwer zu verneinen, mein Fräulein.

— Diese Frage — sie mag freilich recht albern geklungen haben — implizirte ein „warum" — warum nicht abgereist?

— Es hielt mich unwiderstehlich fest.

Also doch . . . so war er doch der Schreiber des Briefes? . . . Der Gedanke erregte Ludmilla so lebhaft, daß sie nichts besseres zu thun fand als aufzuspringen und sich zum Gehen zu wenden.

— Es bleibt also dabei, Herr Cremer, Sie schicken mir die Bücher? . . Sie neigte grüßend den Kopf und machte einen Schritt zur Thür.

Cremer eilte zum Ausgang, um die Thüre zu öffnen.

Der Andere blieb stehen und verneigte sich ebenso tief und ebenso stumm wie vorhin.

Cremer folgte seiner neuen Kundin auf die Straße und öffnete ihr den Wagenschlag:

— Noch heute erhalten Sie das Gewünschte.

Als er in den Laden zurücktrat, sah er Degemeister noch immer auf demselben Flecke stehen und bemerkte einen eigenthümlich starren und leidenden Ausdruck auf dessen Zügen.

— Nun, Sie sind ja von der Erscheinung ganz verzaubert? Flüchtig wie ein Meteor . . . es duftet noch nach Maiglöckchen hier. . . Ich habe mich aber benommen wie — dümmer wie ein Jaguar . . . statt sie zurückzuhalten, statt sie in Gespräche zu verwickeln über die Frage, die mir so sehr am Herzen liegt, statt überhaupt als Mensch und Bekannter aufzutreten, habe ich wie der erste beste Ladenschwengel nur hinter dieser Budel devotest gefragt „Was steht zu Diensten?" und zum Schlusse die prompte Lieferung der Waare versprochen. Und Sie, Sie stehen auch da wie ein — ich will nicht sagen Jaguar — aber wie ein Säulenheiliger . . .

Degemeister machte eine heftige Bewegung, wie um sich von seinen Gedanken loszureißen und sagte:

— Ich bin heute gleichfalls als Käufer zu Ihnen gekommen — haben Sie Hertzka's „Freiland"?

— Nicht auf Lager. Aber ich kann es Ihnen noch heute verschaffen. Beabsichtigen Sie, sich am Kenia niederzulassen?

— Ich wollte, ich könnt' es . . . Das Neue mit
der That einzuführen, dort, wo es nicht erst Altes weg=
zupredigen gibt . . . überhaupt, es läßt sich nichts weg=
reden. Diese Goth ist eine herrliche Erscheinung — das
sage ich auch.

An diesem Abend war großer Empfang im Hause
Bisthurn angesagt. Natürlich hatte Ludmilla eine Ein=
ladung erhalten.

Während des ganzen Tages und jetzt noch während
des Toilettemachens schwankte sie, ob sie hingehen solle
oder nicht. Sie versprach sich keine Unterhaltung von
dem Aufenthalte in den menschengefüllten Salons — es
war ihr so eigenthümlich einsamkeitssehnend zu Muthe —
und daß ihr der Anblick Nanette's in ihrer ahnungs=
losen Heiterkeit weh thun würde, sah sie voraus.

Aber e i n Gutes würde die Soiree vielleicht doch
haben: ihr Zerstreuung bringen, sie von der fixen Idee
— wenigstens momentan — befreien, der sie sich nur
mehr so schwer entziehen konnte: der Gedanke an Dege=
meister und der Gedanke an seinen Brief — sie konnte
ihn schon auswendig — der, wie sie jetzt nicht mehr
bezweifelte, von ihm geschrieben war. Mit offenen oder
mit geschlossenen Augen, immer hatte sie das Bild des
Livländers vor sich — so wie sie ihn zuletzt im Buch=
händlerladen gesehen — und die Sätze des Briefes
tönten ihr in seiner Stimme — die gewisse klagende,
sanfte Stimme — im Ohr. Dabei eine warme Beklem=
mung auf der Brust, bang und süß. . . Bin ich denn
verliebt, verliebt? . . . fragte sie sich immer wieder. Es

war eine ängstliche Frage, — dennoch empfand sie, daß
ihre Bejahung eine Bereicherung abgab. Und darum
wäre sie gern allein zu Hause geblieben, um ungestört
das schon theuer werdende, verwirrende Bild sich vor
die Seele zu rufen; — darum beschloß sie aber zuletzt
doch, zu Bisthurn's zu gehen, um das Bild auch wieder
los zu werden; denn war es vereinbar mit ihrer
Würde, ihrem Stolz, ihrer Ruhe, ihrem künftigen Lebens-
glücke, für den ersten besten — Unbekannten — in Liebe,
vielleicht ganz unerwiderter Liebe zu entbrennen?

Als sie so vor dem Putztische saß, ihr goldblondes
Haar den Kräuselkünsten des Friseurs überlassend,
wurde die Abendpost hereingebracht. Der geheimnißvolle
Correspondent hatte versprochen, wieder zu schreiben,
daher empfing Ludmilla jetzt jede Postsendung mit Herz-
klopfen; würde sein zweiter Brief dabei sein?

Sie streckte eifrig die Hand nach der Tasse, auf
welcher die Kammerjungfer ihr die Briefe hinhielt.

— Habe ich weh gethan? rief der Haarkünstler er-
schrocken, denn Ludmilla hatte einen kleinen Schrei ausgestoßen.

Dieser Schrei war nur ein erregtes „Ah" der Befriedigung gewesen über eine erkannte Handschrift.

Der heutige Brief enthielt jedoch nur eine Zeile:
„Mit jeder Stunde wächst mein Lieben."

Als Ludmilla den Bisthurn'schen Salon betrat —
diesmal in Begleitung der Frau Darion — war schon
eine zahlreiche Gesellschaft da versammelt. Die Hausfrau
kam der jungen Freundin entgegen und geleitete sie in
einen kleinen Nebensalon, wo ein Kreis von nähern

Bekannten saß und hier ließen sie sich Beide nieder.
Der Hausherr indessen beschäftigte sich damit, Frau
Darion bei einem Whisttisch unterzubringen.

— Ich fürchtete schon, Du würdest nicht kommen
— es ist sehr spät ... Du bist sicherlich die Letzte —
hast Du das gethan, um Effect zu machen? Dann ist es
Dir gelungen — ein allgemeines Murmeln der Bewunderung begleitete Deinen Eintritt.

— Spotte nicht, liebste Clarissa ... Ich war
wirklich auf dem Punkt, nicht zu kommen — ich bin so
gar nicht soiréemäßig aufgelegt. Wo ist Nanette?

— Im Nebenzimmer — da hat sich die Jugend
zusammengefunden. Eigentlich hätte ich Dich auch dorthin
führen sollen — willst Du? ...

— O nein — ich bin nicht gern unter Backfischlein.
Ich fragte nur um Nanette, weil ... ich sie schon einige
Tage nicht gesehen — ist sie ganz hergestellt? ...
Maria sagte mir neulich, daß sie — etwas erkältet
gewesen ...

— Das ist nichts! Ein kleiner Husten ... sie sieht
vortrefflich aus. — Wenn mich nicht alles trügt, so wird
die Verlobung bald ... aber still, es ist noch nichts
officiell.

— Und Maria? Hat sie sich nicht in ihr Zimmer
zurückgezogen, um diesem sündigen Festtreiben zu entgehen?

— Nein — sie ist auch drüben im Backfischteich.
Es sind mehrere junge Mädchen hier, die mit ihr zugleich im Kloster waren und da werden fleißig Remi-
niscenzen getauscht.

— Guten Abend, Fräulein Goth! — Es war
Herr v. Aehrenberg. — Sie erlauben doch, daß ich eine
Weile diesen leeren Sessel an Ihrer Seite einnehme?
Wenn jemand Interessanterer kommt, jagen Sie mich fort.
Ein famoser Mensch, dieser württembergische Oberst, den
ich neulich bei Ihnen traf . . . so was Ritterliches und
Ueberlegenes — muß ein gescheidter und ehrenvoller
Mann sein, gefällt mir sehr, ja.

— Herr von Brahl ist ein prächtiger Mensch.

— Von altem Adel, nicht wahr? In den deutschen
Familien kenne ich mich nicht vollständig aus. Nur die
hervorragendsten Geschlechter kenne ich, namentlich solche,
die mit dem österreichischen Adel Zwischenheiraten gemacht
haben, oder von welchen Seitenzweige sich hier niedergelassen, wie z. B. Henckel-Donnersmark; die sind
preußische Standesherrn, aber auch — seit Mitte des
17. Jahrhunderts ungefähr — erbländisch österreichische
Grafen. Auch von französischem Uradel sind zahlreiche
Familien in Oesterreich naturalisirt, wie die Freiherrn
von Baillou und Andere. Fragen Sie doch den Baron
Brahl, was für ein Wappen er hat.

— Herr von Brahl ist nicht Baron. Sinkt er dadurch in Ihrer Werthschätzung?

— Nein, aufrichtig, der Titel Baron flößt mir
mehr Aerger als Respekt ein, — denken Sie nur, wer
heutzutage alles Baron ist: die halbe Finanzwelt. Ich
wollte gar nicht in den Freiherrnstand erhoben werden . . .
Der alte Ritterstand ist doch authentischer Adel . . .
Wenn man das Incolat für Böhmen, Mähren und
Schlesien hat und das Indigenat in Kärnten, so hat das

einen ganz anderen Werth als die Baronschaft von
Millionengnaden. Aber ich bitte, halten Sie mich nur
nicht für hochmüthig. Ich finde nur, daß jeder Stand
seine Würde aufrecht erhalten soll, daß der Glanz eines
alten Wappens —

— Ich kenne Leute, unterbrach Ludmilla, welche
sagen, daß sie durchaus nicht abergläubisch sind, aber zu
Dreizehn nicht bei Tische sitzen und am Freitag keine
Reise unternehmen wollen.

— Meinetwegen, nennen Sie mich hochmüthig. Ich
aber sage: wozu wären Auszeichnungen u. dgl., wenn
man sie nicht in Ehren hielte? Adel verpflichtet. Und was
jene Schwächen mit dem Freitag und dem Dreizehnten
betrifft, so theile ich sie zwar nicht, kann sie aber auch
nicht verlachen. Es gibt so viel Geheimnißvolles auf der
Welt, noch so viel Unerforschtes und mit aller Poesie
und allem Andachtsgefühl wäre es zu Ende, wenn man,
wie gewisse Herren Gelehrten (das ist erst der rechte
Dünkel — der Gelehrtenhochmuth!), nur immer das für
möglich annehmen wollte, was man mit seinen groben
Sinnen auffaßt. Das liegt auch so in dem jetzigen
materialistisch-demokratischen Geist, — die zwei sind ver-
wachsen, drum will ich nichts davon wissen, ja.

— Ihre Schwester würde aus diesem etwas heiseren
Ja schließen, daß Sie sich ärgern. Doch nicht über mich?

— Vorhin habe ich mich auch geärgert, — über
meinen Schwager. Wir sind wieder einmal übereinander
gekommen. Wegen der confessionellen Schule, ja. Morgen
reise ich ab.

— Sind Sie selber so streng confessionell gesinnt?

— Ich nicht. Aber für das Volk, für die Kinder, für die Frauen ist die religiöse Grundlage unerläßlich. Ich bin auch religiös, aber in meiner Art. Die paßt nicht für das Allgemeine. Da muß man etwas positives, faßliches, zu Herzen sprechendes haben — und dafür sorgt die Kirche. Also soll man ruhig dem Priester den ihm gebührenden Platz in der Schule zurückgeben. Doch verzeihen Sie, daß ich Sie mit so unliebsamem politischem Gewäsch behellige. Daran ist mein Schwager schuld — der Herr liberale Führer, — da kommt man immer auf diese Themata, denen ich doch sonst prinzipiell aus dem Wege gehe ... Darum lese ich keine Zeitungen, ja. Mit Damen soll man schon gar nicht solche Sachen reden. Alles mein Schwager schuld. Grob wird er mitunter auch. Wissen Sie, wie er Unsereinen — die Conservativen nennt?

— Nun?

— Die Ritter vom Hemmschuh.

Baronin Bisthurn, die inzwischen mit Anderen sich unterhalten hatte, wandte sich wieder um.

— Jetzt ist's genug der Curmacherei, Udalrich. Unsere Ludmilla ist doch nicht zu erweichen.

Verschiedene andere Leute kamen und gingen; einige Herren ließen sich dem Fräulein Goth vorstellen, ältere Bekannte drängten sich um sie, aber die erhoffte Zerstreuung fand sie in den mit ihnen gepflogenen Gesprächen nicht. Fast ausschließlich drehten sich alle Fragen und Antworten um die Theaterausstellung, um die verschiedenen Sommerpläne. „Wie lange bleiben Sie noch in Wien?" „Wohin werden Sie gehen?! Waren Sie schon

dort — und waren Sie schon da? Wie gefällt es Ihnen
in X. und wie hat es Ihnen in N. gefallen?" Und das
ins Unendliche.

Ludmilla begab sich auch in die anstoßenden Zimmer,
blieb eine zeitlang im „Backfischteich", wo sie die Tochter
des Hauses beobachtete, die blühend aussah und nicht ein
einziges Mal hustete; schaute bei den Whisttischen zu,
mengte sich in mehrere Gruppen, ließ sich von Albrecht
Bisthurn beim Buffet ein Eis reichen, lauschte einem
Conzertstück, das ein anwesender Pianist vortrug und
so vergingen die Stunden bis zum allgemeinen Aufbruch,
ohne daß dieselben einen Augenblick geboten hätten,
in welchem Ludmilla von dem sie verfolgenden Gedanken
befreit worden wäre. So schal wie heute war ihr
überhaupt noch nie eine gesellige Versammlung vorgekommen, — für sie war weder Interesse noch Vergnügen da, aber es machte auch den Eindruck, als wären
alle andern ebenso vergnügens= und interesselos. Keinerlei
Fröhlichkeit, keinerlei Angeregtheit, — alles so steif, so
banal, so matt. Doch waren Alle, wie es schien, darauf
bedacht, am nächsten und an den folgenden Tagen wieder
so zusammen zu kommen, — viele „Auf Wiedersehen"
für die nächsten angesagten Soiréen waren ausgetauscht
worden, — um dann wieder so unerheitert auseinander-
zugehen. Nur für Verliebte, wie Nanette und Oberlieutenant Fontis und noch zwei oder drei Paare,
von welchen die Sage ging, daß sie sich für „einander
interessirten", konnte der Abend Genuß geboten haben —
für Ludmilla nicht. Derjenige, für den sie sich „interessirte",
der war nicht da — und „mit jeder Stunde wuchs ihr

Lieben". Keiner der Anwesenden hatte so zu ihr gesprochen, daß man berechtigt gewesen wäre, zu glauben, er sei der Briefschreiber; und das war ihr auch lieber, denn ihr Hoffen, ihr Wünschen ging dahin, daß Degemeister jene Zeile hingeworfen habe. Das Bild ihres Traumes, die Worte des anonymen Correspondenten und die persön= liche Erscheinung im Buchhändlerladen waren ihr jetzt in Eins verwoben . . . . . Freilich hieß es in dem ersten Briefe: „Wenn ich Ihnen in der Welt begegne, so wird keine Miene an mir verrathen, daß ich derjenige bin, der Ihnen so glühende — so närrische Sachen schreibt". Ein einziger unter den Herren, der sich ihr heute Abend genaht, schien ihr ein tieferes Interesse entgegenzubringen — ein entfernter Verwandter der Baronin Bisthurn, den sie schon öfters im Hause getroffen, der ihr jedoch niemals besonderen Eindruck gemacht. Weder Gefallen noch Mißfallen hatte er ihr jemals eingeflößt, — es war nichts an ihm zu tadeln, nichts zu bewundern. Sie hatte niemals ein geistreiches, aber auch niemals ein dummes Wort von ihm gehört. „Die goldene Mittelstraße" war der Spitzname, mit dem sie ihn im Gedanken versehen. Dieser war heute in seinem Benehmen etwas auffallend gewesen. Nicht, daß er ihr den Hof, oder gar eine Er= klärung gemacht hätte, aber er war von ungewohnter Befangenheit gewesen, — wie jemand, der gern etwas sagen wollte, was zu sagen er sich doch nicht ent= schließen kann.

Als Ludmilla gleichzeitig mit den Anderen von der Hausfrau Abschied nehmen wollte, hielt sie diese zurück.

— Du darfst nicht fort — ich muß noch mit Dir sprechen. Es ist auch noch gar nicht spät. —

— Ich bin müde, Clarissa.

— Nein, nein, ich laß Dich nicht. Es ist etwas sehr Wichtiges und Interessantes.

Nachdem sich alle Gäste entfernt hatten, nahm Clarissa ihre Freundin unter'm Arm und führte sie in eine Zimmerecke außer Gehörweite der Frau Darion.

— Da setz Dich her zu mir und hör mich an. Ich habe einen Auftrag bekommen — und dessen will ich mich entledigen, noch ehe ich schlafen gehe. Du sollst auch die Nacht darüber nachdenken. La nuit porte conseil. Laß mich gleich mit der Thür in's Haus fallen. Ein Heiratsantrag. Und ich möchte nicht nur die Botschaft überliefern, sondern aufrichtig fürsprechen. Dein Herz ist frei, das hast Du mir noch vor wenigen Tagen betheuert. Der Mann, von dem ich rede, wird eine Frau sicher glücklich machen. Er ist ein Ehrenmann, ein guter Mensch, ein solider Mensch, ein recht hübscher Mensch, — hat ein sehr großes Vermögen, ist also über den Verdacht erhaben, daß er Dich um Deines Geldes willen haben wollte ... nimm ihn, Ludmilla — glaube mir! Ich wäre auch so froh, daß Du in diesem Falle in Wien bliebst. Du hättest hier die angenehmste gesellschaftliche Stellung — die Du als Mädchen nicht hast ... es wäre das Vernünftigste, was Du thun könntest ... Du bist auch über das Alter hinaus, wo man nur aus wahnsinniger Liebe heiraten will ... Wenn Du noch ein paar Jahre so herumstreichst — nimm mir die aufrichtige Sprache nicht übel — so findest Du gar keine

Partie mehr, außer einen Geldjäger. Es ist eine schiefe
Stellung, die Du hast, glaub es einer erfahrenen Frau …
Ich habe immer Mühe, den Leuten begreiflich zu machen,
daß Du keine emancipirte Exkünstlerin oder pensionirte
Fürstengeliebte oder so etwas bist … die Welt ist nun
schon einmal so — das Unregelmäßige verträgt sie nicht
und ein schönes, reiches Mädchen, das selbständig in der
Welt lebt, ist etwas Unregelmäßiges. Wärest Du Witwe,
oder Stiftsdame … das wäre etwas anderes — aber
„Fräulein Goth“. „Wer ist dieses Fräulein Goth?“ muß
ich immer hören und alle Heiligen anrufen, um für
Deine Anständigkeit gutzustehen.

— Dabei weiß ich noch immer nicht, wer der edle
Herr ist, der mich aus meiner schiefen Stellung heraus-
zureißen geruhen will … Nein, höre — eh' Du weiter-
sprichst: die Frauen haben doch recht, sich aufzulehnen
gegen diesen Stand der Dinge, daß es ihnen immer
eine Gnade sein muß, geheiratet zu werden. Und jetzt
sage: wer ist Dein Schützling?

— Mein Vetter, Emil Klast von Hollendorf.

— „Die goldene Mittelstraße“ — dacht' ich's doch!

— Wie sagst Du? …

— Nichts … Clarissa, ich bin müde — laß mich
nach Hause gehen.

— Ist das Deine ganze Antwort?

— Du sagtest ja selbst: die Nacht bringt Rath.

— Ganz richtig — Du sollst Dich auch nicht gleich
entscheiden … denke über die Sache nach. Ich brauche
dem Bewerber noch gar nicht mitzutheilen, daß ich schon
angefragt habe.

— Warum hat er nicht selbst . . .

— Er fürchtete einen Korb. Durch mich wollte er Dich auch erst zart sondiren lassen, ich bin aber gleich mit der ganzen Wahrheit herausgeplatzt. Wozu die Winkelzüge? Unter Freundinnen ist das nicht nöthig. Und wenn man offen ist, läßt sich besser zureden. Mit gutem Gewissen kann ich da zureden — Du würdest es nicht bereuen. Ich war auch nicht vernarrt in Bisthurn und er hat mich immer sehr glücklich gemacht — das Hauptglück der Ehe sind ja doch die Kinder . . . meine beiden Prachtgeschöpfe . . . ich kann mir gar nicht denken, wie das Leben wäre ohne die!

Ludmilla durchrieselte ein Schauer. Sie sah im Geiste dieses Zimmer schwarz ausgeschlagen, — sie sah einen blumengeschmückten Sarg hinaustragen und diese Frauengestalt neben ihr zusammengebrochen, von Schluchzen geschüttelt. . .

Sie stand auf.

— Nochmals Clarissa, laß mich gehen — ich werde immer müder, müder.

— Ich will Dich nicht halten — geh' und ruh' Dich aus und denke über die Sache nach. Ich meine es Dir von Herzen gut.

— Das weiß ich und ich danke Dir. Gute Nacht.

Sie küßte Clarissa zärtlich und wandte sich zum Fortgehen. Aber plötzlich blieb sie stehen:

— Hast Du keine Briefe, kein Billet von Deinem Vetter, die Du mir zeigen könntest? Ich wollte seine Schrift sehen.

— Vielleicht . . . ich will morgen unter meinen alten Briefschaften nachsuchen . . . sonderbare Idee — willst Du aus der Schrift auf den Charakter schließen?

— Es ist mir wichtig. Wenn Du keinen Brief von ihm hast, so laß Dir einen schreiben — aber ohne ihm zu verrathen, zu welchem Zweck. Und schicke mir's sogleich.

— Soll geschehen. . . Ich betrachte diese graphologische Neugierde als ein gutes Zeichen für den Bewerber.

So müde sie war, Ludmilla dachte nicht ans Schlafengehen, als sie nach Hause kam. Sie ließ sich von der Kammerjungfer ihres Gesellschaftsstaates entkleiden und entließ sie; Ampel und Lampe mußten angezündet bleiben; — das Auslöschen werde sie schon selber besorgen. . .

„Die Nacht bringt Rath" — es galt nachzudenken — zu erwägen. Das erste, was sie that, um dieses vernünftige Beginnen auszuführen, war das Wiederlesen jenes Briefes. . . Nein, unmöglich, diesen Brief konnte Emil Klast nicht geschrieben haben, es sei denn aus Scherz oder als Probe. „Ein tragisches Geschick?" — das war bei einem Mittelstraßenwandel nicht vorauszusehen — und „taumelndes Glück oder großes, bis zum Martyrium reichendes Leid": das war es auch nicht, was sie an seiner Seite hätte finden können.

Auf dem Tische lagen die Bücher und Schriften aufgeschichtet, welche aus der Cremer'schen Buchhandlung geschickt wurden. Ludmilla's Blick heftete sich darauf. Schon unter Tags hatte sie darin geblättert — eine

Welt, eine ganze Welt lag da, von der jene andere
Welt, aus welcher sie eben gekommen, keine Ahnung
zu haben schien. „So kann es nicht fortgehen", sagten
alle diese Bände und suchten den Weg zu weisen, w i e
„es" sich umzugestalten habe — und jene lebten dort,
als wäre alles um sie herum das Bestgegründete, das
Selbstverständliche. Sie nahm mechanisch eines der Bücher
zur Hand: „Michael Flürscheim: Der einzige Rettungs-
weg." Rettung, wovor? Und nur e i n e n solchen Weg
soll es geben, während die Leute rings auf tausend
anderen Wegen sorglos wandeln? Sie legte das Buch
wieder hin und griff nach einem andern: „Henry George:
Fortschritt und Armuth." Armuth, tiefe grenzenlose
Armuth, jammervolles Elend; das war eigentlich der
Grundton aller dieser Schriften — über Hunger, Schmutz,
Laster und Krankheit, über Plage und Erschöpfung,
Ausbeutung und Bedrückung sprachen die Marx
und Engels, Lassalle und Bebel . . . . . Daneben
zeigten sie, wie umgewandelte Wirthschaftszustände von
all dem Unglück befreien könnten und wie das Verharren
derselben zu unausbleiblichen Schreckenskatastrophen
führen müsse . . . War dem wirklich so? Und in jener
Welt des Ueberflusses — des langweiligen, weil gar so
gewohnten Ueberflusses — aus der sie eben kam, kein
einziger Gedanke an das tiefe Unglück der Mitwelt, kein
Zucken der Wimpern vor dem sich heranwälzenden
Unheil . . .

Villeicht konnte es auch noch abgewendet werden?
Diese Menschen, Führer und Massen, Denker und Dichter,
die da studirten und schrieben, sich verbündeten und

handelten, die sahen doch ein anderes Ziel vor sich, die
würden es vielleicht doch herbeiführen, das Reich der
Gerechtigkeit und Wohlfahrt!... Aber was ging das alles
sie — Ludmilla — an, was konnte sie mithelfen, was
verhindern, was fördern? Nichts, nichts. Glücklich die=
jenigen, die von alledem nichts erfahren, deren Gedanken
die Probleme der Zeit nicht verwirren, deren Herz die
Qual der Welt nicht quält ... — Degemeister w a r
ein so Gequälter, das sah man ihm an. — Daß doch
alle ihre Betrachtungen immer wieder bei dem Einen
ankommen mußten! — Ob sie ihn aufrichten, trösten,
beglücken könnte? ... Und wenn sie Beide beisammen
wären, Herz an Herz, in einen süßen Liebeshimmel
entrückt, wäre da nicht — wenigstens für zwei Menschen
— alles Bangen gestillt?

Sie ging im Zimmer auf und nieder, die Hand
an die Stirn gepreßt.

Dann blieb sie eine zeitlang vor dem hohen Ankleide=
spiegel stehen und beschaute regungslos ihr eigenes Bild.
Von der rothen Ampel her war ihr weißes négligé
rosig beschienen, eine Diamantennadel, die sie vergessen,
aus dem Haar zu entfernen, glitzerte wie ein Stern.

Wozu — wozu bin ich schön? .. Wenn er —
wenn er da wäre ...

Aber diesen Gedanken dachte sie nicht zu Ende.
Vor sich selber erröthend, schüttelte sie heftig den Kopf
und ging an den Tisch zurück, wo die Bücher lagen
und die beiden Briefe. Diese nahm sie und steckte sie
in eine Mappe, die sie zuklappte. Euch werde ich nicht

mehr lesen — ihr elenden papiernen Liebestrankbecher ..
Vernünftig nachdenken sollen — „die Nacht bringt Rath"
— und dabei unvernünftig sein bis zur Narrheit —
das kommt von solcher Lectüre. Also, also — und sie
warf sich in einen Lehnstuhl, nehmen wir jetzt die ver-
ständigen Gedanken herbei.

Sie wiederholte sich im Geist Clarissa's Worte
und versuchte nunmehr, sich vorzustellen, wie es wäre,
wenn sie zu dem Antrage ja sagte. Der wahre Inbegriff
der Vernünftigkeit und Verständigkeit wäre das. Eine
angenehme, sichere, annehmlichkeitsreiche Lebensstellung,
— Häuslichkeit im Gegensatz zu dem Wanderdasein,
Familienbande im Gegensatz zu ihrer gegenwärtigen
Einsamkeit. Vor solchen gefährlichen Verirrungen wie
diese — ihr Blick streifte die Mappe — ein Schutz-
wall. O goldene, goldene Mittelstraße . . . Der Mann
selber war eigentlich nicht übel und wenn er sie liebte,
wollte sie ihm auch gut sein . . . hübsche Kinderchen . . .
sie sah schon die lieblichen Gesichter unter großen Kate-
Greenaway-Hüten — und wenn sie alt ist, ein großer
stattlicher Sohn — vielleicht ein bedeutender Mann —
der sie anbetet . . . sie sah das bartgeschmückte Antlitz
über ihre Hand zum ehrerbietigen Kuß geneigt . . .
und jetzt gleich: — wäre das nicht angenehm und voll
Interesse? — Die Vorbereitungen zur häuslichen Nieder-
lassung zu treffen, ein Haus einzurichten . . . In Wien,
am Ring, ein kleines Palais und hier sollte jener Salon
eröffnet werden, der der österreichischen Hauptstadt fehlte:
der Sammelpunkt aller einheimischen und fremden Spitzen
des Geistes und der Kunst. Ja . . . morgen würde sie

Clarissa schreiben, daß sie einwillige, die goldene Mittel=
straße zu wählen . . .

Eine Schläfrigkeit überfiel sie; das war so ein be=
ruhigendes, einwiegendes Denken, dieses Zukunfts=Planen
— lauter so harmlose, friedliche, behagliche Bilder, die,
während sie nun langsam einschlief, immer ruhiger und
weicher und verschwommener wurden und sich in= und
übereinanderschoben: die hübschen Kindergesichter, die
Achtung der Welt, sechs Dutzend Damast=Tafelwäsche=
Garnituren, der große Sohn, der ihr die Hand küßt,
der vor ihr niederkniet . . . jetzt war sie schon gänzlich
eingeschlafen — der dann den Kopf hebt und da — —
erkennt sie ihn:

„Ach Alexander, Alexander, mit jeder Stunde wächst
mein Lieben!" Sie will sich ihm um den Hals werfen
und diese Bewegung reißt sie aus dem Schlaf empor.

XI.

„Hochgeehrtes Fräulein. Gestern hatte ich die Ehre,
Ihnen ein Packet Bücher zu übersenden, welches die nach
Dr. Arold's Angabe zusammengestellten Werke social-
wissenschaftlichen Inhalts enthielt; heute, um Ihre ge-
neigte Bestellung gänzlich auszuführen, übermittle ich
anliegend eine Anzahl der bedeutendsten modernen Erscheinungen auf moralphilosophischem und ethischem Gebiete — Stephen Leslie, Carneri, Jodl, Paul Carus,
Salter u. s. w. u. s. w. — über ein Dutzend Bände".

„Und wenn ich Sie mir so vorstelle, diesen Bücher-
pyramiden gegenübersitzend, so sehe ich, wie Ihr Gesicht
nach und nach einen müden und hilflosen Ausdruck annimmt, höre, wie Sie muthlos seufzen und erwarte, daß
Sie Ihrer Kammerjungfer befehlen, sie möge das Zeug
da wegräumen, — recht ordentlich wo auf einen Tisch
oder in einen Schrank, Sie wollten gelegentlich drin
lesen. Führen Sie diesen aufrichtigen Vorsatz wirklich
aus, was ich bezweifle, so würde es zwanzig bis dreißig
Monate des Studiums brauchen, bis die Gegenstände,
welche diese Bibliothek behandelt, zu Ihrem geistigen
Eigenthum geworden wären; — Sie aber beabsichtigen
nur noch wenige Wochen in Wien zu bleiben und so
fürchte ich, daß Ihre große buchhändlerische Bestellung
nichts zu der Erfüllung meiner Wünsche und der meines

Freundes beitragen wird, daß Sie unser Streben kennen lernen und unterstützen mögen."

„Ich ziehe es daher vor, meine Chance, von Ihnen verstanden zu werden, auf eine andere Karte zu setzen, als auf die Hoffnung, daß Sie sich durch die beiliegenden fünftausend Seiten winden; — ich will Ihnen hierdurch (ein Brief ist ja schnell gelesen) in wenigen Zeilen sagen, worum es sich handelt. Mündlich komme ich nicht dazu. Ich fühle mich in Ihrer Nähe eingeschüchtert und es sind immer andere Leute um Sie versammelt — es könnte mir da unmöglich gelingen, Ihnen klar zu machen, was ich nun knapp und bündig hier niederschreiben will."

„Der Kernpunkt aller Ethik liegt in dem Ausspruch Spinoza's: „„Trachte gut zu handeln und froh zu sein.""

„Freilich hängt es vom Grade der Sittlichkeit ab, was man g u t gehandelt findet und worüber man froh ist: dem Menschenfresser erscheint das Braten eines fetten Vetters als gute Handlung und dessen Verzehrung stimmt ihn höchst jovial, — daher kommt es auch, daß die jeweilig herrschenden Morallehren den Menschen nicht besser machen als er ist, denn er nimmt nur das in seinen Sittencodex auf, was er zu thun gewohnt ist, — er heiligt mit einem „Du sollst" den Gegenstand seines „ich will". Es ist aber gut, wenn das, was die Besten einer Zeit wollen, zu einem kategorischen „Sollen" erhoben wird, dann folgen die Anderen nach. Nach einer Zeit, bei fortschreitender Entwicklung der Cultur, trifft es sich, daß man bei den in der Vergangenheit als g u t abgestempelten Handlungen nicht mehr f r o h sein kann, — dann erhebt sich unter den Vorgeschrittenen ein heftiger

Wunsch, ihr neuerwachtes Wollen in allgemein geltendes
Sollen zu prägen, damit das Leid überwunden werde,
das an den wilderen Sittengesetzen klebt. Sie wollen
ihrer Erkenntniß („das größte Gut ist die Einsicht"
sagt Epikur) Geltung und Heiligung verschaffen."

„Aber ich versprach, kurz und bündig zu sein und
verirre mich jetzt in weitläufige Auseinandersetzungen
über Entstehung und Entwicklung des Sittengesetzes.
Das gehört in die Bücher. Was in's Leben gehört, ist
die That. Und zu einer ethischen That haben sich die
Männer aufgerafft, welche nun daran sind, die Gesell=
schaft für ethische Cultur zu gründen, und zur That
rufen sie alle jene auf, die zum Anschluß eingeladen
werden. Die flatternden Ideen und Empfindungen unserer
Zeit wollen sich zusammenballen — gerade so, wie es
die kosmischen Nebel thun, wenn sie eine Welt werden
sollen." —

„Alles, was leben und sich fortpflanzen will, muß
sich vorerst organisiren. Besonders, wenn es gilt, mit
gegnerischen Wesen zu kämpfen, ist eine Sammlung der
Kräfte nöthig. Denn die Gegner sind organisirt. Und
in der Vorahnung der sie bedrohenden Geister des Fort=
schrittes haben sich die Geister des Stillstandes desto
enger gesammelt. So sieht man jetzt die Reactionäre
und die Prediger des Hasses, der Unbildung in Gruppen
und Parteien verbunden. Diese Gruppen, weil sie
organisirt sind, vermehren sich, verbreiten sich im ganzen
Lande . . . Es ist hoch an der Zeit, daß die Bekenner
einer besseren Moral — bei der die Vorgeschrittenen
„froh" sein können — sich zusammenschließen und das

geschieht auch. Auf allen Gebieten. Vereine zur Verbreitung der Volksbildung, zur Abwehr des Anti-
semitismus, zur Bekämpfung des Krieges entstehen aller-
orten, ein Feldzug ist es gegen die Finsterniß, den Haß
und den Jammer. Und dieser Feldzug heißt, im Grunde genommen, mit seinem wahren Namen „„Ethische Cultur"".

So weit war Carl Cremer in seinem an Fräulein
Goth gerichteten Briefe gekommen, als er durch den
Eintritt Tante Theresens im Schreiben unterbrochen
wurde.

Mit zwei zur Decke gestreckten Armen stand sie da:

— Weißßt Crl, es ist entz—tetz—tzlich!

— Was ist denn geschehen?

— Die Polizei war da. — Und der rechte Arm
ward wagrecht.

— Die Polizei?

— Ja, um mit Herrn v. Degemeister zu sprechen,
der aber nicht zu Hause war. Du wirst sehen, sie sperren
ihn ein. — Bei diesen Worten sanken beide Arme kraft-
los herab.

— Weiß er schon? . . .

— Nein, er ist noch nicht zurück. Mich haben sie
ausgefragt . . . ich war aber so g'scheidt, von Zürich
nichts zu verrathen. Sehr ein solider Herr, sag' ich,
Bekanntschaften, sag' ich, hat er gar keine, sag' ich.
Aber Crl — sollten wir ihm nicht schnell kündigen?
Wie denn — denk' nur an das Buch „Die Anarchisten" —
wie denn, wenn er etwa Bomben macht und die Hof-
burg in die Luft sprengt?

— Das wäre recht ungemüthlich.

— Du haſt gut lachen. Mit Fremden ſoll man immer vorſichtig ſein. Die Polizei wird wieder kommen. Du ſollſt den Herrn aufmerkſam machen und ihm den Rath geben, ſchleunig abzureiſen.

— Jedenfalls werde ich ihn aviſiren. Was das Abreiſen betrifft, ſo hat er, glaube ich, ſelbſt die Abſicht, Wien bald wieder zu verlaſſen. Er ſagte mir etwas dergleichen.

— Das wäre eine Wohlthat, — obwohl der Mieth= zins auch eine Wohlthat war.

Frau Cremer entfernte ſich wieder und Carl ſchrieb ſeinen Brief zu Ende. An die vorangegangenen Be= trachtungen fügte er den Bericht über die Pläne und Beſtrebungen der ſich bildenden Geſellſchaft, welche im Herbſt ihre erſte Verſammlung zu Berlin abhalten ſollte und von welcher er gerne eine Section in Wien ins Leben riefe. Hierzu wäre ihm von großer Wichtigkeit, wenn er Männer von der Stellung und dem Anſehen eines Biſthurn gewinnen könnte. Seine Bitte an Lud= milla ginge dahin, ſie möge bei dem Genannten anfragen und ihren Einfluß geltend machen, um ihn für die Sache zu intereſſiren.

Dieſer Brief und das begleitende Bücherpacket wurden eben bei Ludmilla Goth abgegeben, als Oberſt von Brahl deren Zimmer betrat.

— Sie haben mich rufen laſſen, Frigga?

Ludmilla war allein. Frau Darion hatte einen Beſorgungsgang unternommen, der ſie für den ganzen Nachmittag außer Hauſe beanſpruchen würde.

— Ja, Onkel Brahl. Heute oder nie können Sie mir Berather sein. Erlauben Sie zuvor, daß ich dieses öffne? — — Ah, Bücher, Bücher, wieder Bücher. Und ein Brief . . .

— Lesen Sie Ihren Brief, ich setze mich einstweilen ruhig hier nieder zu diesem Tisch, wo ja auch Bücher, Bücher und wieder Bücher liegen. Lauter socialistische Sachen noch dazu . . . Hilf Himmel, sind Sie unter die Louise Michels gegangen? . . . Antworten Sie nicht — lassen Sie sich nicht stören, ich blättere unterdessen.

— Dieser Brief hat Zeit, sagte Ludmilla, die Cremer's Zeilen nur rasch überflogen hatte . . . Jetzt habe ich wahrlich keinen Sinn für Sittlichkeit! Und sie warf das Blatt zu dem Bücherpacket.

— Oho — da bestellen Sie sich zum Tête-à-tête einen stattlichen Militär und schleudern die Zucht= und Sittengesetze von sich. Das ist ja höchst ermuthigend!

— Reden Sie keinen Unsinn, — auch dafür fehlt mir die Laune.

— In der That — jetzt bemerke ich es erst: Sie sehen blaß und angegriffen aus . . . Ist Ihnen etwas zugestoßen? . . . Kann ich ernsthaft irgendwie zu Diensten sein? Sprechen sie, liebes Kind — —

— Wie Sie das so väterlich gütig sagen, dieses: „liebes Kind . . ." Ich halte Sie wirklich für einen guten, gescheidten Menschen, Oberst Brahl, — ich fühle Vertrauen zu Ihnen . . .

— Danke, Frigga.

— Und da will ich Sie nun fragen: Was soll ich thun? Oder nein, vielmehr ich will Ihnen mittheilen,

„das will ich thun" und hören, was Sie dazu sagen. Denn ich bin so gut wie entschlossen: ich werde ihn nehmen.

— Eine Heirat also? Sie wollen ihn nehmen? Doch nicht den unerforschlich tiefen Abgrunds-Russen?

— Degemeister? Alexander Degemeister — nein, nicht den — Leider nicht, fügte sie etwas leiser hinzu. Es ist eine Heirat ohne Liebe.

— Wozu? Sie haben's nicht nöthig.

— Nein, Sie haben Recht. Ich nehm' ihn nicht — es ist beschlossen.

— Sie ändern Ihre Entschlüsse etwas rasch, Fräulein Ludmilla.

— Das ist's ja eben, Onkel Brahl .... Das ist mein unseliger Zustand seit gestern Abend: fünf Minuten nein, fünf Minuten ja. Darum brauche ich einen rathenden Freund.

— Verzeihen Sie: an die Ausgiebigkeit von Rath-schlägen — und erschöpften Sie alle Weisheit des Sokrates, Salomon und Hans Brahl zusammengenommen — glaube ich in solchem Falle nicht recht, d. h. man pflegt da nur denjenigen guten Rath zu befolgen, der mit der eigenen Ansicht stimmt und weil man diesen zu hören hofft und wünscht, so fragt man darnach).

— Aber ich habe ja keine Ansicht. Wenigstens keine, die zehn Minuten lang anhält.

— Und diesen sonderbaren Geisteszustand wollen Sie dazu benützen, um eine Entscheidung für Ihre ganze Zukunft zu treffen? Das hätte ich den großen sinnenden Frigga-Augen nicht zugemuthet. Unter solchen Umständen wahrt man sich vor Allem eine Ueberlegungsfrist. Man nimmt einen Krankenurlaub — denn gesund ist man doch nicht, wenn man —

— Wollen Sie sagen, daß ich verrückt geworden? ... Oder ver —

— Verliebt? Das ist nur eine andere Nuance. Es fragt sich zunächst, ob der Zweifelgegenstand Ihrer Heirats= pläne mit dem Gegenstande der Verrücktheit, will sagen, Verliebtheit identisch ist?

— Nein.

— Das ist schlimm. Aber seien wir ganz ernsthaft. Erzählen Sie mir Ihren Fall. Wenn ich wirklich einen Rath — gleichviel ob er befolgt wird .oder nicht — er= theilen soll, so muß ich klaren Einblick in die Sachlage haben.

Daraufhin theilte Ludmilla alles mit, was sie von der „goldenen Mittelstraße" wußte, so wie auch, was Clarissa über die etwas schiefe Stellung eines selbständig lebenden Mädchens dachte; sie gestand, daß die Aussicht auf einen sichern, ruhigen Lebenshafen etwas Verlockendes für sie hatte, daß die Träume, welche sie einst gehegt, einen ganz wunderbaren, hochbedeutenden Mann zu finden, für den sie leben und sterben könnte, zu schwinden be= gannen, daß es also besser, tausendmal besser für sie wäre, auf den erhaltenen Heiratsantrag einfach ja zu sagen.

— Nun also, so beschloß sie ihren Bericht, rathen Sie mir nicht auch zu diesem Ja?

— Bis jetzt haben Sie mir nur die Hälfte der Akten vorgelegt, Fräulein Goth, da ist mir eine Entscheidung

12*

nicht möglich. Sie befinden sich eben in den gewissen fünf Minuten des bejahenden Entschlusses. Jetzt wollte ich auch noch hören, was Sie in den folgenden Minuten zu sagen haben, namentlich mit Bezug auf den — ich will noch immer hoffen, daß es der unheimliche Fremdling nicht ist — mit Bezug auf den Andern zu sagen haben.

Ludmilla holte aus ihrer Mappe den anonymen Brief hervor:

— Lesen Sie das. Ich dachte einen Augenblick, der Schreiber könnte mein Freier sein. Dies ist aber nicht der Fall. Die Baronin Bisthurn hat mir heute ein Billet ihres Vetters geschickt — es ist eine andere Schrift.

— Ich finde, daß es ungeheuer frech ist, Ihnen so zu schreiben, sagte Brahl, nachdem er gelesen.

Ludmilla that dieses Urtheil weh. Sie glaubte an die Anbetung, die in jenen Zeilen ausgedrückt war und angebetet zu werden, das kann doch selbst eine Göttin oder eine Madonna nicht als Frechheit rügen.

— Und in den Schreiber sind Sie ver—brannt?

— Vorausgesetzt, daß es Einer und kein andrer ist — ja. Einer, dessen Bild mich in Wachen und Träumen — besonders in Träumen — verfolgt.

— Bedenkliche Symptome.

— Ja. Das Ganze ist geheimnißvoll, reizvoll ... bedenklich und gefährlich. Und um den Reiz des Geheimnisses zu zerstören, hab' ich Ihnen die Sache anvertraut. Sie können mich nur warnen, hindern können sie mich freilich nicht — auch an der ärgsten Dummheit nicht ... denn ich bin selbständig und frei.

— Emanzipirt? Ueber alle Vorurtheile hinaus? Von den Geltung habenden Conventionen losgesagt?

— Das nicht. Mir liegt an der Achtung der Welt. Mir liegt an der Unbescholtenheit meines Namens. Mir liegt an dem eigenen Bewußtsein fleckenloser Ehre.

— Brav! Nach und nach wird freilich der Begriff von Frauenehre auch ein anderer werden, als er heute ist . . .

— Mag sein, aber so wie er heute ist, ist er mir Gesetz.

— So lang nicht eine stärkere Leidenschaft den Gesetzesdamm niederreißt. Heiraten Sie die „goldene Mittelstraße", Fräulein Goth, das macht den Dammbau noch sicherer.

— Denselben wohlmeinenden Rath ertheile ich mir seit gestern Abend.

— Und darf ich nicht wissen, wer Derjenige ist, dem Sie diesen Briefstil zumuthen, ob ich richtig gerathen? . . .

— Nein, das will ich Ihnen nicht sagen. Diesen Theil meines Geheimnisses werde ich bewahren.

— Für alle Fälle werde ich über Herrn v. Degemeister genaue Erkundigungen einziehen. Ich habe zufällig Beziehungen in Riga. Indessen werden Sie meinen Rath befolgen und das Jawort geben?

— Dem ersten Theil Ihres Rathes gemäß will ich handeln — nämlich mir Bedenkfrist wahren. — Wollen Sie auch diesen Brief lesen?

— Wieder eine Liebeserklärung?

— O nein, es ist das Begleitschreiben des Buch=
händlers zu dem Packet hier. Sehen Sie . . . lauter
Werke über Ethik . . . und was Herr Cremer von mir
verlangt, ist, daß ich ihm behilflich sei, eine Bewegung
in dieser Richtung zu fördern — ach, alle diese Be=
wegungen . . . mir schwindelt! Vor zehn Tagen wußte
ich noch gar nicht, daß es all das gebe und nun er=
fahre ich, daß die ganze Welt . . .

— Darin täuschen Sie sich. Nur ein kleiner Bruch=
theil der Welt, namentlich Ihrer Welt weiß von allen
diesen Bestrebungen, diesen Fragen und Kämpfen. Wenn
man plötzlich von so einer Bewegung erfährt, sich dann
darin ein wenig vertieft, die betreffenden Bücher liest
und die betreffenden Führer reden hört, so erhält man
wohl den Eindruck, daß die Zeit von nichts bedeutenderem
erfüllt ist und daß alle halbwegs gebildeten Leute die
ganze Sache kennen. Wie es eine Kirchthum=Thorheit
gibt, die glaubt, daß jenseits des eigenen Sprengels gar
nichts wissenswerthes vorgeht, so gibt es eine umge=
kehrte Kirchthurm=Weisheit die auch eine Thorheit ist —
welche immer annimmt, daß das, was innerhalb des
Sprengels gewußt und getrieben wird, auch außerhalb
von allen gekannt wird und der übrigen Welt von gleicher
Wichtigkeit erscheint. Und im Grund gibt's gar nichts
wichtiges. Und weises schon gar nicht. Dauerndes am
allerwenigsten:

Am Abend, wenn die Mücken
Im Sommersonnenstrahl,
Mit Liebe sich beglücken
Dann sterben ohne Qual,

Seh ich, wie viel verloren
Ich hab an Lebensglück,
Und wünsche, daß geboren
Auch ich als eine Mück';
Bevor die Knäuel zerstüben,
Flög flink ich hin und her,
Bedauernd, daß das Lieben
Nur leider ephemer —

sagt der Dichter Reder — auch so ein lyrischer alter
Kriegsknecht wie ich. Ach, wer von den Mücken lernen
könnte ... die tragen keine Hinterlader und bilden keine
Vereine und generalversammeln sich nicht, um ihre
Ansichten zu Beschlüssen zu erheben.

— Aus Ihren Reden klingt immer so entmuthigend
ein „Es ist alles eitel" heraus! sagte Ludmilla mit
einem Seufzer. Mir hingegen flößt es Respekt und
Vertrauen ein, zu sehen, wie die Menschen sich zusammen=
scharen, um die Verwirklichung ihrer Ideale zu fördern:
den Frieden, die Moral ...

— Moral, Moral ... Das Borussenthum hat
uns die Repräsentation der Scheinheiligkeit „durch Gottes
Fügung" gebracht. Um Gotteswillen nach außen nur
immer anständig, außerdem ... man ja, mal' ran!
Und Frieden? Der wird ja fleißig versichert und dazu
ein Schock Batterien errichtet. Und alle Staaten glauben
im preußischen Korporalstock das Mittel gefunden zu
haben, sämmtliche gesellschaftliche Schäden zu heilen.
Frieden? So lesen Sie doch die Geschichte der Völker=
wanderung. Diese wurzelkräftigen Germanen, mit ihrem
neunmonatlichen Winter ohne Petroleumlampen, lagen
auf ihren Bärenfellen; eine jüngstdeutsche Literatur gab

es noch nicht, auch kein Theater und keine Gesellschaften mit Theetischen und ethischen Culturen, also thaten die Bursche weiter nichts als sich vermehren. Weil aber ihr Jagd- und Weidegrund den karnikelhaften Nachwuchs nicht ernähren konnte, so zogen sie in fremde Land-striche, verlangten Land und Saatkorn. Ist das anders geworden? Die Menschenknochen-Composthaufen von Kamerun, Zanzibar und Samba reichen nicht aus, also muß der Ueberschuß todtgeschlagen werden und dazu sind die Schlachtfelder da. „Kinderchen, man 'ran" — so treibt ein blutjunger Lieutenant v. Itzenplitz die alten Landwehrmänner in den Tod. Die Schlachtenlenker und Denker halten bei ihren gefüllten Körben auf dem Feld-herrnhügel mit dem Feldstecher am Aug: „Die Jungens halten sich wacker." Das Carré ward zur Schlacke ver-brannt.

— Alles das, verehrter Freund —

—Alles das, ich verstehe, entspricht dem nicht, was Sie von mir erwartet haben: weisen Rath und ermuntern-den Zuspruch. — Verzeihen Sie mir. Was ich sagen wollte, war eigentlich dieses: belasten Sie Ihr Gemüth nicht mit den sogenannten Fragen der Zeit. Aus den Bücherbomben, mit welchen Ihre Freunde Sie bewerfen, sehe ich, daß man es darauf abgesehen hat, Sie zur Proselytin irgend einer „Bewegung" zu machen.

— Wenn mich meine Freunde werth und fähig finden, mich an einer großen und edlen Sache zu be-theiligen, so ist —

— Das nur schmeichelhaft, wollen Sie sagen? Sie sind schon halb gefangen genommen . . .

— Es gibt wirklich so viel Trauriges, so viel
Thörichtes, so viel Gemeines noch auf dieser Welt —
mir fängt dies an klar zu werden — daß es doch Pflicht
eines jeden Sehenden und Mitfühlenden wäre, nach
seinen kleinen oder großen Kräften mitzuwirken, daß —
— Aber freilich, unterbrach sie sich, was k a n n ich? . . .

— Ich weiß nicht, ob Sie können, allein Sie sollen
nicht. Da war in einem großen, großen Garten, auf
blätterreichem Strauch, eine vollerblühte rothe Rose. Ein
paar Schmetterlinge, mit aufgestülpten Flügelenden (die
letzte Faltergigerlmode) machten ihr die Cour; — in
der Nähe schlug eine Goldamsel ihren süßen Lockruf an.
Herbei kamen ein Schneckerich, seines Zeichens Professor,
und ein Heuschreckerich, bekannter Wiesenversammlungs-
redner und noch einige solche publizistisch thätige Viecher.
Die sprachen auf die königliche Blume also ein: „Sehen
Sie, Frau Rose, was dies für ein verworrener, mise-
rabler Garten ist! . . . Arme Regenwürmer plagen sich
um Hungerlohn unter der Erde und müssige Johannis-
käfer gehen mit beleuchteten Frackschößeln spazieren;
manche Bäume wachsen frei und hoch zum Himmel,
andere werden von der Behörde gestutzt; — über die
herrlichsten Grasflächen fährt eine dem obergärtnerischen
Kriegsbudget bewilligte Maschine und mäht die blühenden Halme ab; Krähen krächzen, Unkraut wuchert (obwohl der Wucher gesetzlich verboten ist) Maulwürfe
halten Curse über die Farbenlehre, giftige Verbrecher-
schwämme sprießen aus feuchten Winkeln, nichtsnutzige
Kukuke legen ihre Eier in ehrbare fremde Familiennester
— kurz, es ist ein der socialen und ethischen Neuge-

ſtaltung dringend bedürftiger, ganz gottsjämmerlich ab=
ſcheulicher Garten. Höchſte Zeit iſt es, daß die anſtändigen
Elemente ſich zuſammenthun und auf allen Gebieten
Reformen anbahnen — ſchließen Sie ſich uns an, hoch=
rothgeborne, mächtige Frau!" Die Roſe ward nachdenk=
lich. Auch die Amſeln hatten zu ſingen aufgehört, weil
ſie ſich zu den anſtändigen Elementen zählten. Schon
wollte die Roſe ſich von ihrem Stengel herunterſtürzen,
um mit den Sprechenden in das nahgelegene Vereins=
locale „zur Gießkanne" zu gehen und fortan ihr Leben
der gärtneriſchen Revolutionspropaganda zu weihen, als
ein Käuzchen geflogen kam — ein ſonderbarer Kauz, wie
es „ſolche" bekanntlich auch geben muß, Dragoner=
Oberſt a. D., glaube ich — und auf einem benachbarten
Baum Platz nahm. „Röschen, Röschen", ſagte er ein=
dringlich, „ſtürze Dich nicht in's Gemenge! Dort, wo
Du hingeſtellt biſt, erfülle Deine Pflicht — dufte, blühe,
glühe! . . . Glaubſt Du, daß der Garten beſſer wird,
wenn Diejenigen, die ihn mit Farben ſchmücken und mit
Geſang beleben — auch Euch, ihr Amſeln, gilt mein
Warnungswort — auf ihr Schönheitsdaſein, auf ihre
Kunſt verzichten, um regenwürmerliche Politik zu treiben,
oder in Schneckenphiloſophie zu grübeln?" — Und darauf
antwortete die Roſe:

— Sie antwortete: Onkel Kauz, die Parabel iſt
nicht übel, aber es ſteckt, das fühle ich, eine arge Doſis
Sophiſtik darin.

— Meinen Sie? — Und nach einer Pauſe: Sie
können recht haben.

XII.

An diesem Abend ging Ludmilla wieder in's Theater.
Sie hoffte, daß dies ein Mittel sein werde, sie zu zer=
streuen, sie von jenen Gedanken abzulenken, die sie in
den letzten Tagen um ihre Nachtruhe gebracht. An
Clarissa hatte sie geschrieben, daß sie sich in der ge=
wissen Angelegenheit eine Bedenkzeit vorbehalte, und
daß sie vorläufig, um völlig frei von Einflüssen zu
bleiben, bitte, durch einige Tage sich gänzlich fernhalten
zu dürfen.

Man gab Excelsior und Cavalleria rusticana. Das
Opernhaus war dichtgefüllt. Obwohl die Jahreszeit
schon ziemlich weit vorgeschritten war, so blieb, Dank
der Theater=Ausstellung, in diesem Jahre die Gesellschaft
noch vollzählig in Wien. In manchen Logen sah man
besonders glänzende Toiletten, weil am selben Abend
ein Gesandtschaftsball stattfand, zu welchem einige der
Logeninsassinnen nach der Vorstellung sich begeben sollten.
Ludmilla erkannte mehrere darunter — dieselben Ge=
sichter, die beim Blumencorso, die beim Rennen in der
Freudenau, die beim Schau=Diniren im Noël et
Patard'schen Restaurant zu sehen gewesen. Heute dia=
mantenglitzernd. — Ludmilla mußte an die Rose der
Parabel ihres Freundes Brahl denken: da saßen
solche königliche Blumen, mit kostbaren Thautropfen

geschmückt . . . Und an die armen Regenwürmer mußte
sie auch denken . . . Was war es denn nur für eine
doppelte Unruhe, die da seit der letzten Zeit in ihr Herz
gezogen: dieses mitleidsvolle Bangen um die ganze Welt
und dieses Sehnen bald nach einem Hafen der Ruhe,
bald nach einem Sturm der Leidenschaft? Wenn sie
wenigstens nur wüßte, wer der Schreiber — — —
Bei diesem Gedanken ertappte sie sich, während sie unver=
wandt auf die Bühne blickte — und da bemerkte sie
erst, daß sie seit einer guten Weile gar nicht mehr sah,
was dort vorging. Also auch hier fand sie die gewünschte
Zerstreuung nicht. Und es waren doch schöne Bilder,
voll des tiefsten Sinnes, die da von der Tanz= und
Decorationskunst dem Zuschauer vorgeführt wurden:
der Kampf des Lichtes mit dem Geiste der Finsterniß —
der Sieg der elektrisch strahlenden Göttin Civilisation
über die wilde Barbarei.

Der Vorhang fiel.

— Wunderschön — nicht wahr, Ludmilla? sagte
Frau Darion, welche die Gewohnheit hatte, in den
Zwischenacten das Gesehene geschwätzig zu commentiren.
Diese Costüme sind von einer Pracht, die in der Pariser
Oper nicht übertroffen wird, und die erste Tänzerin hat
wirklich ganz außerordentliche Pas gemacht — haben
Sie bemerkt, diese dreifachen entrechats — das ist für
die Beine ebenso kunstvoll, wie der Triller für die Kehle.
Das sujet verstehe ich nicht recht — das versteht man
übrigens im Ballet fast nie, nur ein's scheint mir: daß
auch hier — wie in den modernen Theaterstücken —
die Poesie im Schwinden begriffen ist. Es sind doch

keine poetiſchen Sachen, dieſe Inſtrumente und dieſe
Ingenieurarbeiten — haben Sie bemerkt, da vor dem
Tunnel ſtanden ein gewöhnlicher Schubkarren, Teich=
gräber=Werkzeuge .... So etwas gehört nicht in ein
Ballet — Sylphen und Blumengärten und Waſſernixen:
das iſt ſchön und das iſt Poeſie — oder Räuber und
Krieger und Königsſöhne — aber Eiſenbahnbeamte! Die
Kunſt iſt wirklich im Rückſchritt, was den Geiſt und die
Richtung anbelangt, meine ich — was die Pracht und
Großartigkeit der Ausſtattung betrifft, da iſt ſie allerdings
vorgeſchritten ... Dieſe Effecte des elektriſchen Lichtes, die
konnte früher kein Ballet aufweiſen. Ich ſage es ja
immer: das Mechaniſche und Materielle, das wächſt in
unſerer Zeit rieſig, aber das Ideale geht jämmerlich
zurück ... So, jetzt bekommen wir Beſuch.

Es war Poldi Kron — Gardenia im Knopfloch,
tief ausgeſchnittene Weſte, geſcheiteltes Haar, Monocle
ins linke Auge gezwickt — in der ganzen Haltung und
Phyſiognomie das Bewußtſein eigener Unwiderſtehlichkeit
ausgedrückt. Dabei gerötheter als je, vermuthlich in Folge
eines ausgiebigen Gelages. Ludmilla konnte einen leiſen
Stöhner des Unwillens nicht unterdrücken, als ſie den
Hereintretenden erkannte.

— Ich küſſ' die Hand, meine Damen! Schon lang
nicht die Ehre gehabt.

— Guten Abend, Herr Kron, erwiderte Ludmilla
kühl. Sie waren ja erſt unlängſt bei uns.

Er ſetzte ſich, unaufgefordert, auf den mittleren Stuhl.

— Na, daß es mir lang ſcheint, iſt nur natürlich, aber
daß Sie das Gegentheil finden, kränkt mich, Fräul'n,

kränkt mich heftig. — Und er machte seinen ver=
liebtesten Blick.

Ludmilla schaute weg und setzte das Opernglas an
die Augen. — Das Theater ist sehr voll, sagte sie, um
nur etwas zu sagen.

— Ja, es hat aber auch eine verteufelte Hitz' wie
in einer Eierschale. Um die Jahreszeit geh ich sonst nie
ins Theater — ich muß heute rein die Ahnung g'habt
haben, daß ich das Glück haben werd', Sie hier —.

— Gehen Sie sonst oft in die Oper? unterbrach
Ludmilla.

— In die Oper eigentlich nie. Nur ins Ballet.
Das ist meine Passion. In der Burg langweil ich mich
auch wie ein Congoneger, aber das Tanzen seh ich für
mein Leben gern. Ich kenne auch ein paar von die lieben
Kinderln — es sind ein paar recht rare drunter.

— Können Sie mir nicht erklären, fragte nun Frau
Darion, was eigentlich die Handlung von diesem Ballet ist?

— Auf die Handlung paß ich nie auf, gnä'
Frau — die ist ja gewöhnlich ein Blödsinn. Die Hauptsach
ist doch nur, daß die prima ballerina Gelegenheit hat,
sich kunstvoll herumzutummeln und daß das Balletcorps
recht oft Costüm wechseln kann. Ich hab Excelsior schon
zehnmal gesehen, was es aber heißt, ist mir nie recht
klar worden . . . ich glaub, es soll heißen, daß auf
der Welt viel schöne Sachen erfunden werden: Beleuchtung,
Telegraphen u. s. w. und daß es viele schöne Länder gibt:
Amerika, England u. s. w., daß aber von allen das
schönste und erste Oesterreich ist. Das werden Sie am
Schluß sehen, da kommt die Volkshymne: tra—tra—ra—ra

und der ärarische Vogel .... es ist halt ein patrio=
tisches Ballet.

— Ah so! — gab sich Frau Darion zufrieden. In
Paris wird in den Theatern auch immer gern die pa=
triotische Fiber berührt. Das findet immer Beifall.

— No ja: „Vater Radetzky, schau abi.“ Ich wär
eigentlich auch für mein Leben gern zum Militär ge=
gangen. Aber meine Eltern haben es nicht zugegeben.
Ich kann übrigens mit meiner Stellung so auch zufrieden
sein — hab die feschesten Kameraden: lustige Cavaliere
— Grafen, Barone — und ein paar prächtige Spezi
unter die Volkssänger, denn stolz bin ich nicht — nur
mit keine Juden geh ich nicht um. Das heißt, manchmal
kommt man freilich mit ihnen zusammen, dann laß ich
sie es aber fühlen, wer ich bin.

Ludmilla wandte sich mit heftiger Geberde um:

— Herr Kron, ich habe Ihnen schon einmal zu
verstehen gegeben, daß mir diese Gesinnung sehr widerlich ist.

— Jessas, Fräul'n — 'tschuldigens! Haben Sie
vielleicht gar in Ihrer Familie? . . . dann seien Sie
nur nicht bös' — es giebt ja wirklich manche ganz an=
ständige —

— Wirklich? Seien Sie für so große Conzession
bedankt! Die Familie Goth ist übrigens durchaus arisch.
Wohl aber habe ich nicht=arische Freunde und diesen
bin ich schuldig, solche Aeußerungen wie die vorhinge=
fallenen — abgesehen von ihrer Absurdität — nicht zu
dulden.

— Werd' mirs merken. Ich bin ja folgsam wie
ein Erdzeisel — besonders wenn die Befehle aus so

ſchönem Mund kommen. Jetzt werd' ich mich aber
empfehlen — der letzte Akt wird gleich anfangen —
— geben's nur Acht auf den Schluß: Gott — er —
hal — te. Dort winkt mir auch ſchon der Rudi
Rinſky — ein lieber Kerl der Graf Rinſky nur glaub
ich, daß er mir gerne die kleine Blonde von der vierten
Quadrille abſpenſtig machen wollt' — wird ihm aber
nicht gelingen, dem Maleſiz-Rudi. Wiſſen's Fräul'n,
wenn man eine hoffnungsloſe Schwärmerei im Herzen
hat, dann iſt die einzige Zerſtreuung, ſo einem fidelen
Maderl die Kur zu machen, — in allen Ehren, verſteht
ſich. Küß' die Hand, meine Damen.

Nachdem ſich die Logenthür hinter ihm geſchloſſen:

— Dieſer Menſch iſt mir nicht mehr erträglich,
ſagte Ludmilla. Ich werde morgen Auftrag geben, daß
wir für ihn nie mehr zu Hauſe ſind.

— Er iſt recht mauvais genre, das gebe ich zu,
antwortete Frau Darion. Aber das war nicht in der
Ordnung, daß Sie ihm wegen ſeiner Geſinnung ſo
unhöfliche Worte ſagten: „widerlich" „abſurd" u. dgl.
Jeder Menſch kann doch ſeine Anſichten haben. Und
gerade dieſe Anſicht — die Antipathie gegen die Juden
nämlich, die haben ſehr viele Leute und beſonders vornehme Leute . . . Sie erinnern ſich noch, was uns
neulich Frau v. Bisthurn erzählte: daß auf einem
ariſtokratiſchen Kinderball, als der kleine Rothſchild ein
Comteßchen zum Tanz aufforderte, ein kleiner Prinz ihr
zuflüſterte: „Mit dem . . . . wirſt du doch nicht
tanzen?"

— Ach, daß niemand dem kleinen Prinzen eine Ohrfeige gab! seufzte Ludmilla.

— Vorhin haben Sie sich so rasch und zornig gegen Herrn Kron umgewandt, daß es auch aussah, als ob sie ihn ohrfeigen wollten. Man kann doch nichts ändern an den Ansichten der Anderen...

— Aber man kann es verweigern, sie anzuhören. Wenn das Jeder einer ihm verwerflich scheinenden Aeußerung gegenüber thäte, so würde nicht so viel gesprochene Giftsaat ausgestreut.

Dieser Zwischenfall hatte Ludmilla besser zu zerstreuen vermocht, als die Evolutionen des Ballets. Jetzt, als der Vorhang zum letzten Akt sich hob, richtete sie auch auf dieses ihre Aufmerksamkeit. Sie war gespannt, wie aus den vorhergehenden Bildern, die den Siegesgang der allgemeinen Cultur darstellten, die Apotheose eines einzelnen Staates hervorgehen sollte. Der dumme Kron mußte sich geirrt haben. Schon der Theaterzettel deutete auf eine andere Lösung. Nun kam das letzte Bild: Der Tempel der Eintracht. Sämmtliche Nationen, durch tanzende, im Nationalkostüm gekleidete Gruppen dargestellt, zeigten sich auf der Bühne — die Landesfahnen voran. Schließlich treten am Fuße des Eintrachtstempels alle Fahnenträger zusammen und aus den Pforten desselben schwingt sich, alle übrigen Fahnen überragend, in Händen der Göttin des Lichts das weiße Banner mit der Inschrift Pax. Das also ist der Sinn des Tanzpoems; die Versöhnung aller Völker unter dem Zeichen des Friedens. Eine erhebendere und beglückendere Vorstellung als diese, um die Herzen zu er-

heben, um die versammelten Zuschauer zum Beifall hin=
zureißen, läßt sich kaum denken ... aber: Jetzt flattert
aus den Soffiten, schwarzgelb und doppelköpfig — wie
hatte Kron gesagt? der ärarische Vogel herab, alle Fahnen
senken sich huldigend und das Orchester intonirt „O du
mein Oesterreich", übergehend in die Volkshymne, während
der Vorhang fällt und der Schlußbeifall erschallt. So ist
der Gedanke des Dichters glücklich in sein Gegentheil
gekehrt, und die beabsichtigte Apotheose des Völkerfriedens,
welche vielleicht irgendwie anstößig sein könnte, in eine
lokal=patriotisch=loyale Huldigung verwandelt, die jedes
Schützen= oder Veteranenvereinsfestes würdig wäre. Ob
das Publikum diesen Unterschleif bemerkt? — Kaum.

Im nächsten Zwischenakt erhielt Ludmilla sym=
pathischen Besuch: Albrecht Bisthurn.

Freudig reichte sie ihm die Hand hin. Der Anblick
und die Gesellschaft dieses hübschen, vornehmen, begabten
Jünglings hatte immer etwas erfrischendes für sie. Be=
sonders wenn sie sich über die Menschen im Allgemeinen
oder über einen Einzelnen — wie vorhin über Kron —
geärgert hatte, so empfand sie es wie eine Labung,
Albrecht Bisthurn zu sehen und zu sprechen. Glücklich
das Mädchen — wohl heute noch ein Kind — das er
einst zur Gefährtin seines Lebens und Strebens machen
würde ...

— Grüß' Sie der Himmel, mein l i e b e r Baron
Albrecht!

Der junge Mann war etwas erstaunt über den gar
so herzlichen und offenbar freudigen Empfang, — als
handle es sich um die endliche Begegnung eines Menschen

auf wüster Insel oder um das Wiedersehen eines lang-
vermißten theuern Freundes.

Er quittirte diese Zuvorkommenheit mit seiner
schönsten Verbeugung und herzhaftem Händeschütteln.

— Meine Mutter hat heute den ganzen Tag von
Ihnen gesprochen, Fräulein Goth ... Wir hatten einen
Gast zu Tisch — Herrn Klast von Hollendorf ... Er
wollte schon mit mir ins Theater kommen, hat sich's
aber anders überlegt. Hätte er eine Ahnung gehabt — —

Auf diesen Gegenstand wollte Ludmilla nicht eingehen.

— Was sagen Sie zu der Schlußscene des Ballets?
Ist es nicht schade, daß der Gedanke des alle Nationen
vereinenden Friedens durch das herabschwebende nationale
Symbol verjagt wird ... Aber Sie sind wohl auch nur
Feuer und Flamme für die Gesinnungen, die in der Volkshymne und in „O du mein Oesterreich“ Ausdruck finden
— und jene weiße Fahne sagt Ihnen nichts? ...

— Allerdings höre ich die beiden Weisen gern,
Fräulein — denn ich verehre unsern Kaiser hoch und
liebe mein Vaterland warm — aber Sie thun mir un-
recht, wenn Sie glauben, daß ich die Bedeutung des
Banners mit der Inschrift Pax nicht in seiner alle
Landesfarben verdunkelnden Glorie erfasse. Und zum
Beweis, Fräulein: ich bin Mitglied, eifriges Mitglied
der österreichischen Gesellschaft der Friedensfreunde.

Ludmilla blickte ein Fragezeichen. — Wieder eine
Gesellschaft? Wollen Sie mich vielleicht auch werben?
Es ist ja, als wäre seit einiger Zeit alles um mich
herum verschworen, Vereine zu bilden und die Welt
umzugestalten.

— Nicht die ganze — nur ein Hundertstel der Welt.
Die übrigen neunundneunzig Theile glauben, daß alles
so wie es ist, bleiben wird und bleiben muß.

— Ich bewundere, daß Sie, dessen Zeit und
Geist doch so sehr von den Studien eingenommen
sind — ich weiß, daß Sie sich zur Prüfung vorbereiten — und der Sie in der erübrigten Zeit doch
von den Vergnügungen Ihres Alters sich hingezogen
fühlen müssen — daß Sie noch Muße und Eifer für
abstracte Fragen . . .

— Das sind keine abstracten Fragen, das sind
Lebensfragen, unterbrach Albrecht. Und gerade weil ich
jung bin, weil ich intensive Lebenskraft und -Freude in
mir fühle, fühle ich auch den Drang, alles was das
Leben beengt und bedroht, was die Schönheit der Welt
beeinträchtigt, wegräumen zu helfen. Ich habe erkannt,
daß ich in eine Kampfzeit hineingeboren wurde, in eine
von mächtiger Neugestaltungs-Kraft erfüllte Zeit, in der
von allen Seiten wunderbare Dinge erstehen . . . sehen
Sie nur alle die Erfindungen und Entdeckungen —
und herrliche Ideale aufsteigen — sehen Sie nur die
früher unbekannten Begriffe der allgemeinen Gerechtigkeit, des Anspruchs aller Classen auf menschenwürdiges,
frohes Dasein, des zu sichernden Völkerfriedens — und
da ist in mir die Lust erwacht, mitzuwirken so gut ich
kann. An meinem Vater habe ich das Beispiel — er
hat sein ganzes Leben und Streben in den Kampf für
freiheitliche Prinzipien eingesetzt und ist trotz aller Verkennung und Verketzerung nie ermattet. Seine Zeit war
noch eine viel schlimmere und finsterere — er war noch

viel vereinsamter ... meine Zeit, die nun kommen wird,
die wimmelt von Verbündeten.

— Aber auch — so scheint mir, — von zu ver=
doppeltem Widerstand aufgestachelten Feinden, schaltete
Ludmilla ein.

— Die unser vervierfachter Muth wohl überwinden
wird, ergänzte der junge Mann mit leuchtenden Augen.

Ludmilla sah ihn mit wohlgefälligem Lächeln an.
Im Feuer des Vortrages hatten sich seine Wangen ge=
röthet, die schönste Regung, die ein Menschenantlitz ver=
klären kann: Begeisterung spiegelte sich auf seinen
edlen, jugendlichen Zügen. Aber nur für einen Augen=
blick. Ein leichtes Schütteln mit dem Kopfe und sein
Gesicht trug wieder den correctesten Gesellschaftsausdruck,
als er sich nun mit einer höflichen Bemerkung an Frau
Darion wandte. Hierauf wollte er sich empfehlen, aber
Ludmilla hielt ihn zurück.

— Bleiben Sie noch einen Augenblick, ich bitte!
Ich wollte Sie um etwas fragen ... Sagen Sie mir,
flößt Ihnen der Gesundheitszustand Ihrer Schwester
nicht einige Besorgniß ein? Ich habe sie oft so stark
husten gehört.

Albrecht war sichtlich erblaßt.

— O, mein Gott — sagen Sie das auch! ...
Neulich haben mich Mizi und noch einige Andere —
mit derselben Frage erschreckt. Mama hat übrigens einen
Arzt consultirt —

— Der ist jetzt selber krank, ich weiß.

— Sogar sehr gefährlich, man zweifelt an seinem
Aufkommen ... Der hat mit Bezug auf Nanette nichts

schlimmes gesagt . . . freilich einer Mutter gegenüber . . .
wissen Sie, daß unsere liebe Mama — ich mag gar
nicht daran denken — einen solchen Schlag nicht über=
leben könnte . . . und auch mir wäre das ein fürchter=
licher Verlust. Sie haben keinen Begriff, was für ein
liebes Wesen —

— O ja, ich weiß wie bezaubernd dieses Mädchen ist.

— So gut, so gut ist sie . . .

Das Gespräch ward hier durch einen neuen Besuch
unterbrochen. Es war ein alter Herr aus dem Bis=
thurn'schen Bekanntenkreise, welcher nur mit den Damen
ein paar gleichgiltige Phrasen wechselte und nach einer
kurzen Weile, da das Zeichen zum Beginn der Oper
gegeben war, zugleich mit Albrecht die Loge wieder
verließ.

Die Mascagnische Oper begann: Ludmilla hörte
das Werk in seiner Vollständigkeit heute zum ersten=
male. Sie gab sich ganz dem Zauber der leidenschaftlich
dahinstürmenden Musik und Handlung hin. Während
der bekannten — und darum doppelt wirksamen —
Klänge des Intermezzo's lehnte sie mit halbgeschlossenen
Augen zurück und die vollen, flehenden, sich steigernden
Harfenaccorde klangen ihr wie eine Begleitung zu dem
Texte: „Mit jeder Stunde wächst mein Lieben".

Frau Darion berührte sie mit leisem Fächerschlag.

— Schauen Sie, Ludmilla, dort . . . in der dritten
Parketreihe — ist das nicht der Herr, der neulich bei
uns war?

— Wen meinen Sie? fragte Ludmilla noch ohne
ihr Glas aufzunehmen. Aehrenberg?

— Nein . . . der Name ist mir entfallen; der Zweite in der dritten Reihe, er sieht eben herauf. —

Ludmilla richtete das Opernglas nach der bezeichneten Stelle und — wie ihr plötzlich das Herz schlug — es war Degemeister.

Er grüßte.

Sie nickte erwidernd und legte das Opernglas auf die Brüstung zurück. Noch voller, noch flehender, noch süßer quollen jetzt die Töne der Harfen . . .

Sollte es wirklich wieder über sie gekommen sein, das beglückende und ruhelose Gefühl, das sie in ihrer ersten Jugend und seither nicht wieder empfunden? Verliebt, verliebt? . . . Sie fragte sich das selber und beantwortete es mit einem sehr vernünftigen: „Warum nicht gar — Du kennst ja diesen Menschen gar nicht — wer weiß, was und wer er ist" — aber die vernünftige Stimme hatte gut reden, das schneller schlagende, so eigenthümlich beengte Herz glaubte ihr nicht und hätte um keinen Preis auf dieses schnelle Schlagen verzichtet . . . Die Stimme ward immer unhöflicher: „Blödsinn! — heirate den Klast und damit befreist Du Dich von solchen Anwandlungen". — Nun ja . . . vielleicht . . . später . . . aber jetzt Stimme, lass' mich!

Während des Restes der Vorstellung schaute Ludmilla nicht mehr nach dem Parquet. Sie hoffte fest, daß Degemeister sie beim Ausgange am Fuße der Stiege erwarten und ansprechen werde. Was würde er sagen, und was sollte sie antworten? Einige solcher Zwiegespräche wickelten sich in ihrem Geiste ab, während die eifersüchtige Santuzza ihren Turridu in den Tod treibt.

Endlich fällt der Vorhang. Jetzt aus dem Hintergrunde
der Loge, ehe sie in den Logensalon tritt, schaut Ludmilla
noch einmal nach der dritten Parketreihe. Er ist nicht
mehr da — wohl schon auf dem Posten.

Vor dem Spiegel schlingt sie die große Spitzen-
echarpe um den Kopf — so kleidsam wie möglich. Daß
das Bild, welches der Spiegel zurückwirft, ein schönes
ist, das empfindet sie in diesem Augenblicke mit größerer
Genugthuung als sonst . . .

Am Fuße der Treppe stehen viele Herren, auch
Bisthurn und Kron — aber kein Degemeister. Es ist
ihr eine Enttäuschung, fast eine Beleidigung.

— Darf ich die Damen nach Hause begleiten?
fragte Kron. Sie werden doch diese paar Schritt' bis
zum Hotel keinen Wagen nehmen?

— Doch, doch — bitte, lieber Baron Bisthurn,
lassen Sie mir einen Fiaker rufen.

— Ich werde morgen so frei sein — begann Kron,
während Albrecht fortgeeilt war, um den Auftrag auszuführen.

— Sie würden mich nicht treffen, unterbrach Ludmilla. Ich habe morgen eine Landpartie vor.

— Also an Ihrem nächsten Empfangstage. — Ich
bin sonst kein eifriger Visitenmacher, aber zu Ihnen
komme ich gern, wie ein —

Ludmilla ließ ihm nicht Zeit, einen passenden Vergleich zu finden.

— Ich habe meine Empfangstage aufgehoben . . .
es ist schon Sommer, da hören diese Tage überall
auf . . .

— Na, so versuch' ich mein Glück ohne „jour".

— Dort winkt schon Baron Bisthurn — gute Nacht.

Nachdem sich der Wagen in Bewegung gesetzt, bemerkte Frau Darion:

— Sie waren mit dem armen jungen Mann recht unhöflich.

— Ich hasse das Geschöpf! . . .

— Aber Ludmilla — wie Sie das mehr zischen als sagen! Sind Sie übler Laune — haben Sie sich nicht unterhalten? Ich finde, es war eine wunderschöne Vorstellung, besonders das Ballet — die Bauernkleider in der Cavalleria sind gar zu schäbig — besonders die herumhängende Wäsche . . . das ist schon unschön genug, wenn man in Italien reist — wozu es auch noch auf die Bühne bringen? . . . Und warum es plötzlich heißt, daß der Bursche todt ist, habe ich nicht recht verstanden. — Werden wir noch unten im Restaurant Thee nehmen?

— Nein. Die Baronin Bisthurn hat mich aufmerksam gemacht, daß das nicht recht passend ist . . . Lassen Sie sich, was Ihnen beliebt, auf Ihr Zimmer kommen, Marqua — ich gehe schlafen.

— Sie sind verstimmt.

— Ja. Wie ein Jaguar.

In ihrem Zimmer angelangt, fand Ludmilla die Abendpost vor. Darunter ein Brief des Geheimnißvollen.

Sie hielt ihn lange in der Hand ohne ihn zu öffnen. Daß Degemeister der Schreiber nicht war, das schien ihr aus seinem heutigen Benehmen erwiesen. Das machte sie auf den anonymen Correspondenten völlig böse, der daran schuld war, daß sich in ihrem Geiste jene feurigen liebenden Worte mit dem Bilde Dege= meisters verwoben und so in ihrem Innern eine glühende Schwärmerei für einen Menschen angefacht hatten, der vielleicht gar nicht an sie dachte. Diesen Fantasie=Aben= teuern mußte ein Ende gemacht werden. Und damit waren die Actien des Herrn Klast von Hollendorf wieder gestiegen . . .

Sie zerriß endlich den Umschlag; — wieder keine Unterschrift! Der Inhalt lautete:

„Ludmilla Goth! Dies ist mein letzter Brief. Ich sage Ihnen Lebewohl. Von dieser ganzen Episode bleibe Ihnen nur das Bewußtsein zurück, daß Sie die Macht besitzen, eines Mannes Seele mit mächtigem Bann zu belegen. Ich muß mich aber davon frei machen, darum reiße ich mich wenigstens von dieser brieflichen Bethätigung meiner Verzauberung los. Die Idee, daß Sie lesen, was ich schreibe, übt einen solchen verdoppelten Reiz auf meine Ihnen geweihte Leidenschaft, daß ich fortan darauf verzichten will; — daß ich es mir aber ein letztesmal gönne — wie man den Abschiedsbecher leert — Ihnen zu sagen: Ludmilla Goth, ich bete Sie an — Ludmilla Goth . . . wenn Sie mein Eigen wären — nein, das auszudenken, bin ich nicht imstande! . . . Leben Sie wohl.“

Ludmilla legte das Briefchen zu den beiden andern. Damit war also diese Episode Anonymus abgeschlossen. Und die Episode Degemeister? Auch abgeschlossen. Immer höher stiegen die Klast von Hollendorf'schen Actien.

XIII.

Frau Darion hatte heftige Migräne, ein Zustand der sie von Zeit zu Zeit befiel und für vierundzwanzig Stunden an ihr Zimmer fesselte. So saß Ludmilla allein im Salon. Sie hatte durch einige Stunden in den von Cremer übersandten Schriften gelesen, nachdem sie zuvor dessen Brief noch einmal aufmerksam durchstudirt. Seit jeher, wenn eine Sorge oder ein Verdruß ihr Gemüth belastete, war es ihre Gewohnheit gewesen, in Lectüre Ablenkung und Erholung zu suchen. Heute war es mit Romanen und Novellen nicht gelungen, Zerstreuung zu finden; die Schicksale der erfundenen Personen fesselten sie nicht, an Liebe und Heirat — diesen Untergrund aller Belletristik — wollte sie nicht erinnert werden, im Gegentheil: von dieser Präoccupation wollte sie sich — momentan wenigstens — befreien, also hatte sie sich in die Berichte über Ziele und Ausdehnung der in Amerika und England bereits bestehenden, in Deutschland eben vorbereiteten ethischen Bewegung vertieft.

Die Kammerjungfer trat herein:

— Es ist ein Herr draußen — ein Herr von —

— Ach, ich habe ganz vergessen, Auftrag zu geben... Sagen Sie, ich sei nicht zu Hause.

— Bitte, ich wußte nicht... und da habe ich gesagt, daß gnädiges Fräulein da sind — —

— Wie ärgerlich! Wer ist der Herr — hat er seinen Namen nicht gesagt?

— Doch. Ich wollte eben melden. Herr von Degemeister.

Eine kleine Pause. Dann mit zitternder Stimme:

— Ich lasse bitten.

So erregt, so beklommen fühlte sich Ludmilla, als sollte der Kommende ihr Schicksal entscheiden. Sie blieb unbeweglich, auch nachdem sich die Thür geöffnet und Degemeister über die Schwelle getreten.

Auch er schien bewegt, oder von diesem frostigen Empfang eingeschüchtert, denn nachdem er sich verneigt, trat er nicht vor.

Jetzt neigte Ludmilla grüßend den Kopf und lud ihren Besucher mit einer Handbewegung ein, sich zu nähern und auf einem an ihrer Seite befindlichen Sessel Platz zu nehmen. Sie mochte ihrer Stimme noch nicht trauen.

— Ich habe mir erlaubt, gnädiges Fräulein —

— Sehr liebenswürdig ... es ist mir ein Vergnügen ... (Gott sei Dank, der kühle Salonton war glücklich angeschlagen) bitte setzen Sie sich ... Sie waren gestern in der Oper?

— Ja, ich hatte die Ehre, Sie zu sehen und — zu beobachten. Die Musik schien Ihnen tiefen Eindruck zu machen.

— Ihnen nicht?

— O, mich stimmt Musik stets traurig — je schöner sie ist, desto trauriger. Diese Harmonien — in unserer so unharmonischen Welt — sie machen mir den

Eindruck uneingelöster — ewig uneingelöster Ver=
sprechungen.

Oder sanfte, schmeichelnde Ton, der in Degemeister's
leisem und doch vollem Organe lag! Wie müßte es klingen,
wenn diese Stimme es spräche, das leidenschaftliche:
„Ludmilla Goth, Ludmilla Goth — mit jeder Stunde
wächst mein Lieben . . .“

In diese Vorstellung vertieft, blieb Ludmilla
stumm. Nach einer kleinen Pause hub Degemeister
wieder an:

— Sie zürnen mir vielleicht, gnädiges Fräulein,
daß ich, nachdem ich mich bereits von Ihnen verabschiedet
und meine Abreise auf den folgenden Tag angekündigt
hatte, mir noch einmal erlaube, bei Ihnen vorzusprechen
und nicht abgereist bin.

Nein, darüber zürnte sie nicht, wohl aber darüber,
daß er jene Briefe nicht geschrieben. Das konnte sie
natürlich nicht laut sagen, also antwortete sie im kühlen
Tone:

— O, ich wüßte nicht . . . man ändert ja seine
Pläne oft . . . und für die Aufmerksamkeit Ihres Besuches
kann ich Ihnen nur dankbar sein. Wie lange gedenken
Sie noch in Wien zu bleiben?

— Das hängt von den Umständen ab. Sie werden
wohl gleichfalls bald die Stadt verlassen? In irgend
ein Bad? Oder eine Reise? . . . Sie sind um Ihre
Freiheit und Selbständigkeit zu beneiden.

— Ich habe jetzt keine bestimmten Pläne. Auch bei
mir hängt nun vieles von Umständen ab. Ich werde
vielleicht —

Sie zögerte . . . sollte man so etwas einem ganz fremden Menschen sagen? Aber sie wollte ja den Eindruck sehen, den es machen würde, also beendete sie rasch den begonnenen Satz:

— Ich werde vielleicht heiraten.

Es gab ihm sichtbar einen Stich. Auffahrend wiederholte er das Wort: Heiraten?

— Finden Sie das gar so merkwürdig?

— Also darf man Glück wünschen?

— Nein — es ist noch nicht offiziell . . . ich bin auch noch gar nicht entschlossen . . . wie gesagt, man ändert seine Pläne oft.

— Aber doch nicht diesen? Wenn Sie dem Gedanken überhaupt Raum geben konnten, einem bestimmten Manne Ihre Hand zu reichen, dann soll ein Zögern aus= geschlossen sein. — Sie lieben ihn doch? . . . Verzeihen Sie, die Frage ist unbescheiden. —

— Ja, das ist sie.

— Dann lassen Sie sie unbeantwortet.

— Ja, das thue ich.

— Sie behandeln mich mit verdienter Strenge, Fräulein Ludmilla Goth . . .

Jetzt zuckte sie zusammen. Dieses Ansprechen mit ihrem ganzen Namen: sollte vielleicht doch . . .

— Herr v. Degemeister, wollten Sie die Gefällig= keit haben, mir — dort liegt ein Bleistift und Papier — die Adresse des Herrn Cremer aufzuschreiben?

— Die steht ja auf dem Umschlag des vor Ihnen liegenden Bücherpackets gedruckt. Und Sie haben, wie es scheint, in den Büchern schon gelesen? Fühlen Sie sich

hingezogen zu der Sache, für welche Cremer — oder zu
jener, für welche Dr. Arold Propaganda machen will?

Die Kriegslist zur Erlangung eines Schriftenvergleichs
war vorläufig mißlungen. Es würde sich schon eine
andere Gelegenheit finden. So beantwortete sie denn seine
letzte Frage.

— Hingezogen? Das ist vor der Hand noch zu viel
gesagt. Ich fühle mich erst angeregt. Es ist mir da ein
Einblick in Dinge geworden, von welchen ich keine Ahnung
hatte, daß sie ringsum die Welt bewegen. Und noch von
mehr ähnlichen Sachen habe ich in letzter Zeit gehört...
Der junge Baron Bisthurn erzählte mir gestern, daß
er eifriger Anhänger der Friedensbewegung sei ...
wissen Sie etwas davon? — Degemeister nickte ... —
Und heute habe ich mich in diese Schriften über ethische
Kultur vertieft: es ist dasselbe Ziel. Hören Sie — sie
schlug eine Stelle auf und las: „Der ethische Mensch
lebt mit der ganzen Menschheit und fühlt jede Wunde,
die dem Geiste ihrer Gemeinsamkeit geschlagen wird.
Ihn blendet kein augenblicklicher Erfolg der Gewaltthat
und der Gewissenlosigkeit. Aus tiefster Seele erklingt
ihm die frohe Botschaft uralt und doch immer noch neu
für die geängstigte und verhetzte Menschheit: Nicht durch
Haß zum Frieden, nicht durch harte Trennung zur
Eintracht — nein, endlich durch den Geist des Friedens
in das Friedensreich."

Degemeister stützte den Ellbogen auf den Tisch und
beugte sich horchend zu Ludmilla hinüber. Sein Blick
hing an ihren Lippen. Sie fuhr fort, indem sie das Heft,
aus dem sie gelesen, weglegte:

— Sehen Sie, solche Worte erheben und erbauen mich — sie erwecken mir eine — wie soll ich sagen — eine Frömmigkeit im Gemüth. Zugleich auch frohe Zuversicht, denn .. das sind nicht bloße Predigten und Traktätchen, welche Andere überzeugen sollen, gelegentlich friedfertig und wohlthätig zu sein, das sind die begleitenden und erklärenden Texte zu wirklicher That, sind das lebendige Fühlen, das Verhaltungsprogramm ihrer Bekenner. Denn sie wollen nicht nur Maximen ausstreuen, sondern Einrichtungen schaffen ... Das ist mir aus den Plänen der „ethischen Gesellschaft", die ich heute durchstudirte, klar geworden: es soll ein wirkliches Volkstheater mit den niedrigsten Preisen errichtet werden, um auch den ärmsten Leuten edles Vergnügen zu bieten — eine ethische Akademie soll gegründet werden ... Es soll ...

Mit einer plötzlichen Geberde faßte Degemeister Ludmilla's Hand und führte sie an seine Lippen. Dann sprang er auf und entfernte sich einige Schritte. Ludmilla war so überrascht und bestürzt, daß sie nichts zu sagen fand.

Degemeister blieb in der Entfernung stehen, an den Kaminsims gelehnt und sagte nach einer Weile:

— Ich beschwöre Sie, mein Fräulein, in meiner raschen Handlung von vorhin nichts anderes zu erblicken, als den Ausdruck meiner Ehrerbietung. Eine mit Freude gemengte Ehrerbietung. Ich freue mich, daß Sie sind, wie Sie sind — und wie ich eigentlich im ersten Augenblicke Sie beurtheilt habe. Das Urtheil bestätigt sich. Und mit jeder Stunde —

Er sprach nicht weiter. Hatte sie diese letzten Worte auch recht gehört? Ein heißer Blutstrom stieg ihr vom Herzen in die Wangen auf. Sie holte einen tiefen Athemzug, dann sagte sie:

— Ihre Worte lassen mich schließen, daß Sie für die Dinge, von welchen wir sprachen, auch begeistert sind . . . Sie gehören wohl gleichfalls einer jener Gruppe an, die sich bemühen, für die Mitwelt . . .

Degemeister schüttelte den Kopf.

— Ich stehe allein, sagte er. — Es ist zu spät . . .

— Wie meinen Sie das? Wozu ist es zu spät?

— Der Mitwelt zu helfen. Und auch zu früh. Jene Gruppen müßten erst aus so vielen Tausenden zusammengesetzt sein, als sie jetzt aus Einzelnen bestehen . . .

— Das kann ja werden.

— Es wird auch werden. Aber erst — o, es erfüllt mich mit tiefer Trauer — wohl erst nach dem Gewitter.

— Nach welchem Gewitter?

— Das sich über unser Aller Häupter zusammenzieht. Unselig die, die es kommen sehen. Erlöser ist der Tod.

— Sie erfüllen mich mit Schrecken, Herr von Degemeister.

— Sie brauchen es nicht zu fürchten, Fräulein Ludmilla; es ist ja möglich — wir sind doch nur Eintagsfliegen — daß Sie noch Ihr volles Theil von Glück und Ruhe ausgenießen, ehe jenes Wetter losbricht — ehe Sie überhaupt den Horizont verdunkelt sehen . . . Sie brauchen nur nicht hinzuschauen.

— Und was ist's, das Sie dort sehen?

— Schwarzes, tiefschwarzes Gewölk. Und Sturm=
vögel seh' ich fliegen.

— Könnte man nicht auch sagen, wenn man diese
Zeichen betrachtet — und Ludmilla deutete auf die
Bücher: ein lichtes Gestirn steigt auf, es flammt das
Morgenroth und Friedenstauben sieht man flattern?

— Sprechen wir nicht in Bildern. Degemeister
kam wieder an seinen vorigen Platz und setzte sich. Lassen
wir die Allegorien — sehen wir uns die Wirklichkeit
an, wie sie ist und die nur so Wenige erfassen, weil
Jeder in seinem Gesichtsfeld nur so einen winzigen,
winzigen Ausschnitt des Lebens liegen hat. Die Einen
ihr Geschäft, die Anderen ihr Vergnügen; die Einen
die Erfordernisse ihres Schusterhandwerks, die Anderen
die Interessen ihres Thrones. Daß da nächstens —
wenn sie sich nicht Alle zur Abwehr zusammenthun —
ein Entsetzliches über die Welt kommen muß, das alle
Schusterwerkstätten und alle Throne umstürzen wird,
das ist's — um unser voriges Bild noch einmal zu ge=
brauchen — was ich in den Wolken sehe . . .

— Sie meinen Krieg? Revolution? fragte Ludmilla
schaudernd dazwischen.

— Vielleicht beides . . . und Hungersnoth und
Pest und neu auflodernder Massenwahn . . . Das Leid
ist unausdenkbar, das in den Vorrathskammern des
Hasses und der Thorheit aufgespeichert liegt. Und statt
diese Vorrathskammern zu vernichten, anzuzünden —
das wäre ein Freudenfeuer! — stehen die Wächter

herum und hüten sie und lassen immer neue Schätze
dazutragen. Immer mehr Hetze, immer mehr Blöd=
sinn! Der Krieg .... ja, ich sehe ihn kommen —
denn nichts, nichts geschieht, um diesem Unheil vorzu=
beugen! Eine Eisen= und Sprengstoff=Vegetation wuchert
jetzt über die Erde, gegen welche ein Urwald aus Gift=
bäumen, mit Tigern und Schlangen bevölkert, ein wahrer
Vergnügungsgarten wäre ... Auch das Wasser ward
nicht verschont ... Die hundertarmigen Polypen und
die Haie mit ihrem vielreihigen Gebiß können sich ver=
stecken gegen die gepanzerten Schlachtschiffungeheuer,
gegen die tückisch dahinschnellenden Torpedoboote —
selbst die Luft ist nicht davor sicher, mit Geschützballons
und fliegenden Mordbataillonen durchkreuzt zu werden —
errichtet ja die Kriegsverwaltung schon militär=aëronau=
tische Institute. Kriegsverwaltung! So ein Ding wird
auch noch verwaltet ... Was würde man zu einem
Choleraministerium sagen? Das Entsetzliche, das Höllen=
hafte, das sich da vorbereitet — mit welchem verruchten
Eifer arbeiten ihm die Einen vor, mit welcher blind=
heitgeschlagenen, stumpfsinnigen Gleichgiltigkeit stehen die
Anderen daneben!... Sie sprachen vorhin von Friedens=
gesellschaften, von Friedenscongressen ... ja, ja, ich
weiß — es gibt ein paar Leute in allen Ländern, die
sich zusammengethan haben, um für die Friedfertigung
der Nationen zu wirken — ich weiß auch, daß das
ganze Volk der Arbeit von den commandirten Massen=
tödtungen nichts wissen will, ich weiß, daß es wohl Lust
hätte, den Kriegserklärern zu sagen: Wenn Ihr schon
durchaus um Länderstreifen Würfel spielen wollt, so

14*

thut es — aber nicht mit unseren Knochen! Allein, die
Friedensvereine werden ausgelacht und dem Menschen=
materiale ruft man liebevoll ermunternd zu: Wer nicht
schießt, wird niedergeschossen. Ja, ich sehe sie kommen,
diese furchtbarste Tragödie, die je auf dem Welttheater
gespielt worden ist und die nichts geringeres droht, als
Europa's Untergang, als die Zurückschleuderung unserer —
ach so fahrlässig gehüteten Cultur in die grauenvollste
Barbarei . . . Statt daß Alle — die Mächtigen, die
Reichen, die Glücklichen voran — ihre ganze Kraft daran
setzten, diese Gefahr aus der Welt zu schaffen: sie thun
es nicht . . . sie versuchen es nicht — sie schieben sie
nur hinaus, indem sie sie unablässig vergrößern; sie
üben sich darauf ein — alljährlich werden glänzende
Probespiele des künftigen Ernstfalles abgehalten . . .
auf eines Messers Schneide wird die Ruhe des Erd=
theiles, das Leben von Millionen gestellt, in die Hand
von einzelnen Fackelträgern wird die Hut der Pulver=
fässer gelegt . . . der Wink eines Ungnädigen, der Ueber=
muth eines „Thatenlustigen” soll genügen, damit das
Trauerspiel beginne — und bei alledem glaubt die
apathische Masse, es seien dies geordnete, weise geregelte,
gesicherte Zustände, in welchen man gemüthlich Carriere
machen, Geld gewinnen und Familie gründen kann. Und
vielleicht schon morgen geht alles in Trümmer . . .
Sie schütteln den Kopf, Sie sehen mich mit großen,
erschrockenen Augen an und nennen mich im Geiste
einen Schwarzseher, einen Unglückspropheten . . . . .
Wahrlich, zu prophezeien, daß das geschieht, worauf
sich Alle unablässig vorbereiten, wofür alle Kräfte und

alle Mittel aufgeboten werden, dazu gehört doch kein Ahnungsvermögen und keine Weissagekunst.

— So haben also jene doch recht, fragte Ludmilla, welche die Friedensvereine auslachen, weil sie etwas verhindern wollen, was doch unabwendbar geschehen muß?

— Nein, denn es müßte nicht. Was das Werk menschlichen Wollens war, das ist nicht geschehen, das ist gethan ... Haben diejenigen, die in der Richtung eines Abgrundes laufen, wohl recht, die Haltrufenden zu verhöhnen, oder gar, wenn sie richtig hinabgestürzt sind, aus dem Abgrund heraus zu triumphiren: Seht — wir haben's ja immer gesagt — wie unnütz Euer „Halt" war? Aber unnütz oder nicht, wer die Gefahr sieht, dem drängt sich der Warnungsschrei über die Lippen. Auch der Schmerzensschrei ...

Ludmilla heftete ihren Blick auf den Sprecher:

— Sie haben viel Schmerzliches erfahren? fragte sie sanft.

Er erwiderte den Blick und nickte bejahend.

— Verluste? Enttäuschungen? forschte sie weiter.

— Nicht nur persönliche Schicksale, Fräulein Goth. In dieser Hinsicht hatte ich nicht viel zu klagen. Genügend reich, der Sohn eines Generals — stand mir eine schöne Laufbahn offen ... Ich hätte ja auch ganz gut einer jener vergnügten in den Tag hinein Lebenden werden können und mich an den Freuden ergötzen, die — vor Ausbruch des Gewitters — uns Begünstigten noch zu Gebote stehen ... ich habe aber ein anderes Theil gewählt. Die Bewegung, die die ganze Welt durchzieht —

wenngleich so Viele von ihr ganz unberührt bleiben — hat auch mich erfaßt. Erlebnisse anderer Menschen, deren Zeuge ich war, haben mich aufgerüttelt. Mehr als irgendwo, — schmerzlich lauter als überall, obwohl nirgends unterdrückter — ist Rußland das Land, wo die Losung „So kann es nicht weitergehen" vernehmbar ist. Die Gewaltthätigkeit — an anderen Orten trägt sie allerlei Masken — dort begegnet Einem unverschleiert ihr erbarmungsloses Antlitz, Vergewaltigung auf Schritt und Tritt ... von den mit schwarzer Masse unleserlich gemachten Drucksachen (sehen Sie: diese Schriften der „Ethischen Kultur" hat die russische Censur verboten) bis zu den aus dem Lande verjagten Juden, bis zu dem Verzweiflungstode gepeitschter Gefangenen. Zwang in jeder Richtung: Ausrottung des Deutschthums in den Ostsee- — meinen Heimatsprovinzen, Aufdrängung eines alleinseligmachenden Glaubens ... dazu das Elend, das unbeschreibliche Elend des so gutmüthigen Volkes — der zum Himmel schreiende und doch stumm getragene Jammer in den weiten Distrikten der Hungersnoth ... ich war dort ... und habe unsern Tolstoi an der Arbeit gesehen — — alles dies hat mir ans Herz gegriffen und da fing ich an, mich Jenen anzuschließen, die ... Leute, welche ...

Er suchte nach passenden Worten. Ludmilla kam ihm zu Hilfe:

— Ich verstehe — Verschwörer, Nihilisten ...

Degemeister schüttelte den Kopf:

— Das ist auch so ein vager Sammelname, mit welchem alle in Rußland auftauchenden Vertheidiger von

Freiheits= und Reformideen begriffen werden: Nihilisten!
Und dann noch die Vorstellung des Komplotts dazu:
Attentate, Bomben, beeidete Mörder — das Ganze gleich=
bedeutend mit Verbrecherthum, bestimmt am Galgen zu
baumeln ... Nein — das trifft in den wenigsten Fällen
zu — in dem meinigen sicherlich nicht. Ich hatte mich
nicht verschworen, irgend eine officielle Persönlichkeit an=
zuschießen ... weiß ich doch zu gut, daß mit Personen
Systeme nicht verschwinden und daß, so abscheulich
ein System auch sei, so unschuldig dabei die Personen
sein können. Nein, ich habe mich nur einer Gruppe
von Gleichgesinnten angeschlossen, die durch Schrift und
Wort Protest erhoben gegen das herrschende System.
Ich habe mich nur schuldig gemacht censurverbotene
Bücher zu verbreiten, welche Licht bringen sollten in das
Dunkel der Köpfe — aber natürlich mein Name ward
— Nihilist. Und von meinen Freunden wurden einige
— auf eine bloße Denunziation hin — ohne weiteren
Proceß nach Sibirien geschickt. Das junge Weib des
Einen begleitete den Gatten und starb vor Erschöpfung
unterwegs. Ich selber wurde angezeigt .... da habe
ich Rußland verlassen —

— Geflohen?

— Nennen Sie es so. Ich war selbständig —
meine Eltern hatte ich schon lange verloren — dienen
wollte ich nicht unter jenem Régime — conspiriren
wollte ich auch nicht, aber die einmal gefaßten Ideen
konnte ich nicht mehr loswerden, und so beschloß ich,
nach dem Ausland zu gehen und mich dort gänzlich dem
Studium der socialen Probleme zu weihen. — Aber

nicht nur in Büchern, nicht nur im Umgang mit den Gelehrten und Führern des Fachs, sondern im Umgang mit dem Volke selber, indem ich in die Arbeiterviertel, in die Armenviertel, ja sogar in die Verbrecherspelunken hinabstieg, indem ich allen Versammlungen und Congressen der Socialisten beiwohnte, aber auch den Versammlungen ihrer Gegner. Was ich bei alledem geworden bin, Fräulein Ludmilla? — — Ein tiefunglücklicher Mensch.

— Unglücklich, warum?

— Es ist zu traurig — es ist zu empörend, was ich alles gesehen. Ich weiß nicht, ob Sie schon einmal erlebt haben, daß ein roher Fuhrmann auf ein armes überladenes Pferd einhieb — auf ein stummes Geschöpf, das darauf nichts anderes thut, als sich doppelt anstrengen und schmerzlich schauen mit seinen tiefen, treuen Augen . . . was hat Ihnen bei diesem Anblick mehr weh gethan, das Mitleid mit dem Thier, oder der Zorn über den Mann? Und so gehts mir beim Anblick der leidenden, geplagten Gesellschaft; tief ist mein Mitleid mit den Qualen — tiefer meine Empörung über die Einrichtungen, die solche Qualen hervorbringen und die von dem rohen Stumpfsinn der Allgemeinheit aufrecht erhalten werden . . . oh, sie ist fühllos und dumm, die Allgemeinheit, und sie ist peitschenbewehrt und sie weiß nicht, was das überladene Volk leidet, sie versteht die Sprache seines kummervollen Blickes nicht.

— Und Sie verstehen nun alles das, Herr von Degemeister, Sie haben das Leid ergründet und wissen, wo die Hilfe und die Erlösung ist — oder verzweifeln

Sie daran? Sie müssen mir das alles, alles sagen . . .
Ich fange an, zu begreifen, daß er für Viele jetzt zu
einem heiligen Band — zu einer Religion zu werden
beginnt, dieser Wunsch zu verstehen und zu retten . . .
E r l ö s u n g, das ist ja das Ziel alles frommen
Strebens.

— Ja — wie es in dem Gebete heißt: von allem
Uebel, Amen. Die Betenden sind nicht bescheidener als
wir: auch s i e wollen alles Uebel ausgerottet sehen,
auch sie fordern nichts geringeres als Seligkeit.

Hier wurde das Gespräch durch den Eintritt der
Frau Darion unterbrochen. Die Migräne war glücklich
vorüber und Ludmilla's Gesellschafterin beeilte sich, ihren
Posten wieder einzunehmen, umsomehr, als sie gehört
hatte, daß Besuch da sei.

Degemeister stand auf.

— Wir haben Sie gestern im Theater gesehen,
sagte die alte Dame, nachdem sie den Gruß erwidert;
und sie setzte sich in der Nähe Ludmilla's nieder.

Ein paar Minuten lang spann sich eine gleichgiltige Unterhaltung fort, aber Degemeister schien nicht
dazu aufgelegt und er schickte sich an, zu gehen.

— Wann sieht man Sie wieder? fragte Ludmilla.

— Das weiß ich nicht, gnädiges Fräulein. Es ist
möglich, daß ich doch — wie anfangs beabsichtigt, bald,
sehr bald abreise . . . Es kann auch sein, daß ich plötzlich
abberufen werde . . . Für diesen Fall bitte ich die Damen,
diesen meinen Besuch als Abschiedsbesuch gelten zu lassen.

Ludmilla antwortete nicht — aber sie schüttelte
verneinend den Kopf.

— Darf ich zugleich auch meine Glückwünsche ..

— Glückwünsche, wozu?

— Sie sagten doch vorhin . . .

— Ach so, jetzt erinnere ich mich . . . Nein, ich nehme keine Gratulation entgegen.

Er verneigte sich stumm.

Dann nahm er seinen Hut und verabschiedete sich. Ludmilla reichte ihm die Hand, die er küßte. Sie schüttelte darauf die seinige — aber nicht nach englischer Art, sondern mit einem langen, festen, innigen Druck. Da schaute er ihr gerad ins Auge und preßte erwidernd ihre Finger mit noch mehr Kraft. Dieser Händedruck — so empfanden es Beide — war eine Liebkosung gewesen.

Nachdem sich die Thür hinter ihm geschlossen und Frau Darion zu reden und auszufragen anhub — „Ein recht angenehmer Mensch . . . was wollte er, war er schon lange da, was hat er gesprochen?“:

— Ach liebe Marqua, unterbrach Ludmilla, Ihr Kopfweh ist verflogen, das freut mich — dafür ist's jetzt über mich gekommen und ich muß mich auf mein Zimmer zurückziehen.

Dort angekommen, schob sie den Riegel vor und warf sich kniend neben dem Sopha nieder, in dessen Kissen sie den Kopf vergrub:

— Ich lieb ihn — ich lieb ihn — ich lieb ihn . . . sprach sie laut.

XIV.

Am folgenden Tag Familienfest bei Bisthurn: die offizielle Feier der Verlobung Nanette's mit Oberlieutenant Georg Ritter von Fontis. „Du darfst nicht fehlen", schrieb Clarissa in einem Billet, welches Ludmilla zeitlich am Morgen erhielt. „Ich erwarte Dich schon um 2 Uhr Nachmittag — Du mußt den ganzen Tag bei uns zubringen. Schreibe gleich, daß Du kommst, damit ich nicht erst Gewalt anwenden muß".

Ludmilla war an diesem Morgen mit einem solchen Gefühl der Freude erwacht, daß ihr die Aussicht auf ein Freudenfest ganz willkommen war und sie antwortete sofort bejahend.

Das neue Bewußtsein ihrer Liebe war es, was sie als Freude empfand. Noch war es ja nicht, was man eine „glückliche Liebe" zu nennen pflegt, denn weder war ihre Gegenseitigkeit noch waren ihre Zukunftsaussichten irgendwie gesichert; dennoch: es war eine Bereicherung, ein Schatzfund, eine Lebenserhöhung — kurz, eine Beglückung an sich.

Sie erwartete, daß dieser Tag einen Brief Degemeister's oder noch wahrscheinlicher, die Wiederholung seines Besuches bringen werde. Sie wollte jedoch Clarissa's Bitte nicht abschlagen und für den Fall, daß der Geliebte käme — es war ihr ein Genuß, Alexander

von Degemeister in Gedanken mit diesem Worte zu be=
zeichnen — falls der Geliebte käme und sie nicht fände,
würde seine Sehnsucht nach ihr nur gesteigert und das
Wiedersehen am folgenden Tag nur desto beglückender
sein. Sie sorgte vor, indem sie eine Karte zurückließ,
die, wenn er vorspräche, ihm überreicht werden sollte:
„Erwarte Sie morgen zwischen 1—2.“

Eines machte ihr Kummer. Der Gesundheitszustand
Nanette's. Wenn es wahr wäre, daß diese blühende
Braut den Todeskeim in sich trägt, daß sie an der
Pforte ihres Lebensglücks vielleicht umsinken sollte,
vielleicht noch ohne die Schwelle übertreten zu haben! ...

Sie wollte sich Gewißheit verschaffen. Von neuem
begab sie sich zu dem Arzte, bei welchem sie zum
erstenmale wegen dessen Unwohlsein nicht vorgelassen
worden. Diesmal erging es ihr noch schlimmer: wieder
mußte sie ohne Auskunft von dannen gehen, denn der
Doktor war am vorhergehenden Abend — gestorben.
Und so mußte die bange Frage, welche an ihn gestellt
werden sollte, ewig unbeantwortet bleiben.

Uebrigens zog Ludmilla — obwohl sie ausgegangen
war, Gewißheit zu holen — die Ungewißheit über diese
Frage beinahe vor. Es wäre ihr zu schmerzlich gewesen,
gerade heute, zu erfahren, daß die Verlobte eine Ver=
urtheilte sei, und so blieb immerhin die Hoffnung, daß
Maria schlecht unterrichtet gewesen, daß ein solcher Urtheils=
spruch aus dem unfehlbaren Munde des berühmten
Specialisten niemals gefallen war.

— Du bist ein Schatz! Mit diesen Worten empfing
Clarissa die Freundin.

— Ich habe mich so sehr gefreut . . .

— Wie schön von Dir, daß Du uns den ganzen Tag schenkst. Wir hatten solche Sehnsucht nach Dir . . . Das ist doch ein Beweis, daß wir Dich zur Familie zählen und vielleicht — ein Zeichen, daß Du endgiltig hineinkommen sollst. Mein Vetter Klast wird natürlich heute auch hier sein.

Ludmilla erschrak bei Nennung dieses Namens. Die Actien des Vetters Klast standen auf Null. Sollte sie das rundweg erklären? — Wozu? Sie hatte ja zugesicherte Bedenkzeit und der heutige Fest= und Verlobungstag brauchte nicht durch ein so unliebsames Ding — wie ein gegebener und erhaltener Korb — gestört zu werden.

Nanette kam aus dem Nebenzimmer herein. Sie flog Ludmilla um den Hals.

— Ich kann nicht sagen, wie glücklich ich bin, Fräulein Goth. —

— L i e b e Nanette, wie sehr ich an Ihrer Freude Antheil — —

— So sagt Euch doch „Du", Ihr dummen Kinder, unterbrach Clarissa.

— Also an Deiner Freude Antheil nehme. Ich wußte ja schon lang, daß es so kommen würde, obwohl Du mir nie etwas angedeutet hast, Du Verschlossene, Heimtückische, Geheimthuende! Uebrigens — ich kann mir's denken: ein solches Geheimniß trägt man als eine süße, warme, weiche Bürde auf dem Herzen . . . allein, a l l e i n weiß man, daß man liebt! — — Jetzt laß Dich anschauen — der declarirte Brautstand steht Dir wirklich vortrefflich.

In der That, Nanette sah blühend aus und lieb-
licher als je. Ihre Augen leuchteten und die Wangen
waren von dem zartesten Roth überflogen. Der ganze
unnennbare Zauber knospenhafter Jugend umfloß dieses
Mädchenbild.

Ludmilla zog sie nochmals an sich und küßte die
frischen Wangen.

— Dein Georg ist zu beneiden! Aber Du, Clarissa,
wirst Du dieses Kind im Hause nicht furchtbar vermissen?

— Ich mag gar nicht daran denken! Und erst ihr
Vater — wie wird der es aushalten, ohne diese sonnige
Gegenwart . . . Ich kann es ja vor ihr sagen — sie
weiß doch, wie theuer sie uns ist und welche Freude wir
an ihr gehabt haben.

— Mama, liebe Mama! Nanette ergriff die Hand
ihrer Mutter und führte sie an ihre Lippen. Jetzt aber
kam ein heftiger Hustenanfall über sie. — Dieser ärger-
liche Schnupfen! klagte sie, als sie wieder reden konnte.
Daß ich den nicht los werden kann! . . . Es wird sich
gut machen, heute Abend, wenn mir die Leute gratuliren
und ich so zu krähen anfange.

— Du solltest einmal ordentlich acht Tage im Bett
bleiben, bis es wieder gut ist, sagte Frau v. Bisthurn;
aber davon will sie nichts wissen. Doctor Brettler hatte
doch dringend Schonung verordnet, denn jeder vernach-
lässigte Husten kann üble Folgen haben. Ich spreche von
unserm berühmten Kehlkopfarzt, wandte sie sich an
Ludmilla, den ich vor einiger Zeit Nanette's wegen consultirt habe. Heute fand ich in den Morgenblättern —

— Ja, er ist gestorben, ich weiß.

— O, der arme Mann, rief Nanette. Er war ja noch gar nicht alt ... Es ist doch gar zu traurig, jung sterben — eine so schöne Welt vorzeitig verlassen zu müssen!

Ludmilla seufzte. — Nicht für Alle ist sie schön, die Welt ... Ich habe seit einiger Zeit tiefen Einblick in häßliche, in verzweifelte Seiten der menschlichen Existenzen gethan ... Aber davon soll hier nicht die Rede sein, besonders heute nicht! Komm' Nanette, setze Dich zu mir und erzähle, wie die ganze Geschichte gekommen zwischen Deinem hübschen Dragoner und Dir — ich höre gern Gedichte.

— So lass' ich Euch allein, Ihr Mädchen. Dergleichen erzählt sich besser, wenn alte Frauen nicht dabei sind. Und überdies: ich habe zu thun ... Du entschuldigst mich, Ludmilla? Ceremonien mache ich keine mit Dir — Du gehörst zum Hause.

Nachdem ihre Mutter die Thüre hinter sich geschlossen, sagte Nanette: Mama hat nur Spaß gemacht mit der „alten Frau".

— Natürlich — Sie ist noch jung — nicht vierzig — und sieht selber wie ein Mädchen aus.

— Und fühlt auch jung. Ich habe ihr nie etwas von meinen Gefühlen und Gedanken zu verheimlichen gebraucht und was ich Dir nun erzählen soll, „wie die Geschichte mit meinem Dragoner gekommen", das weiß sie ganz genau. Vielleicht genauer als ich, denn sie war die Erste, die mich aufmerksam machte: „Weißt Du, Kind, der junge Fontis, mit dem Du nun schon den dritten Cotillon getanzt, scheint für Dich zu schwärmen

und scheint Dir gefährlich zu werden." Und was dann
zwischen ihm und mir gesprochen worden, das hatte ich
immer das Bedürfniß, der Mama zu erzählen und sie
in mein Herz schauen zu lassen, das immer mehr und
mehr zu Georg hingezogen wurde. Es ist ziemlich langsam
gekommen, bei uns Beiden, aber jetzt — Ludmilla: —
wir haben uns furchtbar lieb! Er hat ein so weiches
Gemüth, so klaren Verstand . . . Daß ich das trotz
meiner Jugend beurtheilen kann, muß Dich nicht wundern
— bedenke nur, was ich für einen gescheiten Vater
habe. —

— Und von dem hast Du den scharfen Geist geerbt?

— Das habe ich nicht sagen wollen; an dem habe
ich erfahren, wie gescheite Männer sprechen und denken.
Und Nutzen gezogen habe ich davon auch . . . Die
Meinen behandeln mich nicht als Kind — in gar Vielem
habe ich die Studien Albrecht's getheilt und Du weißt
doch, was für ein wissensdurstiger, begeisterungsfähiger
junger Mensch unser Albrecht ist . . . kurz, in solcher
Mitte aufgewachsen, wäre es mir nicht möglich gewesen,
einen von den hohlen, äußerlich und innerlich nichts-
sagenden jungen Herren, wie sie zum größten Theile
unsere Ballsäle füllen, für verstandsbegabt zu halten,
oder gar lieb zu gewinnen — und dann die Kraft zu
finden, die Meinen zu verlassen, um ihm zu folgen —
für's ganze Leben. Uebrigens ist es nicht so schlimm
mit dem Verlassen des väterlichen Hauses. Denn Georg
ist der einzige Sohn unserer nächsten Gutsnachbarn.
Mein künftiger Schwiegervater will ihm in einigen
Jahren eines seiner Güter — Schimmern heißt es und

es grenzt knapp an Ringhof, Papa's Besitz in Nieder=
österreich) — ganz überlassen, und da werde ich ja von
meiner Familie nicht mehr getrennt sein, Mama wird
mir helfen können, ihre —

Sie zögerte und ward roth.

— Ich verstehe: ihre Enkel zu erziehen.

— So lach' mich nicht aus! Einige Jahre wird die
Trennung doch dauern, denn Georg will noch so lange
dienen, bis er Rittmeister ist. Das Garnisonleben wird
mir aber auch Vergnügen machen, — was würde mir
übrigens an seiner Seite nicht Vergnügen machen? Und
wenn Du wüßtest, was für schöne Pläne Georg für
seine künftige Existenz auf Schimmern entwirft!

— Nun ja, vermuthlich Jagd und dergleichen. Das
ist so bei dem begüterten Adel der Inbegriff des Lebens=
genusses auf dem Lande . . .

— Du irrst. Wahrscheinlich ist Georg auch ein
Jagdfreund, — aber als Beruf träumt er sich das Waid=
werk nicht. Zu Schimmern gehört eine große Fabrik —
und Georg nimmt sich vor, das Los seiner Arbeiter so
viel wie möglich zu verbessern. Er hat ein lebhaftes
Interesse für die Arbeiterfrage . . .

— Was? Für die Arbeiterfrage?

— Du staunst? Bei jungen Offizieren findet man
derlei Interessen selten, aber mein Georg ist eben vor
Allem ein g u t e r Mensch und — Du weißt es vielleicht
nicht? — es erhebt sich jetzt durch die Welt die Klage, daß
es einem Theil der Menschen schlechter gehe als es sein
sollte, als sie es ertragen können . . .

— Es ist merkwürdig, sagte Ludmilla mit langsamem Kopfschütteln, wie mir jetzt von allen Seiten — und wo man es am geringsten erwartet — Laute von diesem Lärm der Gegenwart an's Ohr schlagen. Und so will auch Dein Bräutigam in die sociale Bewegung eingreifen?

— „Bewegung eingreifen?" „Social?" Aehnliches hat er mir nicht gesagt. Er will nur einst als Gutsherr und als Fabriksherr das Leben derer, die von ihm ab= hängen, freundlicher zu gestalten suchen, gerade so wie er jetzt bemüht ist, den Soldaten, die unter seinem Kom= mando stehen, den Dienst zu erleichtern, sie zu erziehen, zu ermuntern, so gut es geht. Es sind rührende Ge= schichten, die er mir oft erzählt, von der Dankbarkeit der Leute für freundliche Behandlung, von der Gutmüthigkeit der Meisten unter ihnen, von der Liebe, die sie zu ihren Pferden haben; es geht ihnen allen gut — der Mannschaft und den Thieren unter meinem Georg und am besten wird es seiner Frau gehen . . . Oh, ich will trachten, ich will mir Mühe geben, ihn so glücklich zu machen, wie er es verdient.

— Du hast Thränen in den Augen, Nanette?

— Ach, es ist die Ueberfülle meines frohen Herzens . . . Du weißt doch: im Theater, bei gemüthvollen Stellen, die auch nicht traurig sind, bei schön gesprochenen Dich= tungen oder bei weihevoller Musik — man muß weinen, nicht aus trauriger, sondern aus bewegter Seele . . . Und so geht es mir: wenn ich an die Herrlichkeit meines Georg, an seine Güte, — an das schöne Schicksal, an das stolze Amt denke, das mir zugefallen, sein Weib zu werden, da muß ich —

Sie sprach nicht weiter, denn die Thränen erstickten
ihr die Stimme und darauf mußte sie wieder husten —
heftiger als zuvor.

— Ach der elende Schnupfen! rief sie ungeduldig.

— Thut Dir das Husten weh?

— O nein. Es ist nichts.

Ludmilla tröstete sich auch mit dem Gedanken „Es
ist nichts", denn so heftiger Husten ist ja gewöhnlich
das Symptom eines harmlosen Katarrhs, während die
heimtückischen Brustübel nur von leisem Hüsteln begleitet zu sein pflegen.

— Wo ist Deine Cousine Maria? fragte sie zunächst.
Wird sie es jetzt aufgeben, Dich zum Verein der christlichen Töchter gewinnen zu wollen?

— Ach, woher weißt Du? . . . In letzter Zeit war
es schon wirklich schwer zu ertragen, das ewige Predigen . . . ich wollte sie nicht kränken und hörte ihr
stets geduldig zu. Sie ist ja wirklich ein frommes, fast
heiliges Geschöpf . . . Anfangs versuchte ich, sie zu einer
etwas weltfreudigern Lebensauffassung herüberzupredigen,
ich habe es aber aufgeben müssen, — sie hätte mich
noch verachtet.

Länger als eine Stunde plauderten die Beiden.
Zumeist war es Nanette, die das Wort führte, indem
sie noch viele Einzelheiten erzählte, „wie es gekommen".
Ludmilla warf nur hin und wieder ein fragendes Wort
dazwischen, um das Weitersprechen der Andern zu ermuntern. Sie hörte wohl alles, und hörte es mit
Interesse, aber oft flogen ihre Gedanken zu dem Großen
und Neuen, das in ihrem Herzen aufgegangen. Mit

15*

einem hartnäckigen „Ich bin da" pflegen ein großer
Kummer, eine große Freude, oder eine neue Liebe in
regelmäßigen Abſätzen ſich im Bewußtſein anzumelden.

Im Laufe des Vormittags ſuchte Ludmilla auch
wieder die kleine Maria auf ihrem Zimmer auf.

Sie fand das junge Mädchen am Stickrahmen ſitzend,
eifrig mit Fertigſtellung des Meßgewandes beſchäftigt,
das Ludmilla ſchon das vorigemal im Rahmen bemerkt
hatte: große Roſen und goldene Strahlen auf weißem
Atlasgrunde.

Nach den erſten Begrüßungen ſetzte Marie ſich
wieder an die Arbeit:

— Nicht wahr, Sie entſchuldigen mich, wenn ich
weiter ſticke! . . . Das Gewand muß morgen dem Para-
mentenverein abgeliefert werden. Bitte, nehmen Sie
hier gegenüber Platz — wir können ja auch ſo plaudern.

— Gewiß können wir das. Aber vor Allem: da
Nanette und ich ſeit heute uns Du ſagen, ſo bitte ich
auch Dich um dieſelbe Anſprache . . . Weißt Du —
um gleich auf das Wichtigſte zu kommen — daß ich
jetzt nicht an eine gefährliche Krankheit Deiner Couſine
glaube . . . Du hatteſt mich neulich ſo erſchreckt! . . .
Ich wollte mir Auskunft bei Doctor Brettler holen —
der kann mir ſie nimmermehr geben. Doch, ſo viel ich
glaube — aus ganzer Seele hoffe, wird es nichts ſein!
Jetzt, da ihr ſo viel Glück bevorſteht, wäre es ja doppelt
furchtbar, wenn ſie — —

— Furchtbar für die Tante. Aber für die Sterbenden iſt das Sterben doch nur ein Glück . . . freilich

für solche allein, die in der letzten Stunde mit Gott versöhnt sind.

— Unsere Nanette ist sicherlich mit Gott nicht entzweit. Doch sie wird nicht sterben, sie wird eine glückliche Gattin werden. Und Du, Maria, wie steht es um Deine Schwärmerei?

— O bitte, bitte, sprich nicht davon! Es ist nur eine Versuchung . . . und ich muß sie überwinden — ich habe sie schon halb überwunden.

— Also reden wir von etwas Anderem. Du wirst wohl Brautjungfer sein bei Nanette's Hochzeit?

— Wahrscheinlich. Ach, wenn mir die Tante und der Onkel nur lieber erlauben wollten, in's Kloster zurückzukehren! In der Welt wird es mir von Tag zu Tag unheimlicher. Meine Versuche mit dem Apostolat scheitern so kläglich . . . ich bin so ungeschickt, so unwürdig der hohen Mission. Wie mir Einer ein spottendes Wort sagt, oder auch nur eine gleichgiltige Miene zeigt, so bin ich gleich stumm . . . kann die Gründe nicht vorbringen, die mir doch so fest im Herzen wohnen. Zum Beispiel auch mit Dir . . . siehst Du, neulich wollte ich Dich bitten, dem Angela-Verein beizutreten, hatte auch schon angefangen, Dir zuzureden und doch habe ich Dich fortgehen lassen, ohne Dich gewonnen zu haben. Statt daß ich von Dir eine Zusage erreicht hätte, hast Du mir ein Versprechen abgenommen. Nämlich, nichts zu verrathen über Nanette's Zustand, und es könnte doch so nützlich sein, sie aufmerksam zu machen . . . Wenn sie wüßte, daß sie in Gefahr ist, würde sie ihre

Gedanken doch auf die wichtigen letzten Dinge lenken und sich auf eine selige Sterbestunde vorbereiten.

— Maria, ich will das Wort „sterben" an diesem Verlobungstage nicht mehr hören. Wie kannst Du überhaupt nur! . . . Hast Du diese holde Nanette denn gar nicht lieb, ist Dir der Gedanke an ihren möglichen Verlust nicht im höchsten Grade schmerzlich?

— Gewiß! O wenn Du wüßtest, wie viel ich gebetet habe und noch bete, daß sie wieder gesund werde, — aber die Heilungswunder werden zumeist nur an sehr Gläubigen vollbracht. Ja, wenn sie selber nach Lourdes, oder wenigstens nach Mariazell ginge! . . . Laß' Dir erzählen: Ich habe auch gehört, daß es eine gewisse Art gibt — es sind allerlei Ceremonien dabei und man kann es nur zur bestimmten Zeit, je nachdem der Mond im Abnehmen oder Zunehmen ist, ausführen — also, daß es eine Art gibt, Kranke zu heilen, die „Verbeten" heißt und da will ich mich näher unterrichten . . . und es dann versuchen —

— Maria! „Verbeten", „Verschreien", „Verhexen"; das sind doch alles mittelalterliche Begriffe, — alles Vorstellungen eines überwundenen Aberglaubens.

— Aberglauben ist Sünde, das weiß ich sehr gut. Auch fürchte ich mich davor. Darum habe ich, ehe ich etwas beginne, mich an den Herausgeber des Angela-Blattes gewendet — dort erhält man über alle ähnlichen Fragen und Zweifel Auskunft — und habe angefragt, ob solches „Verbeten" nicht etwa sträflich sei. Gestern kam die Antwort — bitte, dort seitwärts hinter Dir, das Heft mit dem gelben Umschlag . . . ja, das ist's, danke . . . Also lies hier im Briefkasten unter M. D.

Ludmilla las halblaut:

„Bei dem von Ihnen besprochenen Vorgange beim Krankenheilen kann wohl Aberglauben vermuthet werden; weil aber immerhin Tageszeit, Mondesphasen u. A. Einfluß üben können, so läßt sich dieses „Verbeten" nicht kurzweg als Aberglauben erklären. So lange darum nicht weitere Umstände bekannt sind, welche offenbar als abergläubisch bezeichnet werden müssen, kann diese Art, Kranken zu helfen, zugelassen werden. Doch ist es rathsam, daß die Patienten, welche sich dieser „Wundercur" unterziehen, im Stillen vor Anwendung der Mittel gegen etwaige diabolische Einflüsse protestiren und vor dem allwissenden Gott erklären, sie wollen durchaus keine Hilfe verlangen, wenn ein Aberglaube oder sonst eine Beleidigung Gottes damit verbunden wäre."

— Also siehst Du, wie vorsichtig gerade wir Gläubigen dem Aberglauben aus dem Wege gehen?

— Ach, welche Abgründe, seufzte Ludmilla mehr zu sich als zu Maria — welche Abgründe liegen doch heute zwischen den Anschauungen der Einen und der Anderen . . . Vorstellungskreise, die einander nicht berühren, viel weniger durchdringen können!

— Was sagst Du?

— Nichts.

— Die Schwierigkeit ist nur die, daß Nanette bei dem „Verbeten" die erforderliche stille Meinung nicht aussprechen könnte, da sie ja nicht wissen soll, daß sie so krank ist. Da bin ich noch auf eine andere Idee gekommen. Die Mutter Gottes von Maria-am-Gestade, bei welcher unlängst für eine kranke Prinzessin — die ihr dann auch ein Rubinherz geschenkt hat — so viel Fürbitte gemacht worden — und mit welchem Erfolge! — die könnte man auch anflehen. Aber mein Gebet allein . . . bei der Prinzessin, da kamen so zahlreiche Beter und es waren regelmäßige, von den Geistlichen selber veranstaltete Andachten und beim Bette der hohen Kranken war zugleich ein Bild derselben Muttergottes aufgehängt, — das ist etwas ganz anderes. Wenn ich wüßte, daß ein Gelübde meinerseits der armen Nanette Rettung bringen könnte, wie gern würde ich alles opfern, was ich kann . . . denn der Schmerz des Onkels und der Tante Clarissa — auch Albrecht's — und jetzt auch noch des Bräutigams, der wäre wohl fürchterlich.

— Du bist ein gutes Kind, Maria . . . Wie schade ist es doch um so viel der Güte und der Liebe, die sich in die Himmelswolken hinaufverflüchtigen und hienieden nicht verwendet werden.

— Wie meinst Du das?

Ludmilla schüttelte den Kopf. Den Sinn ihrer Rede genau zu erklären, dazu hatte sie keine Lust, — es wäre ja doch vergebens. Wieder flüchteten ihre Gedanken zu Degemeister. Es überkam sie plötzlich die Sehnsucht, nach Hause zu eilen, um dort zu erfahren, ob nicht inzwischen ein Lebenszeichen von — Ihm gekommen sei. Aber sie hielt Stand. Sie hatte versprochen, den ganzen Tag im Hause Bisthurn zu bleiben, — also mußte sie bleiben. Aber den Besuch bei Marie brach sie ab. Eben stand sie auf, in der Absicht, Clarissa aufzusuchen, als diese selbst hereinkam:

— Ah, hier bift Du, in Mizi's Capelle? Und Du wieder an Deiner Arbeit — Du bift wirklich von einem lobenswerthen Fleiß, liebes Herz ... diese Rosen find prachtvoll gestickt ... Weißt Du, Mizi, jetzt werde ich ernstlich daran denken, auch Dich zu verheiraten. —

— O Tante, Du weißt doch, daß ich nicht den geringsten Beruf zur Ehe in mir fühle. Du solltest mich lieber — —

— Nein, nein, nein! Ich weiß schon, wo Du hinauswillst, aber das geben wir nicht zu. Die Welt kann Dir noch so viel Angenehmes bieten —

— Je mehr die Welt bietet, desto größeren Werth hat die Entsagung. Wenn die Tochter des Fürsten Schwarzenberg, die doch ein kleines Königreich ihr Heim nennt, die dabei so heiter und witzig und hübsch ist, auch die Absicht hat — und ihr wird man's nicht wehren, der Glücklichen! — in's Kloster zu gehen, so siehst Du doch ein, daß es so starke Vocationen gibt, die —

— Genug, Mizi — ich bin unerbittlich und noch unerbittlicher ist Dein Vormund. —

— In sechs Jahren bin ich großjährig.

— Bis dahin haben wir Dich längst verheiratet.

— Auch Ludmilla ist noch ledig. —

— Nicht mehr lange, wage ich zu prophezeien. Hast Du die Bedenkarbeit schon in Angriff genommen, Ludmilla?

— Ich ... ich ... o bitte, erlasse mir die Antwort.

— Gewiß! Nur keinen Zwang — nur keine Uebereilung.

Zu dem Diner, dem nur ein kleiner Kreis von
Verwandten beiwohnte — die eigentliche Verlobungsfeier
war für den Abend anberaumt — war auch „die
goldene Mittelstraße" zugezogen und — natürlich dem
Fräulein Goth als Tischnachbar zugetheilt worden. Vorher hatte Clarissa der Freundin zugeflüstert: „Er weiß
nicht, daß ich Dir von der Angelegenheit schon etwas
gesagt habe, also wird er — und kannst Du — völlig
unbefangen sein.

Die Tafelrunde war übrigens so klein, daß die
Unterhaltung stets im Allgemeinen geführt wurde und
zu einem Sondergespräch zwischen Ludmilla und ihrem
Nachbar bot sich keine Gelegenheit. Die Einzigen, welche
es doch zustande brachten, mit einander unbelauschte
Worte zu wechseln, waren die beiden Verlobten — und
eben, um diesen solche Heimlichkeiten zu erleichtern,
sprachen die Anderen lauter hinüber und herüber.

Obwohl Klast's Actien auf Null standen, so fand
sich Ludmilla doch veranlaßt, ihn ein wenig zu beobachten
und auszuforschen. Der Mann, von dem man weiß, daß
er Einen heiraten will und dem man vor kaum 48 Stunden
beinahe entschlossen war, seine ganze Zukunft anzuver-
trauen, den bleibt es immerhin interessant ein wenig
kennen zu lernen. Es kam aber kein hervorstechendes
Wort über seine Lippen; auch seine Mienen verriethen
nichts von einem etwa mühsam zurückgehaltenen Gefühl.
Er benahm sich gegen Ludmilla mit ausgesuchter Höflichkeit, aber mit der gleichmäßigsten Ruhe. In seinem Auge
blitzte kein Strahl von Liebe, in seiner Stimme zitterte
kein Ton versteckter Leidenschaft.

Nun, d e n Trost kann ich haben, sagte sich Ludmilla im Stillen, mein Korb wird diesem Herrn kein tiefes Leid verursachen . . . Wenn doch eine Leidenschaft in seinem Herzen verborgen sein sollte, da gäbe er die glänzendste Illustration zu dem Sprichwort: „Stille Wasser sind tief" — aber wenn mich nicht alles täuscht, so habe ich es da mit dem denkbar seichtesten Wässerchen zu thun . . . O Banalität, Dein Name ist Klast! und wenn ich denke, daß ich beinahe —

Unterdessen erzählte Bisthurn einen Zwischen= fall aus der heutigen Sitzung des Abgeordneten= hauses. Es war wieder einmal zu einem lärmenden Auftritt mit den Antisemiten gekommen, welche durch ihre Ausfälle zu mehrfachen — aber nach der Ansicht Aller — verspäteten Ordnungsrufen Anlaß gegeben hatten.

— Es ist da leider, schloß Bisthurn, eine Ver= wilderung in die parlamentarischen Sitten eingedrungen, die etwas entmuthigendes und demüthigendes hat.

— Ich war seit jeher der Ansicht, bemerkte Ritter Udalrich, daß das ganze parlamentarische System zu nichts gutem führen kann. Alle diese Herren Advokaten und Rabu= listen und Intriganten, die der Regierung immer nur Knüppel vor die Füße werfen — was soll das heißen? Es gibt nur e i n e richtige Regierungsform: das ist die autokratische. Freilich kann der Fall eintreten, daß der Autokrat ein Schwachkopf oder ein Bösewicht ist — doch Familientüchtigkeit und Erziehung bewahren die Söhne alter Herrscherhäuser vor dieser Eventualität; aber mit dem Parlamentarismus hat man hundert Chancen,

daß hundert Lumpen dasitzen und daß die Dummheit
regiert.

— Hörst Du, Onkel, bemerkte Albrecht, schon
Oxenstierna hat zu seinem Buben gesagt: Mein Sohn,
Du weißt nicht, mit wie wenig Verstand die Welt
regiert wird.

Darauf versetzte Bisthurn: — Ganz richtig, mein
Sohn, wenn aber die Dinge so fortgehen, wie sie sich
jetzt in den Vertretungskörpern gestalten, so werden die
Oxenstierna's der Zukunft sich darüber beklagen, mit wie
viel Gemeinheit die Welt regiert wird. Das ist ein
neues — aber das allerunerträglichste Element.

— Darum bin ich so klug und lese diese Ver-
handlungen nie.

— Ich mache Dich jedoch aufmerksam, verehrter
Schwager, daß die Radaumacher Vertreter der von Dir
bevorzugten Partei sind, nämlich der Antiliberalen, daß —

Frau von Bisthurn fiel ihrem Mann in's Wort:

— Schon wieder ein Bruch der Hausgesetze! Da
muß ich zur Ordnung rufen.

— Auch etwas verspätet, liebste Clarissa. Udalrich
hat sich schon wüthend geräuspert und mir einen Gift-
pfeilblick zugeworfen. Dein berühmtes Gesetz wird übrigens
täglich schwerer zu befolgen. Die Politik filtert in alle
Kreise; auf die Schulbank, in die Kaffee-jours der
Bürgersfrauen, in die Taglöhner- und Straßenkehrer-
Schichten erst recht, in die Bücher und auf die Bühne.
Daß es Dir da gelingen sollte, sie aus der Tischunter-
haltung im Hause eines in der Politik leider Mitthä-
tigen zu verbannen, erscheint mir zweifelhaft.

— Um Streit zu vermeiden — —

— Wenn Du das willst, worüber darf man denn sprechen? Worüber wird denn heute nicht mehr gestritten? Es sind zwei so grundverschiedene Weltanschauungen, welche die Menschen scheiden — worin sie täglich weiter auseinander gehen, daß es bald kein neutrales Gebiet — mit Ausnahme vielleicht des Wetters — mehr gibt, worüber man ohne Meinungsverschiedenheit wird reden können. Wenn zwei Leute über A divergiren, so liegen sie sich gewiß auch über B und C und — wenn es so fort geht — über das ganze Alphabet in den Haaren.

— Was sagen Sie, Herr v. Klaft? wandte sich Ludmilla an ihren Nachbar. Nehmen Sie auch Antheil an den Wirren und Fragen und dem Sehnen der Zeit?

— Ich, mein Fräulein? Mein Gott, ich finde, daß meine Cousine Clarissa ganz recht hat, politische Gespräche bei ihrem Tisch verbieten zu wollen; — besonders vor Damen ist es rücksichtslos, über Dinge zu reden, welche ihnen nicht zugänglich und wohl auch unaussprechlich langweilig sind.

Ueber diese Ansicht von der Beschränkung der Interessensphäre der Frau ging Ludmilla hinweg und sie forschte weiter:

— Machen Sie es auch so, wie Herr von Aehrenberg, daß Sie den politischen Zeitungen aus dem Wege gehen?

— O nein, ich lese täglich zum Frühstück mein Morgenblatt von der ersten bis zur letzten Zeile. Man muß ja doch wissen, was in der Welt vorgeht. Manchmal ist es wohl ermüdend, die ganzen Sitzungsberichte von Reichs- und Gemeinderath zu bewältigen, aber ich ab-

solvire es doch als eine Art Pflicht. Gewöhnlich bleibt
mir davon nichts im Gedächtniß zurück.

— Und lesen Sie sonst viel?

— O ja, alle Abend, vor dem Einschlafen, habe ich
die Gewohnheit, ein paar Romankapitel zu überfliegen —
zumeist französische Autoren, die sind die unterhaltendsten ...
Zola, Maupassant, Daudet, Bourget — —

— Nicht auch wissenschaftliche Bücher?

— Doch mitunter. Memoiren, Reisebeschreibungen —

— Ich meine naturwissenschaftliche, sociale, philosophische —

Er blickte sie befremdet und einigermaßen mißliebig
an, als hätten diese Ausdrücke sein Ohr verletzt. Sie
war doch keine Pedantin, kein Blaustrumpf, keine ge-
lehrte Frau? ... Diese bange Frage lag in seinem
Blick. Ludmilla verstand dieselbe und fuhr fort:

— Ich frage, weil gerade in letzter Zeit mir von
Freunden eine ganze kleine Bibliothek über diese Gegenstände in's Haus geschickt wurde und da wollte ich
wissen, ob das Interesse daran wirklich ein so allgemeines
ist, ob auch Sie —

— Ich bin der Ansicht, daß solche Werke nur für
Professoren und Fachgelehrte geeignet sind. Die Studien-
zeit habe ich glücklich hinter mir und jetzt lese ich zu
meinem Vergnügen. Und Sie Fräulein? Was ist Ihre
Lieblingslektüre? Vermuthlich englische Romane.

— In der That, die lese ich gern und viel. Es
liegt etwas so beruhigendes und herzerquickendes darin.
Diese Bücher spiegeln ganze Existenzen, welche von all
jenen Tagesfragen, die uns hier allenthalben umschwirren,

ganz unberührt bleiben. In die neue Literatur des Festlands hingegen spielt stets die große Unruhe hinein, in welcher die Geister bei uns allesammt befangen zu sein scheinen — entweder der literarische oder der politische Streit der Gegenwart, oder gar die Angst vor den kommenden Umwälzungen, vor dem „drohenden Gewitter" wie neulich Jemand (ein tiefes Aufathmen begleitete das Wort „Jemand") bemerkte — während in der englischen Belletristik stille Herzensgeschichten erzählt werden — Schilderungen voll durchkosteten Familien- und Landlebens — —

— Das ist freilich das Schönste auf der Welt. Ich schwärme selber für beides. Und ich hoffe, daß es mir beschieden sein möge, bald —

Von diesem Thema wollte Ludmilla abspringen, also unterbrach sie rasch:

— So sehen Sie nicht auch ein Gewitter im Anzuge?

— Was meinen Sie?

— Je nun: die Klagen der Unzufriedenen, die Kriegsdrohungen, die verschiedenen Kämpfe und Hetzen im öffentlichen Leben, über die Baron Bisthurn vorhin klagte — —

— O, das ist alles nichts. Im öffentlichen Leben geht das schon nicht anders. Da müssen die Einen mit den Andern kämpfen, weil ja Jeder seine verschiedenen Interessen vertritt. Die sollen sich nur ein wenig herumdisputiren — das gehört zur Sache. Und Kriegsdrohungen? Keine Idee! .. So friedlich, wie jetzt, war's noch lange nicht. Der Dreibund hält die revancheluftigen Franzosen in Respekt und die Russen sind noch auf

mehrere Jahre hinaus untüchtig, etwas anzufangen:
erstens die Hungersnoth, zweitens sind die Rüstungen
nicht vollendet. Und schließlich, wenn es zu etwas
kommt — in der Natur der Dinge liegt es ja, daß hin
und wieder ein Krieg ausbricht — nun, dann wird er
ausgefochten und hernach gibt's wieder langen Frieden.
Haben Sie jemand Theueren beim Militär?

— Mein Gott, ja — sofern ich das christliche
Gebot der Menschenliebe befolge: — die sämmtlichen
Kämpfer der beiderseitigen Heere.

— Ach so. Nun, das Sterben — schlimmeres kann
ja dem Soldaten auch nicht geschehen — ist kein Un=
glück für unsere Nächsten; es heißt sogar, daß der
Tod auf dem Schlachtfeld der süßeste ist. Einmal trifft
es Jeden, also braucht man sich — bei aller Christen=
liebe — im Kriegsfall nicht zu grämen. Nur den Ver=
wundeten muß man Linderung verschaffen: und dafür
sorgt ja das rothe Kreuz ausgiebig. Aber wie gesagt,
man kann ruhig sein, es kommt lang zu nichts.

— Und mit der socialen Revolution, kommt es da
auch zu nichts?

— Aber Fräulein, ich begreife Sie nicht ... Wer
erzählt Ihnen denn von so unerquicklichen Sachen?
Warum sollte denn eine Revolution entstehen? Wegen
der paar Strikes (die hat wohl auch theilweise Zola mit
seinem Germinal verschuldet) — nun, die werden zu ein
paar guten Arbeitergesetzen führen: — Altersversorgung,
Krankenkassen u. s. w. — und wenn wirklich irgend ein
Aufstand losbricht, so wird die Polizei, nöthigenfalls das
Militär damit fertig. Auch darum ist es nützlich, daß

das Militär überall verstärkt wird; dadurch hält man
den inneren Feind im Zaum ... doch, ich kann Ihnen
nur rathen, Fräulein Goth, kümmern Sie sich um derlei
Dinge gar nicht. Erstens ist es einer Dame nicht möglich,
den gehörigen Einblick zu haben, zweitens ist es peinlich.
Nicht umsonst verbieten die Reichsgesetze die Betheiligung
der Frauen an politischen Angelegenheiten; das geschieht
vielleicht nicht so sehr um die Politik vor ungeschickter
Einmengung zu bewahren, als um die Frau vor Aerger
und Plage zu schützen. Das Gesetz ist ja dazu da, den
Schwachen Schutz zu bieten.

— Sie betrachten alle bestehenden Einrichtungen in
sehr rosigem Licht.

— Warum sollte ich nicht? Dieselben sind doch die
Früchte tausendjähriger Erfahrung, hochgradiger Ent=
wicklung, weiser Erwägung. Die Gefahren kommen
immer nur von Solchen, welche die Einrichtungen um=
stürzen wollen, aus Bosheit und Neid oder aus Thorheit.

— Es kann doch nicht immer alles beim Alten
bleiben? Was wäre sonst die tausendjährige Entwicklung?

— Nun ja, — allmälig haben sich die Zustände
geändert bis zu der jetzigen hohen Stufe der Voll=
kommenheit. Und manches kann ja noch besser werden,
— aber auch nur ganz allmälig und durch die Arbeit
der Ausbauenden, nicht der Zertrümmerer. Darum ist
es Hauptsache, daß die erhaltenden Kräfte des Staats
und der Gesellschaft — Thron, Kirche, Gesetz, Ehe, Sitt=
samkeit u. dgl. — sich immer mehr festigen, um den
zersetzenden Kräften stets genügend Widerstand leisten
zu können. Aber — daß Sie sich überhaupt für derlei

interessiren, Fräulein Goth! Ich habe noch nie mit einer
jungen Dame so ernsthafte, trockene Dinge gesprochen ...
ich erschrecke völlig darüber ... doch es scheint, Sie
haben mich dazu verleitet? Wenn nicht — wenn ich dem
Gespräch diese Wendung gegeben, dann bitte ich sehr um
Verzeihung.

— Ich war die Schuldige, Herr von Klast, und
verspreche — wie gestrafte Kinder geloben — es nicht
mehr zu thun.

Der Abend gestaltete sich sehr festlich und glänzend.
Der ganze große Kreis der Visthurn'schen Bekannten
hatte sich eingefunden, um der Tochter des Hauses Glück
zu wünschen. Der erhebendste Augenblick war der, als
beim Souper die Champagnergläser auf das Wohl des
Brautpaars aneinanderklirrten und die beiden jungen
Leute sich den Verlobungskuß gaben. „Möget Ihr glücklich
sein!" Von allen Seiten flog es daher, das Wort „Glück".
In diesem Augenblick war er wohl auch in die zwei
liebenden Herzen eingezogen, der seltene Gast mit Namen
Glück; doch, was alle Andern, um diesen Gast zu feiern,
hinzufügten, war der Wunsch, die Voraussetzung, daß
er dauernd da bleibe. Man weiß doch, wie flüchtig seine
Erscheinungen sind — und nimmer wird man müde, da
wo er sich zeigt, ihm zuzumuthen, daß er sich auf ewig
niederlasse ...

Ludmilla bemerkte, daß Klast die Hand des Bräutigams
mit ganz besonderer Herzlichkeit schüttelte und daß ihm
dabei die Thränen der Rührung in die Augen traten.

Das war ein hübscher Zug, — der hätte seine Actien,
wenn sie nicht überhaupt außer Cours gesetzt worden

wären und welche das etwas philisterhafte Gespräch von
vorhin zum Fallen gebracht hätte, wieder ein wenig
steigen gemacht.

Auch beim Souper war Klast neben Ludmilla gesetzt
worden, und jetzt, nachdem er mit dem Brautpaare an-
gestoßen, kam er auf seinen Platz zurück. Der Lärm
der allgemeinen Unterhaltung war ein so großer, daß
niemand anderer hören konnte, was zwei Nachbarn miteinander sprachen.

— Fräulein Ludmilla, wollen Sie nicht auch mit
mir anstoßen?

— Gern. Auf das Wohl der Verlobten?

— So habe ich es nicht gemeint. Auf die Erfüllung unserer Herzenswünsche.

— Auch, wenn Sie wollen. Aber diese werden
wohl nicht zusammentreffen ...

— Wer weiß? Ich wünsche mir ein glückliches
Heim, ein — — Fräulein Ludmilla — seine Stimme
zitterte — lassen Sie mich Ihnen sagen — daß ich ...
hat Ihnen Clarissa nicht? ...

Ludmilla erschrak. Wie sollte sie das Kommende
abwehren? Doch, zum Glück, es kam nicht. Klast hatte
wieder den Muth verloren. Er stammelte noch einige
Worte, dann brach er ab.

Ein Wort der Aufmunterung ihrerseits hätte freilich
genügt, die volle Aussprache seines Anliegens hervor-
zurufen; aber so, angesichts ihrer kalten, zerstreuten
Miene, hielt er in seiner Erklärung inne und fügte nur
noch hinzu:

— Clariſſa wird Ihnen Alles ſagen und dann — die folgenden Worte murmelte er ganz leiſe, wie ein Stoßgebet — dann gnad' mir Gott.

Durch dieſen Ausruf — eigentlich mehr Gedanken als Ausruf, denn er war ſo leiſe, daß er zum Gehört= werden nicht beſtimmt ſein konnte — fühlte ſich Lud= milla gerührt und einigermaßen erſchüttert. Sollte er mich wirklich lieb haben? Und der Andere denkt viel= leicht gar nicht an mich . . .

Dennoch, wie ſüß war es, an dieſen Andern zu denken! Da empfand es Ludmilla deutlich, um wie viel es beglückender iſt, zu lieben, als geliebt zu werden. Und von welchen kleinen Zufällen doch das Schickſal abhängt: hätte dieſe Verlobungsfeier um zwei Tage früher ſtattgefunden, ſo wäre vielleicht das ewigbindende Ja gefallen, zu welchem ſie damals ſchon halb ent= ſchloſſen geweſen.

Im weitern Verlauf des Abends ſuchte Ludmilla, ſo gut es ging, der Geſellſchaft Klaſt's auszuweichen, damit ihn nicht etwa eine neuerliche Verſuchung befalle, ihr ſeinen Antrag vorzubringen. Das Urtheil, welches ſie ſchon früher über ihren Freier gefällt, und das ſie in den Spitznamen „Goldene Mittelſtraße" zuſammen= gefaßt, hatte ſie heute beſtätigt gefunden. Wenn alle Welt dieſe mäßigen, ruhigen, unanfechtbar anſtändigen Anſichten hegte, dann könnten die Leute in aller Sorg= loſigkeit weiterleben, jeder Stand ſeine Laſten geduldig tragen, ſeine Vortheile ungeſtört ausnützen.

Und war es vielleicht nicht ſo das Beſte? Auch dieſe Frage ſtieg in Ludmilla auf. Sie, die als Mädchen,

als Tochter eines reichen Patricierhauses, sich bisher
nur in Kreisen der goldenen Mittelstraße bewegt, die
von den ernsten Dingen, die in der Luft schweben, bislang niemals eingehende Kunde erhalten, sie konnte da
nicht mit Entschiedenheit urtheilen. Erst vor Kurzem
hatte jener Lärm ihr an's Ohr geschlagen und da war
es ihr freilich geschehen, daß sie plötzlich, aus allem
was sie umgab, Töne desselben Lärms heraushörte.
Waren es aber nicht etwa Mißtöne? Hatten nicht Jene
recht, die gar nicht hinhorchten, die sich nur an dem
mit so mächtigen Instrumenten und in so geregeltem
Takt vorgetragenen Concert der „bestehenden Einrichtungen" erlabten? Würden die paar Störenfriede mit
ihren schrillen Pfeifchen nicht doch aus dem Concert-
saal hinausgeworfen werden?

— Sagen Sie mir, Baron Albrecht, fragte sie, als
der Sohn des Hauses sich in einer Salonecke neben sie
gesetzt, warum haben Sie heute bei Tisch nicht die Stimme
erhoben, als Herr von Klast für die Nützlichkeit der
Heeresverstärkung, die Süßigkeit des Schlachtentodes und
dergleichen eintrat? Sie sind doch Mitglied des Friedens-
vereines? Aergern Sie solche Aeußerungen nicht?

— Natürlich ärgern sie mich. Aber, wenn man da
widerspricht, so nützt das nichts, so öffnet das nur die
Schleusen der gegnerischen Argumente, von welchen man
dann einen ganzen Platzregen — Gemeinplatz-Regen —
auf den Kopf bekommt, der den Andern in seinen Ansichten nur stärkt. Ich habe die Salonproselytenmacherei
aufgegeben. Der Verein ist dazu da, diejenigen, die die
Abschaffung des Krieges für wünschenswerth und möglich

halten, zu sammeln. Diese sind sehr zahlreich, aber vereinzelt, unorganisirt, — durch den Verein sollen und können sie zur Macht werden.

— Macht? Privatleute? — Männer und Frauen? ...

— Also auch Sie, Fräulein Goth — einer der gewohnten Einwände? Privatleute, sagen Sie? Aus ihren Reihen gehen ja doch die meisten Volksvertreter und Staatsmänner hervor. Welche Macht, fragen Sie? Die ausschlaggebendste von allen: die der öffentlichen Meinung.

— Nun ja, dazu gehört aber doch, daß die An= hänger so zahlreich wie möglich seien und so muß man wohl trachten, Proselyten zu machen.

— Gewiß. Aber glauben Sie, daß man jemand, der ganz entgegengesetztes oder — gar nichts denkt, durch ein paar zuredende Worte in einen Anhänger ver= wandeln kann? Anfangs glaubte ich dies auch und ging auf lebhaftes Werben aus; seither habe ich mich aber so sehr ärgern müssen über die mir gewordenen Ant= worten, daß ich diese Art der Thätigkeit aufgegeben habe. Nur wenn ich mit Einem zusammentreffe, der dasselbe Ideal, dieselbe Ueberzeugung hegt wie ich, der aber glaubt, daß er mit diesem „Traum" allein steht, dem sage ich dann: „Nein, du bist nicht ver= einzelt, du hast tausend Gesinnungsgenossen in der ganzen civilisirten Welt. Die Gemeinde der Kriegsfeinde hat sich geformt, die Friedensbewegung existirt: schließe dich an. Und dann thut er es auch freudig, denn es ist nichts wohlthuender als einen Hort zu haben für die Bethätigung der eigenen Ueberzeugung, als für die

eigene Kraft ein Centrum zu finden, wo die zerstreuten
Kräfte sich vereinigt haben, um mit Aussicht auf Erfolg
zu wirken.

— Das ist's wohl, woran die meisten zweifeln:
die Möglichkeit des Erfolges.

— Sie haben es errathen. Dieser Zweifel selber
steht dem Erfolg am hinderlichsten im Wege. Dennoch
haben wir schon praktische Erfolge erreicht, — aber bis
zu den Massen ist die Kenntniß davon noch nicht gelangt. — Wollen Sie nun hören, wie Leute, die von
der ganzen Sache keine Idee haben, sich geberden, wenn
man sie mit einer Aufforderung zum Anschluß überfällt?
Es wird Sie unterhalten. Geben Sie mir den Arm —
wir machen einen Rundgang in den Salons — ich
werde den verschiedensten Leuten meine Werbung vorbringen und Sie sollen hören, wie jeder seine Weigerung
begründet. Ich weiß es im Voraus — doch werde ich
mich diesmal nicht ärgern und nicht ereifern, weil es
sich ja nur um eine Enquete handelt.

— Gut. — Aber zuvor noch Eins. Wie kommt
es, daß Sie einen Officier — einen Krieger — freudig
als Schwager begrüßen?

— Einmal, weil Georg ein prächtiger Bursch ist.
Zweitens weil man bei dem gegenwärtigen Zustand
der Dinge doch demjenigen keinen Vorwurf machen kann,
der eine durch diesen Zustand gebotene ehrenvolle Stellung
ehrenvoll ausfüllt. Die Friedensfreunde befürworten auch
nicht — wie so manche glauben — die Fahnenflucht;
sie verkünden nur — und wollen auch dazu verhelfen —
daß statt der vielfarbigen, trennenden die weiße Fahne

(wie neulich in Excelsior) aufgepflanzt werde. Bis dahin: Hut ab vor Jedem, der seine Pflicht thut.

— Das ist ganz schön, aber die Soldaten und Waffenfabrikanten können doch nicht diese Bekämpfung ihres Berufes anders als feindselig auffassen.

— Wir bekämpfen den Krieg, nicht die Soldaten. Gerade so, wie der Hygieniker die Krankheit und nicht die Apotheker und die Krankenstuhlfabrikanten bekämpft — obwohl diese freilich beim Aufhören der Krankheit nicht so zahlreich beschäftigt werden können.

— Mit andern Worten: was Sie verdammen, ist das System und nicht die Personen, deren Dienst das System erheischt. Etwas ähnliches hat mir Jemand gestern auch gesagt. („O du theurer Jemand" fügte sie im Geiste hinzu.) — Also machen wir den vorgeschlagenen Rundgang, Baron Bisthurn, — ich bin wirklich gespannt.

— Ich eigentlich auch. Ich will mir Mühe geben, die Antworten in mein Gedächtniß zu prägen, — thun Sie ein Gleiches, Fräulein Ludmilla, das Resultat wird eine ganz lehrreiche Tabelle über die Hemmnisse der Friedensbewegung liefern.

Albrecht, mit Ludmilla am Arm, näherte sich den verschiedenen Gruppen, oder rief aus einer solchen eine einzelne Person „auf ein Wort!" zur Seite und sagte, daß Fräulein Goth soeben zugestimmt habe, der Friedensgesellschaft beizutreten — und daß er nun Herrn oder Frau X ersuche, sich ebenfalls anzuschließen.

Die meisten der Angesprochenen nahmen ein ganz verständnißloses Gesicht an und ließen sich erst erklären,

was das für eine Gesellschaft und für eine Idee sei,
sie hätten noch nie etwas davon gehört. Während der
Erklärung verwandelten sich dann die verständnißlosen
Gesichter in ironisch überlegene, mit feinem Lächeln und
mitleidigem Blick.

Nachdem die Enquête beendet war, zogen sich
Albrecht und Ludmilla wieder in ihre Ecke zurück und
recapitulirten die Antworten, die ihnen im Gedächtniß
geblieben. Albrecht stenografirte sie sofort in sein Notiz=
buch. Und als er damit fertig war:

— So, jetzt lassen Sie sich den Bericht unserer
Commission vorlesen. Er ist wirklich niedlich ausgefallen.

Gutsbesitzer von Grübner. Nun, wenn Sie
durchaus den wahren Grund erfahren wollen: man läßt
sich nicht gern auslachen.

Baron Blauschwert. Ich werde von so vielen
Seiten angegangen — erst gestern zeichnete ich 100.000 fl.
für einen wohlthätigen Zweck — daß ich gezwungen bin
meine Hilfe principiell nur solchen Vereinen zuzuwenden,
die einen positiven, praktischen Zweck verfolgen . . .
wenn es sich aber nur um ideale Ziele handelt . . .
die zwar sehr schön und lobenswerth, aber unerreichbar
sind . . . kurz, ich bedauere lebhaft.

Geheimen Raths=Witwe v. Hochbern. Aber
ich bitte Sie: zwei Söhne habe ich in der Wiener=
Neustädter Militärakademie, die zwei jüngsten spielen
mit Leidenschaft Soldaten und meine drei Töchter tanzen
nur mit Officieren, da kann ich doch nicht . . .

Gräfin Spitz, Stiftsdame. Ich habe von der
Sache schon gehört und kann Sie davor nur warnen!

Es sind — schauerlich — Freigeister und Freimaurer dabei ... Ist also auf Umsturz und auf Untergrabung der h. Kirche berechnet — diese Leute nehmen allerlei Masken an — hüten Sie sich!

Fabriksbesitzer Birnenbaum. Ich würde ja recht gern — wenn ich auch nicht glaube, daß man etwas erreicht, aber jedenfalls eine edle Bestrebung ... Mir jedoch würde der Beitritt falsch ausgelegt ... wir Juden müssen ungeheuer vorsichtig sein — die Antisemiten wären gleich dabei, uns der Feigheit und der Vaterlandslosigkeit zu beschuldigen. Wenn Ihnen mit einer Spende gedient ist ... aber nur nicht meinen Namen!

Herr Rottenhausen, Rentier. Ich halte das Ganze für eine jüdische Intrigue ... Sind auch ein paar sehr verdächtige Namen im Vorstand. Natürlich: die schlauen Semiten wollten gern das Nationalgefühl aus der Welt schaffen und daher treten sie für alle kosmopolitischen Verbrüderungsduseleien ein. Ich lasse mich aber da nicht bethören.

Ministerialrath Padermann: Abgesehen von meiner staatlichen Anstellung, die es mir unmöglich macht ... lassen Sie sich sagen: die ganze Bewegung ist nur verkappte Socialdemokratie oder dient doch, ohne es zu wissen, socialdemokratischen Zwecken. Das ist doch klar: was hält die „inneren Feinde“ in Respect? Die Armee. Also die Abrüstung erst durchsetzen, dann kann der Tanz losgehen ... sind Sie wirklich so naiv, das nicht zu sehen?

Doctor Kniebein: Lassen Sie mich offen sein: ich bin Socialdemokrat. Den Frieden wird meine Partei

gründen .... Wir können uns den Bourgois nicht an=
schließen ...

Reichsrathsabgeordneter Bing: Ich bin ja
Friedensfreund, gehöre der interparlamentarischen Union
an ... aber es verträgt sich nicht mit der Würde eines
Politikers, einem Verein beizutreten, bei welchem ... Sie
wissen doch ... eine Frau ... ein alter Blaustrumpf ...
Pardon, Fräulein, ich schätze ja die Frauen sehr hoch,
nur müssen sie auf ihrem Platz bleiben ...

Freiherr v. Hallstein, k. u. k. dienstthuender
Kämmerer: Ganz unmöglich! Ich weiß, daß in hohen
und höchsten Kreisen die Sache etwas mißliebig betrachtet
wird, — für mich also ausgeschlossen.

Professor Elbing: Der ganze Unterrichtsplan
ist auf patriotisch=kriegerischer Grundlage aufgebaut, — die
weltbürgerlichen und friedliebenden Principien könnten
daher im Jugendunterricht nur widerspruchsvoll und
verderblich wirken. Ich muß verzichten.

Frau von Rimmelburg: Ich bin die Vorsitzende
eines Damen=Zweig=Vereines des Rothen Kreuzes ...
Der nächste Krieg ist ja die Voraussetzung unseres ganzen
Wirkens. — Möge dieser noch recht lange ausbleiben,
aber dann alles bereit finden für Linderung der Ver=
wundeten!

Hier schloß die Liste der einzelnen mit Namen
etiquettirten Aussprüche; darauf folgte eine Serie von
Argumenten, welche von Diesen oder Jenen, — meistens
von Diesen und Jenen vorgebracht worden, denn ge=
wöhnlich wußten die Leute fünf oder sechs Gründe
dafür anzugeben, warum es unnütz oder nicht wünschens=

werth sei, für die Abschaffung des größtmöglichen Un=
glücks einen Finger zu rühren:

„So lange die Menschen Menschen bleiben und
keine Engel sind . . ." — „Was nützt unsere Friedens=
liebe, wenn der Franzose nach Revanche schreit und der
Kosak uns bedroht?" — „Der Uebervölkerung muß ge=
steuert werden!" — „Die Mächtigen und die Ehr=
geizigen werden sich das Recht niemals nehmen lassen,
Krieg zu führen". — „Eine Naturnothwendigkeit wie
Erdbeben und Vulcanausbrüche". — „Lesen Sie die
Geschichte; was immer war, wird immer sein". — „Die
Menschheit ist nicht reif für solche Ideen — vielleicht
in tausend oder zehntausend Jahren . . ."

Albrecht klappte das Notizbuch zu:

— So — das ist eine hübsche Musterkarte von
Einwendungen.

— Haben Sie aber auch auf alle Gegeneinwände
bereit? fragte Ludmilla gespannt, denn die vielen Aus=
flüchte hatten sie einigermaßen schwankend gemacht.

— Gewiß, die einleuchtendsten und unwiderleglichsten.

— Dann genügt es wohl, sie auszusprechen?

— Das genügt durchaus nicht. Man muß sie erst
ebenso l a n d läufig machen wie die anderen. Ein hundert=
mal wiederholter Widersinn ist zehnmal kräftiger als
eine einmal geäußerte Wahrheit. Dadurch erklärt sich
das zähe Leben alter Irrthümer.

— Sie sind ein merkwürdiges Bürschlein, Baron
Albrecht. Aber sagen Sie mir, stimmt es Sie nicht traurig,
ist es nicht entmuthigend, auf so viel Widerstand und
Gleichgiltigkeit zu stoßen? Wie, man verlangt die Mit=

hilfe zum Versuch, das denkbar Schrecklichste abzuwenden, man bringt die frohe Botschaft, daß schon Viele an dieser Abwendung arbeiten und findet Leute, die darauf antworten: „Nein, da thu' ich nicht mit!"

— Es fehlt ihnen eben eins von beiden: — die Einsicht von der Schrecklichkeit des Krieges — sie finden ihn sogar sehr schön — oder der Glaube an dessen Vermeidlichkeit. Sie vergessen, daß er durch den menschlichen Willen existirt und mit dem Aufhören dieses Willens auch selber aufhören müßte. Ich fühle mich nicht entmuthigt. Die Gleichgiltigkeit, die Apathie der großen Allgemeinheit, einem neuen Gedanken gegenüber, ist ein Gesetz, mit dem man rechnen muß. Und das Tröstliche dabei ist, daß je größer die Trägheit einer Masse war, je länger sie darin verharrte, desto gewaltiger ihre Wirkung sein wird, wenn sie einmal in Bewegung gesetzt ist.

— Wie kommt es aber, daß für eine Sache, die auf Gehässigkeit oder auf Aberglauben gegründet ist, die Massen viel leichter zu gewinnen sind?

— Weil die Mißgunst und die Dummheit leider noch viel verbreiteter sind als Güte und Vernunft. Auch weil die Hassenden in ihrem Propagandawerke viel mehr Eifer anwenden, und die Schlechten sich enger aneinander schließen als die Andern. Rotten sich die Friedfertigen zusammen? Gibt es Banden anständiger Leute?

— Nun, es will mir scheinen, daß all' die jetzt entstehenden Vereinigungen solche Banden vorstellen wollen. —

— Aber wie wird es ihnen schwer gemacht! Wie verfallen sie dem Hohn oder dem Verdacht „gefährlicher Umtriebe"! —

— Ich staune über Sie, Baron Bisthurn. Wie können Sie, von Ihren Studien so stark in Anspruch genommen, noch diese fernen, so weit hinausreichenden Interessen hegen, sich in deren Dienst Aerger, Verdächtigungen und allerlei Unannehmlichkeiten zuziehen? Und dies bei solcher Jugend, wo doch die Erholung von der Arbeit nicht in so ernsten Dingen, sondern im Vergnügen bestehen soll, wo das Herz auch seine Rechte geltend machen will und seine Stimme erhebt. Haben Sie nicht irgend eine Schwär= merei? Gibt es nicht ein paar schöne Augen, die Ihnen mehr werth sind als alle Kriegs= und Friedensfreunde zusammen genommen? Ach, wenn man liebt —

— Wie Sie das sagen, Fräulein Goth! Fast könnte ich glauben, daß Sie selber ... Was mich betrifft (ein bischen verliebt bin ich hin und wieder auch schon ge= wesen) so ist ja eben das, was Sie mir vorwerfen, meine Schwärmerei: der begeisterte Glaube an das Besserwerden der Menschen und der menschlichen Zu= stände und der feurige Wunsch, daran mitzuarbeiten. Sind denn nicht auch andere Jünglinge, vor mir und mit mir, von Idealen erfüllt gewesen, die außerhalb der Verliebtseinssphäre liegen —: die Kunst, die Religion, das Vaterland? Warum sollte ich nicht ebenso für meinen Glauben erglühen: den Glauben an den Fortschritt? — für mein weiteres Vaterland — das verbündete Europa?... Jetzt aber wird drüben ein Walzer gespielt — darf ich um eine Tour bitten?

XV.

Es war zwei Uhr nach Mitternacht, als Ludmilla, von einigen der Visthurn'schen Gäste bis zum Thore begleitet, nach Hause kam. Mit lebhafter Spannung betrat sie ihre Wohnung.

— War Besuch hier? lautete die erste an die Kammerjungfer, die ihr die Thür öffnete, gerichtete Frage.

— Ja, gnädiges Fräulein, die Visitkarten und ein paar Briefe habe ich in das Schlafzimmer gelegt.

— Es ist gut ... Sie können schlafen gehen — ich werde mich allein auskleiden.

Auf dem Tische lagen drei oder vier Karten — und zwei Briefe.

Zuerst las sie die Namen der Besucher: Leopold Kron. Der unausstehliche, zudringliche Mensch! sie hatte ihm doch deutlich zu verstehen gegeben, daß er fern= bleiben solle; — Dr. Arold; — Oberst v. Brahl; — die Gemalin eines deutschen Gesandtschaftssecretärs: — also kein Degemeister!

Nun die Briefe: der eine ganz gleichgiltig, aus Hamburg; der andere — nach der Schrift — von dem Anonymus: also auch nichts von ... es sei denn — bei diesem Gedanken begann ihr Herz stürmisch zu klopfen. Sie riß den Umschlag auf und ihr Blick flog zur Unterschrift: Alexander Degemeister.

Mit einem leisen Glückschrei führte sie das Blatt
an die Lippen . . . kein Zweifel mehr: derjenige, der
sie liebte, der vor ihr anbetend niederknieen wollte, „Lud=
milla Goth! Ludmilla Goth!" es war derselbe, der ihr
Herz gefangen genommen. In dieser Gewißheit lag eine
berauschende Freude. Sie war zu bewegt, sie konnte, sie
wollte nicht gleich lesen. Mit beiden Händen bedeckte sie
ihr Gesicht und ein paar Minuten lang mußte sie nichts
anderes denken, als „Er ist's! — er liebt mich!" Sie
zog diesen Gedanken in ihre Seele ein, wie ein dürsten=
der Mund kühlendes Quellwasser schlürft.

Und nun begann sie zu lesen, überzeugt, daß der
Inhalt des Briefes nur die Wonne verzehnfachen konnte,
die ihr dessen Ueberschrift gebracht.

Allein, darin täuschte sie sich. Degemeister schrieb:

„Ludmilla Goth! Ihr letzter Händedruck — ja, es
war der letzte — hat mir gesagt, daß ich, ohne Ihren
Zorn zu erregen, es gestehen darf, wer derjenige ge=
wesen, der Ihnen geschrieben. Ihr Herz — und wäre
es auch nur eine Minute lang — war mir gewogen.
Ich muß nun fort und will Sie gar nicht wieder
sehen. Denn wäre ich nochmals zu Ihnen gekommen,
ich hätte vor Sie hinsinken müssen und meine inbrünstige
Litanei hersagen und Sie hätten mich vielleicht gnädig
emporgehoben und — Ihr Lebensglück verscherzt.

Wohl schrieb ich Ihnen in meinem ersten Briefe,
daß Sie ein taumelndes Glück genießen sollten — das
könnte ich nicht bieten, — oder ein Unglück durchkosten,
groß wie ein Martyrium, aber das will ich Ihnen
nicht bereiten. Und solches wäre Ihr Los, wenn Sie

mich liebten. Seit ich mit Ihnen gesprochen — gestern — habe ich Sie, neben meiner wahnsinnigen Leidenschaft — so innig lieb gewonnen, daß ich von Niemand — von Alexander Degemeister am wenigsten — es dulden könnte, daß man Ihnen Leid zufüge. Von dem Gewitter, das über unsere Gesellschaft hereinbrechen wird, können Sie verschont bleiben, aber wenn sich Ihnen im eigenen Herzen ein Sturm erhöbe, dann müßten Sie davon geknickt werden. Das darf nicht sein. Leben Sie friedlich und heiter. Ich selber bin so tief in Kampf und Traurigkeit gestürzt — und weiß so genau, wie das thut! — daß ich denen, die mir theuer sind, nichts anderes wünschen kann, als Frieden und Frohsinn. Heiraten Sie Denjenigen, dem sie schon halb geneigt sind, schaffen Sie sich ein schönes, ruhiges Heim, erziehen Sie — wie Ihr hoher Sinn dazu befähigt ist — Ihre Kinder zu ein paar Kämpfern, so wie das 20. Jahrhundert sie brauchen wird, für die Würde der Menschheit.

Leben Sie wohl, Ludmilla Goth, ich liebe Sie rasend, rasend . . . und ich fliehe Dich.

Alexander Degemeister."

Wieder stieß Ludmilla einen leisen Schrei aus, nachdem sie zu Ende gelesen, aber diesmal war es ein Schmerzensschrei. Verloren — was sie eben erst als unermeßlichen Schatz gewonnen wähnte! Nein, das war zu grausam. Und übrigens: ihr Wille hatte auch mitzusprechen. Der Mann, der sie so heftig liebte, war ihr Vasall — sie gab ihn n i c h t frei. „Fliehen, fliehen" — das hatte er leicht sagen, konnte er's thun? Wogte nicht zwischen ihnen beiden jetzt ein magnetischer Strom, der

sie mit einander in Verbindung setzte? War das nicht
auch — um sein bevorzugtes Bild zu gebrauchen — ein
aufziehendes Gewitter an ihrer — beider — Lebens-
horizonte: schwere, dumpfe, elektrisch geladene Wolken,
in welchen der Blitzstrahl schließlich doch aufflammen
müßte?

Sie wollte sich hinsetzen und schreiben: „Ich laß
Dich nicht." Allein sie brachte es nicht zustande. Zuerst
zitterte ihre Hand so heftig, daß sie überhaupt nicht
zwei Buchstaben nebeneinander reihen konnte. Dann,
als sie nach einiger Zeit abermals die Feder eintauchte,
stürmten die Gedanken so vielfach auf sie ein, daß sie
nicht wußte, womit beginnen. Worte der leidenschaft-
lichen Bitte, des Befehls, der Demuth, der Liebe, des
beleidigten Stolzes, der Vernunft, des Wahnsinns: damit war es unmöglich, einen einzigen zusammenhängen-
den Satz zu bilden.

Es waren qualvolle Stunden, die nun folgten.
Bald fühlte sie ein tiefes Abschiedsweh: vorüber —
alles vorüber! Er wollte sie nicht wiedersehen . . sie
konnte ihn ja nicht zurückrufen! Da stiegen ihr Thränen
in's Auge, wie man sie an theuern Gräbern weint.
Dann wieder klammerte sie sich an den Gedanken: Er
ist nicht todt und er liebt mich — und sie begann
allerlei Pläne zu schmieden, wie sie — wenn es sein
muß — ihm nachreisen würde. Da sträubte sich aber
ihr Frauenstolz und trotz der im Herzen tobenden Leidenschaft, ließ auch die Stimme der Vernunft sich vernehmen: Wer ist der Mensch überhaupt? du kennst ihn
ja gar nicht . . . vielleicht ein Unwürdiger, ein De-

klassirter, ein — Verbrecher . . . ein Mensch, der dich vielleicht in Anarchisten-Kreise — unter Dynamitarden führte, — dem du nach Sibirien oder — zum Richt= platz folgen müßtest? . . .

Der anbrechende Tag fand sie noch angekleidet im Lehnsessel — müdegedacht und mattgeweint. Die Lampe war ausgelöscht, die Kerzen abgebrannt. Jetzt erst zog sie sich aus und legte sich zu Bett. Dann verfiel sie in einen langen, bleiernen Schlaf.

— Aber liebes Kind, sind Sie krank — wie sehen Sie aus? rief Frau Darion, als Ludmilla um elf Uhr Vormittags aus ihrem Zimmer in den Salon trat. — So blaß habe ich Sie noch nie gesehen und ganz matte Augen . . . haben Sie gar so viel getanzt?

— Nur eine Tour. Aber ich habe schlecht ge= schlafen. Eine schlechte Nacht. Jetzt ist's wieder gut.

— Also wie war die Verlobung? Erzählen Sie mir . . . Ich freue mich sehr, daß die herzige Nanette eine so gute Partie macht und überhaupt, daß sie heiratet. Es ist ja doch das Beste was ein Mädchen thun kann — und Sie selber sollten nun wirklich ernstlich dazu= schauen, Ludmilla! Zwar verlöre ich dabei die ange= nehme Aufgabe, Ihre garde dame zu sein, aber Sie würden mich doch auch nicht ganz verlassen — und so egoistisch bin ich nicht, daß ich meinetwegen wünschen sollte, daß Sie eine alte Jungfer werden. Schließlich ist die Ehe das einzige Glück für uns Frauen.

— Und das sagen Sie, deren Mann —

— Mein Gott, die Männer sind ja alle mehr oder weniger nichts nutz — das ist schon nicht anders; aber man hat doch seinen Beruf erfüllt. Ist denn gar niemand annehmbarer da, der Ihnen einen Antrag gemacht? Sie haben noch bei jedem unserer Aufenthalte ein oder zwei Körbe ausgetheilt, hat sich in Wien nicht auch Jemand gefunden?

— O ja, ein ganz Vorzüglicher, aber — —

— Nun? —

— Ich lieb' ihn nicht.

— Das kommt nach der Heirat.

— Sehr unsicher.

— Ich war in meinem Mann vorher wahnsinnig verliebt und dann ist's vergangen. Ich denke, einmal vergeht es immer — das ist sicher. Also, bitte, erzählen Sie mir jetzt von der Verlobungsfeier. Waren viel Menschen da? Hübsche Toiletten? Was für ein Kleid hatte die Braut und wie war denn die Baronin angezogen?

— Sie fragen mich zu viel und ich bin nicht aufgelegt zum Erzählen. Ich werde ein wenig ausgehen — das wird mir gut thun.

— Gut, so will ich meinen Hut —

— Nein, nein, ich danke, ich werde allein —

Frau Darion schüttelte den Kopf. Sonst war Ludmilla nie ohne ihre Begleitung aus dem Hause gegangen.

— Allein? — Ich denke gewiß nichts übles, aber die Leute —

— Unsinn!

— Natürlich ist es Unsinn, und wenn man die Amerikanerinen betrachtet . . . aber Sie waren es selber, welche so viel auf derlei hielt.

— Nun freilich .. aber schließlich, in meinem Alter —

— Sehen Sie — jetzt geben Sie selber zu, nicht mehr zur ersten Jugend zu gehören. Nehmen Sie doch den Antrag dieses — wer ist er denn? — ohne viel Zaudern an.

— Vielleicht. Ich will mir's überlegen.

Ludmilla ließ sich Hut und Schleier geben und verließ das Hotel.

Es war ein warmer Frühlingstag mit umwölktem Himmel. Der Ring war, um diese Vormittagsstunde, noch ziemlich menschenleer. Keine geputzten Spaziergänger, sondern nur ein paar vereinzelte, eilige, offenbar auf Geschäftsgängen begriffene Menschen. Auf der Mitte der Straße fuhr ein Wagen der Pompes-funèbres vorbei, gerade als Ludmilla aus dem Thor trat. Das ganze Bild machte ihr einen trüben Eindruck. Wo wollte sie eigentlich selber hin? Zwar hatte sie ein Ziel im Auge — doch sie war nicht ganz entschlossen, hinzugehen. Aber nach jener Richtung mochte sie immerhin die Schritte lenken. Ob sie dann in den Laden treten würde — Cremer's Buchhändlerladen — oder vorübergehen, das würde sich dort zeigen.

Sie wandte sich rechts und ging langsam die Ring= straße hinauf, bis zur Ecke der verlängerten Kärnthner= straße. Hier stieß sie an den Obersten von Brahl. Sie bemerkte ihn nicht und wollte vorüber. Er blieb vor ihr stehen.

— So in Gedanken vertieft, Frigga, daß Sie mich gar nicht erkennen! Ich war gerade auf dem Weg zu Ihnen. Und Sie?

Sie schüttelte ihm die Hand. — O, ich „flanire" nur so, antwortete sie, um ein wenig frische Luft zu schöpfen. Mir war nicht ganz wohl.

— Darf ich Sie ein Stückchen begleiten? — Eine Wolke ist über Ihr Gesicht gehuscht, das bedeutet, daß ich Ihnen lästig wäre.

— Mein Gott, nein . . . ich bin nur überhaupt herabgestimmt. Mehr noch — ich fühle mich unglücklich, einfach unglücklich. Aber es wird vorübergehen. Kehren wir um. — Und sie that es. Er ging nebenher.

— Wollten Sie nicht eben in die Stadt einbiegen?

— Eigentlich ja . . . aber in den gedrängten Straßen kann man nicht gut zu Zweien . . . bleiben wir auf dem Ring . . . oder gehn wir in den Stadtpark — oder in's Hotel . . . oder —

— Sie sind etwas schwankend.

— Leider Gottes, ja.

— Das letztemal, als ich Sie sah, wußten Sie nicht, ob Sie einen gewissen Herrn zum Gatten nehmen werden oder nicht, und heute wissen Sie nicht, ob Sie nach rechts oder links spazieren gehen sollen. Und wie kommt es, daß Sie ohne Ihre Obersthofmeisterin auf der Straße sind?

— Ich habe mich emanzipirt. Ich will meine Wege gehen.

— Rechts oder links? Oder gar „einen Schritt vom Wege . . .?" Liebstes Fräulein Ludmilla, ich glaube, Sie haben einen wirklichen Kummer.

— Ich sagte es ja: unglücklich bin ich.

— Vielleicht haben Sie das betreffende Jawort — beziehungsweise den Korb — gegeben und bereuen Ihre That?

— Das ist's nicht. Ich habe noch über mich zu verfügen. Ach, sehen Sie nur, dort: der arme Mann auf Krücken und diese blassen Kinder! Was man auch für häßliche Gesichter sieht und so roh aussehende Menschen! ... Ich habe noch niemals auf der Straße so viel widerwärtiges erblickt, wie heute.

— Und dabei bin auch ich, Unglückseliger, in Ihr Gesichtsfeld getreten? Das ist übrigens Stimmungssache, das Bild ist nicht widerwärtiger als gewöhnlich, aber ungewöhnlich trübe ist Ihr Auge. Und wirklich abschreckendes gibt es gar nicht. Ja, wenn wir in einem entlegenen Vorortewinkel wären, wo die Armuth und das Elend und der Schmutz aus allen Winkeln triefen ...

— Sprechen Sie mir nicht davon — ich habe derlei nie gesehen —

— Freilich, für Sie hat die Welt überall nur Paläste, luxuriöse Hotels, Villenanlagen, glänzende Schaufenster; eine Stadt wie Wien zeigt Ihnen ihre Ringstraße, ihren Prater, ihre Oper ... Es sind aber auch Spitäler da, wo Knochen gesägt werden; Kasernenhöfe, wo ein Feldwebel seine Rekruten brutalisirt; Schlachthäuser, wo arme Thiere im Todeszucken wimmern; Schulen, wo hungernde Kinder büffeln, Fabriken, wo —

— Genug, genug!

— Sehen Sie, liebes Kind, Sie wollen von alledem nichts hören; daneben aber dilettantiren Sie in So-

cialismus. Beim bloßen Wort „Fabrik" brechen Sie
mir die Rede ab, lassen sich aber über die Arbeiter=
bewegung und deren Bekämpfung akademische Vorträge
halten.

— Ich denke an Einen, der sich mit akademischen
Erörterungen nicht begnügte, der überall hinabstieg in
die Kreise der irdischen Hölle und dabei unheilbar un=
glücklich geworden —

— Was Sie da schildern, ist das alte Erlöser=
loos: in die Hölle hinabsteigen, leiden bis zum Tod
und schließlich — doch nichts erlöst haben. Die Welt
will ja gar nicht erlöst werden. Aber sprechen wir
nicht von Allgemeinheiten. Sie haben einen Kummer:
wollen Sie mir ihn nicht anvertrauen?

Ludmilla schüttelte den Kopf.

— Sie haben mich mit stolzen Würden überhäuft:
Freund, Rathgeber, Onkel . . . Wenn ich aber des
verliehenen Amtes walten will, dann ziehen Sie Ihr
Vertrauen zurück.

— Ich muß allein fertig werden mit dem, was
mich heute bedrückt.

Sie waren bis zum Eingang des Grand Hotels
gekommen. Der davor stehende Portier trat auf den
Obersten zu und überreichte ihm eine pneumatische
Karte, die inzwischen eingetroffen war. Brahl warf
einen Blick darauf und bat Fräulein Goth um Ver=
zeihung, daß er sie jetzt verlassen müsse, es erwarte ihn
jemand, mit dem er in wichtigen Geschäften zu con=
feriren habe. Er fragte, wann er wieder vorsprechen
dürfe und Ludmilla nannte eine Stunde des folgenden

Tages. Darauf hin empfahl er sich, stieg in einen der
vor dem Hotel aufgestellten Fiaker und fuhr davon.

Eine Weile blieb Ludmilla stehen, dann kehrte sie
um und ging denselben Weg zurück. Diesmal kam sie
unbehelligt durch die Kärnthnerstraße bis zum Graben
und von dort ging sie durch verschiedene Gäßchen, bis
sie vor Cremer's Buchhandlung anlangte. Hier blieb
sie vor dem Schaufenster stehen.

Mit Beharrlichkeit las sie alle Titel der ausge-
stellten Bücher, ohne auch nur einen einzigen in ihr
Bewußtsein aufzunehmen. Endlich raffte sie sich aus
dieser Verlorenheit empor. Ewig konnte sie nicht auf
der Stelle bleiben, fortgehen konnte sie noch weniger,
also war nichts anderes zu thun als: die Klinke der
Glasthür drücken und in den Laden treten.

Der Principal war nicht selber da, sondern nur ein
Gehilfe, welcher dienstfertig um der Dame Wünsche fragte.

— Ist Herr Cremer nicht zu sprechen?

— Bitte schön, gnädige Frau, ich werde nachsehen.
Darf ich vielleicht um Ihren Namen bitten?

Ludmilla nannte sich. Der junge Mann ging zu
der kleinen Schneckenstiege, die von dem Laden in die
Wohnung führte.

— Ist der Herr oben? rief er hinauf. Fräulein
Goth wünscht —

Eine Frau eilte nun über die Treppe herab. Es
war Tante Therese. Bei Nennung des Namens Goth
war sie zu neugierig geworden. Das schöne Fräulein
mußte sie doch sehen, von dem ihr Carl so viel und
so begeistert sprach.

Na, g a r so ist sie g'rad nicht! sagte sie sich im Stillen, das blasse Gesicht gewahr werdend. Und an diesem Tage war Ludmilla in der That um einige ihrer hervor= stechendsten Liebreize — die frischen Wangen, die glänzen= den Augen, den heiteren Ausdruck — ärmer.

— Mein Neffe — ich bin seine Tante, Rechnungs= rathswitwe Cremer — ist nicht zu Hauf', Fräul'n, aber er muß jeden Augenblick kommen. Bitte, wenn Sie sich vielleicht hinaufbemühen wollen in die Wohnung ... Ent= schuldigen, Fräul'n, aber Sie sind mir keine Unbekannte, der Crl und auch die anderen zwei Herren können nicht genug erzählen, wie liebenswürdig und wie g'scheidt die Fräul'n v. Goth ist ... Also pittt=schön, Fräul'n!

Ludmilla lehnte nicht ab; hier war ihr beste Ge= legenheit geboten, Nachricht von Demjenigen zu erhalten, der ihren ganzen Sinn ausfüllte.

— Sie sind sehr freundlich, Frau Cremer ...

Und sie stieg, von der Anderen gefolgt, die schmale Wendeltreppe hinauf. Es war ihr dabei zu Muthe, als sei sie im Begriffe, etwas unerhörtes, furchtbar gewagtes zu thun. Wie, wenn sie mit Degemeister zusammenträfe? Sie betrat ja die Wohnung, deren Genosse er war. Der Schritt, den sie machte, rief in ihr eine gemengte Em= pfindung von Gewissensvorwurf und sehnender Be= klommenheit wach, als ob es ein verbotenes Stelldichein gelte. „Ein Schritt vom Wege?" hatte Oberst Brahl gefragt.

— Also hier, Fräul'n, bitte, nehmen's Platz. Das ist unser Sitzzimmer. Hier daneben ist dem Carl seine Kanzlei.

— Und — haben Sie — nicht auch ein Zimmer — vermiethet? . . .

— Ach, leider ja. Aber ich werd's nicht mehr thun. Freilich war der monatliche Zuschuß angenehm, — denn Sie machen sich keinen Begriff, Fräul'n, wie man sparen und rechnen muß, um doch alle Jahr etwas zurückzulegen. Alles wird immer theuerer — sogar die gelben Rüben hat der Greißler heute um zwei Kreuzer aufgeschlagen . . . aber es geschieht mir nur selten, daß ich vom Greißler etwas nehme; zweimal in der Woche gehe ich in die Markthalle und kaufe mir dort meine Vorräthe ein. Die Specereiwaaren bekomme ich im Consumverein. —

— So haben Sie das Zimmer wieder frei? Ist der Herr —

Sie wollte hinzusetzen „abgereist?" aber Frau Cremer fiel ein:

— Ich werde das Zimmer nimmermehr vermiethen. Es ist auch unbequem, weil der Eingang hier durchführt und da sind wir und der Andere genirt. Der ganze Gewinn ist ohnehin auf das bessere Essen aufgegangen, das wir dem Herrn vorgesetzt haben, — er war unser Tischgenosse und ich kann in dieser Hinsicht nicht knauserig sein, der Erl noch weniger. Der hat immer eine Flasche prächtigen Wein hergeben — und dabei war alle Gemüthlichkeit vorüber, denn was dieser Herr für Sachen spricht! . . . Mein Neffe ist ohnehin so wenig praktisch, — das reine Wickelkind. Statt seinen Geschäften zu leben, gibt er sich mit allerlei sonderbaren Ideen ab, z. B. die Welt zu etherisiren, oder so was.

— Ethisiren. —

— Ja, mir scheint. — Kurz, lauter unpraktische Ideen. Solche Bekanntschaften, wie der russische Herr, sind ihm (Schschttt, Manni, willst Du schweigen? wandte sie sich an einen Kanarienvogel, der sich redlich Mühe gab, die Worte der Frau zu überschmettern) — natürlich sehr gefährlich. Sagen Sie's nicht weiter, liebes Fräul'n, aber — sie hob beide Arme zur Decke — wenn Einer Anarchisten auf dem Nachtkastel hat! —

— Ich verstehe nicht ... Ist Herr — Herr Degemeister abge —

— Unbegreiflich, wo der Erl bleibt! Er hat doch g'sagt, daß er gleich zurück kommt. — Sie stand auf. — Mich werdens entschuldigen, nicht wahr Fräul'n? Wenn Sie noch eine Weil' warten wollen ... aber ich muß in die Küche.

— Ich bitte, Frau Cremer, lassen Sie sich nicht stören; — sagen Sie mir nur —

— Unser Mädel ist zwar recht geschickt (nur beim Abstauben muß man fleißig nachschauen) ich habe mir sie zum Kochen schon fast ganz abgerichtet, heut' aber haben wir eine Mehlspeis, die sie nicht machen kann. Sie entschuldigen also schon. Ich bin so froh, Ihre Bekanntschaft gemacht zu haben — ich kann gar nicht sagen, wie. Denn ich war schrecklich neugierig auf Sie. War mir eine wirkliche Ehre. Hier auf dem Tisch liegen ein paar Hefte „Wiener Mode", damit Ihnen die Zeit nicht lang wird. — Und fort war sie.

Ludmilla ließ die Wiener Mode unberührt. Sie ging mit sich zu Rathe: sollte sie nicht einfach weg?

Jetzt nahten Männertritte der Eingangsthür. Was würde sie denn eigentlich dem Herrn Cremer sagen?

Die Thür wurde geöffnet; Ludmilla trat einen Schritt entgegen, prallte aber in heftiger Erregung wieder zurück, denn der Eintretende war nicht der erwartete Cremer, — sondern Alexander Degemeister.

Dieser war durch den Anblick Ludmilla's fast noch bestürzter als sie durch den seinen. Sie blieben Beide eine Weile stumm und regungslos; sie an eine Sessellehne gestüzt, er noch mit dem Drücker der Thür in der Hand. In Ludmilla's Geist war für einige Augenblicke das Denken aufgehoben — dabei hörte sie deutlich das Ticken einer Wanduhr und das Zwitschern des Kanarienvogels.

Degemeister trat rasch auf sie zu und legte seine Hand auf die ihrige. Sie zuckte zusammen.

— Warum sind Sie hier, Ludmilla Goth?

Sie erröthete tief — glaubte er, sie sei zu ihm gekommen? . . .

— Ich dachte, stotterte sie, ihre Hand zurückziehend, Sie wären abgereist . . . Und Ihre Adresse wollte ich erfragen, um Ihren letzten Brief zu beantworten.

— Wären Sie um zwei Stunden später gekommen, so hätten Sie mich in der That nicht mehr in Wien gefunden. Und meine Adresse würde ich nicht zurückgelassen haben. Was kann es auf meinen Brief für eine Antwort geben?

— Das weiß ich jetzt nicht. Ich weiß nur, daß ich Ihnen schreiben, daß ich Sie wiedersehen wollte, . . daß das, was Sie schrieben, kein letztes Wort sein konnte.

Wir müßten uns gegenseitig erst ganz verstehen, ehe sich beschließen läßt, ob wir auseinandergehen, oder —

— Oder? — Ludmilla, sprechen Sie den Satz zu Ende!

Sie konnte nicht weiter reden — die Stimme versagte ihr. Wie er jetzt wieder an sie näher herangetreten war und mit dem lieben, leisen, innigen Ton ihren Namen ausgesprochen, da war ihr, als müßte sie an sein Herz sinken und dort schluchzen: „Ich laß' dich nicht, ich laß dich nicht!" Aber sie bekämpfte und besiegte sich. Er sah, wie ihre Brust wogte und wie ihre Lippen zitterten. Auch er hatte einen harten Kampf zu bestehen.

— Ein Verräther, ein doppelter Verräther müßte ich werden, sagte er nach einer Pause, wenn ich in meinem Entschlusse schwanken würde, Sie zu fliehen.

Ludmilla ließ sich jetzt auf den Sessel nieder, an dessen Lehne sie sich gestützt hatte und erwiderte mit noch immer bebender Stimme:

— Flucht ist Feigheit ... Sagen Sie mir muthig, offen, alles was Sie sind und was Sie erstreben ... In meiner Hand liegt es dann, Ihr Schicksal zu theilen, oder Sie von mir zu stoßen ... oder — vielleicht — Sie zu retten.

— Sie sind das anbetungswürdigste Geschöpf, das je gelebt, Ludmilla Goth! Machen Sie mich nicht rasend, machen Sie mich nicht schwach! Feigheit nennen Sie meine Flucht? Nein, es ist das Tapferste, das ich nur machen kann. Und ich verharre dabei.

— Es ist gut. — Sie erhob sich langsam und reichte ihm die Hand hin. So sage ich denn: Lebewohl.

Er erfaßte die dargebotene Hand und zog an der=
selben sanft die ganze Gestalt an sich und, ihre Stirn
mit leisem Kusse streifend:

— Lebewohl! Auf ewig — lebewohl!

Wieder drängte es sich auf ihre Lippen das leiden=
schaftliche Wort: „Ich laß' dich nicht", doch sprach sie
es nicht aus. Sie hob nur den Kopf und senkte den
thränenverschleierten Blick tief in die Augen des geliebten
Mannes. Da beugte er sich nochmals und küßte ihr die
Thränen weg.

Ihr drohten die Sinne zu schwinden . . . Etwas
ähnliches wie der warme Strahl von Zärtlichkeit, der
ihr Herz durchfluthete, hatte sie im Leben nie empfunden.
Soll die Erde wirklich solch himmlisches Fühlen zu bieten
haben?

— Alexander, Alexander, flüsterte sie . . . Wir
können so nicht scheiden.

Degemeister vernahm nahende Schritte und mit
einer raschen Bewegung entfernte er sich von Ludmilla.
Es war Tante Therese.

— So, der Teig ist angemacht, rief sie, jetzt kann
ich wider . . . und Degemeister gewahr werdend: Ach,
Sie sind da — Sie wollen wohl Ihren letzten Reise=
sack packen? Der Fiaker zur Eisenbahn ist schon für
3 Uhr bestellt. Zum Abschied bekommen Sie aber noch
eine Mehlspeis — wie Sie im Eisbärenland gewiß
keine ähnliche finden. Sie verlieren wohl schon die Geduld,
Fräul'n? Hoffentlich ist ihm nichts geschehen, — mir
hat's heut' Nacht von Wäsche geträumt . . . Um 2 Uhr

soll er zum Essen kommen. Soll ich ihm ausrichten, daß
er zu Ihnen —

— Nein, ich danke, Frau Cremer, es ist nicht so
wichtig, danke auch für Ihre Gastlichkeit und sage Ihnen
Adieu. — ich will jetzt gehen. Herr von Degemeister,
haben Sie vielleicht Zeit, mich ein Stück Weges zu
begleiten?

Er verneigte sich stumm, nahm seinen Hut und
öffnete für Ludmilla die Thür. Sie ging beklommenen
Athems und gesenkten Blicks an ihm vorbei und er folgte.

Als sie über die Wendeltreppe hinab und durch
den Laden auf die Straße gelangt waren, blieb Dege=
meister stehen und fragte:

— Wohin?

— Ich weiß noch nicht, gehen wir nur.

— Wenn Sie kein bestimmtes Ziel haben, wollen
Sie vielleicht mir die Führung überlassen? Ich will
einen Fiaker — —

Ludmilla erschrak. — Nein, sagte sie entschieden,
ich gehe zu Fuß und meine Wege.

Sie schlug einfach dieselbe Richtung ein, in der sie
gekommen war. War man zum Hotel gelangt, so würde
sie vielleicht Degemeister auffordern, hinaufzukommen — —

Sie gingen eine Weile schweigend nebeneinander.

Es fielen einige schwere Tropfen und die Luft war
drückend schwül.

— Ein Gewitter ist im Anzuge, bemerkte Degemeister.

Ludmilla beschleunigte den Schritt. Viele eilige
Menschen mit aufgespannten Schirmen stießen an sie
und an Degemeister, so daß es Beiden nicht möglich

war, auf dem engen Trottoir nebeneinander zu bleiben. Plötzlich erhob sich ein heftiger Wind, schwarze Wolken ballten sich über den Dächern und der Regen fiel in Strömen.

Degemeister faßte Ludmilla an der Hand:

— Hier, hier herein! und er öffnete die Thür einer Conditorei, vor der sie sich zufällig befanden. Im selben Augenblick erdröhnte ein Donnerschlag. — So, nun sind wir in Sicherheit.

— Das ist ein Wetter! bemerkte sinnig das Fräulein, welches hinter dem backwerkbeladenen Ladentische stand.

— Furchtbar!... antwortete Ludmilla. Traumhaft furchtbar und doch mit regstem Lebensinteresse erfüllt schien ihr das ganze Erlebniß...

An den Laden stieß ein Nebenraum: rothsamtene Bänke längs der Wände, Marmortischchen davor, in Goldstäben eingerahmte Spiegel darüber. Ludmilla trat hinein und nahm auf einem der Ecksophas im Hintergrunde Platz. Degemeister hing seinen Hut an einen Hacken und setzte sich an die andere Seite des Tisches. Es war sonst Niemand da.

Der Regen schlug klatschend an die Scheiben und der Himmel mußte sich ganz verfinstert haben, denn der Raum war fast in Halbdunkel gehüllt. Dennoch konnte Ludmilla ihr eigenes Bild in den sie rings umgebenden Spiegeln sehen und sehen, daß ihre Wangen jetzt hochgeröthet waren.

Das Zuckerfräulein folgte dem Paar auf dem Fuße und fragte, während sie von der Tischplatte ein paar Kuchenkrumen wegfegte, ob die Herrschaften etwas

wünschten. Degemeister bestellte Eis und ein Gläschen
Cognac.

Ludmilla athmete tief auf.

— Hier ist es köstlich, sagte sie. — So geschützt
und ungestört. Jetzt werden Sie mir alles sagen können,
was in Ihrem Briefe nicht gestanden hat.

Ein greller Blitz zuckte hinter den Scheiben und
gleich darauf wieder ein Schlag.

— Erinnern Sie sich, Ludmilla Goth, als ich das
letztemal bei Ihnen war, sprach ich von drohenden Ge=
wittern und nun sind wir in einem Gewitter beisammen . . .
Aber in keinem so furchtbaren wie das, welches ich im
Sinne hatte.

Das Fräulein kam wieder herein und brachte die
bestellten Erfrischungen. Das Eis stellte sie vor Ludmilla,
den Cognac vor Degemeister und einen mit Hohlhippen
und Waffeln gefüllten Korb in die Mitte. Dabei sagte sie:

— Es muß vorhin eingeschlagen haben — gar
nicht weit von hier — alle Gläser und Teller haben
geklirrt. Befehlen sonst noch etwas — vielleicht warme
Pastetchen? — Nichts mehr? — Bitte, hier sind die
heutigen Morgenblätter . . . Und sie brachte von einem
anderen Tische einen Pack Zeitungen, den sie neben
Degemeister auf das Sopha legte. Es ist zu finster zum
Lesen, murmelte sie dann und sie zündete eine der Gas=
flammen an.

— Nein, bitte, rief Ludmilla, das Licht blendet.

— Wie Sie wünschen. Sie drehte den Hahn wieder
zu und ging in den Laden zurück.

Eine kleine Pause. Degemeister nippt an seinem Gläschen und Ludmilla nimmt etwas Eis auf ihren Löffel, führt ihn aber nicht zum Munde — sie wartet gespannt, daß der Andere etwas sage.

Er setzt das Gläschen nieder, stützt den Ellenbogen auf den Tisch und das Kinn in die Handfläche. Er schaut Ludmilla in's Gesicht, — in seinen Augen spiegeln sich Zärtlichkeit und Trauer.

— Reden Sie, Herr von Degemeister.

— Sie haben mich heute schon einmal „Alexander" genannt, Ludmilla Goth.

— Habe ich das? Es war, als Sie Abschied nahmen...
Jetzt müssen Sie mir erklären, warum dieser Abschied? Warum, wenn es wahr ist, was Sie mir schrieben: daß Sie mich lieben — —

— „Wenn es w a h r ist!"

— Warum wollen Sie dann nicht um mich werben? Verstehen Sie mich recht: ich sage nicht im Voraus, daß diese Werbung erfolgreich sein würde. Erst müßte ich Sie kennen lernen, — erst wissen, was Ihr Schicksal, Ihre Stellung ist, um zu entscheiden, ob ich sie theilen will. Aber warum, — wenn Sie mir Ihr Herz gegeben haben, warum nicht auch Ihr Vertrauen? Warum wollten Sie einem Preis entsagen, ohne versucht zu haben, ihn zu gewinnen?

— Warum, warum! Weil ich voraus weiß, daß mein höchster Gewinn Ihr tiefstes Unglück wäre. Wäre ich abergläubisch, so würde ich Ihnen sagen: der Himmel selbst hat ein Zeichen geschickt: in der ersten Stunde, in der Sie neben mir einhergehen, bricht ein Unwetter über

Ihrem Haupte los. Hören Sie es donnern? . . .
Ludmilla Goth, vor einer halben Stunde habe ich Sie
beinahe in meinen Armen gehalten, habe ich Ihre Stirne
geküßt . . . Gestern habe ich mich noch losgerissen, —
wie, wenn ich heute das nicht mehr thun könnte und
an Ihnen und an mir zum Verbrecher würde, indem
ich Ihr Los an das meine, und das meine an das Ihre
zu ketten versuchte? Nur Ein Wort brauchte ich zu
sagen, damit Sie in aller Kälte und Ruhe befählen,
Ihnen aus den Augen zu gehen . . . Wenn ich dieses
Wort zu sagen zu feige bin und Ihr Herz, das mir so
liebegewährend entgegenzuschlagen scheint, ganz gewänne,
— wer weiß — auch wenn Sie dann die Wahrheit
erführen, wer weiß zu welchem Opfer Sie bereit wären!

— Sie erschrecken mich. Sind Sie ein Unwürdiger
— ein Ehrloser?

Er schüttelte schweigend den Kopf.

— Ich glaube es ja errathen zu haben, fuhr sie
fort, das Geheimniß Ihres Lebens und Strebens. Sie
sind von jener Bewegung erfaßt worden, die jetzt die
ganze Welt durchzuckt . . . Dabei haben Sie sich vielleicht
schwer compromittirt, — vielleicht auch einer revolutionären
Partei sich angeschlossen und wollen handelnd auftreten, —
in Fährnisse sich stürzen . . . Sehen Sie, da hätte ich als
Retterin dazwischen treten können, da hätte ich, wenn
ich Ihr Liebstes geworden wäre auf der Welt, von
Ihnen erreicht, daß Sie um meinetwillen aufgeben, was
doch zu keinem Ziele führen kann! Denn nicht wahr,
das sehen Sie doch ein, daß ein Einzelner es nicht
vermag, den Gewitterhimmel aufzuheitern, oder gar den

Blitzschlag aufzufangen? . . . Ich hätte Ihnen gesagt:
„Laß all' diese tollen Pläne, — kümmere und sorge Dich
nicht weiter um das Gewirre, — brich den Umgang
mit den alten Genossen ab und lebe nur für Deine —
unsere Liebe.

— Und wäre das nicht feiger Verrath? Ich, der
ich das Unglück der Mitwelt so tief erfaßt habe, daß
meine blutende Seele keine andere Sehnsucht mehr kennt,
als mit den Unglücklichen mitzukämpfen und mitzuleiden,
— ich sollte ihnen plötzlich die Treue brechen und nur
meiner Lust und Freude leben, — zu Füßen eines schönen,
reichen Weibes schwelgen und alles übrige vergessen!

— Wenn es sich nicht um — Dynamit, um —
was weiß ich — für Gewaltthaten handelt, nicht um
ein rasendes, sich und Andere in den Abgrundstürzen,
dann wäre es ja nicht die rettende, sondern die helfende
Hand, die ich ausstrecken wollte. Glauben Sie, ich sei
nur fähig das Leben der sogenannten „Welt" zu
führen? . . . Aus einer Gesellschaft in die andere?
Glauben Sie, ich könnte mich für ein ernstes Studium,
für ein großes Lebensziel nicht begeistern? Nicht mit
ganzer Seele theilnehmen an den edlen Aufgaben meines
Gefährten? Könnte ich den Kampf nicht mitkämpfen,
den Sie für die Unglücklichen führen wollen, in dem
Kummer nicht mitsorgen, den Sie mit Jenen leiden?
Ich fange ja an einzusehen, daß unsere Zeit hohe Auf=
gaben bietet, deren Lösung ihre Helden und Märtyrer
fordert — ihre Kreuzritter und ihre Heiligen . . . Und
wäre ich berufen, an eines solchen Seite zu leben und
zu handeln, ich würde mit Hingebung sein Mühsal

theilen, ihn ermuthigen und helfen, auf dem schwierigen
Pfade auszuharren. Mit Stolz würde es mich erfüllen,
daß der Mann meiner Liebe —

— Reden Sie nicht weiter, Ludmilla, unterbrach
Degemeister in flehendem Ton. Sie ahnen nicht, wie
weh mir jedes Ihrer Worte thut! Hören Sie mich nun
an. Ich will Ihnen alles sagen. Alles. Ja, ich bin ein
compromittirter Mensch. Ich kann in meine Heimat nicht
zurückkehren. Aber erschauern Sie nicht: einem Mord=
complott habe ich mich niemals angeschlossen; nicht nur,
weil ich jeden Todtschlag, auch den politischen, verab=
scheue, sondern auch weil keinerlei Besserung von Ge=
waltstreichen zu erwarten ist. Allein ich habe verbotene
Schriften vertheilt, habe freimüthig, zu freimüthig
öffentlich gesprochen, habe Umgang gepflogen mit Leuten,
die nachher thatsächlich eines Anschlags auf das Leben
eines tyranischen Gouverneurs überführt oder mindestens
beschuldigt wurden — ob sie schuldig waren, ist mir nie
bekannt geworden — kurz auch ich war in Gefahr,
ohne Prozeß gefangen genommen und deportirt zu werden.
Es sind nun acht Jahre verflossen, seit ich meine Heimat
verlassen habe und die ganze Zeit verbrachte ich in den
Kreisen meiner andern verbannten Landsleute, die in der
Schweiz, in Paris und in London leben. Zwei Ge=
spenster: Unterdrückung und Elend, die aus der Welt
geschafft werden müssen, müssen — das fühlt heute
heftig jeder rechtschaffene Mensch — diese zwei Gespenster
sind die Beherrscher meines ganzen Denkens, meiner
ganzen Existenz geworden. Ich spürte ihnen nach, ich
suchte sie in ihren Schlupfwinkeln und in ihren offen=

kundigen Reihen auf ... und ich habe fürchterliches und
hoffnungsvernichtendes kennen gelernt — daneben doch
auch erhebendes und verheißendes ... Doch von alledem
zu reden, ist jetzt nicht am Platze. Was ich Ihnen zu
sagen habe, ist etwas ganz anderes ... und nur aus
Feigheit schiebe ich das Geständniß hinaus. Ich habe
kein Recht, um die Liebe eines Mädchens wie Sie zu
werben, überhaupt um Liebe zu werben, weil ich ...
Er stockte nochmals.

— O mein Gott, was werde ich hören müssen!
Wenn es gar zu schrecklich ist, so schweigen Sie ...
Doch nein: ich muß es wissen.

— Schrecklich? Nur in meiner Lage, weil ich Sie
liebe. Weil ich Sie liebe, ich wiederhole das Wort, weil
es mir ebenso süß wie schmerzlich ist, es auszusprechen
und es wohl das letztemal ist, daß Sie mich's sagen
ließen. An und für sich ist's keine schreckliche — vielmehr
die bürgerlich-anständigste, unschuldigste Sache der Welt.
Ich bin — er holte einen raschen, tiefen Athemzug —
ich bin ein verheirateter Mann, Ludmilla Goth!

Der Donnerschlag, welcher vor einigen Minuten
die Fenster zittern gemacht, hatte Ludmilla viel weniger
erschreckt als es diese Mittheilung that. Sie erblaßte
und sprach kein Wort. Es war ihr, als wäre ein theures
Wesen vor ihren Augen geköpft, oder ein reicher Schatz
in's Meer versenkt worden ... Vorbei!

Nach einer Weile sprach Degemeister weiter, mit
leiser Stimme, und indem er mit der auf die Stirn
gelegten Hand die Augen überschattete. — Meine Frau
ist ein Kind aus dem Volke ... ein braves, vorwurfs=

freies Geschöpf, das mich innig liebt. Sie mag das
Reisen nicht leiden und bleibt immer in unserem kleinen
Haus in London zurück, wenn ich in die Welt hinaus=
fahre. Ich bin ihr ganz gut. Aber die Fessel macht mich
unglücklich. Denn sie versteht mich in keiner meiner Be=
strebungen — sie ist ein einfältiges, harmloses, ideen=
loses, armes Ding. Hübsch ist sie auch. Wie gesagt, ich
bin ihr gut . . . Doch, wie oft und bitter habe ich den
Streich bereut . . . In einigen Wochen hätte ich auf
jeden Fall bei ihr sein müssen, denn um diese Zeit soll
sie mir — nach fünfjähriger Ehe — unser erstes Kind
schenken. Ich hoffe, daß es ein Sohn ist — um aus
ihm einen Mitkämpfer zu machen — einen Nachfolger,
wenn ich erlahme. Wer weiß, ob ich selber etwas er=
reiche . . . um freudig auszuharren, hätte ich ein Weib
haben müssen, wie Ludmilla Goth . . . Er blickte auf
die Uhr. — Ich hätte noch Zeit, den bestimmten Zug
zu erreichen.

— Ich halte Sie nicht, antwortete Ludmilla mit
ganz verändert rauh klingender Stimme.

Er stand auf.

— Haben Sie die Güte, fuhr sie in demselben
fremden Tone fort, das Gewitter hat schon nachgelassen, —
haben Sie die Güte, mir einen Wagen zu holen.

— Ich gehorche.

Er trat hinaus, zahlte im Vorbeigehen die kleine
Zeche und verließ den Laden.

Ludmilla führte das Taschentuch an die Augen und
nur mühsam hielt sie den Ausbruch ihres Schmerzes
zurück. Nach wenigen Minuten rollte ein Fiaker heran

und hielt mit einem scharfen Ruck vor der Conditorei an. Ludmilla stand auf. Am Ende war Degemeister gar nicht mehr mitgekommen ... so ganz ohne Abschieds= worte hätten sie doch nicht auseinandergehen dürfen ... Aber während sie dem Ausgange sich näherte, war er eben aus dem Wagen gesprungen und öffnete für sie die Ladenthür. Es regnete noch, aber minder heftig und der Donner grollte nur mehr in der Ferne.

Er half ihr einsteigen und blieb vor ihr stehen, die Hand an dem Drücker des Wagenschlages.

— Haben Sie mir gar nichts mehr zu sagen, Lud= milla Goth?

— Ich habe Ihnen zu danken, daß Sie — recht= zeitig gesprochen haben. Leben Sie wohl und küssen Sie von mir — Ihr junges Weib.

Sie reichte ihm die handschuhlose Hand, die er in= brünstig an seine Lippen drückte. — „Grand Hotel“, sagte er zum Kutscher und schloß den Wagenschlag. Ludmilla warf sich laut schluchzend in die Ecke zurück.

XVI.

Durch eine Woche blieb Fräulein Goth auf ihrem Zimmer und lehnte jeden Besuch ab. Selbst die Gesellschaft der Frau Darion mied sie. „Ich wünsche allein zu sein, liebe Marqua, hatte sie gesagt — ich fühle mich leidend und brauche Ruhe, vollständige Ruhe."

Am achten Tage aber ließ sich Clarissa Visthurn nicht mehr abweisen. Sie fand Ludmilla in ihrem Schlafzimmer auf dem Ruhebette ausgestreckt; in einen losen Schlafrock von blauer Seide gehüllt, ein weißes Spitzenkissen unter dem Kopfe, blaß, mit dunklen Ringen um die Augen, sah Ludmilla wie eine Reconvalescentin aus.

— Warst Du krank? war Clarissa's erster Ausruf.

Ludmilla richtete sich auf: Nein, nein, sagte sie, und ich danke Dir von Herzen, daß Du kamst. —

— Der Portier bedeutete mir zwar, daß Du noch immer Niemand empfängst, — ich bin aber doch hereingedrungen.

— Das ist mir sehr lieb, Clarissa — ich dachte eben daran, Dir ein paar Zeilen zu schreiben — heute oder morgen wollte ich mich herausreißen aus meiner Einzelhaft.

— Was ist Dir denn widerfahren? Oder hattest Du Dich eingeschlossen, um Dir Klast's Angelegenheit so gründlich zu überlegen?

— Einestheils ... Anderntheils hatte ich mich über einen Kummer gründlich auszuweinen. Mir ist Jemand gestorben.

— Wie, ein Trauerfall in Deiner Familie und Du hast uns nichts gesagt, mich nicht theilnehmen lassen? ...

— Ich habe keine Familie ... Keine Verwandte — aber eine mir theure Person habe ich verloren. Davon wollte ich aber niemand etwas erzählen ... Sag's auch nicht weiter, bitte.

Clarissa versprach, es nicht weiter zu sagen. Und nun kam sie auf den eigentlichen Zweck ihres Besuchs zu reden. Der Sommer war vor der Thür; die Familie Bisthurn beabsichtigte, in der kommenden Woche auf ihre Besitzung in Niederösterreich zu übersiedeln — wollte Ludmilla nicht ihnen die große Freude gewähren und ihr Gast sein? Freilich: Vergnügungen waren auf Schloß Ringhof nicht zu bieten, aber ein gemüthliches ländliches Familienleben und — wenn Klast etwa hoffen dürfe, so wäre wohl dies die beste Gelegenheit, ihn noch etwas näher kennen zu lernen, denn er würde sicherlich jede Woche mindestens einmal nach Ringhof kommen, sei es von Wien aus, wo ihn Geschäfte noch eine zeitlang zurückhielten, sei es von seinem Gute Haberndorf, welches nur zwei Stunden weit von Ringhof entfernt ist. „Da kannst du nach Herzenslust überlegen", schloß die Baronin.

Ludmilla hatte in den letzten Tagen nunmehr wieder — aber diesmal endgiltig — den Entschluß gefaßt, die „goldene Mittelstraße" zu heiraten. Das große leiden=schaftliche Lieben, das sie einst hoffte zu erleben, das war an ihr vorbeigehuscht, wie ein Schatten. Ein zweites

Mal würde ihr Herz nichts ähnliches mehr empfinden.
Und wie nah war sie einer unsagbaren Gefahr gewesen ...!
Wie wenn jener, durch längeres Verschweigen der Wahr=
heit sie getäuscht hätte? Bis sie nicht mehr die Kraft
gehabt hätte, sich loszusagen? Selbst jetzt, wenn er
wiederkäme — unglücklich, flehend — — besser war's,
solcher Gefahr ein für alle Mal den Riegel vorzuschieben.
Ihre volle Unabhängigkeit war an sich eine Gefahr ...
Pflichten mußte man haben, um auf unerschütterlich
festem Boden zu stehen.

— Dein Klaft, liebste Clarissa, entgegnete sie, wird,
ich sehe es voraus, mein Jawort erhalten.

— Wirklich? Wirklich? O, wie freu ich mich!

— Aber ich bitte Dich, sage es ihm nicht oder nur
„unter dem Siegel der Verschwiegenheit" — d. h. er
darf mir gegenüber nichts davon erwähnen, denn
ich bin jetzt zu bräutlichen Auftritten nicht auf=
gelegt — jener Trauerfall ist mir noch zu gegen=
wärtig. Und was Deine Einladung betrifft, Du
Liebste, nichts hätte mir angenehmer und erwünschter
sein können!

Clarissa umarmte die Freundin stürmisch und es
wurde sofort verabredet, daß man in sechs Tagen zu=
sammen nach Ringhof übersiedeln werde. Die Einladung
war auch auf die Frau Marquise ausgedehnt, aber
Ludmilla lehnte für diese dankend ab. Sie hatte vor,
sich von ihrer alten Gesellschafterin nunmehr zu trennen.
Vorläufig in Form eines Urlaubs, den sie bei Ver=
wandten ihres Mannes im südlichen Frankreich zubringen
möge, und sollte die Heirat mit Klaft zustande kommen

— dann auf immer. Natürlich unter Angebot einer anständigen Pension.

Nachdem Frau von Bisthurn fortgegangen, klingelte Ludmilla ihrer Kammerjungfer, um sich ankleiden zu lassen. Diese neuen Pläne hatten sie dem dumpfen Brüten entrissen, in welchen sie die letzten Tage verbracht. Wohl brannte die Wunde im Herzen, aber daneben war doch wieder der Wille zum Leben erwacht. Die Wunde mußte ja allmälig vernarben und Geduld mußte man haben und womöglich ein wenig Energie. Glück? — Darauf mußte verzichtet werden ... wie viel Menschen sind denn überhaupt glücklich? Ja, wenn Alexander frei gewesen wäre ... Nun, das hätte wohl eine taumelnde Glückszeit gebracht, aber ob auch ein Lebensglück. Das wäre immer noch gar fraglich geblieben.

Als sie fertig angekleidet war — in eine ihrer gewohnten englischen Haustoiletten — schickte sie ein Zettelchen zu Oberst von Brahl, in welchem sie um seinen baldigen Besuch bat. Zufällig war der Oberst zu Hause und er folgte dem Boten auf dem Fuße.

Den großen Schlapphut in der Hand, verbeugte er sich förmlich:

— Gnädiges Fräulein haben befohlen —

Ludmilla streckte ihm beide Hände entgegen.

— Nicht so, Onkel Brahl, ich will, ich brauche, daß Sie freundlich, daß Sie gut mit mir seien.

Jetzt schaute er sie an und bemerkte, wie angegriffen sie aussah.

— Waren Sie denn wirklich krank? Ich glaubte, Sie wollten nur nichts mehr von mir wissen und wahrlich, das hat meinen gewöhnlichen Trübsinn nicht wenig verstärkt. Morgen wollte ich abreisen mit Hinterlassung eines Abschiedsbriefchens. So kann ich Ihnen noch selber Adieu sagen. In die Tiroler Berge will ich gehen, dort an rothem Wein, zackigen Berggipfeln und naiven Naturmenschen mich erlaben. Und was ist's mit Ihnen, Frigga — haben Sie mir etwas zu sagen?

— Ja, unendlich viel . . . Setzen wir uns . . . Ich habe nämlich unendlich viel erlebt, seit jener Stunde, da ich Sie zuletzt gesehen, hier vor dem Thore.

— Es sind genau acht Tage her.

— Mir ist's, als wären Jahre darüber vergangen. Mit allen Mädchenträumen habe ich abgeschlossen, auf Liebe verzichtet, ein todtes Glück beweint, meine Hand vergeben . . . Und das alles will ich jemand mittheilen, ich muß mein überschweres Herz ausschütten . . . Darum habe ich S i e gebeten, Onkel Brahl, ich habe sonst niemand, der alles das verstehen und verzeihen könnte, was ich jetzt erzählen will. Die Hälfte hatten Sie ohnehin schon errathen, nämlich daß jener Russe —

— Degemeister? Sie erinnern sich doch, daß ich Ihnen versprochen hatte, nach Riga zu schreiben, um Erkundigungen einzuziehen — inzwischen habe ich Antwort erhalten.

— Nun? . . . fragte Ludmilla, in athemloser Spannung.

— Seit vielen Jahren fort. Aus sehr achtbarer, angesehener Familie. Kein großes, aber selbständiges

Vermögen. Weltverbesserer, daher mit verdächtigen Leuten
Umgang gepflogen; jene Leute erwischt worden — er
nicht, aber dadurch gleichfalls in Verdacht gekommen —
hat sich freiwillig verbannt. Ist noch mit Freunden in
regelmäßigem Briefverkehr. Soll eine dumme Heirat ge=
macht haben, — im ganzen ein rechtschaffener, guter,
unpraktischer Mensch. Das ist der Leumund Alexander
Degemeister's. Stimmt's?

— Genau! — Es war Ludmilla eine Wohlthat
zu hören, daß in Allem, was Jener zu ihr gesprochen,
keine Unwahrheit enthalten war. Kein Zweifel brauchte
das Bild zu trüben, das sie in den Schrein ihrer Er=
innerung niedergelegt, mit einem Grabstein d'rauf: „Hier
ruht mein verlorenes Lieb".

Ludmilla legte jetzt eine ganze Beichte ab: ihr Be=
such bei Cremer, die Szene in der Conditorei, ihr
Schmerz über den Verlust und die letzte Unterredung
mit Clarissa, — ihr Vorsatz in einigen Tagen nach
Ringhof zu gehen und in absehbarer Zeit Frau Klast
von Hellendorf zu werden.

— Was sagen Sie nun, mein Freund?

— Ich sage: Wie doch der Mensch ein Spielball
in der Hand des Schicksals ist! Da wird die Welt eine
Frau kennen lernen, in glänzenden gesellschaftlichen Ver=
hältnissen, tadellose Familienmutter, ruhig, gleichmüthig
an der Seite eines achtbaren und unbedeutenden Herrn
Gemahls dahinlebend, das Muster einer sogenannten
„Dame". Und wäre jener fremde Mann nicht zufällig
schon verheiratet, so wäre dieselbe Dame in ein Leben voll
politischer Kämpfe gestürzt worden und hätte vielleicht

in Sibirien geendet . . . oder, noch schlimmer: hätte jener
Mann nicht die Ehrlichkeit gehabt, sein Weib nicht ver=
lassen zu wollen, hätte er die erwachende Leidenschaft
besagter Dame bis zur alles verzehrenden Flamme an=
gefacht . . . Doch das will ich nicht weiter ausmalen.
Die Sache hat gut geendet. Ich wünsche Ihnen Glück,
Frigga. Es ist eine vertrakte Welt. Da sitzt vor mir
ein schönes Frauenbild mit einem Feuerherzen, mit einem
zu hohen Flügen fähigen Geiste, das auf Liebe und
Jugendlust verzichtet hat, dessen Herz in unerfüllter
Sehnsucht schmachtet, das seinen Geist in Alltäglichkeit
ersticken wird, um die würdige Hausfrau eines ungeliebten
Mittelstraßenmannes zu sein und ich wünsche Glück da=
zu! Und zwar ganz aufrichtig. Sie sind großen Gefahren
entgangen, Fräulein Goth, und haben nun alle Chancen,
recht zufrieden und angenehm alt zu werden. Ich gratulire
wirklich, — die Welt ist schon so.

— Ich glaube, Sie thun mir unrecht. Zu fröhlichem
Glückwunsch ist wohl kein Anlaß, denn mir ist im Innern
wund und wehe. Im Uebrigen werde ich nicht so welt=
puppenhaft dahinvegetiren, wie Sie mir zumuthen. Ich
bin reich . . . auf das Leiden der Welt und auf das
Sehnen der Zeit bin ich aufmerksam gemacht worden —
so werde ich versuchen zu nützen, zu fördern.

— Ja, natürlich: Patronesse bei wohlthätigen Festen,
Vorstandsmitglied bei Kranken= und Armen=Unterstützungs=
vereinen, Oberaufseherin von Suppen= und Theeanstalten —

— Sie mißverstehen mich. Die Wohlthätigkeit, von
der Sie da reden, ist Flickarbeit. Was die Menschheit heute
braucht, ist nicht das Putzen und Stoppen ihres fleckigen

und zerschlissenen alten Kleides; es gilt, ihr ein neues, festes, reines Gewand zu weben.

— Ich verstehe: Sie sehen in jenen „Bewegungen", in die Sie kürzlich eingeweiht wurden, die hin= und her= fliegenden Schiffchen für das zu webende Engelgewand. Ich will Ihnen aber etwas sagen: Die Menschen sind keine Engel, — Bestien sind sie.

— Diejenigen der Vergangenheit wohl, — aber nicht die gegenwärtigen.

— Die gegenwärtigen erst recht. In der Politik ist die Niedertracht endemisch. Ueberall sieht man nur Gruppen, die darauf lauern, andere Gruppen zu zer= fleischen. Der Krieg steht wieder vor der Thür und wird dem gemeinen Mann schon „mit zwei Fronten" als unumgänglich hingestellt. Die Menschen sind Raubthiere und „Verstand ist stets bei Wenigen nur gewesen". Eine Grenzlinie für den Krieg liegt nur in der fortschreiten= den Technik der Waffe, in der Einreihung von Millionen Kriegern auf einem immerhin beschränkten Kriegstheater ... Theater ist ein guter Ausdruck. Die den Krieg machen, sitzen in den Logen und die ihn durchführenden Schau= spieler und Statisten sind schlecht gagirt und bezahlen ihre Rollen mit den geraden Gliedern, der Gesundheit und dem Leben. — Ueberall Krieg! Am schlimmsten in den Gesinnungen, den feindlichen, gehässigen, dabei augenverdreherisch muckerischen. Da sollen Friedensvereine Abrüstung durchführen, wenn jede Kneipe, jede Zeitung, jede Kanzel ein — Arsenal ist! Philosophische, oder — wie heißt das Ding? — „ethische" Vereine sollen Moral schaffen in diesem Meer von Dummheit und Stumpf=

finn und Knechtssinn! Der gute Kant hat eigentlich trotz seiner Kritik der reinen Vernunft, die er später praktisch in's Gegentheil verwandelt, doch nur den kategorischen Imperativ geleistet, der ausgezeichnet in die Caserne paßt und mit „zu Befehl" verdeutscht werden kann. Und wessen Schädel die Pickelhaube nicht verträgt, der bleibe weg von der Germania! Und bei all' dem Gebrumm hören Sie mir nicht einmal zu, — die träumerischen Frigga=Augen sind wieder in die Ferne gerichtet — ich wette, Sie haben kein Wort gehört von meiner ganzen Weisheit.

— Doch: Sie sagten am Anfang Ihres übellaunigen Monologs, daß der gegenwärtige Mensch kein Engel sei. —

— Ganz richtig, sondern eine Bestie.

— Sind Sie denn nicht auch ein gegenwärtiger Mensch? Sprächen Sie wahr, so würden sie die Bestie nicht sehen, sondern sein.

— Ich bin auch kein Engel. Bin vielleicht auch kein gegenwärtiger Mensch. Ueber seine Zeit kann niemand hinaus, — die Zeit, die die meine war, an die mich anzupassen ich die Fähigkeit hatte, das war die von meinem 20. bis 50. Jahre. Jetzt, wo ich den Siebzigern zuschreite, da hat der alte Kriegsknecht seinen Tornister zu packen, um in die große Armee einzurücken, wo es keinen Urlaub mehr gibt. Ich zähle die Falten in meinem Gesicht, zähle die fehlenden Zähne im Ober= und Unter=kiefer, betrachte das Grau der einst goldblonden Haare und lege wie Tobias den Finger auf mein Herz, auf ein schmerzerfülltes Herz und sage: Alter Hirsch, laß das, — an dieses glaubt kein Mensch mehr, es ist ein

Anachronismus — geh' hin und leg' dich schlafen. Schauen Sie her, Frigga, in meinen Abschiedsbrief wollte ich ein Blatt mit diesen Reder'schen Versen legen, — die drücken meine ganze Stimmung aus:

Längst hängt an meiner Zimmerwand
Der Kneipe gewundenes Horn,
Dann hing den Säbel ich dazu,
Vom Stiefel geschnallt, den Sporn.
Bald folgte nach die Doppelbüchs,
Der Rucksack, fleckig von Blut,
Palett' und Leier, verstaubt, verstimmt,
Bedeckt mit schlappigem Hut.
Als die Trophäe nun fertig war,
Recht eng zusammengedrängt,
Da hätt' ich fast als letztes Stück
Mich selbst dazu gehängt.

Ludmilla antwortete nichts; sie reichte ihm die Hand hinüber und drückte seufzend die seine.

— Ein erheiternder Kumpan bin ich, das muß ich mir lassen. Da läßt dieses Kind mich rufen, schüttet mir ihr kummerbeladenes Herz aus und statt sie aufzurichten, krächze ich ihr meinen eigenen Jammer vor.

— Ich wollte gern Ihre Lebensgeschichte erfahren, Oberst Brahl. Wenn Sie mir aus Tirol schreiben, legen Sie einmal in einem Brief eine Skizze davon nieder.

— Geschwindigkeit ist keine Hexerei. Aber ein ganzes Mannesleben unter den verschiedensten Verhältnissen als Landbube, Schuljunge, Universitätsstudent, Forstmann, Offizier, Maler und Dichter — und dazu das ewig Weibliche von der Hütte bis zum Salon: das ist wohl

19*

mehr als ein Blatt, das man flüchtig mit seinem ganzen
Inhalt überfliegt.

— Warum haben Sie niemals geheiratet?

— Ich? Ich bin ja verheiratet, — habe ich Ihnen
das noch nicht gesagt? Meine Frau (die Dalmatiner
sagen dazu allemal: „con permesso") ist eine sehr ehren-
werthe alte Dame. Sie bleibt aber daheim, wenn ich
eine kleine Reise thue. Sie hat kein Interesse an Reisen,
ebensowenig wie an Malerei oder Lyrik. Auch eine
Tochter habe ich.

— Also sind Sie nicht allein auf der Welt?

— Meine Tochter ist verheiratet — an einen mir
in die Seele zuwidern Bureaukraten und selber ganz
Philisterin geworden. Ich bin einsam.

— Armer Freund! . . .

Sie plauderten noch eine zeitlang weiter in demselben
traurigen Ton. Dann nahm der Oberst Abschied. Er
wollte bei seinem Vorsatz bleiben, am folgenden Tag
nach Tirol abzureisen. Ludmilla mußte ihm versprechen,
ihm zu schreiben und auch brieflich ihm ihr Herz aus-
zuschütten, wenn es ihr wieder einmal zu schwer werden
sollte.

Im Laufe desselben Tages ließ Ludmilla auch
Dr. Arold zu sich bitten. Sie wollte jetzt gar nicht
mehr allein sein und ihren Gedanken sich hingeben,
wie in der verflossenen Woche; sie wollte Zerstreuung,
Ablenkung haben, sie mußte handeln, vorbereiten, ihre
Geschäfte in Ordnung bringen und dazu bedurfte sie
des Beistandes ihres Rechtsfreundes. Daß Dr. Arold

vielleicht auch) — zufällig — von einem Dritten etwas erzählen könnte, — diese Möglichkeit gab sie wohl zu; aber daß das ein Hauptgrund sei, dem Besuch des Herrn Arold mit Spannung und Ungeduld entgegenzusehen, das wollte sie vor sich selber n i c h t zugeben.

— Sie haben Ihren Freunden große Angst gemacht, Fräulein Goth. Mit diesen Worten trat Dr. Arold bei Ludmilla ein. — Aber jetzt sind Sie wieder gesund, Gott sei Dank!

— Ich war überhaupt nicht krank, mein lieber Doctor Arold. Und von welchen Freunden sprechen Sie?

— Von mir selber in erster Linie; von Carl Cremer und von Frau Cremer, welche lebhaft für Sie schwärmt, seit Sie dort gewesen. Dann Herr von Degemeister —

Ludmilla fühlte ihren Athem stocken. — Ist . . . Herr von . . ist er noch nicht abgereist? Das Aussprechen des Namens machte ihr Schwierigkeit.

— Doch. Da wir ihm aber schrieben, daß Sie erkrankt seien, so hat er telegraphisch um weitere Nachricht gebeten.

War also das Band noch nicht gänzlich abgerissen? . . . — Wie kommt . . . Ihr Freund dazu, soviel Antheil an meiner Gesundheit zu nehmen? fragte sie laut.

— Ganz einfach: er hat eine Leidenschaft zu Ihnen gefaßt, vom ersten Augenblick an. Auch der arme Cremer hat über Ihre Schönheit den Kopf verloren. Natürlich wagt er es nicht, zu Ihnen aufzublicken, aber er gibt die Hoffnung nicht auf, daß Sie die Patronin, die

Wohlthätigkeitsfee seines — Sie wissen schon — ethischen Märchens abgeben werden.

— So hat ihr russischer Freund — auf das andere, was Arold eben gesprochen, hatte Ludmilla gar nicht gehört — seine Adresse zurückgelassen?

— Warum hätte er das nicht thun sollen?

— Ich dachte nur so . . .

— Seine Adresse ist: Picadilly=Club, London, falls es Sie interessirt.

— Danke, ich stehe mit Herrn v. Degemeister weder in brieflichem noch sonstigem Verkehr. Und jetzt wollen wir von Geschäften reden, Dr. Arold.

In ihrem Innern empfand es Ludmilla doch als doppelte Genugthuung, daß Alexander ihrer mit solch' liebender Angst gedacht, und daß die Verbindung zwischen ihm und Dr. Arold nicht abgebrochen war. Freilich, sie durfte, sie wollte nicht mehr an ihn denken; gleichviel: so war's doch besser, als hätte er sich in einem spuren= losen Nichts verflüchtigt.

Sie theilte nunmehr Dr. Arold mit, daß sie in den nächsten Tagen, als Gast der Familie Bisthurn, nach Ringhof sich begeben — und muthmaßlich im Laufe des kommenden Herbstes sich vermählen und dann bleibend in Oesterreich niederlassen werde. Es gab da viel zu besprechen, wie sie bei dieser Eventualität eine Summe Geldes flüßig machen solle und wie ihr in Deutschland angelegtes Vermögen am besten in ihrer neuen Heimat anzulegen wäre — etwa mit Häuser= oder Güterkauf?

Nach Schluß der geschäftlichen Erörterungen bemerkte Dr. Arold lächelnd:

— Es ist doch sonderbar, daß ich, ein Feind der bestehenden Wirthschaftsordnung, ich, der ich zuversichtlich hoffe, daß der unumschränkte Privatbesitz des Bodens einer Verstaatlichung desselben Platz machen wird, da noch Rathschläge gebe, wie ein Stückchen meines persönlichen Erzfeindes, des Capitals, am besten für meine Clientin fructifizirt werden kann — und wie ich dieser reichen Bourgeoise die größten Zinsen, das heißt den Ertrag der möglichst größten Ausbeutung fremder Arbeit zuschanzen soll ... Je nun, das sind so die unausbleiblichen Zusammenstöße und Durchkreuzungen von Theorie und Praxis. Der Geist fliegt rasch und gerade, — die Thatsachen schleichen und winden sich. Wenn aber die Thatsachen einmal in's Rollen kommen, dann überstürzen sie sich so, daß ihnen der Geist nicht mehr zu folgen vermag.

— Rollende und sich überstürzende Thatsachen: ist das nicht ein anderer Ausdruck für Revolution? Und sehen Sie die wirklich kommen, Doctor Arold? Sehen Sie — auch Sie — das Gewitter?

— Ein dumpfes Grollen hört man wohl schon lange. Aber an eine Revolution will und darf ich nicht glauben. Der Socialismus von heute ist keine Sache des Aufruhrs und des Umsturzes: nicht Revolution, sondern Evolution ist seine Losung. Allmälig, wie der Boden sich aus dem Meeresgrunde erhebt, um ein mächtiger Continent zu werden, so hebt und festigt sich der vierte Stand und wird, wenn er einmal an die Oberfläche gelangt ist —

— Wie Sie doch Alle immer in Bildern sprechen, unterbrach Ludmilla.

— Das kommt daher, weil wir immer mehr und mehr zur Erkenntniß gelangen, daß alle Vorgänge im gesellschaftlichen Leben genau so gesetzmäßig sich vollziehen, wie die Vorgänge in der Natur. Trifft man da das richtige Bild, so läßt sich aus einer einzigen Erscheinung das sichere Vorhandensein der Begleit- und Folgeerscheinungen annehmen. Und darum ist die jüngste und glorreichste Erkenntniß, welche uns von der Naturwissenschaft geboten worden, — die Entwicklungslehre — zugleich zur fruchtbarsten und segenverheißendsten Unterlage der künftigen socialen Gestaltungspläne geworden: wir wollen — doch Sie hören mir nicht zu, Fräulein Goth ... Es ist auch wirklich eine schlechte Gewohnheit von uns Parteimenschen und Ideenverfechtern, immer in den Vortragston zu verfallen und die unschuldigsten Leute mit Argumenten zu behelligen.

Ludmilla lächelte: — Ich bin nicht gar so unschuldig, Dr. Arold, da ich Sie ja stets um Belehrung gebeten habe. Jetzt war ich freilich zerstreut, ich gestehe es ... Auch fühle ich wieder etwas Ruhebedürfniß, ... ich hatte mir zu viel zugetraut.

Auf diesen Wink hin brach Dr. Arold seinen Besuch ab und indem er versprach, die beregten Geschäftsangelegenheiten nach besten Kräften und — wie er scherzend hinzufügte — zur Befriedigung der reichen Capitalistin zu erledigen, ließ er Ludmilla wieder allein.

„Reich — reich", das Wort klang ihr in den Ohren nach, während sie sich mit einem tiefgeholten Seufzer in

ihren Lehnfessel zurückwarf und das Gesicht mit beiden
Händen bedeckte. Der Gegensatz des Begriffes „reich"
war es, was sie erfüllte: „Verarmt, verarmt bin ich",
murmelte sie schmerzlich. Das selige Bewußtsein, geliebt
zu sein und wieder zu lieben und dies mit der Aussicht
auf gegenseitige Beglückung, — dieses Bewußtsein, welches
vor kurzem in ihrem Herzen erwacht war, d a s hatte
sie als Reichthum empfunden, als einen unermeßlichen,
unerschöpflichen Schatz — und jetzt war das zerronnen,
zerflossen, wie ein Nebelbild: ein Feenpalast, aus dessen
Scheiben glänzende Lichter strahlen, verwandelt in einen
dunklen Kirchhof, . . . die Hoffnung war todt, die Liebe
war —

Hier wurde ihr Gedankengang durch eine glühend
zärtliche Empfindung abgeschnitten: Nein — die Hoffnung
wohl, aber die Liebe war nicht todt . . .

XVII.

Noch an diesem Abend lud sich Ludmilla selber in das Haus Bisthurn ein. Sie wollte sich von den Gedanken losreißen, die sie quälten, sie wollte sofort beginnen, sich in die Existenz einzuleben, die ihr jetzt bevorstand. Das Haus Bisthurn sollte ihr fortan Heim und Familie sein. Durch die Heirat mit Klast wurde sie thatsächlich Clarissa's Cousine und dies schien ihr eigentlich als die verlockendste Begründung ihres Entschlusses.

Daß sie ihren künftigen Bräutigam an diesem Abend bei Bisthurn nicht antraf, war ihr angenehm; am liebsten wäre es ihr überhaupt gewesen, wenn sie ihn in seiner Abwesenheit hätte heiraten können; aber schließlich: er hatte nichts Abstoßendes und es war ja sehr möglich, daß sie ihn noch lieb gewänne. — Vor Allem mußte sie, ehe sie ihr Jawort gab, volle Klarheit und Ehrlichkeit in die Sachlage bringen. Bei der ersten Gelegenheit, die sich ihr bot, mit Clarissa allein zu sein — es war nach Tisch und die beiden Frauen hatten sich auf den Balcon gesetzt, während die Andern im Zimmer geblieben — führte Ludmilla ihr Vorhaben aus.

— Liebste Freundin, sagte sie, ein ernstes Wort!

— Wie feierlich! Handelt es sich um den Klast, — bist Du etwa wieder unschlüssig geworden?

— Ja, es handelt sich um Klast. Es wurde zwischen uns Zweien verabredet, nicht wahr? — daß Du ihm meine Zustimmung mittheilen werdest, unter der Be=
dingung, daß er eine zeitlang mir gegenüber von der Sache nichts erwähne. Zugleich aber bitte ich Dich, ihm zu sagen, daß ich ihn achte und schätze und — meinet=
wegen — auch sympathisch finde, daß aber von Liebe keine Rede ist . . .

— Darauf wird er antworten, was alle Männer in solchen Fällen zu sagen pflegen: „Oh, die Liebe wird schon kommen, wenn sie nur erst meine Frau ist". — Uebrigens ist er keine exaltirte Natur.

— Nein, das ist er nicht. Es ist aber nicht genug. Du mußt ihm noch etwas sagen. Nämlich, daß ich vor Kurzem in einen Andern verliebt war, eigentlich noch bin —

— Ludmilla! Und das erfahre ich erst heute?

— Daß aber zwischen diesem Andern und mir ein Abgrund liegt. Er und ich sind auf immer getrennt, über kurz oder lang werde ich ihn wohl vergessen haben. Ich habe ihn im Ganzen drei oder viermal gesehen, dann erfahren, daß er verheiratet sei . . . er ist auch abgereist . . . kurz, die Sache ist aus, ohne eigentlich begonnen zu haben; ich hätte sie ohne Betrug ver=
schweigen können, aber ich will nicht mit dem Schatten einer Falschheit in die Ehe treten.

— Ist es jedoch nicht schon an sich eine falsche Ehe, Ludmilla, wenn man mit einer andern Liebe im Herzen? — —

— Es ist keine festgewurzelte Liebe, keine, die ich hüten und nähren will. Ich weiß, daß in kurzer Zeit die Erinnerung daran verwischt sein wird. Im Uebrigen: wenn Du nur einen Liebesbund als echte Ehe aner= kennst, dann allerdings —

— So streng kann ich nicht sein — ich habe Dir selbst vor Kurzem zu einer Vernunftheirat zugeredet... Die Heiraten aus Liebe, wie bei den glücklichen Kindern dort... siehst Du wie sie in den Noten blättern, ob sie wohl nur von Musik reden?... die gehören zu den Seltenheiten. Aber hör mich an: Du hast Deiner Ehrlichkeit genug gethan, indem Du mir diesen Auftrag an meinen Vetter übergeben; ob ich ihn ausführe, das überlasse mir.

— Es wäre auch kein Unglück, wenn Du schwiegest. Die Sache ist wirklich ohne Belang. Dir gegenüber habe ich mein Gewissen entlastet und das ist mir die Haupt= sache — Du bist mir an der ganzen Heirat das Liebste und Wichtigste.

— Sei ruhig, mein Schatz. Klast ist ein vortreff= licher Mensch, — Du gehst einer glücklichen Zukunft entgegen.

— Zukunft? Das ist ein langes Wort, das stellt eine unabsehbare Zahl von Jahren vor, eines hinter das andere gereiht und wer weiß, wie wenig Zeit wir vor uns haben?

— Was das für trübe Gedanken sind! Allerdings, wir sind Alle sterblich...

— Das meine ich nicht. Nicht das natürliche Ende der Einzelnen habe ich im Auge — ich glaube, es naht ein gewaltsamer Tod für unsere Generation, ein Zu= sammensturz, ein Weltenbrand...

— Wie kommst Du auf solche Ideen?

— Ach, vor wenigen Wochen wären mir solche Ideen nicht aufgestiegen, seither habe ich gelernt, erfahren —

— Nun, das ist keine „fröhliche Wissenschaft".

— Nein, eine furchtbare Wissenschaft. Zu sehen, wie rings die Schrecken sich thürmen, wie rasch und stetig Pulver und Petroleum und Dynamit in unsere schindelgedeckten Häuser gebracht werden, wie da der Haß, die Bosheit, die Unzufriedenheit, der Jammer sich auf= schichtet — und als Mittel dagegen wieder nur neuer angedrohter Jammer — es ist zum Erbarmen, es ist zum Erschauern!

— Ich sehe nichts von alledem.

— Das ist ja eben das Uebel! Wären nicht Alle so blind, würden Alle die Gefahr erkennen, erfassen, so ließe sie sich vielleicht noch abwenden.

— Du bist mir heute ganz unheimlich, Ludmilla. Zuerst diese geheimnißvolle Liebesgeschichte, jetzt dieses angekündigte Weltende ... Ich glaube, deine Nerven —

— Du hast recht: die sind zum Zerspringen ge= spannt. Ich habe in den letzten vierzehn Tagen zu viel Schmerzliches gefühlt und gedacht, gehört und gelesen. In Ringhof werde ich Beruhigung finden. Dort will ich mich ins hohe Gras legen und an gar nichts, gar nichts denken. Hier, dieser Lärm, dieses Gewirre, — das ist überhaupt was mir weh thut, all der Wirrwarr.

— Welcher Wirrwarr, Fräulein Goth?

Baron Visthurn, welcher auf den Balkon hinaus= getreten war, hatte die letzten Worte aufgefangen und er schob sich einen Sessel an Ludmilla's Seite:

— Welcher Wirrwarr? Meinen Sie diese rasselnden
Wagen da unten auf der Ringstraße? Diese hin= und
hereilenden Menschen, von denen jeder so wichtig seinen
Ameisengeschäftchen nachläuft?

— Ich meinte das Gewirre in der ganzen heutigen
Welt.

— Davon sind Sie zum Glück unberührt. Ueber
das wüßte ich zu klagen und zu erzählen. Wenn man
so mitten drin steht, im politischen Getriebe . . . Wie
sagt doch Ernst Ziel:

> Es hastet in Hitze
> Jahrhundert dein Hader:
> Es ringen um Reiche
> So Ritter wie Rassen;
> Es knechtet die Kirche
> So Käuze wie Kön'ge;
> Es treten Satrapen
> So Thoren wie Tücht'ge;
> Es kämpfen ums Können
> So Cliquen wie Klassen;
> Es jagen die Junker
> So Jobber wie Juden;
> Es beugt sich dem Büttel
> So Bauer wie Bürger;
> Wann wird er sich wenden
> Der Wirrwarr der Welt?

Nach einer kurzen Pause fragte Ludmilla:

— Und warum glauben Sie, daß ich unberührt
bleibe, von diesem Wirrwarr?

— Je nun, als Frau . . . Was ficht Sie der
böhmische Ausgleich an — was die „Fortwurstelei" des
Ministeriums, die Zerrüttung der Parteien, der Kampf

um die Neuschule und was ähnliche Annehmlichkeiten mehr sind?

— Es ist wahr, Baron Bisthurn, diese verschiedenen Details des innerpolitischen österreichischen Lebens sind mir fremd und gleichgiltig; aber es will mir scheinen, daß jener Wirrwarr, jene Dissonanzen, über die sogar die Dichter schon klagen — und Dichter sind doch sonst die bevorzugten Erlauscher aller Harmonien — in weitere Gebiete gedrungen sind als die politischen. Auf diesem Gebiet haben wir Frauen uns freilich nicht zu sorgen und grämen, — obwohl sich auch hierüber etwas sagen ließe, denn zu den schwankenden Dingen der Gegenwart gehört doch auch die Stellung der Frau — aber so wie unsere gegenwärtige Stellung ist, sind wir doch als Hüterinnen der moralischen Ideale, als Vollstreckerinnen der geltenden Tugendgesetze, als Bekennerinnen des herrschenden Glaubens angestellt — und sagen Sie mir, wo gibt es heute etwas so unsicher gewordenes wie die Tugend= und Religionsbegriffe, worüber wird erbitterter gestritten und schmerzlicher gekämpft, als um die so= genannten Ideale? Sind wir Frauen also — ich meine solche unter uns, deren Verständniß über Putzangelegen= heiten und Küchenregiment hinausreicht — nicht auch von dem Leid betroffen, das es über unsere Zeit ver= hängt, das Wirrwarr der Welt?

Im Zimmer d'rin hatte das mit in den Noten blätternde Paar sich endlich entschlossen, zu musikalischen Thätlichkeiten überzugehen; ein gewähltes Blatt ward auf das Pult gelegt — das Lerchenduett aus Romeo und Julia zu vier Händen — und von dem Brautpaar

ganz gut, wenn vielleicht auch mit etwas gar zu gefühl-
vollem *ritardando* vorgetragen.

Die auf dem Balkon Sitzenden unterbrachen ihr
Gespräch, um zu lauschen. Die süße, leidenschaftliche
Weise übte dadurch doppelten Zauber, daß sie von zwei
Liebenden wiedergegeben wurde. Man konnte es ihnen
nachfühlen, den beiden Glücklichen, wie die Zärtlichkeit
dieses Glücks ihre eigene Zärtlichkeit erhöhte, wie die
Worte des Textes, den Georg von Fontis sotto voce
mitsummte:

> Dein Kuß, der gluthgetränkte,
> Schließt einen Himmel ein —

sie mit seligen Schauern erfüllte.

Albrecht stand neben dem Clavier und wendete die
Notenblätter um. In einiger Entfernung saß Marie; sie hielt
eine Häkelei in Händen; aber, sich unbemerkt glaubend,
hatte sie die Arbeit in den Schoß sinken lassen und
blickte unverwandt — mit dem unter halb gesenkten Lidern
seitwärts entsandten Klosterblick — nach Albrecht hinüber.

Noch ehe das Stück zu Ende war, brach Nanette
plötzlich ab. Sie mußte so heftig husten, als ob sie
ersticken sollte.

Der Bräutigam ergriff ihre Hand und beschwich-
tigte sie mit einem liebevollen, aber angstlosen: „No, no,
no . . ." während der Bruder sichtlich erblaßte und es
schmerzlich um seine Lippen zuckte.

Diese Scene gab Ludmilla, welche mit den beiden
Anderen jetzt wieder in das Zimmer gekommen war,
einen Stich in's Herz. Nanette aber hatte sich schnell
erholt und sie setzte das Clavierspiel wieder fort.

Ludmilla näherte sich der kleinen Maria, die jetzt eifrig häkelte.

— Sag' mir, fragte sie leise, geht das immer so fort mit Nanette's Husten — und hat man nicht wieder einen Arzt befragt?

— Ja, der Husten wird immer ärger . . . und Fieber hat sie auch oft des Abends . . . ich trau' mich nichts zu sagen, denn ich mußte Dir versprechen zu schweigen und dann . . . sie sind alle so sorglos . . . Aber mein Hauptkummer ist der: wie wird es um ihre Seele steh'n? Ich glaube, sie denkt jetzt viel zu viel an Georg und viel zu wenig an die letzten Dinge. Du solltest mit Tante Clarissa reden . . .

— Was wird hier so geheimnißvoll geflüstert? fragte lachend Baronin Bisthurn, indem sie sich der Gruppe der beiden Mädchen zugesellte.

— Wir sprechen leise, um die Musik nicht zu stören, antwortete Ludmilla erröthend, über die eigene rasche Lüge einigermaßen verwirrt. Sollte sie wirklich, wie Maria ihr gerathen, die Freundin auf die Gefahr aufmerksam machen, in welcher deren geliebtes Kind schwebte? Dennoch: wenn überhaupt eine Gefahr bestand, nämlich wenn es eine Brustkrankheit war, der das arme junge Mädchen verfallen, da gab es kein Abwenden, kein Entrinnen, — wozu dann diese grausame Vorhersage des Todesurtheils? Doch nicht, damit jene überspannte Klosterschülerin sich berechtigt glaube, die Verurtheilte mit den „letzten Dingen" zu quälen?

Das Duett war zu Ende und die jungen Leute standen vom Clavier auf. Baronin Bisthurn schlug vor, daß man den Abend in einem Theater beschließe. Das Brautpaar stimmte dem Vorschlage bei; der Hausherr mußte sich ohnehin zu einer Clubsitzung begeben; Maria wurde gar nicht gefragt, denn es stand fest, daß sie an diesem sündigen Vergnügen niemals theilnehmen wollte; Ludmilla erklärte sich bereit: Zerstreuung, Ablenkung war es ja, was sie heute gesucht hatte. Es wurde nach dem Forstl'schen Bureau telephonirt, ob noch eine Loge zu bekommen sei und es fand sich noch glücklich eine solche in der Burg. Fünf Minuten später stand der Wagen vor dem Thore und man brach auf. Maria begab sich zu einer im selben Hause wohnenden alten Tante; Albrecht zog sich in sein Zimmer zurück — so gern er auch die Anderen begleitet hätte, — um zu „büffeln", die Prüfung rückte ja immer näher. „Das sind so die Privilegien der sogenannten herrlichen Jünglingszeit", bemerkte er mit resignirtem Seufzer.

Der erste Act hatte schon begonnen, als die drei Damen und Fontis die Loge betraten. Auf der Bühne, welche ein altväterliches Wohngemach darstellte, befanden sich Frau Wolter und Frau Hartmann im Zwiegespräch.

Ludmilla setzte sich auf den ihr von Clarissa freundlich aufgedrängten Ehrenplatz und schickte sich an, das Stück zu genießen. Der Zauberin Kunst wollte sie sich ganz gefangen geben: verscheucht und gebannt sollten sie sein, wenigstens für ein paar Stunden, alle die beengenden, drohenden „Fragen", all' die Zerwürfnisse aus dem Wirrwarr der Welt, aus dem Zwiespalt der Zeit.

Jetzt nahm sie den auf der Brüstung liegenden Theaterzettel zur Hand: „Die neue Zeit, von Richard

Voß". Und was sich nun auf der Bühne abspielte, es war doch wieder derselbe Zwiespalt. Bis in das Pastor= haus des nordischen Fischerdorfes schlägt der Kampf der Gegenwart seine Wellen; auch dort stoßen die alte und die neue Weltanschauung hart aneinander, — so hart, daß das liebende Weib, welches zwischen Beiden steht — dem streng gläubigen, an der alten Zeit haftenden Vater und dem der neuen Zeit entgegenjubelnden Sohne — daran zu Grunde geht.

XVIII.

Im Wartesaal der Westbahn, auf einem der mit grünem Sammt überzogenen Sophas, saßen Frau Darion de Courtevoye und Ludmilla. In einer halben Stunde ungefähr sollte der Orientexpreßzug abgehen, in welchem sich Frau Marqua schon einen Platz gesichert hatte. Da es noch so lange bis zur Abfahrt dauerte, war der Wartesaal noch leer; das Eisenbahnfieber, an welchem die alte Dame stets in hohem Grade litt, war daran schuld gewesen, daß man so früh vom Hause weggefahren. Die Hitze an diesem Juninachmittage war eine drückende und obwohl die hier herrschende Atmosphäre schier unerträglich dumpf war, so mußte man sie doch dem Aufenthalte auf dem noch heißeren Perron vorziehen und die letzten dreißig Minuten des Beisammenseins in diesem grünsamtenen Schatten zubringen.

Es war keine traurige Abschiedsstunde. Frau Marqua freute sich nach dem schönen Frankreich zurück, welches Land ihr trotz — oder wegen — der zahlreichen dort überstandenen Leidenstage zur zweiten Heimat geworden; sie freute sich über die ihre Hoffnungen übersteigende Pensionsumme, die ihr Ludmilla zugesichert und war auch nicht böse, aus der abhängigen Stellung einer Gesellschafterin in diejenige einer selbständigen Frau überzugehen; aus der garde de dame Marqua wieder „madame la marquise de Courtevoye" zu werden; zwar in bescheidenen Verhältnissen, nicht mehr von dem Luxus umgeben, den sie in Fräulein Goth's Nähe genoß, aber im eigenen Heim die eigene Herrin.

Auch Ludmilla empfand etwas von einem ange= nehmen Befreiungsgefühl. Zwar war es ihr eigener Wille gewesen, sich die oft lästige Gesellschaft dieser ihr geistig so fernstehenden Frau aufzubürden, aber sie hatte das als eine unausweichliche, durch die Sitten= gesetze der Welt ihr auferlegte Nothwendigkeit getragen; jetzt hatte sie sich dieser Fessel entledigt und das ver= ursachte ihr jenes mit jeglichem Abstreifen des Zwanges verbundene Wohlgefühl, welches wohl jeder Mensch zu empfinden Gelegenheit hatte und wäre es nur beim Ausziehen eines engen Schuhs gewesen.

Dennoch meinte Frau Marqua, daß die Situation einen wehmüthigen Ton erheische und sie hielt auch schon ihr Taschentuch bereit, um im letzten Moment die obligaten Thränen zu trocknen. Auch glaubte sie eine Pflicht zu erfüllen, indem sie der jüngeren Gefährtin noch einen Rudel Lebens= und Weisheitslehren versetzte.

— Also meine liebe Ludmilla, jetzt werden Sie heiraten und sich ganz in Oesterreich etabliren, . . . ich kann nicht sagen, wie mich das für Sie freut. Und daß Sie einen ordentlichen Menschen aus der Gesellschaft gewählt haben, ist mir auch eine Beruhigung. Ich hatte — jetzt kann ich's ja sagen — immer ein wenig Angst, daß Sie irgend etwas unkluges thun und sich vielleicht an so einen verdächtigen Menschen fortwerfen würden, der sich mit Socialismus oder sonst etwas unanständigem be-

faßt. Glauben Sie mir — so lange ich bei Ihnen war,
wollte ich nicht predigen, denn damit hättte ich Ihnen
zuwider werden können — aber heute muß ich es sagen:
solche Dinge schicken sich einfach nicht ... Es ist
ja möglich, daß die Leute aufrichtig sind und vortreff=
liche Absichten haben, aber in guter Gesellschaft gilt als
Hauptregel: nur nichts Extravagantes, nur schon gar
nichts Revolutionäres! Sie hätten sich furchtbar schaden
können, durch den Umgang mit Leuten wie z. B. dieser
Dr. Arold, der — in Arbeiterversammlungen gesprochen
hat, wo bekanntlich ein Polizeicommissär dabei sein muß.
Wissen Sie denn, was diese Arbeiter wollen? Ihnen
Ihr Geld wegnehmen, um nicht arbeiten zu müssen, die
faulen Wichte ... Frauen sollen auch dabei sein und
sogar auch sprechen — es ist eine Schande! und mit
rothen Cravatten — roth bedeutet Blut, Guillotine ...
ich begreife nicht, daß man das ganze Gesindel nicht
einsperrt und die Frauenzimmer nicht öffentlich aus=
peitscht ... Ich bin gewiß sanft, aber in dieser Hin=
sicht, was nämlich die weibliche Würde betrifft, kann
mich das Auftreten solcher Megären — Arbeiterinnen,
die mit rothem Halstuch auf die Reichen schimpfen —
außer Rand und Band bringen. Wir Frauen müssen in
erster Linie darüber wachen, daß die Unweiblichkeit nicht
überhand nehme und daß wir nicht um das schöne
Privilegium gebracht werden, den Ritterdienst und den
Schutz und die Hochachtung des Mannes zu genießen.
Aber nicht nur der Dr. Arold, auch der andere Herr
war mir sehr unsympathisch, der eine moralische Gesell=
schaft oder so etwas gründen wollte, ... das sind alles

nur verkappte Atheisten, glauben Sie mir! Die Moral
ist zum Glück eine feststehende Sache, die man nicht
mehr zu gründen braucht, die steht im Evangelium und
wird von der ganzen gebildeten Welt geübt . . . Das
heißt, Manche sind im Geheimen unmoralisch, — aber
das sind Ausnahmen; im Ganzen steht alles, was
achtungswerth und rechtschaffen und comme il faut ist,
ganz fest — da braucht man keine Neuerer . . . Die
alte Moral muß man pflegen und die Ideale . . . Ja,
idealisch soll man denken und poetisch, das habe ich
immer gesagt, erinnern Sie sich? Alles was häßlich und
materiell und unpoetisch ist, muß man meiden, . . . ein
wenig Exaltation schadet nichts, aber auch nicht zu viel,
p r a k t i s ch muß man auch sein. Ich war sehr exaltirt
und schwärmerisch als junges Mädchen, aber mit den
Jahren und Erfahrungen (ach, es ist eine so böse
Welt! . . .) wird man vernünftiger, . . . doch, wenn
man ideal veranlagt ist, so bleibt die Liebe zum Großen
und Schönen immer rege, auch im Alter. Ich begeistere
mich noch immer für die großen Dichter — Homer
kenne ich leider nicht, weil ich nur eine Frau bin, der
ist gewiß der Höchste — dann für große Helden und
schöne Landschaften, die Jeanne d'Arc, die Alpen —

— Die Raphaelischen Madonnen, die neunte Sym=
phonie, die blaue Grotte, schaltete Ludmilla ein.

— Ja, Sie verstehen mich. Sie haben ja auch
ideale Anlagen, nur ist es schad', daß Sie so viel in
den schlechten neuen Büchern lesen, das verdirbt den
Geschmack. Sie müssen mir doch zugestehen, daß die
modernen Autoren nichts poetisches mehr leisten. Erinnern

Sie sich an das Stück, das wir neulich gesehen haben, wo ein Mensch vorkommt, der so ehrlos ist, daß er ein Duell ausschlagen konnte und ein liederliches Mädel, das auf den Maskenball geht, was die ordinären Eltern natürlich finden — und so ein Stück heißt noch dazu „Ehre"! — Aber, liebes Kind, ich verliere die Zeit mit solchen allgemeinen Betrachtungen, und ich möchte Ihnen doch noch in dieser letzten Viertelstunde ein paar gute Rathschläge, zu welchen meine weißen Haare mich berechtigen, zu Ihrer bevorstehenden Heirat geben.

Ludmilla unterdrückte eine ungeduldige Bewegung: Ist das wirklich nöthig, Frau Marqua? Rathschläge werden doch so selten befolgt.

— Also nennen Sie es nicht Rathschläge, sondern nur Bemerkungen, Anregungen. Diese Heirat ist eine Vernunftheirat, das ist ganz schön, das bietet die beste Garantie für ein ruhiges, angenehmes Leben. Seien Sie nur nie eifersüchtig: die Männer sind Alle untreu. Stellen Sie nur keine zu großen Ansprüche an die Zärtlichkeit Ihres Gatten, an seine Delicatesse oder dergleichen, so etwas ist gut in Romanen, in der Wirklichkeit muß man das nicht verlangen ... Auf Ihr Geld geben Sie stets Acht, legen Sie es so an, daß er es nicht durchbringen kann und daß Sie selber nicht leicht darüber verfügen können, sonst plagt er Sie so lange bis Sie es herausgeben. Das habe ich erfahren.

— Herr v. Klast ist reicher als ich.

— Als ob ein Mann nicht auch zwei Vermögen durchbringen könnte! — Wenn Sie Courmacher haben, so zeichnen Sie nur Keinen auffallend aus; für die

kleinen Kinder engagiren Sie englische Ammen und
Bonnen, die sind die verläßlichsten und später schicken
Sie Ihre Söhne zu den Jesuitenpatern, dort finden sie
die vornehmsten Mitschüler und bekommen eine classische
Erziehung und Ihre Töchter in das Kloster „Des Oiseaux"
in Paris, — außer Sie wollen sie zu Hause erziehen,
dann würde ich auch englische Gouvernanten nehmen.

— So weit denke ich wahrlich noch nicht.

Frau Darion fuhr unbeirrt fort: Trachten Sie, sich
einen schönen Salon zu schaffen, wo nur wirklich vornehme Leute verkehren und wo Menschen à la Arold
oder Cremer keinen Zutritt haben, oder gar solche her-
gelaufene Fremde à la Degemeister —

Ludmilla sprang auf:

— Ist es nicht Zeit wegen des Gepäcks? . . .
fragte sie.

— Das besorgt ja alles der Hoteldiener, . . . da
kommt er schon. Ach, theuere Ludmilla, der Augenblick
der Trennung naht . . .

— Nun, nun, es ist keine ewige Trennung, liebe
Frau Marqua. Sie werden mich besuchen — und ich
besuche Sie einmal in Paris.

— Ja, versprechen Sie mir das! Und versprechen
Sie mir auch, fleißig zu schreiben und mich um Rath
zu fragen, falls Sie irgendwie im Zweifel oder Kummer
sind: ich habe so reiche Erfahrungen und schmeichle
mir, auch einige Lebensphilosophie zu besitzen und gesunde, feste Grundsätze.

Der Hoteldiener meldete, daß man schon einsteigen
könne; Ludmilla begleitete die Scheidende bis in den

Waggon, ließ den thränen= und segenvermischten Ab=
schied über sich ergehen und blieb dann noch so lang
vor dem Waggonfenster stehen, bis der Zug sich in
Bewegung setzte.

Als sie in den Wagen stieg, der sie hergebracht,
gab sie den Befehl, nicht im Hotel, sondern auf dem
Graben abgesetzt zu werden; dort schickte sie den
Wagen fort.

Langsamen Schrittes bog sie nun in eine Neben=
gasse. Ihr Ziel war ein Laden, von welchem sie nicht
wußte, wie dessen Besitzer hieß, noch in welcher Straße
er lag; sie konnte daher den Weg nicht erfragen, doch
hoffte sie, ihn zu finden. Sie brauchte nur bis zu dem
Cremer'schen Hause zu gehen und von dort aus würde
sie die Richtung einschlagen, wie damals . . .

Es war ein Abschiedsgang, den sie da unternahm,
ein Pilgergang, wie sie sich sagte, oder — so mahnte
leise das Gewissen — ein sündiger Gang. Denn
war es klug, — da sie doch auf dem Punkte stand,
einem Andern ihre Hand zu geben, da sie doch ent=
schlossen war, das Gefühl zu ersticken, das vor kurzem
in ihrem Herzen gelodert, — war es erlaubt, jene Er=
innerung wieder aufzufrischen? War es statthaft, sich —
wie auf eine Belohnung — darauf zu freuen; wieder
an dem Ort zu sein, wo sie — ihn zum letztenmal
gesehen, ihn, von dem sie durch alles und für immer
getrennt war?

Statthaft oder nicht, sie wollte sich's nicht versagen.

Es geschah, daß sie die Richtung verfehlte. Von
dem Hause Cremer aus ging sie eine Strecke weiter,

die sie ganz wohl erkannte, aber dann war sie plötzlich
in eine falsche Gasse gerathen. Sie kehrte um und ver=
irrte sich jetzt gänzlich; — auch zu jenem Ausgangs=
punkt fand sie nicht zurück. Da mußte sie den Weg
nach dem Graben erfragen, um von dort aus von
neuem ihr Ziel suchen zu können. Dabei ward sie von
einer Ungeduld und Sehnsucht erfaßt, als ob es nicht
anders sein dürfe, als ob es eine Seligkeit, eine Pflicht,
eine unumgängliche Nothwendigkeit wäre, jene Condi=
torei zu erreichen . . . Und wirklich, das Herz schlug
ihr vor Freude, als sie endlich in die richtige Gasse
gelangt war und von weitem den Laden erkannte. Sie
eilte darauf zu und trat ein.

Schon der Kuchenduft packte sie wie ein Qualm
von Erinnerungen; da stand auch hinter den mit
Bäckereien gefüllten Tellern und mit Bonbons gefüllten
Pokalen dasselbe Fräulein. Aber Ludmilla hielt sich
da nicht auf, sie ging rasch in den Nebenraum und
gerade aus — zum Glück war der Salon leer — in
dieselbe Ecke, zu demselben Tisch, wie damals. Jetzt sah
sie in Gedanken Degemeister's Bild mit einer Deut=
lichkeit, wie es ihr die ganze Zeit über nicht vorge=
schwebt hatte; sie sah ihn, wie er den Hut an jenem
Haken hängt und wie er dann seitwärts gegenüber sich
niedersetzt . . .

— Befehlen gnä' Frau ein Gefrorenes? Ananas,
nicht wahr? — Ich erinnere mich, daß gnä' Frau das
gewählt haben, wie Sie neulich mit dem Herrn Gemahl
hier waren, bei dem großen Gewitter, wissen Sie
noch?

Ob sie es noch wußte! — Sie bestellte eine Portion Ananaseis. Und nun blieb sie eine halbe Stunde hier und rief sich jedes Wort in's Gedächtniß zurück, das hier gesprochen worden, versetzte sich noch einmal in die Stimmung, — voll der intensivsten Spannung — in welcher sie diesen Raum betreten.

Das war nun eine mit wirklichem Abschiedsweh gefüllte halbe Stunde, — nicht wie die eben verflossene auf der Westbahn; hier trennte sie sich thatsächlich — und auf ewig sollte es sein — von etwas unsagbar Theuerem.

Als sie den Laden verließ, blieb sie eine Weile auf dem Trottoir stehen, nach der Stelle blickend, wo da=mals der Wagen gestanden, in den sie eingestiegen und an dessen Schlag entblößten Hauptes Alexander Dege=meister seine letzten, schmerzdurchzitterten Worte an sie gerichtet ... Da fiel ihr ein, daß der Erinnerungsbecher, aus dem sie ja heute den letzten Trunk that, noch nicht ganz geleert war: auch das Haus konnte sie wiedersehen, unter dessen Dach er gewohnt hat, jenes Zimmer, in welchem sie — zwei Secunden lang — von seinem Arm umschlungen war.

Die Folge dieses Gedankens war, daß fünf Minuten später Ludmilla bei Frau Cremer eintrat.

— Jesssas, die Fräul'n von Gotttt! rief Tante Therese, von der Nähmaschine aufspringend, an der sie eben Tischtücher säumte, das ist eine Ueberraschung! Und zum Zeichen der Ueberraschung streckte sie beide Arme wagrecht vor sich hin.

— Ich wollte Ihnen Adieu sagen, Frau Cremer, ich fahre morgen fort von Wien ... auf's Land, nach

Ringhof, als Gast der Baronin Bisthurn . . : Schloß
Ringhof . . . in Niederösterreich — an der Donau. — —
Sie sprach langsam, ohne an das zu denken, was sie
sagte und ließ dabei den Blick im Zimmer umher=
schweifen; auch hier stiegen die Erinnerungen auf, doch
nicht so lebhaft wie im Conditorladen; das war durch
die Anwesenheit der Frau Cremer verhindert, die jetzt
ihre Besucherin an beiden Händen faßte und auf das
Sopha drängte, wo sie an ihrer Seite Platz nahm, ohne
ihre Hände frei zu lassen.

— Das is' aber schön von Ihnen, Fräul'n. Nein!
wirklich — sso was — aber! nein! Ich komm' gar
nicht zu mir, sso liebb von Ihnen, ich freu' mich sso!
Sehen Sie, jetzt ist's viel gemüthlicher bei uns, der
Speistisch ist weg. Jetzt haben wir doch wieder Platz.
Nie mehr nehme ich einen Zimmerherrn — und mit
einem Samovar schon gar nicht. Das haltet ja kein
Dienstbot' aus, das ewige Heizen und Rauchen von so ein'
Theeofen . . . Sie sehen viel besser aus als neulich, Fräul'n,
obwohl Sie ja krank waren, wie mir der Crl g'sagt hat.

Ludmilla fragte, ob Herr Cremer zu Hause sei, sie
wollte ihn gern sprechen.

— Ach, da wird er stolz sein, — ich werd' ihn
gleich holen; er ist daneben in sein' Zimmer — um die
Zeit liest er immer die Manuscripte, der arme Hascher.
Ich versicher' Sie, Fräul'n, ich wär' lieber ein Straßen=
kehrer als ein Verleger.

Sie ging zu einer Thüre, die sie öffnete und rief
laut in's andere Zimmer: C'rl, C'rl, schnell — komm' —
ein hoher Besuch ist da!

Cremer folgte dem Rufe. Er erblaßte vor innerer Erregung, als er die Besucherin erkannte. Seine Schwärmerei — eine ganz hoffnungslose, still anbetende Schwärmerei für Fräulein Goth, hatte nicht nachgelassen.

— Ja, denk'ter Erl — die Fräul'n kommt von mir Abschied nehmen, sie zieht auf's Land, sagt sie, an die Donau, sagt sie — und sie hat Dir 'was zu sagen.

— Dieses habe ich Ihnen zu sagen, Herr Cremer. Sie hatten mich unlängst aufgefordert, ich solle mich thätig an Ihrem Lieblingsplan betheiligen, an — wie sagten Sie nur?

— An der Pflege der ethischen Cultur, fiel Cremer lebhaft ins Wort, an der Gründung einer Abtheilung in Wien —

— Ganz richtig. Und ich antwortete, daß ich hier fremd sei, daß ich nächstens Oesterreich zu verlassen gedenke. Nun hat sich das geändert; ich werde hier nicht länger fremd sein und meinen dauernden Aufenthalt in Wien nehmen, da ich einen Wiener heirate.

— Verlobt, Fräulein Goth? . . . Seine Stimme zitterte. Und mit einer Verbeugung; dann genehmigen Sie meinen Glückwunsch —

— Darum handelt es sich nicht, Herr Cremer. Glück, Glück . . . ich bin des Wortes müde. Nein, es handelt sich darum, daß der Grund meiner Ablehnung aufgehört hat und ich wohl in der Lage sein werde, mich mit der Sache in ihrem Sinne zu befassen. Ich habe darüber nachgedacht und bin zu der Erkenntniß gekommen, daß da ein Feld der Pflichterfüllung läge, auf welchem ich mir selber und Andern Nutzen bringen könnte.

Ludmilla sprach wahr. Der Antrag war keine Eingebung des Augenblicks, sondern sie hatte in den letzten Tagen sich in einige der von Cremer ihr über= gebenen Schriften vertieft und da war ihr der Wunsch, der Vorsatz erwacht, sich der ethischen Bewegung nach Kräften fördernd anzuschließen. Irgend ein leuchtendes Ziel wollte, mußte sie vor sich haben. Bisher war es jenes gewesen, welches beinahe jedem jungen weiblichen Wesen vorschwebt: einem Manne zu begegnen, den sie lieben und beglücken könnte. Ungeheuer hoch hatte sie ihre Ansprüche an diese Schicksalswende gestellt. Einem Manne hatte sie zu begegnen gehofft, der alle höchsten Eigenschaften vereinte und der ihr die heftigste Leiden= schaft eingeflößt hätte; für diesen dann zu leben und zu sterben, wäre erfüllter Lebenszweck gewesen. Nun war es aber so gekommen, daß alle Freier, die ihr genaht, sie gleichgiltig gelassen, daß keiner ihrer Vorstellung gleichkam. Plötzlich war die langersehnte Leidenschaft erwacht, jedoch für Einen, dessen Eigenschaften sie im Grunde gar nicht kannte und von dem sie durch die Verhältnisse hoffnungslos geschieden war. Damit war der ganze Zukunftstraum vernichtet. Jetzt konnte sie einem ihr gleichgiltigen und gewöhnlichen Menschen — einer „goldenen Mittelstraße" — die Hand reichen — jetzt war sie zur „Vernunftehe" reif. Aber irgend etwas mußte sie haben, woran ihr Streben und Trachten zu hängen, etwas, das der Wärme ihres Herzens, der Schwungkraft ihres Geistes Befriedigung gewähre. Und als ein solches Etwas erschien ihr die Aufgabe, welche durch Anschluß an den ethischen Bund gegeben war.

— Wie, Sie wollten wirklich? rief Cremer hoch=
erregt. Diese Eröffnungen: die bevorstehende Heirat und
die Erfüllung seines Wunsches, hatten ihn beide, die
eine in peinlich eifersüchtiger, die andere in freudig über=
raschter Regung gleich heftig ergriffen.

— Ja, ich will. Ich brauche etwas, zu dem man
sich flüchten kann.

— Mit diesen Worten, Fräulein Goth, haben Sie,
vielleicht ohne es zu wissen, eine der Formen des reli=
giösen Bedürfnisses genannt: die Sehnsucht nach „Etwas,
zu dem man sich flüchten kann". Aber wie kommt
es — verzeihen Sie die Unbescheidenheit meiner Frage
— wie kommt es, daß Sie, die Sie eben im Begriffe
stehen, in einen Hafen einzulaufen, — so nennt man
doch die Ehe? — die Sehnsucht der Bedrängten
fühlen?

— Mein Gott, Herr Cremer, das Leben ist doch
eine zu vielseitige Sache, als daß man mit einer einzigen
seiner Erscheinungen nach allen Seiten hin Ruhe und
Abschluß finden könnte. Wie vielseitig das Leben und
dessen Aufgaben sind, das habe ich in letzter Zeit
besonders erfahren, dank Ihnen und Ihren Freunden...
Da sind mir auch die Augen aufgegangen über die
Zerfahrenheit, über die heillosen Kämpfe, welche überall
entbrannt sind und über die noch heillosere Gleichgiltig=
keit und Schlaffheit daneben.

— Nun, aus diesen Fluthen und Sandbänken heraus
winkt der ethische Gedanke und seine Verwirklichungen
in der That als Hafen. Mit Einem Schlage wären alle
Wirrnisse geschlichtet, wenn das Prinzip der Gemein=

samkeit zur Geltung käme. Aber mit einem Schlage
wird es nicht gehen. Langsam werden sich die noch zer=
streuten Nebel zu Einer Sonne sammeln, deren Strahlen
kräftig genug sein werden, alles zu durchdringen. Hätte
man nicht glauben sollen, daß das Prinzip der Liebe,
welches seit 1800 Jahren von der Welt als leitend
anerkannt — aber nicht geübt — worden ist, hätte ge=
nügen sollen, das Leben zu ethisiren? Aber es genügte
nicht, denn es durchdrang nicht alle Gebiete, es bewegte
sich nur auf der Himmelsleiter, und für diese ist Vielen
der Boden entzogen. Alle zu lieben, ist auch unmöglich,
— denn lieben heißt vorziehen. An Stelle der Liebe muß
Gerechtigkeit treten und dadurch würden alle unethischen
Erscheinungen des heutigen Gesellschaftslebens aufgehoben.
Das Reich der Gerechtigkeit bedeutete die entthronte
Gewalt, die überwundene Rohheit. Unethisch ist das
Fäusteballen der Staaten über die Grenzen hin, unethisch
ist ein einem armen Hunde versetzter Fußtritt . . . Un=
ethisch ist, Fräulein Goth, was Sie jetzt thun, — weil
es ungerecht und lieblos gegen Sie selber ist: — einem
Manne die Hand zu reichen, dessen Besitz Sie nicht
glücklich, überglücklich macht.

— Herr Cremer! Und die Röthe des Unwillens
und der Beschämung stieg in Ludmilla's Wangen.

— Verzeihen Sie, ich habe kein Recht —

— Ach, pitt' Sie um Gotteswill'n, Fräul'n, mischte
sich jetzt Frau Cremer in das Gespräch, sein's auf den
Erl nicht bös! Und ich gratuliere Ihnen herzlich zu
Ihrer Verlobung. Sie werden schon wissen, was Sie
thun. Unter Andern, Fräul'n, sind Sie neulich nicht naß

geworden, wie Sie mit dem Herrn v. Degemeister von
hier fort sind? Es ist gleich darauf ein furchtbares
Wetter losgegangen, erinnern Sie sich nicht? Du Erl,
war das nicht ein Brief von ihm, den Du heut' aus
London bekommen hast?

Ludmilla horchte auf. Ach, kann sie denn das Herz-
klopfen nicht los werden, das sie bei Nennung jenes
Namens befällt?

— Der Brief war in der That von Degemeister,
antwortete Cremer. Ein sehr trauriger Brief. Der Mann
scheint vielfachen, großen Kummer zu haben. Von seinen
Privatverhältnissen hat er uns nie etwas mitgetheilt;
aus seinem heutigen Schreiben geht aber hervor, daß
er in schwerer Sorge ist.

— Könnten Sie mir nicht sagen, was . . . Ludmilla stotterte — ich kenne ja — oberflächlich . . .
diesen . . . Ihren Freund, und . . .

— O, wenn es Sie interessirt, Fräulein Goth:
Herr v. Degemeister bittet mich einfach um die Ueber-
sendung einiger Wiener Zeitungsblätter, die er für seine
Zwecke braucht und worin Berichte über die letzten
mährischen Arbeiter-Streiks enthalten sind. Aber der
daran geknüpfte Passus — hören Sie nur, ich habe den
Brief bei mir — klingt so traurig: „Ich brauche diese
Documente für meine Arbeit „Weltelend". Mein eigenes
Elend und die vielen Bitternisse, die mich quälen, werde
ich nicht miteinbeziehen, denn was ich bieten will, ist
eine Statistik des leiblichen Hungers. Von den ver-
hungernden Herzen wird nicht die Rede sein."

Ludmilla stand auf. Sie war sehr blaß geworden.

— Ich will jetzt gehen, sagte sie. Auf Wiedersehen Ihnen Beiden.

— Haben Sie mir verziehen, Fräulein Goth? Werden Sie Ihr huldvolles Versprechen nicht rückgängig machen?

— Welches Versprechen? fragte Ludmilla zerstreut.

— Ach so, Sie meinen die ethische Cultur . . . Mein Gott, Sie haben mich beschuldigt, selber unethisch zu sein . . . Vielleicht auch haben Sie recht, . . . ich bin das Kind einer Welt, die noch nicht durchdrungen ist von Ihren Idealen, Herr Cremer, — eine Welt, in der noch Viele, Viele zum Herzenshungertod verurtheilt sind. Aber ich nehme mein Versprechen nicht zurück, — im Herbste reden wir von der Sache weiter. Adieu.

XIX.

Es war „die Zeit der Rosenpracht“. Ludmilla
weilte seit acht Tagen als Gast auf Schloß Ringhof.
Die Zimmer, welche ihr angewiesen wurden, hatten die
Aussicht auf einen Theil des Gartens, der von blühenden Rosenbäumchen und Rosenbeeten strotzte; auch auf
den Balcon ihres Sitzzimmers rankten Kletterrosen hinauf.
Rings war auf den Grasplätzen und Wiesen das erste
Heu gemäht worden und eine gegen die überstandene
staubige Hitze von Wien doppelt wohlthätige Kühle wehte
durch die mit so süßem Wohlgeruch beladene Luft.

Ludmilla saß auf ihrem Balcon und schaute in den
Garten hinab. Ueber diesem hinweg bot sich die Aussicht — Schloß Ringhof war sehr hoch gelegen — auf
eine weite, in zehnfarbigem Grün prangende Strecke;
waldige Berge im Hintergrunde und weiter vorn die
verstreuten Häuser des Dorfes und die kleine Kirche,
deren Thurmspitze im Sonnenlicht blitzte. Ludmilla, in
ihrem Rohrlehnstuhl zurückgelegt, sog die Ruhe und das
Wohlgefühl ein, welche dem heiteren Bilde und der
duftenden, klaren Luft entströmten. Alles Uebrige war
in dieser genießenden Beschaulichkeit aus ihrem Sinn
gewichen: die verlorene Liebe, der bevorstehende Besuch
des auf Entscheidung drängenden Emil Klast, der „Wirrwarr der Welt“. Hier war es friedlich und harmonisch ...

Baronin Bisthurn, Nanette, Maria und Ludmilla hatten in der verflossenen Woche allein in Ringhof gehaust. Die Herren v. Bisthurn, Vater und Sohn, waren noch in Wien zurückgehalten, der Eine durch seine Berufs-, der Andere durch seine Prüfungsarbeiten; der junge Fontis hatte den General, dessen Adjutant er war, auf eine Inspectionsreise begleiten müssen; Nachbarbesuche hatte man noch keine gemacht und keine empfangen; — kurz, es waren wirklich stille, ganz dem Genusse der Landeinsamkeit gewidmete Tage gewesen: Lange Spaziergänge in den Wald, verträumte Abende unter mildem Mondlicht, mit Leuchtkäfer-Geflimmer, Nachtigallenschlag und schwerem Rosenathem gefüllt; köstliche Mahlzeiten: das gemeinsame Frühstück unter der Lindengruppe, das Mittagessen in dem großen Speisesaal im Erdgeschoß, dessen Thüren nach dem Garten offen standen; Spazierfahrten nach Tisch durch die Triften und Thäler der Umgebung; lange Stationen in dem Bibliothekzimmer, dessen Bände mit den classischen Werken der Weltliteratur und einigen hundert Bänden englischer Romane gefüllt waren, — nichts von den aufregenden, jüngsten Modebüchern. Hier las Ludmilla harmlos erzählte Geschichten von treuen englischen Mädchen, die durch zwei Bände einem schüchternen Pastor Thee einschenken, um im dritten endlich als glückliche Frauen, für die ganze Zukunft befriedigt, in den Pfarrhof einzuziehen. In die Tageszeitungen warf sie keinen Blick. Eine zeitlang wollte sie — in Befolgung einer sich selber verordneten geistigen Diät — nichts hören von den gegenseitigen Bekämpfungen und Bedrohungen, nichts sehen von den sich ballenden

Gewitterwolken. Es machte ihr auch Vergnügen, alle Räume des Schlosses zu durchwandeln, vom Keller bis in die mit moderduftendem Gerümpel gefüllten Boden= räume, durch die Prunksäle des ersten Stockes und die einfachen Gastzimmer des zweiten; durch die Küchen und Dienerzimmer und Vorrathskammern; das ganze Haus duftete förmlich nach Sommer und Ländlichkeit. Auch in den gegenüberliegenden Meierhof unternahm sie Ent= deckungszüge und erfreute sich an dem gackernden Treiben des Geflügels auf seiner Mistdomäne, an der träge wiederkauenden Beschaulichkeit der Kühe in ihren Ställen. Ludmilla hatte ihr ganzes Leben in Städten, oder in den Städten nahegelegenen Villen, oder in Curorten zugebracht; die Existenz auf einem Landsitz war ihr neu und sie tauchte in deren Freuden wie in die Fluthen eines stählenden Bades.

Dieser Tag sollte übrigens der letzte solch' voll= ständiger Abgeschiedenheit sein; für den kommenden Tag erwartete man in Ringhof — außer den beiden Herren des Hauses — noch den Besuch Aehrenfeld's und — was das ruhestörendste war — Klast's.

Es schlug halb Neun, — die Frühstücksstunde. Ludmilla verließ ihren Balcon und begab sich in den Garten nach dem bekannten lauschigen Plätzchen, wo die drei anderen Hausgenossinnen — in hellen Morgen= kleidern und großen Strohhüten — schon unter den Lindenbäumen beim Frühstück saßen. Gesiebte Sonnen= strahlen brachen durch das Blätterdach und funkelten in den silbernen Kannen und Brodkörben. Ein vielstimmiges Vogelgezwitscher, darunter das viersilbige, rege Frag=

und Antwortspiel — ti=ta=ti=ja — der Goldamseln, durchtönte die Luft.

— Schön ist's hier! konnte Ludmilla sich nicht enthalten auszurufen, nachdem die verschiedenen „Guten Morgen"=Grüße getauscht waren. Nach dem Frühstück entfernten sich die beiden jungen Mädchen, um einen Rundgang in den Garten zu machen und Ludmilla blieb mit Clarissa allein. Letztere nahm aus einem mitgebrachten Arbeitskorb eine Stickerei zur Hand und, nachdem sie ein paar Fäden gezogen:

— Also Liebste, sagte sie, morgen kommt mein Vetter. —

— Ach ja, ich weiß.

— Ach, dieses Ach! Du denkst doch nicht mehr an den finstern Livländer? (Ludmilla hatte der Freundin die ganze Begebenheit mitgetheilt.) Es ist freilich noch zu kurze Zeit, damit die Wunde ganz vernarbt sei, aber ich denke, der Heilproceß wird schneller von statten gehen, wenn Du unwiederbringlich an einen Anderen gebunden bist.

— Ach, Du hättest mich an Jenen nicht erinnern sollen. Ich habe Dir alles erzählt, aber Dich gebeten, nie mehr davon zu reden. Das unterbricht den Heil= proceß ... Mir thut's auch leid, daß unsere schöne Ab= geschiedenheit aufhören soll. Der Lärm der Welt, das Donnergrollen wird nun wieder vernehmbar werden. —

— Welches Donnergrollen?

— Ach, nichts. Auch davon wollen wir nicht sprechen. Die Luft hier ist so klar, so unbewegt, ... man kann's gar nicht glauben, daß da drüben, hinter ein paar Meilen, die Menschen in Streit und Hader liegen, daß sie von „Fragen" gequält werden.

— Von welchen Fragen?

— Ach, glücklich, wer so fragen kann.

— Du kommst ja heute aus den „Ach's" gar nicht heraus.

Einige Minuten später unternahm Ludmilla einen einsamen Spaziergang. Diesmal nicht, wie gewöhnlich, in den Wald, sondern sie schlenderte die Landstraße entlang.

Sie war kaum zehn Minuten gegangen, als ein Wagen herbeigefahren kam. Darin saß Ritter Udalrich. Ludmilla erkennend, ließ er halten und sprang heraus.

— Wir erwarteten Sie erst morgen, Herr von Aehrenberg, das ist aber kein Vorwurf ... Clarissa wird sich jedenfalls sehr freuen ...

— Ich habe erfahren, daß morgen Abends auch mein verehrter Schwager herkommt und da habe ich meine Ankunft beschleunigt, um morgen Nachmittag wieder wegzufahren. Wie Sie wissen, ärgern wir uns nur gegenseitig, Bisthurn und ich, ja. Aber liebes Fräulein — Sie wollen doch meinetwegen nicht um= kehren? Wohin wollten Sie gehen? ... Spazieren? Dann lassen Sie mich Sie begleiten.

Ludmilla willigte freundlich ein; der Wagen wurde nach Ringhof geschickt und die Beiden schritten in der entgegengesetzten Richtung weiter. Von der hochgelegenen Straße aus bot sich ein ziemlich weiter Fernblick und Aehrenberg, der die Gegend wie seine Tasche kannte,

gab den Cicerone ab. Er nannte die Namen der Ort=
schaften die da herumlagen, machte auf einzelne Gebäude
aufmerksam: dort eine Fabrik, hier ein Klosterstift, dort
ein Schloß, hier eine Ruine und von allen wußte er
die Geschichte zu erzählen. Besonders bei den Ruinen
hielt er sich lange auf. Von dem Geschlecht, das dort
gehaust, wußte er viel zu berichten. Zufällig hatte er
kürzlich eine alte Chronik entdeckt, welche von der Ver=
gangenheit der „Bühleringer" genau Kunde gab. Es
waren gar mächtige Raubritter gewesen. In der männ=
lichen Linie war die Familie, die urkundlich schon 1152
erschien, im Jahre 1645 — nein 47 — ausgestorben;
es existirt aber noch eine Familie in Niederösterreich,
welche vom letzten weiblichen Sproß der Bühleringer
abstammt und das Bühlering'sche Wappen — drei Lilien
auf rothem Felde — führt . . .

— Sie scheinen zerstreut, Fräulein Goth, unter=
brach er sich. Sie erwärmen sich nicht für derlei alte
Forschungen und doch, ich kann sie versichern, wenn
man sich da hinein vertieft, — es ist im höchsten Grad
interessant und lehrreich. Man sieht, wie in der alten
Zeit der Reichsadel glänzend dastand, wie viele werth=
volle Prärogative er besaß und —

— In der That, Herr v. Aehrenberg, ich würde
Ihre Leidenschaft für dieses Studium nicht theilen. Die
Gegenwart ist von so vielen wichtigen Erscheinungen
erfüllt, die Zukunft erheischt so dringend, daß man ihr
entgegenarbeite, daß es mir scheint, als wäre, — außer
für Fachgelehrte — das Sich=Befassen mit jener todten
Zeit verlorene Zeit.

— O, die Gegenwart ist so häßlich, liebes Fräulein, so verderbt, und wäre nicht noch eine Schaar von conservativen Männern da, welche die alten Traditionen heilig halten und welche gegen die Stürmer ankämpfen, so ginge vielleicht schon alles drunter und drüber. Ja. Darum werde ich bei der Wahl — ich muß künftige Woche nach Wien zur Wahlcomité-Sitzung des Großgrundbesitzes — auch einem Feudalen, am liebsten einem Prälaten meine Stimme geben. Erfahrungsmäßig kann man von einem liberalen Abgeordneten nichts Gutes erwarten.

Ludmilla seufzte. Wie sie richtig vorausgesehen: mit der unterbrochenen Einsamkeit drangen die unangenehmen Töne aus dem Kampf der Zeit wieder herein.

Sie kamen jetzt an eine Stelle, wo am Rand der Straße ein Pfahl mit einer Gedenktafel angebracht war. Ludmilla blieb stehen und betrachtete das Bild und die Inschrift.

— Ein sogenanntes „Marterl" erklärte Aehrenberg.

Die primitive Malerei stellte eine „Muttergottes von Drei-Eichen" vor, einen todten Heiland auf dem Schooße; darunter eine Verbildlichung des Fegfeuers: Flammen, aus welchen verschiedene Gestalten die Arme zur Jungfrau emporstrecken und mit jammerverzehrten Gesichtern zu ihr aufblicken. Die Inschrift lautete:

„Wo geh'st Du hin, o Wandersmann
Auf dieser kurzen Lebensbahn?
Bleibe hier ein wenig steh'n
Und denk' an die armen Seel'n.
Michael Winter ist in die Mühle gefahren und ist da durch dem Schlag Tod geblieben am 28. Juli 1878. Gewitmet von seinen Sohn
Josef Winter."

Auf welches Verständniß, dachte Ludmilla im Stillen, können wohl Jene hoffen, welche ethische Ideale und wissenschaftliche Erkenntnisse ins Volk bringen wollen? Und laut bemerkte sie:

— Das sind furchtbare Vorstellungen des Jenseits, die da ausgedrückt sind.

— Je nun, antwortete Udalrich, es sind sehr naive Vorstellungen, aber fromm und sehr heilsam.

— Sie glauben aber nicht an Hölle und Fegfeuer?

— Ich? Nein.

— Dennoch habe ich einmal gehört, wie Sie für die clericale und womöglich noch clericalere Schule einstanden.

— Gewiß. Der kirchliche Unterricht hat immer zufriedenere Menschen gemacht als der freigeisterische. Ich spreche vom Volk, mein persönlicher Glaube ist dabei ganz irrelevant. Nur keine Aufklärerei! Ja. Die macht die Leute nur unglücklich. Man nimmt ihnen den Himmel — und auf Erden kann es ihnen doch nicht besser gehen.

— Und warum nicht? Warum nicht besser?

— Weil ... Ich werde Ihnen da doch nicht einen wirthschaftlich-politischen Vortrag halten sollen, Fräulein Goth?

— Sie sind ein arger Reactionär, Herr v. Aehrenberg.

— Den Titel nehme ich an. Er ist jedenfalls „mieux porté“ als der Titel „Liberaler“.

— Was werfen Sie denn eigentlich den Liberalen vor?

— Ich werfe ihnen vor, daß sie nichts besser, sondern sichtlich und fühlbar vieles schlechter machen.

Der liberalen Presse werfe ich vor, daß sie nur die Interessen der Juden vertritt — und zwar auf die unlauterste Weise. Ja.

— Die Presse, welche Sie verurtheilen, lesen Sie principiell nicht; Ihr absprechendes Urtheil ist also — verzeihen Sie — der gegnerischen Presse nachgesprochen. Nur diese kann den ungeheuerlichen Satz gebrauchen: „nur jüdische Interessen". Sie wären in größter Verlegenheit, zu erklären, was das für Interessen sein sollen. Und die „unlauterste Weise": da hört man förmlich, wie der Dieb schreit „haltet den Dieb!" Wer Krieg führt, wer verfolgt, wer unterdrücken will, dem sind alle Mittel gut: Verleumdung, Lüge, Hohn, Härte, Hetze ... O, Herr v. Aehrenberg, in dieser Sache kann ich meinen Gleichmuth nicht bewahren —

— Das sehe ich, Sie sind ganz erhitzt. Verzeihen Sie mir: vermuthlich haben Sie in Ihrer Familie — — —

— Daß alle Leute immer nur d a s glauben! ... Sie haben doch Herz und Gerechtigkeitssinn? Sehen Sie es gern, wenn ein afrikanischer Sklavenhändler seine müden Neger mit Peitschenhieben vorwärts treibt?

— Sicher nicht, der Anblick würde mich entrüsten, aber der Vergleich —

— So? Das würde sie entrüsten, Sie stammen also von Negern ab? Das wußte ich nicht ... Oder sind vielleicht gar aus irgend einem pekuniären Interesse Negerknecht?

— Jetzt verstehe ich. Aber der Vergleich stimmt doch nicht. Die Juden sollen ja nicht mißhandelt werden.

— Als ob nur Peitschenhiebe Mißhandlungen wären, als ob ein Schlag auf das Ehr= und Gerechtig=keitsgefühl eines Menschen nicht oft viel weher thäte als ein Schlag auf seinem Rücken, — als ob der Schlagende dadurch nicht ebensoviel Brutalität bewiese? Warten Sie nur, Herr v. Aehrenberg, künftigen Winter, wenn ich öfter mit Ihnen zusammenzukommen Gelegenheit habe, werde ich versuchen, Sie zum ethischen Bunde zu bekehren. Wer den ethischen Maßstab an alle seine Gesinnungen legt, der k a n n einfach nicht —

— Zu Bekehrungen bin ich schon zu alt, unterbrach Aehrenberg sehr gereizt. Ich habe meine festen An=schauungen und gehe nicht ab davon. Ja.

Schade um die hübsche Person, dachte er im Stillen, die ist ganz bethört von bösen Einflüssen und außerdem ist die ganze Art der Rechthaberei, — in Dingen noch dazu, von denen sie nichts verstehen kann, recht anti=pathisch bei einer Frau.

Sie kamen nun durch die Dorfstraße. Auf einer Bank vor dem Krämerladen saß dessen Besitzerin und ein hübsches Kind spielte zu ihren Füßen. Ludmilla blieb stehen, um das Kind zu betrachten und begann ein Ge=spräch mit der Krämerin. Aehrenberg mischte sich auch darein und fragte, was es denn Neues gebe in der Gegend.

Daraufhin erzählte die Bäuerin von den vielen Bränden, die kürzlich in den benachbarten Dörfern aus=gebrochen seien. Jedenfalls hätten Fremde das Feuer gelegt. Da begegneten vor einiger Zeit vier Handwerks=bursche einem Juden, der ihnen allerlei Unangenehmes that.

— Sehen Sie, bemerkte Ritter Udalrich zu Ludmilla — das ist doch natürlich, daß man sie nicht leiden kann, diese Leute … warum muß so ein frecher Hausirer mit armen Handwerksburschen unangenehm werden?

Doch die Frau erzählte weiter: Die Burschen rauben den Juden aus, schlagen ihn todt, verstecken ihn unter einer Brücke. Geben im Wirthshaus 50 fl. aus. Ein Gendarm findet das verdächtig, setzt sich zu ihnen, gibt ihnen zu trinken und im Rausch gestehen sie das Ganze. Man findet den Juden und bei ihm ein Büchel, worin er die Namen aller Ortschaften angezeichnet hatte, wo er Feuer legen wollte. Den Burschen sei nicht viel ge= schehen: drei oder vier Monate sitzen — weil es ja nur ein Jud' war und einer, der schon so viele Freuer an= gezündet hatte …

Mit tiefem Eckel wandte sich Ludmilla ab.

— Nun, was sagen Sie dazu? fragte sie, nachdem sie ein paar Schritte entfernt waren.

— Es ist ja an der ganzen Geschichte kein wahres Wort!

— Dessen bin ich überzeugt. Aber daß so etwas erzählt wird … Der ganze Geist, der daraus spricht … Und dieser Geist wird nicht unterdrückt … im Gegen= theil! O, über den Mangel an ethischem Gewissen!

— Mein Gott, da zeigt sich wieder das allgemeine Gefühl bei der Bevölkerung, — der Judenhaß steckt eben im Blut. Und je mehr die Armuth, das Elend überhand nehmen, desto mehr werden die Bauern über diejenigen sich ärgern, von welchen das wirthschaftliche Elend herrührt.

— Von welchen man ihnen sagt, daß es her=
rührt, Herr von Aehrenberg! Und gibt es denn viel
Armuth hier?

— O ja, leider! Alle die Taglöhner, die Fabriks=
arbeiter, die Bauern selber ... Es ist sehr traurig —
aber was ist zu thun? Armuth gibt es eben immer.

Mit sehr trüben Eindrücken belastet kam Ludmilla
von diesem Spaziergang nach Hause. Wo gab es denn
Ruhe und freudige Lebensarbeit? Auch hier also, in
dieser ländlichen Stille, das unheilvolle Anschwellen von
Haß und Harm!

XX.

Am folgenden Tag. Die ganze Gesellschaft war nach Tisch in den Garten gegangen. Hier vertheilte man sich in zwanglose Gruppen. Während des Diners hatte eine ziemlich langweilige und trübe Stimmung geherrscht. Herr v. Bisthurn schien von Sorgen überfüllt, ebenso Albrecht. Clarissa hatte ein paar Gästen — Gutsnachbarinnen — die Honneurs machen müssen, welche von nichts anderem als von Kinderkrankheiten und Gouvernanten-Fatalitäten zu erzählen wußten. Der Ringhofer Pfarrer, ein sehr gutmüthiger, aber melancholisch angelegter Herr, hatte Geschichten von Sterbefällen zum Besten gegeben, welche im Dorfe vorgekommen waren; Nanette war begreiflicherweise verstimmt, weil der Bräutigam fehlte; Maria sprach nicht ein Wort und Herr Klast v. Hellendorf, welcher zwischen Ludmilla und einer der familiengesegneten Besucherinnen gesessen, war von dieser so sehr in Anspruch genommen worden, daß seine schwachen Versuche, seiner andern Nachbarin den Hof zu machen, kläglich mißlungen waren.

Jetzt im Garten, fand er Gelegenheit sich ihr zu nähern, da sie abseits von den Andern und außer Sicht auf einer Bank saß.

— Erlauben Sie mir, Fräulein, daß ich mich zu Ihnen setze? Ich glaube, daß wir so Manches zu reden hätten.

— Ja, ich erlaube — und ja, ich glaube auch,
daß wir miteinander sprechen sollten.

— Meine Cousine hat mir die beglückende Eröffnung
gemacht, daß Sie geneigt sind . . . daß Sie nicht nein
sagen . . . kurz, daß Sie den Antrag meiner Hand . . .
und da will ich nicht länger zurückhalten mit dem Aussprechen dessen, was Sie übrigens schon längst wissen:
daß ich Sie liebe.

Ludmilla schaute den Sprecher an. Daß dieses
gewaltige Wort so nüchtern, so kalt klingen konnte, wie
eine Nachricht über schönes Wetter, das hätte sie nicht
für möglich gehalten. Vielleicht lag in dem Ausdruck
seiner Züge etwas von der Wärme, die dem Ton der
Stimme fehlte. Aber auch das nicht. Das einzige,
was seine Miene spiegelte, war Verlegenheit. Der Blick
war zu Boden gesenkt und die Lippen lächelten breit.

— Sie lieben mich? Aber wie? Ueber alles, viel,
ein wenig, oder — —

Er hob noch immer nicht den Blick und der Ver-
legenheitsausdruck bemächtigte sich nunmehr auch seiner
Hände, die er krampfhaft in einander verschränkte, indem er ihr ins Wort fiel:

— Leidenschaftlich!

— Ja, den Eindruck macht es mir, murmelte Ludmilla. Und ihre Gedanken flogen wieder zu dem Andern
und zu seiner Litanei: „Ludmilla Goth! Ludmilla Goth!"
D a s war leidenschaftlich.

— Ich sage Ihnen offen, Herr v. Klast, daß
ich —

Er unterbrach sie wieder:

— Meine Cousine hat mir auch das mitgetheilt: Sie sind in mich nicht verliebt. Aber das kann noch kommen, wenn Sie erst meine Frau sind.

Daran zweifelte sie. Mit dem Verliebtsein hatte sie gebrochen. Eben weil sie fühlte, daß Keiner mehr diesen Sturm in ihrer Seele wecken konnte, hatte sie in die Vernunftheirat gewilligt. Ob nicht einst — im ethischen Katechismus — das Wort Vernunftheirat unter den Todsünden verzeichnet stünde? . . . Und laut:

— Ihre Frau? Wie denken Sie sich das? Ist es zu Ihrem Glücke nöthig? Und wie stellen Sie sich das Leben vor, das wir führen würden?

— Wie? — Jetzt fing seine Verlegenheit zu weichen an, er hob wieder frei den Blick und sprach in seinem gewohnten Mittelstraßentone: Oh, sehr angenehm. Den Sommer bringen wir in Haberndorf zu, da wird meine Mutter von dort wegziehen und die Regierung führen Sie. Ich werde Ihnen überhaupt Freiheit lassen, sich das Leben so einzurichten, wie es Ihnen am meisten Freude macht. Im Winter übersiedeln wir nach Wien. Da können Sie Gesellschaften geben, ich habe viele Verwandte und Bekannte; man spielt Karten, macht Musik — —

— Ich wollte bedeutende Menschen um uns versammeln, wollte unsern Reichthum verwenden, um großen Ideen zur Verwirklichung zu helfen —

Er schaute sie etwas erstaunt an: — Was für großen Ideen? Dann mit plötzlichem Verständniß: Ja so, Wohlthätigkeitssport? Natürlich, natürlich — auch da werden Sie hinter den andern Damen nicht zurückbleiben dürfen. Ueberhaupt, ich wiederhole es, Sie sollen ganz freie Hand haben, — mein Wunsch ist es ja, Sie zufrieden zu sehen. Im Anfang werden Sie Freude am Weltleben haben; später vielleicht, wenn Familie kommt ... Er ergriff ihre Hand.

Die Berührung verursachte ihr eine unangenehme Empfindung. Ach, Alexander's Händedruck ... Sie zog ihre Hand rasch zurück und stand auf.

— Wir haben genug gesprochen, Herr v. Klast, — für heute genug. Gehen wir zu den Andern.

— Wie Sie wollen, sagte er gehorchend und schritt schweigend neben ihr her. Clarissa kam den Beiden entgegen.

— Ich errathe alles, sagte sie im scherzhaften Ton.

— Fräulein Ludmilla und ich haben wichtige Dinge gesprochen, erwiderte Emil, und wir haben uns sehr gut verstanden.

— Nun Gott segne —

— Da gibt es nichts zu segnen, fiel Ludmilla un- willig ein. Ach, dort sehe ich Albrecht, — ich muß ihn etwas fragen. Und sie eilte davon.

— Seid ihr einig geworden? fragte Clarissa ihren Vetter.

— Gewiß. Ich bin froh. Eine schöne, anmuthige Frau, — sie wird mir in der Gesellschaft Ehre machen. Vielleicht hat sie ein paar überspannte Absichten mit „bedeutenden Menschen“ und „großen Ideen“ u. dgl.; aber da werde ich schon Ordnung schaffen; jetzt wider- spreche ich natürlich nicht; — man muß mit Frauen politisch umgehen. Daß die Liebeserklärung überstanden

ist, darüber bin ich auch sehr froh. Mir sind solche
Romanscenen peinlich ... aber mein Gott, das muß ja
sein und ich habe mich wirklich geschickt benommen.

Unterdessen schob Ludmilla ihren Arm unter den
Arm des jungen Bisthurn, und zog ihn mit sich fort.

— Albrecht, Albrecht, kommen Sie ... Sprechen
Sie zu mir,. erzählen Sie mir etwas, ich will Ihre
liebe Stimme hören ...

— Was haben Sie, Fräulein? — Ihr Arm zittert ...
Sie sind ganz blaß ... wer hat Ihnen etwas gethan?

— Ich selber habe mir ein Leid zugefügt, — ich
habe die Ludmilla Goth in eine unglückselige Lage ver=
setzt. Ohne Liebe — ohne Liebe — „Herzenshunger"! ...
Ach, Albrecht, Sie herrliches, prächtiges Kind, mögen
Sie einmal geliebt werden, wie Sie es verdienen, und
wie ich Einen liebte, nach dem mein Herz vergeblich
hungert.

Albrecht schaute die Erregte betroffen an und
glühende Röthe stieg ihm ins Gesicht. Sollte die schöne
Ludmilla Goth etwa für ihn entbrannt sein? Sie aber
fuhr fort:

— Wie erstaunt Sie schauen! Beruhigen Sie sich,
ich bin nicht verrückt geworden, — ich habe nur sprechen
müssen, ich habe es nur einmal laut sagen müssen, um
mich dafür zu strafen, daß ich mir immer vorlog, ich
hätte den Einen schon vergessen ... Und bei Ihnen
wollte ich mir Trost und Erfrischung holen, Albrecht,
weil Sie den Gegensatz abgeben zu dem, was mich in
der Welt so kränkt: die Schalheit, die Kleinheit, die Eng=
herzigkeit ... weil Sie mir die Hoffnung und die Bürg=

schaft darstellen, daß die Zukunft besser wird, daß, wenn solche Jünglinge Männer geworden und an's Ruder kommen, die Mißtöne verstummen, die heute um uns knirschen und wimmern, ... ein Heute, das kein hohes und freies Denken, kein warmes und sanftes Fühlen duldet ...

— Ich danke Ihnen für Ihre gute Meinung, Fräulein, — die Ueberschätzung halte ich der erregten Stimmung zugute, in der Sie sich befinden. Was übrigens Gutes an mir sein mag und worauf Sie Hoffnungen für die Zukunft bauen, das danke ich Menschen von heute: meinen Eltern. Man kann nicht höher und freier denken als mein Vater; — ich fühle nicht wärmer und sanfter als meine Mutter.

— Ihre Mutter bete ich ja an, Albrecht! Nur um bei ihr zu bleiben, will ich ja ... Reden wir von anderen Dingen. Von Ihnen. Sie schienen mir bei Tisch so gedrückt. Kränkt Sie etwas? Gehen die Studien nicht von statten?

— O doch, ganz leicht. Ich lerne ohne Anstrengung und schnell. Aber ich habe in der That schweren Kummer: Nanette —

Ludmilla fühlte, wie ihr Herz sich krampfhaft zusammenzog. Da war es wieder, das drohende Unglücksgespenst! Mit gewolltem Leichtsinn hatte sie den Gedanken daran in der letzten Zeit wieder verscheucht gehabt: der Tod — der eigene und der theurer Wesen — ist so ein Ding, in das die Seele ebensowenig schauen mag, wie das Auge in die Sonne.

Albrecht fuhr fort mit leiser, schmerzlich bewegter Stimme:

— Unser Hausarzt hat es mir unverhohlen gesagt — den Eltern hat er's noch verschwiegen — sie hat die Schwindsucht, die galoppirende Schwindsucht — in drei oder vier Monaten kann alles vorbei sein ...

— Aber um Gotteswillen, sollte man nicht? ... eine Cur? der Süden? ...

— Wenn sie bis zum Herbste lebt, wird man sie nach dem Süden bringen müssen, um das Ende hinauszuschieben; jetzt im Sommer ist es überflüssig: die Luft in Ringhof ist so gut wie in einem Höhencurort; die einzige Barmherzigkeit, die man ihr erweisen kann, meinte der Doctor, ist, sie so lang wie möglich in der Unwissenheit zu erhalten — sie und die 'arme, arme Mama. Auch meinen Vater wird dieser Verlust auf's Tiefste beugen ...

— Ach Gott, wohin soll man sich denn flüchten auf dieser furchtbar traurigen Welt! Und bei all' dem Leid, das das Schicksal über sie verhängt, fügen sich die Menschen auch noch gegenseitig Leid zu, —helfen sogar dem Tod in seinem grausigen Werk ... Nicht genug des Sterbens, es wird auch noch das Tödten geübt ... ich stelle mir vor, Albrecht, wie das wäre, wenn Sie, der beraubten Eltern doppelt theures Kleinod, ihnen dann noch entrissen und von einer Granate zersetzt würden, ... irgend einer bulgarischen Complication zu Ehren. Albrecht, lieber Albrecht — ich fühle mich so unglücklich! ...

Sie waren langsamen Schrittes weitergegangen und hatten jetzt einen halbdunklen Laubgang betreten. Bei Ludmilla's letztem Ausrufe blieb Albrecht stehen und

drückte — er fühlte sich ja unglücklicher als sie — ihren
Arm an sich. Sie brach in Thränen aus und ließ ihren
Kopf auf seine Schulter sinken.

— Theure Ludmilla, sagte er gerührt.

Da wurden sie durch ein Geräusch aufgeschreckt:
dicht hinter ihnen ein stöhnender Seufzer. Sie hatten
in der Dunkelheit die Bank nicht gesehen, vor der sie
gestanden und von der sich jetzt eine Gestalt erhob, die
eilig davonhuschte.

— Wer war das? fragte Ludmilla.

Albrecht hatte sie erkannt: — Maria.

— Und die seufzte so bitterlich? — Ach, ich kann
mir denken . . . sie glaubt wohl . . . Wissen Sie,
Albrecht, daß dieses Mädchen Sie liebt?

— Glauben Sie? Kinderei!

— Kehren wir um . . . Aber nicht an den Andern
vorbei. Ich mag heute Niemanden mehr sehen.

Albrecht begleitete Ludmilla zum Schloß und trat
mit ihr in die Halle. Hier trennten sie sich; Ludmilla
verschwand in das Stiegenhaus und Albrecht wandte
sich um, um in den Garten zurückzugehen. Da stand
Maria Dobicics wieder vor ihm. Sie sah bleich und
verstört aus. Ihre Augen glühten und sprühten.

— O Du, Du . . . stammelte sie . . . o, und
diese Abscheuliche, die Verlobte eines Anderen — Es ist —

Ein hysterisches Schluchzen hinderte sie weiter zu
reden.

Er öffnete die Thür eines nebenanliegenden un=
bewohnten Zimmers und schob sie sanft hinein.

— So sei doch vernünftig! Und er umschlang sie.

Das war zuviel für das verliebte Kind. Zuerst warf sie ihm die Arme um den Hals, dann ließ sie sich an seiner Gestalt herab zu Boden gleiten und kniete vor ihm.

— O Albi, Albi — begehe keine Todsünde! . . . Er wollte sie aufheben, sie aber umklammerte seine Knie und flehte ihn an: Albi, Deine Seele! Laß mich Deine unsterbliche Seele retten! . . . Es liebt Dich niemand so wie ich — und die hat Dich mir gestohlen!

Der lang verhaltenen, durch Eifersucht zum Ausbruch gebrachten Leidenschaft ließ das überspannte Mädchen jetzt freien Lauf. Ihre Liebe und ihr Apostolat untermengend, überschüttete sie ihn mit Kosenamen und mit Warnungen vor Satan und den „Judenliberalen", beschwor ihn, sie ein wenig lieb zu haben und zum h. Aloysius, dem Patron der Jünglinge, zu beten; sie ließ sich betheuern, daß Ludmilla nicht seine Geliebte und er nicht den Freimaurern verfallen sei, — das alles unterbrochen von Thränen und Küssen und von Jammerausbrüchen über ihre eigene Sündhaftigkeit.

Unterdessen kam Clarissa auf Ludmilla's Zimmer:

— Ah, finde ich Dich? rief sie in jubelndem Ton. Im Garten warst Du mir entwischt . . . Du hast heute zwei Menschen glücklich gemacht, Theure . . . Ernst und mich.

— Auch Dich! . . . Ludmilla that einen tiefen Athemzug. Dann fiel sie der Anderen um den Hals. — So sind denn die Würfel gefallen, sagte sie halblaut.

XXI.

Drei Monate waren vergangen. In Ringhof herrschte tiefe Trauer: Nanette lag auf der Bahre.

In den letzten zwei Wochen hatte sie gewußt, daß es mit ihr zu Ende ging. Der Abschied vom Leben ward ihr schwer — denn es war ja ein so glückversprechendes Leben, das sie verlassen mußte. „Ach Mama — ich weiß gar nicht, wie man es machen soll, um zu sterben — ich habe ja noch niemals sterben gesehen." Das war einer der vielen rührenden Aussprüche, die in diesen letzten Tagen über ihre Lippen gekommen. — „Albrecht", sagte sie zu ihrem Bruder einige Stunden vor ihrem Tode, schwöre mir, daß Du Deiner Arbeit für den Völkerfrieden treu bleibst . . . meinem Andenken zu lieb, Albrecht!" — Er hatte weinend seine Hand in die ihrige gelegt: „Ich schwöre es!" Maria hatte ihren Lieblingswunsch durchgesetzt, mit der Sterbenden von den „letzten Dingen" zu reden. Mit ruhiger Ergebung hatte Nanette zugehört und auch mit aller Ehrerbietung und Andacht von dem freundlichen Ringhofer Pfarrer, den sie seit ihrer Kindheit immer sehr gern gehabt, die Sterbesacramente empfangen. Georg v. Fontis konnte wegen Lager- und Manöverdienst nur wenig Zeit bei seiner kranken Braut zubringen, doch war er an dem Vorabend ihres Todes in Ringhof eingetroffen. Die ganze Nacht saß er an ihrem Bette, ihre Hand in der seinigen haltend. Auch die Andern alle waren im Sterbe= zimmer versammelt. Um vier Uhr Morgens war sie eingeschlafen. Zum ewigen Schlaf.

Ludmilla Klast v. Hollendorf befand sich um diese Zeit auf der Hochzeitsreise.

Die Trauung hatte in aller Stille vor fünf Wochen in Ringhof stattgefunden und von da reisten die Neu= vermählten nach der Schweiz. Ludmilla hätte es vor= gezogen zu Hause zu bleiben, aber Klast war auf der Reise bestanden, denn erstens war Haberndorf noch nicht ganz in Stand gesetzt, zweitens wollte er sich und seiner Frau die schmerzlichen Dinge ersparen, die er in Ringhof kommen sah.

Jetzt war das Paar schon auf dem Rückwege durch Tirol begriffen. Ludmilla hatte den Wunsch geäußert, daß man sich zwei oder drei Tage in Steinach aufhalte, wo Oberst v. Brahl, den sie gerne wiedersehen wollte, sich augenblicklich befand.

— Und jetzt sagen Sie mir aufrichtig, Ludmilla — ich mag Sie nicht mehr Frigga nennen, Sie haben den runenlesenden Blick verloren — sind Sie glücklich?

So fragte der Oberst, als er das erstemal mit Frau von Klast allein war. Emil war an diesem Tage mit einigen Schützen des Orts auf einen Jagdausflug gegangen.

Die Beiden saßen auf der weinlaubumrankten Holz= terrasse eines ländlichen Wirthshauses, mit der Aussicht auf die in der warmen Septembersonne grünleuchtenden, bewaldeten Berge, auf die von schäumenden Gießbächen durchschlängelten Schluchten und Triften.

Herr v. Brahl war in bequeme Lodentracht gekleidet, mit dem Schlapphut auf dem Kopfe; der Aufenthalt in seinem geliebten Tirol hatte ihm gut angeschlagen: wenn auch der graue Spitzbart etwas weißer geworden, so waren die sonst eingefallenen Wangen voller und weniger blaß als vor drei Monaten.

— Schon wieder dieses „glücklich"! erwiderte Ludmilla auf seine Frage. Da wird man immer so inquisitorisch zur Rede gestellt — besonders wenn man kürzlich geheiratet hat, — ob man denn auch glücklich sei, als ob das eine polizeilich gebotene Schuldigkeit wäre. Ich weiß nicht einmal, ob ich ein Recht hätte, glücklich zu sein, wo so viele Menschen im Unglück schmachten, aber die Pflicht dazu lehne ich ganz entschieden ab.

— Mit andern Worten: es ist Ihnen jämmerlich zu Muth. Ich habe es Ihnen sofort angesehen. Und vielleicht bin ich selber mit daran Schuld: ich habe Ihnen zu dem gerathen, was Sie gethan haben. Wenn nur die Leute die billige Weisheit des Rathschlag-Ertheilens aufgeben wollten!

— Ich bereue nichts.

— Das fehlte noch! Weh dem Menschen, der verzagend, auf vergangene Stunden schaut — und die Gegenwart verklagend, nicht der eig'nen Kraft vertraut.

— Dichten Sie noch immer?

— Warum sollt' ich's aufgegeben haben? Wer in den Tiroler Bergen und beim Genusse dieses „süßigen

Rothen" — darf ich Ihr Gläschen nachfüllen? — nicht
dichtet, der hat überhaupt keine lyrische Ader.

— Und malen Sie noch? — Landschaftsbilder, nicht
wahr? — Ludmilla, die nicht gerne ausgefragt sein
wollte, hatte sich selber aufs Fragen verlegt.

— Die Augen versagen den Dienst. Aber ich habe
nicht ausschließlich Landschaften gemalt. Hab' sogar
ein Schlachtenbild „auf die Leinwand gezaubert". Auf
Bestellung eines Generals. Der wollte sich in einer
gewissen Kriegsepisode verewigt sehen. Ich mußte das
Bild aber wieder ummalen: „Etwas Abendroth, lieber
Brahl — und mehr Kanonen, Herr Rittmeister, mehr
Kanonen!" — Wohin ist denn der Herr Gemahl ge=
gangen?

— Auf die Jagd. Vielleicht wären Sie gerne mit=
gegangen?

— Ich geh' nicht mehr jagen. Seit ich selbst vor
dem Ende stehe, mag ich nicht mehr tödten. Ich habe
schon mehrere leidenschaftliche Jäger gekannt, die sich
jetzt zur selben Ansicht bekennen. Die Bewegung in
der freien Natur ist das Beste an der Jagd und die
genagelten Stiefel führen an Orte, die dem Lackschuh
fremd bleiben.

— Was thun Sie also hier zu Land?

— Ich treibe mich in den Bergen und in den
Wirthshäusern herum und suche etwas, was ich nicht
finde: mich selber. Jeden Tag ärgere ich mich schon am
Morgen, weil mein denaturirter Spiritus in der Kaffee=
maschine einen höllischen Gestank verbreitet, ... vor der
Spiritussteuer roch er noch nicht. Nach und nach wird

alles denaturirt, nicht nur der Spiritus. Was thu'
ich sonst noch? ... Ich spinne Gedanken ohne Werth ...
was hat überhaupt Werth? ... „Hansel gib Di'!" sag'
ich mir. Das sagen die Flösser, wenn Einer im Früh=
jahr in die Donau fällt und ziehen ihn, als das dem
Flußgott gebrachte Opfer, nicht heraus. „Hansel gib Di'"
ist eine schöne deutsche Devise. — Und was gibt's in
Oesterreich Neues?

— Was weiß ich ... Fürstenbesuche ... Herbst=
manöver. —

— Eine lustige Sache, die Kriegsspielerei. Allerlei
Dämchen machen — mit polizeilicher Erlaubniß — die
Manöver mit. „Liebe und Trompetenblasen sind zu vielen
Dingen nütze", sagt Scheffel. Aber nicht um politische
Neuigkeiten wollte ich Sie befragen, sondern um Ihre
Freunde.

— Da gibt es leider nur sehr Trauriges zu erzählen.
Ueber der Familie Bisthurn, die ich als meine Familie
betrachte, schwebt ein großes Unglück. Die Tochter ist
aufgegeben. Täglich erwarte ich die Nachricht vom
Ende.

— Das ist wohl furchtbar, — — die armen Eltern!
Ist das die fromme Klosterschülerin, von der Sie mir
erzählten?

— Nein, Nanette wurde im Hause erzogen. Ich
erzählte Ihnen von einer Nichte, die von Bisthurn's
adoptirt worden. Diese ist die Fanatisirte und sie ist
auch fest entschlossen, da ihr eine gewisse Bekehrung
nicht gelingt, in's Kloster zu gehen. So schrieb sie mir
erst vor vierzehn Tagen.

— Wie kann man sich nur in ein Kloster hinab=
stürzen! Auf dem Campanile wird man beaufsichtigt,
daß man nicht dem Zug zur Tiefe folge... Doch auch
um Sie möchte ich Sie ausfragen, Frau Ludmilla:...
Ist jene Herzenswunde ganz vernarbt?

Um Ludmilla's Lippen zuckte es schmerzlich und sie
machte eine beinahe unmerklich verneinende Kopfbewegung:

— Ich... nun... eigentlich...

Der Oberst legte über den Tisch hinüber seine Hand
auf Ludmilla's Arm. — Reden Sie nicht weiter, kleine
Frau, es ist Ihnen peinlich. Ich glaubte nur, weil Sie
schon die große Güte hatten, mich hier aufzusuchen, daß
Sie vielleicht wieder einmal dem Onkel Brahl Ihr Herz
ausschütten wollten, — aber wenn nicht, denn nicht!
Manchmal ist's für das Herz auch besser, man schüttet
es nicht aus, sondern pfropft es sorgfältig zu. Außer=
dem haben Sie einen Mann, da ist die Herrschaft des
Vormunds, als welchen ich mich zu Ihrem Mißfallen
öfters aufgespielt habe, eo ipso vorüber. Wie und was
und wer Ihr Mann eigentlich ist, hatte ich keine Ge=
legenheit zu beurtheilen. Die paar Touristenphrasen, die
wir getauscht, geben mir keinen Anhaltspunkt.

— Mein Gatte ist ein sehr achtungswerther, guter —

— Als ob Sie das nicht sagen müßten, sofern
Sie eine achtungswerthe, gute Frau sind. Diese Zeugen=
schaft genügt mir nicht. Uebrigens, Gott sei Dank, man
kann noch eine ganz lebenswerthe, interessante Existenz
durchmachen, ohne eine in jeder Hinsicht anbetungs=
würdige Ehehälfte zu besitzen. Dieser Fall kommt über=
haupt so selten vor, daß neun Zehntel der Menschheit —

wenn Eheglück die unerläßlichste Lebensbedingung wäre — sich aufhängen müßten. Sie werden in der Wiener Gesellschaft eine glänzende Rolle spielen. —

— Dahin gehen meine Wünsche nicht; ich werde versuchen, eine nützliche Rolle —

— Ach so ... wahrscheinlich die verschiedenen „Bewegungen." Meine Parabel ist an Ihnen abgeprallt. Sie wollen die häßlichen Sorgen der Welt auf Ihre Schultern nehmen. Und das ist heut zu Tage ein schweres Kreuz! ... Die Resultate des Distanzritts zwischen Wien und Berlin lassen zwar das Beste hoffen. Man kann doch mit Zuversicht der Zukunft entgegen=sehen, wenn die Leistungsfähigkeit der Cavalleristen=Vollblutpferde eine so große ist, daß die braven Thiere erst nach so langer Strecke zu Tod gequält zusammen=stürzen, und dabei soviel Verbrüderungs=Sect getrunken wird. Da kann man doch ruhig voraussehen, daß der nächste Krieg ...

— Der nächste Krieg! sagte Ludmilla erschauernd. Muß es den geben? Wir waren zufällig in Interlaken, als dort ein Banquet stattfand, das die Schweizer Re=gierung der interparlamentarischen Conferenz zu Ehren gegeben hat. Bundesrath Schenk hat dabei einen Toast ausgebracht auf den Tag, da eine Friedens=Conferenz — eine officielle, von den Regierungen beschickte Friedens=Conferenz — zusammentreten werde. „Und dieser Tag wird kommen" schloß er. Ein Franzose und ein Deutscher — ein Mitglied des Pariser Instituts und der Vice=präsident des Deutschen Reichstages — stießen darauf mit=einander an. Es war schön.

— Und was hat Ihr Mann dazu gesagt?

— Er hat die Achseln gezuckt.

— Sehen Sie — das ist das Uebel allen solchen Ideen gegenüber: das Fäusteballen und das Achselzucken. Damit drücken die Einen ihre Macht und Schneidigkeit, die Andern ihre praktische Weisheit aus. Gegen die allerhöchst geballten Fäuste und gegen die massenhaft gezuckten Achseln kommen die paar hochschlagenden Herzen nicht auf.

Am selben Tag erhielt Ludmilla die Todesnachricht aus Ringhof. Die Depesche war jedoch aus einem Hotel in's andre durch 48 Stunden irregegangen, so daß kaum noch die Möglichkeit vorlag, rechtzeitig zum Begräbniß anzulangen. Dennoch traten Klast's ohne Verzug die Rückreise an. Als sie in Wien ankamen, erfuhren sie, daß die Bestattung am Tage zuvor stattgefunden und daß Clarissa zu ihrer Mutter nach Böhmen gereist sei.

Haberndorf war noch immer nicht in Stand gesetzt, daher blieben die Jungvermählten in Wien, um hier ihr Winterquartier vorzubereiten. Sie nahmen Wohnung im Hotel und schickten sich an, ein Familienhaus anzukaufen und einzurichten. Die beiden Bisthurn hatten Ringhof verlassen und waren auch schon in Wien. Maria war mit ihrer Tante nach Böhmen gefahren. Albrecht sah Ludmilla täglich. Er liebte es, ihr von den letzten Augenblicken der beweinten Schwester zu erzählen. Sie hörte ihm andächtig zu und ließ dabei ihren Thränen freien Lauf. Eines Tages weinte sie so heftig, daß

Albrecht in seiner Erzählung plötzlich abbrach und sie erstaunt anblickte.

— Warum sprichst Du nicht weiter, Albi?

— Weil — — Dein Weinen mich bestürzt. Ich weiß, daß Du unsere Nanette sehr lieb gehabt, aber so unglücklich kann Dich ihr Verlust nicht machen. Du hast noch andern Kummer, Ludmilla! Sollte mein Vetter Emil? . . .

Die junge Frau machte eine abwehrende Bewegung. Und ihre Thränen trocknend:

— Nein, nein, Du irrst, sagte sie lebhaft. — Und doch, wie gern hätte sie es ausgesprochen, was sie bedrückte. Wie gern hätte sie es einmal offen heraussagen dürfen: Ja, ich bin unglücklich. Aber ein Unglück, dessen man niemand, weder das Schicksal noch irgendwen, sondern nur sich selber beschuldigen kann, das mag man nicht gestehen. Und dann — wie Brahl es gesagt — sofern sie eine achtungswerthe Frau war: von ihrem Mann durfte sie nichts Böses sprechen. Sie durfte es nicht verrathen, daß seine ihr jetzt nach sechswöchentlichem Zusammenleben nunmehr klar gewordene Engherzigkeit ihr Abneigung einflößte, und was sie schon gar nicht verrathen durfte, das war der physische Abscheu, den sie gegen sein einigermaßen unzartes Lieben empfand.

— Liebste Ludmilla, fuhr Albrecht fort, ich habe jenen Abend in Ringhof noch im Gedächtniß, da Du von einem Gespräch mit Klast Dich zu mir geflüchtet und in leidenschaftliche Klage ausbrachst . . . Ich habe mir das Wort gemerkt: Herzenshunger. Und Du sprachst von Einem, den Du nicht vergessen kannst . . .

— Schweig! Dieses Wort klang wie der Schrei
unter einem Dolchstich.

Der junge Mann erschrak und gehorchte, — er
schwieg. Nach einer Weile fing sie wieder zu sprechen an:

— Auch mir ist jener Abend im Gedächtniß ge=
blieben. Damals war es, daß die kleine Maria Dir ihre
Liebe verrathen hat. Erzähle mir, wie die Dinge zwischen
ihr und Dir sich weiter entwickelt haben?

— Nun, den Anfang weißt Du: Wenn man
plötzlich erfährt, daß man von einem Wesen glühend
geliebt wird —

— Und dabei selber ein empfängliches Jünglings=
herz hat, schaltete Ludmilla ein.

— So erwacht Gegenliebe. Als wir damals das
Erdgeschoßzimmer verließen, in welchem jene Scene statt=
gefunden, von der ich Dir erzählte, da waren wir beinahe
verlobt.

— Ja, ich weiß, aber sie stellte die Bedingung,
daß Du zu ihrer Lebensanschauung Dich bekehrest.

— Und ich — daß sie zu der meinigen übergehe —
als schließlich meine Eltern die Bedingung stellten, daß
ich vor Allem meine Studien beschlossen und eine Carriere
angetreten haben müsse, ehe ich überhaupt ans Heiraten
denken solle ... Daß ich jung heirate, hat meine Mutter
seit jeher gewünscht und jetzt, da sie die Tochter verloren,
weiß ich, daß es ihr doppelt lieb wäre, wenn ich ihr
eine zweite Tochter zuführte.

— Maria aber schreibt mir, daß sie entschlossen sei,
ins Kloster zurückzukehren. Wie reimt sich das und wie
soll das enden?

— Das wird sich erst in drei Jahren zeigen. Bis dahin ist Maria 21 Jahre alt und ich in Staatsdiensten; bis dahin wird sich zeigen, ob unsere Neigung ausharrt, ob ihr Fanatismus nachgelassen. Heute schwört sie noch, daß wenn ich nicht ihren ganzen Glauben theile, ihr nichts andres übrig bleibt, als für uns Beide lebens= länglich Buße. zu thun. Was also bevorsteht, sind Probe= jahre ... Ich habe die Zuversicht, daß sie die Bekehrte sein wird.

— Die gleiche Zuversicht hegt sie wohl von Dir.

— Nein, vorläufig hat sie mich aufgegeben, — das ging auch aus dem Brief hervor, den sie Dir geschrieben. Doch jetzt, durch den Tod unsrer unglücklichen Nanette, ist das alles für eine Zeit in den Hintergrund getreten. Es ist uns Allen, als wäre ein schwarzer Vorhang über jeglichen Zukunftsplan herabgerollt.

Ludmilla hatte den Herren Arold und Cremer ihre Ankunft angezeigt und Beider Besuch erbeten. Es stellte sich jedoch nur der Erstere ein, da der junge Verleger und dessen Tante von ihrem Sommeraufenthalt im Salzkammergut noch nicht zurückgekehrt waren. Frau v. Klast saß allein — ihr Mann war ausgegangen — bei ihrem späten Frühstück und las die eingelangte Post, als Dr. Arold sich melden ließ.

Er erschrak über die Blässe und über die schmerzliche Müdigkeit, die auf ihren Zügen lag und er konnte sich nicht enthalten — nach den ersten Begrüßungen — zu fragen, ob sie sich leidend fühle.

— Nein, antwortete sie. Eine schlechte Nacht — dann, Sie finden mich in großer Betrübniß: wieder ein paar Todesnachrichten aus Hamburg. Meine arme Vaterstadt! . . .

— Ja, die wird hart mitgenommen. In den Winkeln des Elends hat die Seuche begonnen und jetzt rafft sie auch die Großen und Reichen weg. So hat die Natur manchmal communistische Anwandlungen. Gleiche Uebelvertheilung. Das Sedanfest bleibt diesmal aus in Hamburg und auch die Manöver im Westen. Die Feste und Proben der großen Verstaatlichung des Tödtens sind vor diesem selbstherrlichen Sterben gewichen. — Hatten Sie theure Verwandte in Hamburg?

— Nein; Niemand, der mir nahestand. Aber es thut gleichwohl weh.

— Gott sei Dank, ja, es thut weh.

— Gott sei Dank? . . .

— Ja, denn dieses allgemeine Weh wird die Quelle der allgemeinen Rettung sein. Durch freiwillig für Andere getragene Kreuzesqual kommt die Erlösung: das hat die Menschheit seit jeher vorgeahnt, — nur ließ sie einen Gott so leiden. Erst wenn sie selber dieses umfassende Leid empfindet, wird sie sich selber erlösen. Sie sehen, gnädige Frau, ich habe die Gewohnheit nicht aufgegeben, Ihnen das socialistische Evangelium zu predigen . . . Unter Anderem: Erinnern Sie sich jenes Herrn, den ich Ihnen einmal vorstellte, — eines gewissen Degemeister?

Ludmilla erbebte. — Ja, ich erinnere mich: Was ist mit ihm?

— Er ist wieder in Wien.

Es benahm ihr beinahe den Athem. Aber ihr Ent=
schluß war sogleich gefaßt: nie würde sie ihm erlauben,
die Schwelle ihres Hauses — des Klast'schen Hauses —
zu betreten.

Arold sprach ahnungslos weiter: Er will sein Buch
hier beenden und im Cremer'schen Verlage erscheinen
lassen. Seine Frau — Sie wußten vielleicht gar nicht,
ich hab' es auch jetzt erst erfahren, daß er verheiratet
war — seine Frau ist vor zwei Monaten — in Folge
einer Frühgeburt, glaub ich — in London gestorben
und er —

— Verzeihen Sie . . . unterbrach Ludmilla, mir ist
nicht wohl . . . Haben Sie die Güte, morgen wieder zu
kommen, Herr Doctor, ich bin jetzt nicht fähig . . .

Er sprang auf. — Sie sind tobtenbleich, gnädige
Frau, soll ich Jemand rufen?

Sie wehrte stumm ab und Doctor Arold zog sich
zurück.

XXII.

Nach einigen Tagen äußerte Ludmilla den Wunsch, nach Ringhof zu fahren, um einen Kranz auf Nanette's Grab zu legen. Klast hatte nichts dagegen, doch lehnte er ab, sie zu begleiten, da er wichtige Geschäfte zu besorgen habe und überhaupt kein Freund von derlei thränenreichen Pilgerschaften sei.

Es war ein herrlicher Septembertag, warm und sonnig wie ein Hochsommertag. Ludmilla war zeitlich Früh vom Hause weggefahren und jetzt, um drei Uhr Nachmittags, hatte sie den frommen Gang schon hinter sich; der große Kranz von weißen Rosen und Immortellen, mit der Widmung „Von Deiner Ludmilla", war auf das jüngste Grab des Ringhofer Friedhofes niedergelegt worden. Sie saß jetzt in dem Gärtchen der Eisenbahnstation, um den Zug zu erwarten, der in fünfundzwanzig Minuten nach Wien abgehen sollte. Es war ein langweiliges Warten. Die Sonne brannte auf der Strecke und die spärlichen jungen Bäume des Stationsgärtchens boten nur wenig Schatten. Um 3 Uhr 10 Minuten ertönte ein Glockensignal und ein Zug brauste heran. Ludmilla stand auf. — Der Zug hielt an und verschiedene Reisende mit ihren Taschen und Körben stiegen aus. Ein Bediensteter vertrat Ludmilla den Weg:

— Das ist nicht für Sie, gnädige Frau. Dieser Zug kommt von Wien und hat hier fünf Minuten Aufenthalt; der Ihrige kommt erst in einer Viertelstunde.

Ludmilla fügte sich in Geduld und setzte sich wieder auf ihren vorigen Platz — an einem Tischchen neben dem Gartenzaun.

Aus den Waggonfenstern sahen mehrere Köpfe heraus. Ludmilla schaute mechanisch hinüber, da plötzlich erkannte sie an einem Fenster — — kein Zweifel! — Alexander Degemeister. Im selben Augenblick mußte er auch sie erblickt haben, denn er verschwand vom Fenster, erschien am Waggonausgang, eilte die Stufen hinab, über den Perron und gerade auf sie zu, mit ausgestreckter Hand:

— Ludmilla Goth! Ludmilla Goth!

Was sollte sie thun? Sie schüttelte ihm die Hand und sagte: — Ich heiße nicht mehr so, wie Sie mich angesprochen haben, Herr v. Degemeister.

— Ich weiß es, gnädige Frau — verzeihen Sie mir . . . Es war nur so im ersten Augenblick, ein unwillkürlicher, unbewußter Ausruf. Er setzte sich auf einen der Stühle, die um den Tisch standen. — Eben weil ich weiß, daß Sie nicht mehr Ludmilla Goth sind, habe ich nicht mehr versucht, mich Ihnen zu nähern, Frau Klast v. Hollendorf! Aber dieser Zufall . . . da konnte ich nicht widerstehen . . . Es ist beinahe auch unwillkürlich und unbewußt geschehen, daß ich aus dem Waggon gestürzt und —

— Wohin fahren Sie? — Sie gab sich Mühe, so gleichgiltig wie möglich zu scheinen.

— Nach Böhmen. Ich will die Spitzenklöpplerinnen des Erzgebirges an der Arbeit sehen. Gnädige Frau, Sie sehen blaß aus?

— Ich komme von einem theuern Grabe. Auch Sie, Herr v. Degemeister, haben einen Verlust erlitten?

— Ja, meine arme kleine Frau habe ich verloren. Es war traurig — wie jeder Todesfall.

Ein schriller Pfiff der Locomotive ertönte: — Ihr Zug, Herr v. Degemeister! rief Ludmilla. Aber es wäre schon zu spät gewesen: die Ketten klirrten und die lange Wagenreihe setzte sich in Bewegung.

Degemeister zuckte mit den Achseln. — Thut nichts, ich fahre mit dem nächsten. Wie lange müssen Sie noch hier bleiben?

— Zehn Minuten.

— So gehören diese zehn Minuten mir.

Und mir! dachte Ludmilla im Stillen. Es war ihr süß, das theuere Gesicht wieder zu sehen, die eigenthümlich sanfte Stimme zu hören, die Nähe dieses Mannes, von dem sie sich angebetet wußte, zu fühlen, ohne sich einen Vorwurf machen zu können: es war ja bloßer Zufall!

— Sind Sie glücklich, gnädige Frau? fragte er nach einer Weile.

— Auch Sie! . . .

— Nein, ich nicht. Und kann es nie mehr werden.

— Ich wollte sagen: auch Sie stellen diese Frage! Sie fanden mich so traurig, verweint sogar, weil ich — ich sagte es Ihnen schon — von einem Grabe komme.

— Und Ludmilla begann zu erzählen: von Nanette's

Krankheit, von ihrem Tode, von der namenlosen Trauer ihrer Eltern und ihres Bräutigams. Degemeister lehnte über den Tisch hinüber und blickte ihr in die Augen, hin und wieder theilnehmende Fragen oder bedauernde Ausrufungen murmelnd. Dieses leise, innige Reden von Sterben und von zerbrochenem Liebesglück, wobei die Züge Beider vom Ausdruck der Trauer übergossen waren, — ein Ausdruck der demjenigen sehnsüchtiger Zärtlichkeit so ähnlich sieht, — dies übte auf Beide einen eigenthümlichen Zauber, so einlullend, daß sie das Verrinnen der Zeit vergaßen, das sie das Einfahren des Zuges gar nicht bemerkten. Erst als er wieder davon rasselte, kam Ludmilla zur Besinnung:

— Ach um Gotteswillen, rief sie aufspringend, das war ja mein Zug!

— Ich will mich erkundigen, wann der nächste hier durchkommt. — Er ging nach dem Stationshause und kehrte nach einer Weile mit der Nachricht zurück, daß man noch zwei Stunden warten müsse. — „Diese zwei Stunden gehören mir", fügte er hinzu.

Und mir! wiederhallte es in Ludmilla's Herzen.

Ein großer Trupp von Leuten — Liedertafel oder Wallfahrer, oder sonst etwas Corporatives — überfluthete jetzt das Gärtchen, ließ sich lärmend an den Tischen nieder und bestellte Getränke.

— Hier werden wir doch nicht bleiben sollen? fragte Degemeister.

— Nein, gehen wir.

Sie verließen die Station. Vor ihnen erstreckte sich eine liebliche Landschaft, mit Wiesen und Hecken,

mit weidenbeschattetem Bache und waldigen Hügeln —
wie zum Lustwandeln geschaffen. Noch immer war die
Luft sehr heiß, doch hatte sich die Sonne hinter Wolken
versteckt.

— Wir könnten dort hinüber, jenen Pfad entlang,
schlug Degemeister vor, seinen Arm hinhaltend.

Sie hängte sich ein. — Aber nicht zu weit, sagte sie.

— O, wir haben zwei Stunden.

Sie gingen eine Strecke schweigend neben einander
her. Er drückte ihren Arm sanft an sich. Und als sie
Miene machte, ihn zurückzuziehen, hielt er ihn fest.

— Hören Sie mich an, Frau Ludmilla ... lassen
Sie uns ganz offen sein. Sie wissen, daß ich ein ehr-
licher Mensch bin, dem sie so theuer sind, daß er jeden
Schatten eines Leides von Ihnen fernhalten wollte. Als
ich vor drei Monaten mich von Ihnen lossagte, weil
ich nicht frei war, that ich's, um Ihrer Ruhe und Ihrer
Ehre nicht nahezutreten. Heute sind Sie nicht frei und
wieder erheischt es Ihre Ehre, daß ich Ihren Pfad
nicht kreuze. Ich habe es auch nicht versucht, mich Ihnen
zu nähern und hätte ich mich in Ihr Haus gedrängt —

— So würde ich Sie abgewiesen haben.

— Das habe ich sagen wollen. Es hat ein von
unserem Willen unabhängiger Zufall kommen müssen,
um uns auf zwei Stunden zusammenzuführen ... Nach
ihrem Verlauf werden wir uns trennen, wohl für immer.
Also lassen wir wenigstens diese hundert Minuten volle
Aufrichtigkeit zwischen uns walten ... vergeuden wir
diese Zeit nicht mit der Bemühung, unsere Gefühle und
Gedanken — die wir ja doch gegenseitig errathen —

vor einander zu verbergen. Sprechen wir so weiter, als wären die drei Monate nicht gewesen, die seither verflossen, als wären wir noch — erinnern Sie sich? — in jenem spiegelreichen Conditorladen, während des Gewitters ... Wissen Sie, daß ich seither keinen Donner hören, keinen Blitz sehen konnte, ohne an Sie zu denken?

Ludmilla nickte leise vor sich hin. So war es ihr in dem gewitterreichen Sommer auch ergangen. Allein sie sagte nichts und er fuhr fort:

— Schon wenn ein Gewitter im Anzuge war, die Luft mit Elektricität geladen schien, so überkam mich das heiße, süße Sehnen nach der Einen, die an solch' einem schwülen Tage — auch heute ist es so — mir eine halbe Minute lang am Herzen gelegen ist.

Sie antwortete nur durch einen Seufzer aus gepreßter Brust. Er blieb stehen und blickte zu ihr hinab. Sie wandte den Kopf ab.

— Wäre ich frei geblieben ... murmelte sie.

Sie schritten wieder weiter.

— Wären Sie frei geblieben, es wäre kein Glück für Sie. Ich bin nicht der Mann, der für Liebe leben darf, noch kann. Mit dem großen Kummer, der meine Seele erfüllt, habe ich gar kein Recht, glücklich zu sein. Wer ein Werk der Hilfe oder ein Werk der Rache unternommen hat, der ist für die Liebe verloren. „Geh' hin, Magdalena und sündige nicht wieder“ ... „Geh' in ein Kloster, Ophelia ...“ Mein Leben gehört den Elenden und Geknechteten, meine Kraft gehört dem Zornesmuth, mit dem ich den Heuchlern ihre Maske, den Peinigern ihre Peitsche entreißen wollte. Aber diese

zwei Stunden — ach, eine Viertelstunde ist schon vorbei — gehören mir, Ludmilla Goth, um alles Uebrige
zu vergessen, selbst Ihren jetzigen Namen.

Sie hatten den Pfad, der für Zwei zu schmal
geworden, verlassen und gingen jetzt über weichen Haide-
grund einem Walde entgegen, der den nahen Horizont
begrenzte. Rings kein Haus, kein Gehöft, kein Mensch
zu sehen; nur von ferne Glockenläuten und im heißen
Grase das Zirpen zahlloser Grillen. Heere von kleinen
Heuschrecken wirbelten ihre Schritte zwischen den Halmen
auf. Die Hitze ließ nicht nach: im Gegentheil. Kein
Lüftchen regte sich und bleierne Schwüle lastete auf der
Gegend — und lastete auf den beiden verliebten Herzen.

Der Weg ging jetzt etwas bergan.

— Es ist zu heiß, ich kann nicht weiter, sagte sie
und ließ seinen Arm.

— Dort weiter oben sehe ich eine Waldhütte, vor
der eine Bank steht. Wollen wir bis dorthin gehen, —
da könnten Sie ruhen.

— Das kann man auch hier, antwortete Ludmilla,
indem sie sich auf einen Baumstrunk setzte.

Degemeister warf sich daneben in's Gras. Den
Ellbogen auf den Boden und das Kinn in die Handfläche gestützt, schaute er zu ihr hinauf.

— Es ist mir, sagte er, als sollte heute noch ein
Gewitter kommen. Aber vielleicht ist es der Einfluß
Ihrer Nähe, die dieses Gefühl erweckt.

— Nein, ich glaube auch . . . sehen Sie nur, der
Himmel umwölkt sich . . . thäten wir nicht besser, um-
zukehren?

— Ach die paar Wölkchen! Es ist so schön hier.

— Ja wunder — wunderschön . . . sprach sie
träumerisch.

— Und unsere letzte Stunde.

— Ja, die letzte Stunde, in der wir uns sehen.
Ueberhaupt waren es nur wenig Stunden, die wir
zusammen verlebt . . . Wir kennen uns beinahe gar
nicht, Herr v. Degemeister.

— Dennoch lieben wir uns, Ludmilla.

Sie wollte etwas sagen.

— O nur jetzt keine conventionsgebotene Unwahr=
heit! rief er flehend. Auf letzte Stunden sind Vorrechte
und Abläſſe geſetzt. Wir müſſen auseinandergehen, —
ein zweitesmal und letztesmal.

— Ja. Ich werde aber noch von Ihnen hören.
Ich werde Ihr Buch lesen. Ihr Name wird — so
beurtheile ich Sie — in der Geschichte der Gegenwart
auftauchen. Sagen Sie mir, wonach Sie streben; was
Ihr Buch bezweckt, welche Pläne für Ihr Zukunfts=
wirken Sie sich aufgestellt.

— Theuere Frau!

— Das ist keine Antwort.

— Wohlan. Sie sprechen von meinem Buch und
deſſen Zweck. Ich habe es schreiben müſſen, nicht im
Hinblick auf eine Wirkung, sondern um meine Seele
von einer Laſt zu befreien. Sein Zweck ist eigentlich
mit der Niederschrift schon erreicht. Doch muß es auch
— und sei's noch so wenig — wirken, es enthält Wahr=
heiten und die Wahrheit ist immer, unter allen Umständen,
gut. Ich habe das Elend, das ich gesehen und den

Schmerz, den ich darüber empfunden — so auch alle
Niedertracht, der ich begegnet, und alle Entrüstung, die
mich darob erfüllt, ausgesprochen und habe mir damit
genuggethan. Wenn erst Alle dieselben Gefühle erfassen —

— Sie sprechen wie Dr. Arold... Sie theilen seine
Ueberzeugung?

— Nicht ganz. Doch es ist ja derselbe Zug, der
eben jetzt durch den größten Theil der denkenden Mensch=
heit geht: ein Drängen nach Andersgestaltung, ein
Lechzen nach Befreiung, eine bange Angst vor kommendem
Schrecken.

— Wie vor dem Gewitter.

— Sie haben es gesagt. Man sieht auch schon die
Sturmvögel fliegen und ein Wetterleuchten ist's von allen
Seiten ... Die Wissenden erfüllt es mit Grauen ...
Daneben aber auch herrscht eine genußgierige Sorglosig=
keit, eine gleichgiltige Erschlaffung bei den Andern. Die
fühlen nur, daß es ein blumenreicher und strahlenheißer
Sommertag ist und schlürfen dessen Wonne mit Leiden=
schaft, oder sie sind von der Schwüle gedrückt und
bleiben muth= und thatenlos auf dem Rücken liegen.

— Und könnten muthige Thaten noch helfen?

— Ja, sie könnten es. Die Wissenden sehen nicht
nur das drohende Unheil, sie sehen auch drüber hinaus:
daß es Rettung gibt. Die in der Welt nichts zu ver=
achten und zu bekämpfen finden, die sind wohl blind;
die aber glauben, daß alles verächtlich sei und daß jeder
Kampf gegen den brutalen Machtbesitz des Absurden
vergeblich wäre, die sind kurzsichtig. Die sehen die Schön=
heit, die Herrlichkeit, die Seligkeit, die Göttlichkeit nicht,

die das Universum durchleuchten und das Menschenherz durchwärmen . . .

— War das nicht ein fernes Donnern? unterbrach Ludmilla, sich rasch erhebend. — Und — schauen Sie nur — dort hinter uns . . . da zieht ein furchtbares Wetter auf.

Und wirklich: fahlgelbe Wolken und tiefschwarze Massen, auf welchen weiße Wölkchen schwebten, bedeckten den ganzen Horizont in jener Richtung, welcher die beiden den Rücken gekehrt. Sichtbar wuchsen die Wolkenmassen und schoben sich heran. Die ganze Gegend ward plötzlich in ein unheimliches, blaßgrünes Licht getaucht. Ein fernes Sausen und Rascheln erschütterte die Luft, welke Blätter wirbelten umher, erschreckte Vögel flogen knapp über dem Boden und ein heftiger Wind begann sich zu erheben.

— Vielleicht vertreibt dieser Wind noch das Gewitter, sagte Ludmilla.

— Darauf müssen wir hoffen.

— Eilen wir . . .

Einige schwere Tropfen fielen.

— Es ist zu spät. Bis zur Station sind zwanzig Minuten. Lassen Sie uns dort hinauf zu jener Hütte gehen. Diese Wolken sind fürchterlich. Sehen Sie, so sieht es in unserer Welt heute aus: der aufgespeicherte Groll, die latente Vernichtungsgewalt — sie sind nicht minder schwarz als jenes Gewölf . . . dennoch, Sturmwinde erheben sich: der des Hasses von der einen, der der Liebe von der andern Seite und — wenn der Sturm der Liebe obsiegt, so wird das Gewitter verscheucht.

— Dieses aber scheint der Sturm des Hasses zu sein, sagte Ludmilla. Und in der That: in diesem Augenblick begann es zu heulen und zu pfeifen, die Bäume bogen ächzend ihre Aeste, der Regen ergoß sich in Strömen und Hagelkörner fielen dazwischen.

— Schnell, schnell! Und er legte den Arm um ihre Schulter, um sie rascher mitzuziehen. — Nur noch eine Minute und wir sind unter Dach!

Ein greller Blitz durchzuckte den immer schwärzer werdenden Himmel. Furchtbares Donnerrollen folgte schnell darauf. Von den Bäumen fingen die Aeste zu fliegen an, der Sturm ward zum Orkan. Die Hagelkörner fielen dann dichter und erbsengroß. Der Wind peitschte sie Ludmilla ins Gesicht, so daß sie unter dem Schmerz dieser Schläge hätte aufschreien mögen. . . . sie mußte an das arme Gethier denken — Vögelchen und kleines Wild — das durch solche Geschosse todtgeschlagen wird. Es folgte Blitz auf Blitz unter gleichzeitigem Donnergetöse: das Gewitter war gerade ober ihren Häuptern. Er trug sie mehr als er sie lenkte und durchnäßt, athemlos gelangten sie endlich unter das schützende Dach. Es war eine verlassene hölzerne Köhlerhütte, — doch jetzt so willkommen wie ein Marmorpalast.

Sie blieben hinter der offenen Thüre stehen — er noch immer den Arm um ihre Schulter — und schauten hinaus. Der Anblick war zu grausig schön, sie konnten sich davon nicht losreißen.

Es herrschte fast völlige Dunkelheit und die Blitze, wie wilde Feuerschlangen, schoßen hin und her. Dazu das Toben des Sturmes, das Rasseln des Hagels, das

zornige Dröhnen des Donners, wie aus hundert
Kanonenschlünden . . . Jetzt — auf fünfzig Schritte
Entfernung ein Feuerstrahl in gerader Linie vom Himmel
herab in einen Baum . . . Der gleichzeitig krachende
Donnerschlag war so betäubend und versetzte den Boden
rings in so starkes Wanken, daß die beiden Menschen
hinstürzten. Und Jedes glaubte in diesem Augenblick, daß
das Andere erschlagen sei.

Alexander sprang zuerst auf und hob die Dahin=
gestreckte empor.

— Du lebst, Ludmilla Goth! Ludmilla Goth, Du
lebst!

Er schleppte sie zu einer im Hintergrunde der Hütte
stehenden Bank und kniete dort vor ihr nieder.

— Alexander Du lebst! rief auch sie in gleichem
Entzücken, ihren Arm um seinen Nacken schlingend.

Einen Kuß — nur Einen, den mußten, den
durften sie jetzt tauschen . . .

Die Lippen fanden sich und — es war ein schöner
Tod — der nächste Blitz schlug in die Köhlerhütte ein.

E n d e.

Reprint Publishing

For People Who Go For Originals.

This book is a facsimile reprint of the original edition. The term refers to the facsimile with an original in size and design exactly matching simulation as photographic or scanned reproduction.

Facsimile editions offer us the chance to join in the library of historical, cultural and scientific history of mankind, and to rediscover.

The books of the facsimile edition may have marks, notations and other marginalia and pages with errors contained in the original volume. These traces of the past refers to the historical journey that has covered the book.

ISBN 978-3-95940-186-9

Made in Germany

www.reprintpublishing.com